KB235438

이상소설작품론

이상소설작품론

이상문학회 편

도서출판 역락

목차

李 箱

「十二月十二日」 : 사랑의 대위법

김 주 현*

1. 방법론으로서의 서두

　이상의 「十二月十二日」은 그의 첫 장편이라는 것 이상의 의미가 있다. 그것은 그의 문학의 실마리를 제시하고 있다. 그리하여 기존 논자들은 이 작품을 이상 문학의 기원이자 원점으로 설명하고 있다. 이제까지 「十二月十二日」은 다른 작품에 비해 그렇게 많이 논의되지 못했다. 그것은 다른 작품에 비해 늦게 발굴된 것도 한몫했다. 당시 총독부 기관지『조선』에 실렸기 때문에 비평가들의 눈에 제대로 띌 리도 없었고, 심지어 이상과 친했던 작가들에게마저 묻힌 작품이 되고 말았다. 1975년 9월부터 12월까지『문학사상』에 다시 소개된 후에야 비로소 널리 알려졌고, 이어령의 전집에 포함되면서 연구 세례를 받는다.[1]

---

* 경북대학교 국어국문학과 교수. 주요 저서로『이상소설연구』,『정본이상문학전집』(전3권, 주해서),『그리운 그 이름, 이상』(공저) 등이 있음.
1) 기간의 중요 논문을 언급하면 아래와 같다.
　김윤식, 「공포의 근원을 찾아서―'12월12일'론」,『이상연구』, 문학사상사, 1987.
　구수경, 「이상소설시론―장편 '十二月十二日'을 중심으로」,『한국언어문학』26, 한

「十二月十二日」은 이상 문학 전반을 규정짓는 특성을 가진 작품이다. 그러나 연구자들은 작품의 중요성을 제대로 인식하지 못했고, 또한 깊이 있게 논의하지 못했다. 김윤식은 이 작품이 갖는 대칭점에 주의를 하였지만 정작 중요한 문제는 간과했다. 연구자는 작품의 서두에 작가가 제시한 방법론을 토대로 작품의 해석에 한 발짝 다가서 보려고 한다. 다만 작가의 말을 잘못 믿었다가는 허방에 빠질 위험성이 있으므로 최대한 객관적인 입장에서 이상의 문학을 통찰해 보려고 한다. 연구자는 진작에 「十二月十二日」론을 쓰면서 이 작품을 <죽음>과 관련하여 살펴보았다. 그러나 그것과 밀접히 관련되어 있으면서도 그것보다 훨씬 중요한 문제를 미처 논의하지 못했다.

> 「세상이라는것은 우리가생각하는것과갓튼 것은아니라네」
> 하며처창한낫빗으로 나에게말하든 그째의그말을 나는오늘까지도긔억하야새롭거니와 과연그후의나는M군의그말과갓치 내가생각든바그러한 것과갓튼세상은 어늬한모도차자내일수는업시 모도가돌연적이엿고 모도가우연적이엿고 모도가숙명적일쑌이엿섯다.
> 「저들은엇지하야 나의생각하는바를 리해하야주지안이할가나는이럿케 생각해야 올타하는것인데 엇지하야저들은 저럿케생각하야 올타하는 것일가」
> 이러한어리석은생각은하야볼겨를도업시
> 「세상이란그런것이야 네가생각하는바와다른것 째로는정반대되는것

국언어문학회, 1988. 5.
淺川晉, 「‘十二月十二日’論」, 『朝鮮學報』 148, 1993. 7.
김주현, 「이상소설과 죽음의 문제」, 『한국문학과 모더니즘』, 한양출판, 1994.
김성수, 「이상문학의 기원과 글쓰기 정신－‘12월12일’론」, 『연세어문학』 29, 연세대 국어국문학과, 1997. 4.
이보영, 「비극적 세계관의 표출－‘十二月十二日’」, 『이상의 세계』, 금문서적, 1998.
안미영, 「가족질서의 변화와 개인의 성장－이상의 ‘十二月十二日’ 연구」, 『문학과언어』 22, 문학과언어학회, 2000. 5.
고현혜, 「이상 「十二月十二日」 연구－기식자적 관계양상을 중심으로」, 국민대학교 석사논문, 2005.

그것이세상이라는것이야!」

　이러한결덩적해답이 오즉질풍신뢰적으로 나의아모청산도주관도업는 사랑을 일략점령하야버리고말엇다 그후에나는

　네가세상에 그엇쩌한것을알고저할째에는 위선네가먼저 「그것에대하야생각하야보아라 그런다음에 너는그첫번해답의대칭뎜을구한다면 그것은최후의그것의정확한해답일것이니」[2]

　제법 길게 인용한 위 예문은 작품의 서두 부분이다. 이상은 다른 작가와 달리 서두에 글을 해독할 중요 단서들을 포진시켜 놓았다. 「날개」, 「실화」, 「종생기」처럼 「十二月十二日」도 예외가 아니다. 작품 중에 해놓은 작가의 변이 작품 해석에 커다란 작용을 한다.

　위에서 주목해볼 것은 우리(너와 나)가 생각하는 것과 저들이 생각하는 것이 정반대라는 것이다. 그것이 세상이라는 결정적 해답이며, 그것이 사랑을 점령하였다는 것이다. 그리고 그 첫번 해답의 대칭점은 최후의 그것의 정확한 해답이라고 했다. 그러므로 첫번째 해답을 통해 최후 해답을 구하는 것이다. 첫번째 해답, 즉 세상이라는 것은 때로는 정반대되는 것이라는 일반론을 구체(사랑) 속에서 확인하는 지점에 「十二月十二日」이 놓여 있다. 이 작품에서 중요한 문제로 죽음과 복수가 있으며, 이에 대해서는 기존 연구에서 충분히 논의되었다. 그보다 더 중요한 것으로 사랑이 존재한다. 그것은 작가가 작품에 제시한 어휘빈도를 통해서도 드러난다. 이 작품에서는 <사랑>이라는 단어가 총 45회에 걸쳐 사용되었고, 또한 <애(愛)> 8회,[3] 애착 5회 등 사랑과 관련된 표현들이 무수히 등장한다. 이것은 이전 논의에서 중요시했던 복수(8회), 죽음(13회) 또는 자살(8회), 운명(18회)보다 훨씬 높은 빈도수를 차지하고 있다. 그만큼 사

---

2) 김주현 주해, 『정본 이상문학전집』(2), 소명출판, 2005, 29~30면. 이하 이 책의 인용은 인용 구절 뒤 괄호 속에 인용면수만 기입.

3) 애라는 공물, 무위한 애, 용납되지 않는 애, 눈먼 애, 살신성인적 애, 모성의 갸륵한 애무, 모성애, 우주애 등.

랑의 문제가 이 작품에서 중요하다는 것을 말해준다. 기존 연구에서도 이상 문학에서 사랑의 문제에 천착한 논의가 있었지만, 정작 「十二月十二日」은 배재되었다.[4] 그러므로 본고에서는 이상이 사랑을 통해 제시한 최후의 해답을 추구해 보고자 한다.

2. 사랑의 층위

「十二月十二日」에는 다양한 사랑의 층위가 존재한다. 프롬은 사랑의 대상으로 형제애, 모성애, 성애, 자기애, 신에 대한 사랑 등을 언급했다.[5] 이 작품에서 이러한 사랑의 대상들이 모두 등장한다. 이 작품에 등장하는 인물을 친구관계와 동기관계, 이성관계로 나눌 수 있다. 주인공 ×에게는 어머니, 아내, 그리고 아이가 있었고, 동생인 T씨와 그의 아내, 그리고 업이 있었다. 이들은 동기관계였다. 그리고 M군과 일본에서 만난 그는 친우관계에 속한다. 마지막으로 ×와 C간호부,[6] 업과 C의 이성관계이다.

> 그것도오즉자네에게 무한한사랑을밧고잇는 나의자네에게대한무한한 사랑에서나온것인만콤 나는자네에게 인생의혁명적으로 새로운제이차 적「스타ー르」을 충고치안이할수업는것일세(55면)

> 몃번이엿든가 이러한 그의피와정성을한데뭉치여 (그정성은오로지T씨

---

4) 서영채, 『사랑의 문법ー이광수,염상섭,이상』, 민음사, 2004.
5) 프롬, 김남택 역, 『사랑의 기술』, 청림출판, 1993.
6) C는 C간호부, C양, C씨, C 등으로 나오지만, 논문에서는 이후 C로 쓰며, M은 M군, M씨, M으로 나오지만 M으로, T씨는 T씨, T로 나오지만 T로 통일하여 사용하기로 한다.

한사람에게향하야밧치는정성이엿다느니보다도 그가인간전체에게눈물
노헌상하는과연살신적정성이엿다) T씨들의압헤드린이돈이그의손으로
다시금쫏씨워도라온것이 헤아려서멋번이엿든가 그여러번가운데T씨들
이 그것을밧기만이라도한일이단한번이라도잇섯든가 그러나참으로개
(犬)와갓치충실한 그는이것을밧치기를 니저버리지는안이하얏다 이러나
는반감의힘보다도 자긔의마음의부족하얏슴과수만의무능하얏슴을 회오
하는힘이도로혀더컷든 것이다.(106면)

차례대로 ×와 M의 우정, ×가 T의 가족에게 바치는 사랑을 보여주는
구절이다. ×와 M군은 절친한 친구이며, ×에게는 이외에도 신호에서 만
난 "마음과뜻의상통됨을볼수잇든"(43면) 친구와, "가장친한친구의한사
람"(56면)인 여관 경영인이 있다. 작품에서 이들은 매우 돈독한 우정을
보여준다. 특히 M은 "가족과마찬가지로친밀한사이"(100면)로 그의 동생
가족을 보살펴주며, 동경에서 만난 마지막 친구는 그에게 모든 재산을
물려준다. 이와는 달리 육친, 또는 혈연적 사랑이 있다. 그것은 작중 화
자인 ×의 T 가족에 대한 사랑이 그것이다. ×는 동생 T의 가족을 극진
히 보살펴준다. 그것은 무조건적 사랑이다. 혈연은 우정을 넘어서며, 그
리하여 ×는 "그래도M군은『남』이안인가"(100면)라고 하여 혈육을 강조하
였다.

저도모성애 (母性愛) 와갓튼사랑을 업씨에게베푸는것이 쏘그사랑을달
게바다주는것이 무한々 깁쁨이엿슴니다.(128면)

「선생님!A씨나오라버님이나 – 그들을위하야서라도 저는죽을힘을다
하야신을미더보려고하얏슴니다 그러나지금은신의존재커녕은 신의존재
의가능성까지도의심함니다」
「만인을위한신은업슴니다 그러나자긔한사람의신은누구나잇슴니다」
(112~113면)

　이 작품에는 C와 업의 이성적 사랑, 그리고 신에 대한 믿음과 사랑이 나타난다. C는 업에 대한 사랑을 모성애에 견주고 있으며, 이들이 서로 사랑함으로 기뻤다고 했다. 그러나 이들의 사랑은 비극적 종말을 맞는다. 신에 대한 사랑은 신의 존재에 대한 인정과 믿음이 전제된다. 곧 신의 존재를 믿는다는 것은 신의 사랑에 대한 전제이자 목적이기도 하다. ×는 만인에 대한 신은 부정하지만 유일신은 인정한다. 신에 대한 사랑은 이 작품에서 그렇게 직접적이지는 않다.

　그리고 업은 자기애적 인물로 제시된다. 그는 부모나 큰아버지, 심지어 M이 주는 최대의 배려와 사랑에도 아랑곳하지 않고 자기세계에 탐닉하여 경조부박한 생활을 일삼는다. ×의 무한한 사랑을 외면하며 거부하는 T 역시 자기도취에 빠진 자기애적 인물이다. T의 자식에 대한 사랑은 지나치며, 그로 인해 M과도 멀어지게 된다. 나중에 업이 죽자 T는 그 분노로 병원과 M, 그의 집에 불을 놓는다. ×, M, 그리고 동경 친구의 이타적 사랑과는 달리 T 부자는 자기애적 세계에 함몰되어 있다.

3. 사랑의 대위법

　작가는 작품 가운데 사랑에 관해 진술하였다. 그것은 하나의 선언적 의미를 갖고 있다.

　　그는 「반가워하지안이하면안된다─사랑하지안이하면안된다 ─ 밋지안이하면안된다」 등의 ···· 지안이하면안되는의무를늘생각하고잇다 그러나이 「···· 지안이하면안된다」 라는것이도덕상에잇서 엇더한좌표우에노혀잇는것인가를생각해볼수는업섯다 ─ 짜라서 이그의소위 「의무」 라는것이 참말의미의 「죄악」 과얼마나한거리에써러저잇는것인가를생

> 각해볼수업섯는것도물론이다. …(중략)…
> 　「주위를 나의몸으로써사랑함으로써 나의일생을바치자……」
> 　그는이「사랑」이라는것을아모비판도업시실행을「결뎡」하야버리고
> 말앗다.(95면)

작가는 사랑하지 않으면 안 된다에서 사랑함으로써 일생을 바치자라는 결론을 구하고 있다. 그것은 의무이며, 그것에 대한 명령지시는 <사랑해야 한다>이다. 이를 그레마스의 기호학적 사각형으로 표시하면 아래와 같다.

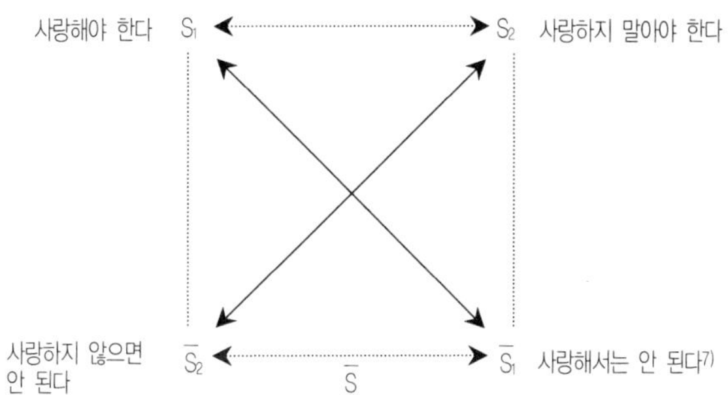

<사랑해야 한다>의 상반성은 <사랑하지 말아야 한다>이다. 이것이 일종의 <금기>가 되는 것이다. 그러한 금기는 궁극적으로 <탈선>이 된다. <사랑해야 한다>와 <사랑해서는 안 된다>, 그리고 <사랑하지 않으면 안 된다>는 <사랑하지 말아야 한다>와 모순의 관계에 있다. 그러나 이 두 가지 감정은 상호 모순의 관계에 있으면서 공존하고 있다. 이상은 그것을 "모순된것이 이세상에잇는것만콤모순이라는것은진리이다 모순은그것이모순된것이안이다 다만모순된모양으로되여저잇는진리

---

7) 이 도식은 그레마스의 기호의 사각형 모델을 갖고 만든 것이다. 그레마스, 김성도 편역, 『의미에 관하여』, 인간사랑, 1997.

의한형식"(94면)이라고 규정하고 있다.

이상의 문학에는 사랑의 삼각관계가 중심축을 이루고 있는데, 「十二月十二日」도 예외는 아니다. 오히려 다른 작품에 비해 그러한 축을 더욱 분명히 보여주는 작품이라 할 만하다. 이 작품에는 그와 C, 그리고 업의 사랑 관계가 심층구조로 자리하고 있다.

> 얼마만에 그가고개를돌니엿슬째통로 (通路) 건너편에그를향하야안자 잇는<u>젊은녀자</u>하나는수건으로얼골을가린채고개를푹숙으리고잇는것을 그는발견할수잇섯다.
> 「우나? – 무슨말못할사정이잇는게지 – 누구와생리별이라도한게지!」
> 그는이런유치한생각도하야보앗다.[8](86~87면)

> 그는니저버리지안이하고 <u>그녀자</u>의잇든곳을쏘한번돌아다보앗다 그러나 그째에는그녀자는반대편문으로나갓섯기짜문에 그는녀자의등과머리 뒤모양밧게는볼수업섯다.
> 「에 – 그러나 도모지 – 이럿케기억안되는얼골은 처음보겟서 불완전 불완전!」
> 그는밀려나가며 이런생각도하야보앗다 그녀자의잠간본얼골을 아모리 다시그의머리속에 낫하내여보려하얏스나종시정돈되지안이하는채희미하게맴돌고잇슬쑨이엿다(88면)

X는 12월 12일 귀향 열차 안에서 어떤 젊은 여자를 만난다. 그녀는 <도무지 이렇게 기억이 안 되는 얼굴>이다. 그는 그녀에 대한 사랑의 감정을 갖게 된다.

> 「<u>그녀자</u>는 누구며지금쯤은어데가서무엇을생각하고는울고잇슬싸?」
> 그의눈압헤는 그인상업는녀자의얼골이희미하게쩌올낫다 얼골의평범 이라는것은 특이 (못생긴편으로라도) 보다얼마나못한것인가를그는그녀

---

8) 인용문의 밑줄은 강조를 위해 인용자가 함. 이하 동일.

자의경우에서늣겻다.
　「그녀자를짜라갓서도」
　이것은그에게탈선갓햇다(96면)

　X는 열차에 내린 후에도 그녀에 대해 생각을 한다. 그런데 그것을 마치 탈선으로 느꼈다고 했다. 그것은 사랑해선 안 된다는 의식이 개입되었기 때문이다. 그는 이듬해 봄 친구 M과 더불어 병원을 개업하였다. 그리고 C 간호부를 맞이하였다.

　　C라는간호부에게대하야 그는처음부터적지안케마음을잇끌니어왓다 그가C간호부에게대하야 소위호기심이라는것은결코 이성적그엇썬것이안일것은말할것도업다 그가C간호부의얼골을마주할째마다 그는이상한기분이 날적도잇섯다.
　「도모지어듸서 ― 본듯해 ― 」(108면)

　X는 C를 보고서 <도무지 어디서 본 듯>하다는 생각을 한다. 그리고 "어듸서본듯해 ― 도모지"라는 말을 되내이면서도 그것은 "생각날쯧날쯧하면서도종시 그에게는생각나지안이하얏다."(108면) 그리고 "다른사람들에게 생소한C가그에게만흔 친밀의쯧을보혀주고잇는것도갓탯스나 각별히간절한회화한번이라도"(108면) 나눠보지 않았다. 그가 자신의 호기심이 이성적 그 어떤 것이 아니라고 한 것, 그리고 간절한 회화를 나눠보지 않았던 것은 사회적으로, 문화적으로 그것이 <탈선>처럼 느껴졌기 때문이다. 그것을 서술자는 죄악과 관련이 있다고 했다. 그것은 곧 <사랑하지 말아야 한다>는 금기 때문이다. <사랑해야 한다>는 허가된 관계에서 용인된다. 그러나 그녀는 그러한 관계에서 배제된 인물이며, 그래서 사랑은 탈선(금기)으로 인식된 것이다. 그렇지만 그 심층구조 속에서는 사랑이 존재한다.

　　　내가보는대로말하고보면아마　지금려행의길을쩌나는모양이지?아마,…
중략…
　　　C씨!C씨는언제부터　나의업이와친하얏는지모르겟스나 ― 자 ― 두사람
에게　내가물을말은　이럿케　두사람이내압헤함께낫타난쯧은무슨쯧인
지?(122면)

　　　「C양은엇써케 언제부터알앗니?」
　　　「우연히알앗슴니다 사괴인지는아즉한달도못됨니다」
　　　「저것들은다무엇이냐」
　　　「해수욕에쓰는것임니다 옷 ― 그런것」
　　　「해수욕 ― 그러면해수욕을가는데 하々‥‥ 작별을하려온것이로군 물
론C양과둘이서?」(122~123면)

　　위에서 보듯 ×는 질투를 느끼고 있다. 그가 느끼는 질투는 "고개를숙
인채 그의압헤나란히서잇는 이두청춘(青春) 을바라볼째에 그의눈에서는
번개가낫다…그의가슴에서는형상업는물결이흔들넛다…그의말쯧에는
가벼운경련이 갓치썰핫다"(121~123면)라는 서술에서 보다 잘 드러난다.
그는 C와 업이 자신을 찾아온 것을 보고 눈에서 번개가 났다. 그러면서
도 그들이 특별한 관계가 아니길 바라면서 그러한 사실을 확인하는 질
문을 던진다. 그것은 연적 경쟁에서 패배에 따른 분노와 증오의 표현이
다. 마침내 그는 업과 C가 함께 해수욕을 가려고 했다는 사실을 알게 되
며, 가벼운 경련마저 느끼게 된다. 그는 해수욕 도구에 불을 지른다. 그
것은 미움과 증오 때문이다. 증오는 사랑의 감정 속에 존재하며 일종의
억압으로 분출된다.[9] 그러므로 해수욕 도구에 불을 지른 것은 연적에
대한 질투이며, 광기스런 복수이다.
　　×는 C로부터 자신이 ××의 여동생이라는 사실을 들었으면서도 여전히
"도모지어듸서본듯해!"라고 생각한다. 그리고 "그기억은아모리생각하야도

---

9) 증오에 대해서는 크리스테바, 김영 역, 『사랑의 역사』, 민음사, 1995, 346~349면 참조.

명고옥에서의기억은안이엿고분명히다른어늬곳에서의기억에틀님업는것이엿다"(112면)고 하였다. 물론 이 의문은 나중에 풀리게 된다. 그것은 마지막 부분 "만일지금 이C간호부가타고잇는객차의고간이그적에그가타고오든 그고간일뿐만아니라 그자리까지도역시그갓튼자리엿다하면 그것은 쪼한 엇지나설명하려느냐?"(145면)에서 드러난다. <그적>이란 바로 일 년 전 그때(12월12일)를 일컫는다.10) 그때 ×가 보았던 그 젊은 여자가 C라는 것이다. 그러면 ×는 왜 C에게 사랑의 감정을 느꼈는가?

그것은 ×가 C에게서 10여 년 전 죽은 아내의 면영을 느꼈기 때문이다. 그 역시 C처럼 "그추억의사람과갓튼 면영의사람에게서 엇썬연々한정서를"(130면) 느꼈다. 그는 나중에 왜 자신이 C에게 사랑의 감정을 품게 되었는지를 알게 된다. 그가 C를 가까이 하게 된 것은 한편으론 그녀를 자신의 아내와 동일시했기 때문이다. 어디서 본 듯하다는 것은 결국 작년 12월 12일 열차 안에서 본 것이기도 하지만, 그 옛날 잊혀진 자신의 아내 얼굴과도 연결된다. 그는 "누어잇는C간호부의초최한얼골에서십여년전에 저세상으로간안해의면영을발견하"(130면)였다. 그래서 "그는깁씀 슯흠 교착된무한々애착을늣겻다."(130면) 그런데 비록 현재의 C가 죽기 전의 아내의 면영과 같았다는 것은 여전히 그가 첫사랑의 고착현상에서 벗어나지 못했다는 것을 말해준다. 그 후 작가의 말대로 10여 년의 세월이 지났지만, 그는 여전히 아내에 대한 사랑을 못 잊어 하고 있다. 그는 10여 년 전의 아내의 모습을 여전히 그리고 있기에 고착적 모습을 보인다.

다음으로 C와 업의 사랑이다. C와 업의 사랑은 C의 편지를 통해 서술된다. C가 언제 업을 만나 사랑하게 되었는지는 자세히 드러나지 않는다. 다만 업의 입을 빌어서 사귄 지 아직 한 달이 못 되었다고 했다.

---

10) 기존 갑인출판사(이어령 편)와 문학사상사(김윤식 편)에서 나온 전집에는 이것이 "그저께"로 고쳐져 있다. 그저께는 어제의 전날, 즉 再昨日로 12월 10일이 된다. "그적에"는 과거의 어느 시점을 뜻하며, 여기에서는 작년 12월 12일을 의미한다.

> 저는「업」씨를마음으로사랑하얏슴니다 또「업」씨도 저를좀더무겁게사
> 랑하야주엇슴니다 이제생각하야보면 – 업씨의나희 – 이제스물한살 –
> 저스믈여섯 – 과연우리두사람의사랑이철저한사랑이엿다할지라도 이와
> 갓튼년령의상태의아래에서는 그사랑이란그래도좀더좀더빗다른 그무엇
> 이잇지안이하면안이되지안켓슴닛까?(126면)

C의 고백에 따르면, 업은 그녀의 옛연인 A와 얼굴 모습이 비슷했다.
그래서 사랑을 느꼈다는 것이다. C에게 A는 첫사랑의 대상이다. 그녀
역시 A를 잊지 못하는 것은 첫사랑의 고착 때문이다.

> 저는생각하얏슴니다 저의업씨에게대한사랑도과연인간의아름다움의
> 하나로칠수잇슬가를 그러나저는저로도 과연저의업씨에게대한사랑에는
> 너무나만흔아욕 (我慾) 이품겨잇는것을발견하얏슴니다 그리하야 곳 –
> 저는저의업씨에게대한사랑을주저하얏슴니다.(127면)

이것은 A의 면영과 업의 면영이 같아 업을 사랑하게 되었다는 내용
이다. 업을 사랑하게 된 것 역시 퇴행적 사랑의 결과이다. 그녀는 사랑
하는 A씨를 찾아 천하를 헤매었지만 그를 찾지 못했다. 그리고 업을 만
나 사랑에 빠지게 된다. 그녀에게 업은 A와 동일화 대상으로 자리매김
된다. 그러나 그것은 사랑의 고착현상으로 불행을 겪을 수밖에 없다.

> 그러나 또한가지알외올것은 업씨의저에게대한사랑임니다 경조부박
> 한생활 부피업는생활을하야 오든업씨는저에게서비로소 처음으로인간
> 의내음나는력량(力量)잇는사랑을늣길수잇섯다함니다 업씨의말을들으면
> 업씨의저에게대한사랑은 적극적으로업씨가저에게제공하는 그러한사랑
> 이라는이보다도 저의사랑이깃이잇다면 업씨는업씨자신의저에게대한
> 사랑을신선한대로 그대로소지(所持)한채그깃밋흐로기여들고십흔 그러
> 한사랑이엿다고합니다.(127면)

업 역시 C에게 사랑의 감정을 느꼈다고 했다. 그래서 C는 업에게 "모성애(母性愛) 와갓튼사랑"(128면)을 베풀고 그의 사랑을 받아준다. 그러나 이들의 사랑은 오해로 인해 비극적 결과를 낳고 만다.

4. 이해와 오해, 그 대칭점

서두 부분에서 작가는 "네가생각하는바와다른것 째로는정반대되는것"(30면)이 세상이라고 했다. 그것은 곧 결정적 해답이며, 그것이 사랑을 점령하고 말았다고 말했다. 작가는 또한 C의 편지를 빌어 사랑의 역설을 서술하고 있다.

> 세상은 즉오해(誤解)속에서오해로만살아가는것인가함니다 선생님이 우리들을이해하섯기에 우리들은선생님의거룩한사랑까지도오해하얏슴니다 그리하야병상에 누어잇는「업」씨를 — 그리고 쏘표연히선생님의겻을쩌난 저도선생님께서오해하섯슴니다 제가들이고저하는 이 그다지짧지은글도 물론전부가다오해투성이겟지요 그러니 선생님께서 제가이글을드리는태도나 쏘는그글의내용을오해하실것도물논이겟지요 아 — 세상은어데까지나오해의갈구리로런쇠되여잇는것이겟슴닛싸?(125면)

그것은 세상이 "오해속에서 오해로만 살아가는 것"이라는 말이다. 세상이 우리가 생각하는 바와는 다른 것이며, 저들은 내가 생각하던 바를 이해하여 주지 않는다. 이렇게 생각하는 것이 옳은데, 저렇게 생각하여 옳다 하는 것, 그것은 우리와 저들 사이에 놓인 심연이다. 그 심연은 극복할 수 없는 오해의 심연이며 그로 인해 세상은 오해투성이가 된다. 사랑에 있어서의 오해는 ×와 업, 그리고 ×와 C 사이에 발생한다. 그것은 오해의 연쇄이다. 그래서 작가는 "오해의 갈구리로 연쇄"되었다고 했다.

> 선생님이우리들을이해하섯기에 우리들은선생님의거룩한사랑까지도
> 오해하얏습니다(125면)

C는 자신과 업 사이의 관계를 ×가 이해해 줄 것으로 생각하고, 해수욕을 떠나기 전 업에게도 인사를 시킨 것인데, 오히려 이것은 또 다른 오해를 낳고 만다. 그렇다면 왜 C는 ×가 자신을 이해해주리라고 생각한 것일까? C는 "도라가신오라버님의기념처럼×선생님을"(112면) 생각한 것이다. 곧 그를 죽은 오빠처럼 친밀하게 느낀다. 그리고 업은 ×의 조카이니 혈연관계이다. 그러므로 업을 누구보다 잘 이해해 주리라 믿은 것이다.

> 업은그것을가지고경조부박한도락 (道樂) 에탐하얏스리라 우연히 간호
> 부를맛나해수욕행까지결정하얏스리라 애비(T씨가)가닷처서 드러누엇건
> 만은 집에는 한번도들니지안는자식 그돈을 – 그피가나는돈을 그대로
> 철업고방탕한자식에게내여주는어머니 – 그는이런것들이미웠다 C간호
> 부만하드래도 반다시유혹의팔길을 업의우에내리밀엇슬것이다 그는이
> 것이괫심하얏다.
> 　그러나 한장C간호부의그편지는 모든그의추측과단안을전복시키고도
> 오히려남음이잇섯다.
> 　「역시 모―든죄는나에게잇다」(129면)

×는 다달이 동생 T에게 보내준 돈이 업의 경조부박한 도락생활에 탕진되었을 것이라 여기고, 또한 C 역시 업에게 유혹의 발길을 내밀었으리라 생각한다. 그 결과로 해수욕 도구에 알콜을 들이붓고 불을 질러버린다. ×는 C가 보내온 편지로 인해 모든 죄가 자신에 있음을 알게 된다. 그것은 "「의무」 라는것이 참말의미의 「죄악」 과얼마나한거리에써러저잇는것인가"(95면)를 되새기게 한다. 그는 "주위를 나의 몸으로써 사랑"하

기로 결심한다. 그것은 "네 이웃을 네 몸과 같이 사랑하라"라는 기독교적 사랑의 실천이다. 그래서 "사랑하지 아니 하면 안 된다"를 자신의 의무로 간주한다. 그러나 사랑에는 의무뿐만 아니라 금기가 도사리고 있다. 그렇다면 참말 의미의 죄악은 무엇인가. ×가 업과 C의 사랑을 이해하지 못하고 오해하였다. 해수욕 도구에 불을 지른 행위는 사랑의 이면인 증오를 여지없이 보여준다. 사랑에 숨어 있던 증오의 감정을 그대로 폭발시킨 것, 그것은 사랑하라는 의무와 사랑하지 말라는 금기 사이의 혼돈이다. 사랑과 증오는 곧 이해와 오해, 그리고 의무와 죄악이라는 화해할 수 없는 양면이다.

한편 업은 해수욕 도구의 방화사건으로 병을 얻게 되고, 마침내 ×가 보는 앞에서 해수욕 도구에 불을 지르고 죽는다. 작가는 그것을 <골수에 사무친 복수>라고 했다. C의 모성애적 사랑과 업의 고귀한 사랑을 ×가 이해하지 못한, 오해한 까닭에 발생한 일이다. 결국 ×가 생각했던 것과는 정반대되는 것(그의 추측과 단안을 전복시킨 것)이다. 그래서 C와 업의 사랑은 세상 사람들이 이해하지 못하는 것(그것을 C는 탈선이라고 했다)이며, × 역시 이해하지 못했던 것이다. 그러므로 ×는 어느 사이 세상 사람들과 같이 C와 업을 이해하지 못하고 오해한 것이다. 그들은 서로 대칭점의 세계에 존재하게 된 것이다.

5. 퇴행·고착적 사랑의 한계

그러면 이 소설은 왜 비극으로 끝났는가? 이 까닭을 알기 위해 전체 사건을 되짚어 볼 필요가 있다.

		12월12일	15년간 일본생활*****				12월12일	12월12일
일자								
장소	서울	부산	신호시	명고옥	화태	동경	서울	서울
기간			2년6개월*	2~3년**11)	7년***	3년****		1년
직업			조선소 건구도공부 직공	요리사 (헤드쿡)	광산 노동자	여관경영		의사
사건	아내 및 아이 죽음	일본행 연락선 탑승	어머니 죽음	친구죽음	토롯코 사고	의학공부 친구죽음 유산상속	열차로 서울 도착	병원개업 C양만남 T씨 사고, 해수욕 도구 방화, 업의 죽음 T씨 방화, X의 죽음
내용	서두『二』	『二』	편지 제1, 2신	3신	4신,	5신,일반 서술,6신	일반서술	일반서술
게재회 (월)	연재 1회 (1930. 2)	1회 (″)	1회 (″)	1회 (″)	2회 (30. 3)	2회 / 3회 (30. 3 / 4)	4회, 5회 (30. 5~6)	6, 7, 8, 9회 (30. 7~12)

* 내가신호를써나 이곳명고옥 (名古屋) 으로흘너온지도발서반년! 아 — 고향땅을써난지도발서쯤결갓튼 삼년이지나갓네그려(42면)

** 명고옥 — × — 그량삼년외국생활을격거보든그식당이엿다(110면)

*** 북국생활칠년!(53면), 명고옥(名古屋)쿡생활이후로 전々류랑의칠년동안···(58면)

**** 근삼년동안이나 마음과몸의안정을가지고 멈을너잇는이곳의주인은···(68면), 제가 고생々々끝에동경 (東京)으로한삼년전에다시돌아왓습니다(83면)

***** 이럿케써돌아다니는게 올째쯕! 가만잇자 — 열일곱해 안이열다섯핸가 — 엇잿든십여년이지요(80면)

　　×는 일본으로 건너가기 전 자신의 아내와 아이를 잃었다. 소설에서 그가 아내에 대해 어떤 감정을 지녔는지는 전혀 제시되지 않았다. 그녀는 어린 젖먹이를 두고 산후 발병으로 세상을 떠나고 말았다. 그는 그 이후 일본을 떠돌면서 홀아비로 15년 여를 살아오다가 고국에 돌아와 C를 만났다. 열차 안에서 그녀를 만났을 때부터 지극한 감정을 느낀 것이다.

---

11) 원문에는 "명고옥 — × — 그량삼년외국생활을격거보든그식당"(110면)으로 나온다. 그러나 이전 전집은 밑줄친 부분을 "그냥 삼년"으로 옮기고 있다. 원문에서 "그냥"은 5번 사용되었으며, 그대로 "그냥"이라고 쓰고 있다. 이 작품에서 "량"은 "이"의 의미로 위의 표현말고도 세 군데(량편손, 량편두개의기둥, 량미간)에서 사용되고 있다. 한편 작가는 앞머리에서 "지나간 이삼년간"에서 "이삼"을 쓰기도 했다. "량삼"은 "이삼"을 뜻하는 중국어식 표현이다.

> 그째에 그는누어잇는C간호부의초최한얼골에서십여년전에 저세상으
> 로간안해의면영을발견하얏다 그는깁썜 슯흠 교착된무한ㅅ애착을늣겻
> 다 그리고C간호부의 그편지가운데의어느구절을생각내여보기도하얏다
> 그리고는 모―든C간호부의일들에조건업는용서 ― 라는이보다도호의를
> 붓첫다.(130면)

그는 아내의 면영을 15년이 지난 후 C의 모습에서 발견한다. 그래서 기쁨 슬픔이 교착된 무한한 애착을 느낀다. 그것은 달리 그가 아내에게 무한한 사랑의 감정을 느꼈다는 것이며, C를 통해 그런 감정을 다시 느끼게 되었다는 것이다. 사실 C에 대해 느끼는 그의 사랑은 과거 회귀적이며, 죽은 아내에 대한 퇴행적 고착현상이다. 그것은 15년 전 회귀의 감정이다. 실질적인 대상은 자신의 아내일 뿐이다. 그는 그녀에 대한 과도한 집착을 보여주는데, 그녀의 현실적 대상이 C이다. 그가 업의 해수욕 도구에 불을 지른 행위도 어쩌면 업에 대한 분노 이상으로 C를 업에게 빼앗겼다는 실연에 따른 보복적 성격이 강하다. 그리고 C는 ×를 오라버니 대신으로 여긴다. 그녀는 오라버니의 친구였던 ×를 오라버니처럼 느끼고, 반대로 × 역시 자신을 누이동생처럼 생각해주길 바란다. 그녀가 그의 거룩한 사랑을 믿었다는 것은 바로 이러한 인식에서 비롯된다. 한편으로 ×는 C를 아내처럼 느꼈고, C는 ×를 오라버니로 인식했다는 점에 비극의 씨앗이 있다. 그리고 ×의 C에 대한 사랑은 퇴행적 사랑이다. 그는 갑작스런 아내의 죽음과 이어지는 아이, 어머니의 죽음, 심지어 자신의 죽음 체험을 통해 이성적 사랑은 퇴행하고 고착화되고 만다. 그러한 예는 여관을 공동으로 경영했던 동경의 친구에게서도 발견이 되나 자세히 언급되지는 않았다.[12]

---

12) 그에게는 "녀자에관련된 남에게말못할 무슨 비밀의과거"(69면)가 있으며, 이로 인해 오히려 여자들에게 냉정하게 대한다. 그가 결코 아내를 얻지 않겠다고 하는 까닭도 과거 사랑으로 인한 상처(?) 때문이다. 이 역시 사랑에 대한 퇴행적 고착현상

한편 C는 12년 여 전 자신이 좋아했던 대학생에 대한 사랑의 실패 경험을 갖고 있다. 그녀는 업의 모습에서 자신이 사랑했던 연인의 모습을 발견하고 그를 좋아하게 된다.

> (아 ― 끚업는오해는아즉도 ― 아즉도) 선생님!제가「업」씨를사랑한리
> 유는업씨의얼골 ― 면영 (面影) 이세상에서자최를감초고만 그이의면영과
> 흡사하얏다는 ― 다만그한가지에지나지안슴니다 그이는 ― 지금쯤은 픽
> 늙엇겟지요! 혹벌서이세상사람이안인지도모름니다 그러나 저의긔억에
> 남아잇는 그이의면영은 그이와제가갈리지안이하면 안이되엿든그순간
> 의그것채로 신선하게남아잇슴니다.(126~127면)

C는 이미 10여 년 전[13)]에 헤어진 A를 못 잊어 한다. 그녀는 아직도 헤어질 때의 그의 모습을 그대로 기억하고 있다. 그녀가 업을 사랑하게 된 것도 옛날의 그의 모습과 유사했기 때문이다. 헤어질 때 그녀의 나이는 14세 정도(그녀는 현재 26세이다), 그리고 A의 구체적인 나이는 알 수 없으나 대학생으로 나온 것으로 보아 현재의 업의 나이 21세와 크게 차이가 나지 않을 것으로 보인다. C는 그 후 A를 찾아보겠다는 일념으로 천하를 헤매었다. C는 옛날의 A에 대한 사랑을 그대로 간직하고 있다. C가 업을 사랑한 것 역시 지난날의 사랑에 대한 고착현상이며, 일종의 보상심리의 표현이다.

> 선생님 ― 저희들은엇잿든 이제는원인을고구 (考究) 할것업시서로사
> 랑하야 자유로사랑하야가기로하얏슴니다 이만콤저이들은삽시간동안에
> 눈멀어버리고말엇슴니다 선생님 ― 저이들의사랑꼴은 생리적으로도한
> 불구자적현상에속하겟지요 더욱, 사회적으로는 한 가련한탈선이겟지요

이다.

13) 작품에는 "팔년", "그동안 칠년―팔년의 저의 삶"으로 나오나 이는 잘못이다. 명고옥에서의 그를 만난 것은 12년 전이다. 그가 명고옥에서 생활한 것은 2~3년으로 지금으로부터 10(10~12)년 전의 일이다.

저이들도 이것만은 어렴풋이나마늣겻슴니다 그러나 사람이자긔의심각
한 추억의인간과면영이갓튼사람에게 적어도호의를갓는것은 사람의본
능 (本能) 의하나가안일가요 생리학 (生理學) 에나혹은심리학에나그런것
이어듸업슴닛짜 쏘사회적 (社會的) 으로도 령 (靈과靈) 끼리만이충돌하야
발생되는신성 (神聖) 한사랑의결합체 (結合體) 존재할수잇다는것이 그다
지해괴한사건에속할가요!(127~128면)

C는 자신의 업에 대한 사랑이 본능적 사랑이라고 설명했다. 그런 견
지에서 ×의 C에 대한 사랑도 본능적 사랑이라고 하였다. 그것은 달리
<탈선>으로 설명된다. ×가 C를 따라가는 것, 그리고 C가 업을 사랑하
는 것을 <탈선>으로 설명했다. 탈선은 문화규범을 무시한 것이 된다.
문화는 관습과 법률이라는 제도를 통해 형성된다. ×와 C의 사랑은 달리
오누이의 사랑과 같고, C와 업은 어머니와 아이의 사랑과 같다. 그러나
이들의 사랑은 현실적인 사랑이 아닌 퇴행적 사랑이며, 고착적 사랑이
다. 본능적 사랑과 신성한 사랑은 서로 대칭적이다. 그리고 탈선과 거룩
한 사랑 역시 대칭적이다. ×는 C에 대한 애착을 탈선으로 인식했고, 반
대로 C는 그것을 거룩한 사랑으로 이해했다. C는 업과의 사랑을 성스러
운 사랑으로, ×는 그들의 사랑을 탈선으로 이해했다. 이들의 사랑이 온
전한 것은 ×와 아내의 사랑이며, 또한 C와 A의 사랑이다. 그러나 그들
은 10여 년 전의 사랑일 뿐이다. 그들의 사랑은 일종의 퇴행적 집착일
뿐이며, 그래서 비극일 따름이다.

6. 마무리

이제 마무리를 해야 할 때이다. 이 글에는 하나의 사랑론이 나온다.

> 남의사랑을밧는것은행복(幸福) 임니다 — 남을사랑하는것은 적어도깃
> 씀입니다 남을사랑하는것이나 남의사랑을밧는것이나 인간의아름다움
> 의극치(極致) 이겟슴니다.(127면)

마치 유치환의 「행복」을 보고 있는 듯한 느낌을 주는 이 구절은 이상
의 사랑론이다. 사랑을 받는 것은 행복이고, 사랑를 하는 것은 기쁨이며,
그것들은 인간 아름다움의 극치라는 것이다. 그러나 세상사가 다 그렇
듯 사랑에서도 예외없이 정반대되는 것, 즉 모순이 존재한다. 작가는 그
것을 진리라고 했다. 작가는 스스로를 "예상못한세상에서부즐업시사라
가는동안에 어느덧 나라는사람은 구태여이대칭덤을구하지안이하고도
숨살히세상일을대할수잇는가련한 『비틀어진』 인간성의사람이되고말앗
다"(30면)라고 말했다. 그리고 "그럼으로말매암아 『깁씀』도 『슯흠』도
『우슴』도 『광명』도 이러한모든 인간으로서의당연히가저야할감정의권위
를 초월한 그야말노아모자극도감격도업는 령덤(零點)에갓가운 인간으로
화하고말앗다"(30면)고 했다. 영점이란 무엇인가. 이것은 제로 지점이며,
대칭점과 같은 것이다. 어떤 반대되는 두 지점의 정중간, 그것은 영점이
며 대칭점인 것이다. 사랑과 증오, 기쁨과 슬픔, 생과 사의 중간 지점이
영점이다.

또한 영점은 중국어에서는 영시가 된다. 영시는 다른 한편으로 24시
이기도 하다. 전날의 끝이자 새로운 날의 시작, 이때 시계는 시침 분침
심지어 초침마저도 모두 제로 지점, 12에 정지한다. 淺川晋은 「十二月十
二日」을 영점과 관련지어 설명했다. 시계 시간에서 12시인 영시는 사물
의 종말이자 시작이다. 그래서 그는 죽음을 12라는 숫자로 상징했다고
보았다. 사실 12월 12일은 서울 생활에 종막을 고하고 일본에서의 새로
운 시작을 알리는 시간이며, 또한 일본에서의 생활을 종결짓고 서울에
서의 생활을 시작하는 시간이다. 그리고 그것은 C를 만나는 시간이자

그녀와 이별을 고한 시간이기도 하고, 이승에서의 마지막 삶을 끝낸 시간이기도 하다. 일본과 서울, 이승과 저승, 기쁨과 슬픔, 사랑과 증오, 만남과 이별이 교차하는 대칭점의 시간이다.

작가가 강조해서 제시하려고 했던 것은 그러한 것이 아닐까? 이해에는 오해가, 사랑에는 미움이, 죽음에는 생명이 들어 있다는 사실, 그래서 작가는 C에게 젖먹이가 있음을 내세웠다. 그 젖먹이는 가을에 태어났다. 대략 9월경14)으로 보인다. 그렇다면 누구의 아이인가? C는 "제가 나은것이라생각하서도조코 안나은것이라생각하서도조코"(130면)라고 하여 아이의 출생에 대해 얼버무린다. 업과 ×의 죽음에도 불구하고 새로운 생명의 탄생은 무엇을 의미하는가? 그 아이는 업의 아이가 아니다. 업은 늦여름(찌는 듯한 여름 이후) ×를 만난 자리에서 C를 사귄 지 한 달이 못 된다고 했다. 그렇다면 아이는 업과는 무관하다. 그리고 C는 초여름경에 병원 간호부로 왔다. 그러므로 병원생활과도 무관하다. 그녀의 출산일이 9월경이라면 그녀가 아이를 임신한 것은 전해 12월경이다. 그녀는 그와 열차를 같이 탔던 작년 12월 12일 전후에 아이를 임신한 것으로 보인다. 그러므로 ×나 업과는 무관한 아이이다. 사건의 급작스런 전개에도 불구하고 아이의 출산을 제시한 것은 바로 그러한 대칭점 구하기의 성격이 짙다. 즉 그 대칭점이란 ×의 죽은 아이가 그 하나이며, 업이나 ×의 죽음에도 불구하고 새로운 삶 내지 새로운 죽음이 영속된다는 것을 보여 주려는 것이다. 그래서 그는 아이의 이후 세계에 대해 암로(闇路)와 행복의 세계를 제시하고 있다.

암로는 고통과 절규의 사바세계이며, 행복한 세계란 새로운 우주의

---

14) 내용에서 "흘으는세월이조락(凋落)의가을을 이따우에방문식히엿슬째"(124면), "가을바람이부니"(125면)라는 구절이 있으며, 젖먹이 간난아이를 본 후의 사건 기술에 "겨울에들어서"(131면)라는 표현이 있다. 그렇다면 아이를 낳은 시간은 9월쯤으로 볼 수 있다.

명랑한 가로이다. 작가는 마지막에서 이승 / 저승을 암로 / 명랑한 가로, 쇠락의 겨울 / 사시장춘으로 설명하였다. 결국 그 가운데 대칭점에 아이는 존재하게 된다. 즉 아이는 또 다른 영점의 인간이다. 아이는 ×가 겪었던 비극의 새로운 시작에 서 있는 것이다. 그래서 "기막힌한비극이 그 종막을나리우기도전에 쏘한개의비극은다른한쪽에서벌서 그막을열고잇지안는가?", "한인간은쏘한인간의뒤를니어 쏘무슨단조로운비극의각본을 연출하려하는고"(146면)라고 하였다.

「地圖의 暗室」*
: 문학적 글쓰기의 탈근대적 실험과 수사학의 본의

김 성 수**

1. 글을 시작하며 : 이상 문학과 「지도의 암실」

「지도의 암실」은 시 「오감도」와 소설 「날개」 및 「종생기」 등에 비해 상대적으로 연구자들의 관심이 적었던 작품으로, 이상의 작품 가운데에서도 매우 독특한 성격의 소설로 알려져 있다. 이상 문학을 어떤 성격이나 형식면에서 분류할 때 이 작품은 「휴업과 사정」이나 「지주회시」와 함께 한글전용으로 표기되어 있으면서도 띄어쓰기와 구두점을 무시하고 있는 계열에 속한다.1)

---

* 이 논문은 본래 필자의 『이상 소설의 해석 – 생과 사의 감각』(태학사, 1999)에 「문법의 반역과 수사적 방법의 모체」라는 제목으로 수록된 글로서, 이 책의 편집 취지에 맞추어 제목과 문장의 오류 및 일부 내용을 수정하여 재수록하였음을 밝혀둔다.

** 연세대학교 학부대학 교수. 저서로 『이상 소설의 해석 : 생과 사의 감각』(1999), 『정신분석을 읽는다』(역서, 2003) 등이 있으며, 논문으로 「＜날개＞와 경성역」, 「李箱과 東京」 등 다수.

1) 「지도의 암실」에 대해 논의하고 있는 글들을 제시하면 다음과 같다.

「지도의 암실」은 1932년 3월 조선어판(한글판) 『朝鮮』(통권 제173호)에 '比久'란 필명으로 발표된 소설이다.[2] 이상은 이미 한 해 앞서 '甫山'이란 필명으로 「休業과 事情」이란 소설을 『조선』에 게재한 바 있으며, 또 같은 해 7월 일본어 건축 전문지인 『조선과 건축』의 <漫筆>란에 본명인 '김해경(金海卿)'으로 일본어 시 「異常ナ可逆反應」을, 그리고 8월과 10

김상태, 「부정의 미학 - 이상의 문체론」, 『이상소설전작집 2』(문학사상 자료조사연구실 편), 갑인출판사, 1977.
김용직, 「李箱, 현대열과 작품의 실제」, 『이상』(김용직 편), 문학과지성사, 1977.
______, 「모색과 충돌, 실험지상주의 - 이상론」, 『모더니즘연구』(김용직 편), 자유세계, 1993.
김윤식, 『이상 소설 연구』, 문학과비평사, 1988.
______ 엮음, 『이상 문학 전집 2』, 문학사상사, 1991.
류광우, 『이상 문학 연구』, 충남대학교출판부, 1993.
우정권, 「이상의 글쓰기 양상」, 서울대학교 대학원 석사학위 논문, 1996. 8.
이강수, 「이상 텍스트 생산과정 연구」, 서울대학교 대학원 석사학위 논문, 1996. 12.
이경훈, 「이상 연구 3 - '그리스도'와 '알 카포네'에 대하여」, 『비평문학』 11호, 1997.
이재선, 『한국단편소설연구』, 일조각, 1997(중판).
전봉관, 「이상 문학에 드러난 실어증적 징후」, 『한국학보』 제77집, 1994. 겨울.
조영복, 「1930년대 문학에 나타난 근대성의 담론 연구」, 서울대학교 대학원 박사학위 논문, 1996. 2.
황도경, 「이상의 소설 공간 연구」, 이화여자대학교 대학원 박사학위 논문, 1993. 2.
三枝壽勝, 「李箱のモダニズム - その成立と限界」, 『朝鮮學報』 第141輯, 1991. 10.

2) 1932년 무렵 이상은 『조선과 건축』 표지 현상공모에 선외가작으로 입선하는 한편, 야수파 화가 구본웅과 본격적으로 교유하며 문학에 대한 정열을 불태우고 있었다. 이 작품을 쓸 무렵의 이상은 총독부 기사직에 급격히 권태를 느끼게 되면서 당시 경성 부청 근처의 '낙랑 파라'에 출입하거나 구본웅의 '茶玉亭'에 화실을 차려놓고 그림을 그리고, 문인·예술가 패들과 어울리며 그림과 문학에 대한 관심을 넓혀나갔던 것으로 보인다. 본문에서 다시 논의하겠지만 「지도의 암실」에 반영되어 있는 '문자'에 대한 주인공의 강박관념이나 '백지와 색연필'에 대한 강조는 이상 자신뿐만 아니라 구본웅과의 관계에서 생성된 문학과 미술에 관련된 제유로서의 의미를 띠고 있는 것으로 해석할 수 있다. 경성 고등공업 시절의 일본인 친구 川上 繁과 벌였을 예술과 철학에 관한 토론, 그리고 구본웅과의 미술과 문학에 대한 이야기들이 이 시기 이상의 정신적 자양분을 이루고 있었으며, 그것이 「지도와 암실」에는 매우 추상적이고 관념적인 형태로 반영되어 있다. 이 논문에서의 작품 인용은 『조선과 건축』 소재 「지도의 암실」과 「휴업과 사정」을 저본으로 하였다.

월에는 「조감도」와 「삼차각설계도」를 각각 발표한다. 1932년 7월에는 다시 '李箱'이란 필명으로『조선과 건축』에 「건축무한육면각체」를 게재한다. 1930년『조선』에 '이상'이란 필명으로 「12월 12일」을 연재한 것으로 미루어 1930~1932년 무렵 이상은 '김해경'이라는 본명과 함께 필명인 이상·보산·비구 등을 두루 사용하고 있음을 확인할 수 있다.3)『조선과 건축』이 당시에는 유일한 건축 전문지였고,『조선』또한 총독부의 정책 방향을 결정하고 홍보하는 이른바 어용 학술지의 성격을 띠고 있어 순수 문예지와는 성격이 다르다는 점을 고려할 때『조선과 건축』에 수록된 일련의 일본어 시나, 「휴업과 사정」, 「지도의 암실」 등의 소설에 사용된 이들 필명들은 문학에 모종의 정열을 불태우고 있었던 이상의 당시 정황과 정신적 모색의 흔적을 간접적으로 보여주고 있다.

　1930~1932년 무렵 이상은 이미 한글로 「12월 12일」을 연재한 것과 함께 일문으로 시를 쓰고 있었으며, 「지도의 암실」보다 한 해 앞서 한글로 띄어쓰기를 하지 않은 「휴업과 사정」(1931)을 발표한다. 그 연장선 위에서 「지도의 암실」은 '소설'이라는 장르 명칭을 달고 잡지에 게재된다. 형식상으로 보면 「지도의 암실」은 「휴업과 사정」이나 1936년에 발표하는 「지주회시」와 성격 면에서 같은 계열을 이루면서도 작품의 내용과 표현법에서는 상당히 다른 특징을 보여준다. 「지도의 암실」은 정상적인 의미의 해독을 방해하고 혼란시키는 이미지의 비약과 상징적 표현뿐만 아니라, 비논리적이며 반문법적인 문장 표현을 작품 전편에서 과도하게 사용하고 있어 이상의 소설 가운데서도 가장 특이한 작품으로 알려져 있다.4)

---

3) 필명으로 사용한 '比久'는 이상의 경성 고공 시절 친구였던 川上 繁의 음식점 여종업원 絹子의 죽은 동생 이름이라는 설이 있긴 하지만 확실하지 않다. 고은은『이상평전』(청하, 1992)에서 이 이름이 구본웅만이 알고 있었던 이상의 별칭이었다고 기록하고 있다.
4) 「휴업과 사정」, 「지도의 암실」, 「지주회시」 이 세 작품은 특히 이상 소설에서 이런

서정적 분위기를 철저하게 배제하고 있는 것이 이상 문학의 일관된 문체적 특징이기는 하지만, 문장의 질서와 표현의 유기적 연관을 축출하는 이른바 '무기체적(無機體的)' 문장은 도형과 숫자를 과도하게 남용하고 있는 일본어 시와 이 「지도의 암실」에서 가장 두드러지게 나타나고 있다. 「날개」를 정점으로 한 소설에서 구현된 비교적 가독성 높은 작품들과 비교할 때 「지도의 암실」은 이후 이상 문학에 고유하게 나타나는 표현법과 의식의 양상을 압축하여 보여주고 있다.

그러나 이 글에서 「지도의 암실」에 각별한 관심을 가지고 분석의 대상으로 삼고 있는 이유는, 일련의 일본어 시 계열에서 시도된 이상 특유의 실험적 기법과 난해한 구절들이 다시 소설 안에 유입됨과 동시에, 이후의 한글 시와 소설에 나타나는 독특한 양상들이 이 작품으로부터 분출되고 확산된다고 판단하기 때문이다. 아울러 근대적 언술체계로서 정상적인 문법을 혼란시키는 서술 양상을 형식과 내용 면에서 두드러지게 표출하고 있다는 점 또한 「지도의 암실」의 주요 특징이라고 할 수 있다. 이런 점들은 이후 일련의 한글 시에서도 띄어쓰기를 무시하거나 의식적으로 배제하는 형태로 나타나고 있으며, 이후 「지주회시」와 「날개」 및 「종생기」에 이르기까지 지속적으로 이상의 문학 전반을 지배하는 글쓰기의 두드러진 특징을 형성해나간다. 따라서 이상 소설 가운데에서 가장 읽기 어렵고 까다로운 「지도의 암실」을 설득력 있게 분석해 낼 때 복잡하게 뒤엉킨 이상 문학의 본 모습을 제대로 복원해낼 수 있다. 다시 말해 구두점과 띄어쓰기를 무시하는 문장(sentences without punctuation, words without spacing between them)[5]으로 구성되어 있는 「휴업과 사정」 및 「지주회

특징을 아주 유별나게 보여주고 있다. 이 가운데 「지도의 암실」은 이런 경향을 대표하고 있는 작품이라고 보아서, 이 논문에서는 띄어쓰기와 구두점을 고의로 무시하고 있는 작품들을 묶어 '「지도의 암실」 계열'로 부르고자 한다.

5) 이런 글쓰기의 특징은 「지도의 암실」이나 「휴업과 사정」, 「지주회시」 같은 소설뿐만 아니라, 기이한 형태로 이루어진 시에서도 자주 볼 수 있다. 이런 부분에 주목

시」는 물론이거니와, 특히 이 「지도의 암실」은 이런 특징들을 이상 문
학 전체에서 가장 핵심적으로 보여주고 있다는 점에서 각별한 관심이
필요한 작품이다.

2. 「지도의 암실」의 성격

「지도의 암실」에는 소설 내용을 구성하고 있는 여러 부분들의 의미
연결이 아주 난삽하긴 하지만 이상 문학의 난해한 부분들을 밝혀줄 수
있는 수사법이나 이미지 형상화의 방법이 여러 형태로 축적돼 있다. 따
라서 이런 특징들에 대한 해명이 적절하게 이루어질 경우 오히려 이상
문학 전체의 비밀스런 영역이 온전히 밝혀질 가능성이 높다. 「지도의
암실」은 또한 모순어법(oxymoron), 부연적인 반복어절(anaphora), 여러 외국
어의 동시적 삽입(불어, 영어, 중국어, 한자)뿐만 아니라, 한자와 자신의 이
름을 교묘히 활용하여 언어유희를 즐기는 취향이라든지, 일본어 시들과
「오감도」 연작시의 여러 모티프들(거울, 반복, 신체 등)을 삽입해 놓음으로
써 시와 소설을 넘나드는 내적 상호 텍스트성의 장치를 마련해 놓고 있
는 소설이다. 「지도의 암실」은 특히 작품을 구성하고 있는 많은 문장들
이 독해를 불가능하게 할 정도로 심하게 뒤틀려 있다는 점에서 언어적
단위들의 선택(selection) 능력이 심각하게 손상된 '유사성 장애' 현상으로
까지 분석되기도 한다.[6] 「지도의 암실」에 깊은 관심을 가지고 세밀한

하게 되면, 이를테면 「오감도」를 영어로 번역할 때에 '띄어쓰기 무시'의 문제는 특
별한 관심을 가질 수 있다. 가령 이상 시의 영역(英譯) 소개와 함께 간략한 평을 덧
붙이고 있는 Walter K. Lew의 「A Crow's—Eye View, Selections from the Poetry of Yi
Sang」, Korean Culture, Vol. 13, No. 4(Winter 1992, Korean Culture Center, Los Angeles)
와 같은 글이 이상 문학의 글쓰기 형식에 관한 특징들을 잘 밝혀주고 있다.

분석을 한 바 있는 한 외국인 연구자의 다음과 같은 평가는 이 작품을
논하기 위한 한 가지 거점을 제공해 준다.

> 「지도의 암실」은 일본어 시로부터 조선어 시(한글 시를 말한다—인
> 용자)로 이행하는 과도기의 작품으로 비유의 사용법 등 표현 기법 면에
> 서 매우 다양하고, 이때까지(1932년까지—인용자)의 작품 가운데에서
> 그의 기법이 정점에 달한 작품이라고 말할 수 있으리라. 더욱이 「지도
> 의 암실」은 작품 안에 그 뒤의 조선어 시와 상당히 관련된 부분을 지니
> 고 있음을 생각한다면, 「오감도」 등 그의 조선어 시들은 이 작품의 성
> 과 위에서 성립되었다고 말할 수 있다. 그런 점에서 「지도의 암실」은
> 중요하다.[7]

'의식의 흐름'의 원조로 세계 문학사에서 거론되는 L. 스턴의 『트리스
트럼 섄디(Tristram Shandy)』에 나타나고 있는 이미지 일탈이나 단절, 시퀀
스의 비약, 띄어쓰기 거부와 같은 특징적 요소들이 이상의 어느 작품보
다도 「지도의 암실」에서 압도적으로 서술되고 있다는 점을 생각할 때
적어도 형식면에서 이 소설은 우리 근대 소설 가운데 가장 전위적인 소
설의 한 전범을 이루는 작품이라고 평가할 수 있다. 그런 점에서 위에서

---

6) 이에 대해서는 로만 야콥슨의 『일반언어학 이론』(권재일 옮김, 민음사, 1994) 중 제
   2장 「언어의 두 측면과 실어증의 두 유형」 및 전봉관의 「이상 문학에 드러난 실어
   증적 징후」(『한국학보』 제77집, 1994. 겨울)를 참조할 것. '유사성 / 인접성 장애'와
   같은 '실어증이론'은 이상 문학의 언어 구성 능력에 나타난 여러 특징과 결합을 더
   욱 구체적으로 설명해 줄 수 있는 가능성이 풍부하다. 그러나 실어증 '환자'라는
   시각에서 출발하는 이 이론을 이상 소설 특히 「지도의 암실」이나 「날개」에 적용할
   수 있는가 하는 점에 대해서는 재론의 여지가 있다. 이 이론은 가령 시에서는 은유
   가, 산문에서는 환유가 보다 적은 저항을 이룬다는 것을 논리적 거점으로 삼고 있
   는데, 이상 문학은 은유와 환유가 확연히 구별되는 경우보다 이 두 가지 언어적 특
   징이 끈끈하게 유착되면서 '알레고리'(「날개」에서 매춘과 화폐를 인식하는 주인공
   의 태도를 생각할 수 있다)로 표출되는 경우가 의외로 많다. 「지도의 암실」이 그런
   예에 해당할 수 있는 작품이다.
7) 三枝壽勝, 「李箱のモダニズム—その成立と限界」, 『朝鮮學報』 第141輯, 1991. 10,
   131~132면.

인용한 사에구사 도시카쓰(三枝壽勝)의 주장은 일본어 시에서 한글 시나, 이후 소설로 넘어가는 이상 문학의 계보와 흐름을 파악하는 데 유용한 관점을 제공해 준다. 다시 말해, 이상 문학의 계보라는 시각에서 보면 처음으로 한글 소설을 쓴 1930년(「12월 12일」) 이후 야심작(소설)을 쓰겠다고 공언하는 1936년 7월 사이에 한글 띄어쓰기 표기법을 의도적으로 위반하는 이 작품이 위치해 있다는 점에서 소설에 대한 이상의 실험의식이 가공되지 않은 채 뒤엉켜 반영된 작품이 바로 「지도의 암실」이라고 할 수 있다.

「지도의 암실」은 「휴업과 사정」이나 「지주회시」와 비교해 보아도 구체적인 사건이나 이야기로 구성되어 있지 않다. 어느 일요일 오후에 외출한 주인공 '그'(이상)[8]는 이런저런 상념에 사로잡힌 채 도시의 거리를 산책하고, 풀밭에 누워 주판알을 산정해 가며 잠이 들 때까지 숫자를 세는 등 무료하고 권태로운 시간을 보낸다. 시가지 한복판에 새로 생긴 외인묘지 무덤가[9]에서 그는 풍기를 단속하는 탐정처럼 자신에게 빌려 준

----

8) 이상 소설 화자의 관점은 3인칭인 경우에도 실제로는 1인칭 주인공 '나'의 시점인 경우가 대부분이다. 그러나 이것도 생각해 보면 결국 작가 '이상'임을 어렵지 않게 알 수 있다. 흔히 이상 소설을 '사소설'로 보려는 시각도 여기에 근거한다. 그러나 「날개」의 경우 주인공 '나'는 허구화된 '나'로서 소설 일반의 서술적 자아와 다르지 않은 반면, 「실화」에서는 '나=이상', 「종생기」에서는 '나=(소설 속의 인물인 작가)이상=실제 작가 이상(김해경)' 등으로 분화되고 있는 점에 주목해야 한다. 이 점에 대해서는 조연현이 「근대정신의 해체」라는 글에서 이상 문학의 문학사적 의의를 검토하면서 지적한 바 있듯이, '나', '너', '이상'이라는 세 개의 '자기'를 제시함으로써 철저한 자기해체를 시도했다는 점을 상기할 때, 겹 구조로 발화되는 이상 소설의 '화자' 문제는 작품 해석에서 세밀한 관찰이 필요한 지점이라고 할 수 있다. 가령 '×'가 주인공으로 설정된 처녀작 『12월 12일』의 경우에도 작품의 내용을 주의 깊게 들여다보면 '×'라는 복자(伏字)의 불특정 인칭은 '나'이면서 작가 '이상'임을 알 수 있다. 이렇게 생각하면 이상 소설의 화자는 각 작품에 따라 다소의 차이가 있긴 해도, '나=李箱=그=×=甫山…' 등으로 다양하게 변용되는데, 그것도 결국 '李箱=金海卿'으로 귀결된다.

9) 이 '무덤가'를 유곽으로 보는 견해도 있다. 이에 대해서는 윤지관의 「모더니즘의 세계관과 정직성의 깊이─이상론」(『문학과 사회』, 1988. 여름호)을 참조할 것.

저고리를 입고 극장에 몰려간 친구 K를 생각하기도 한다. 저녁이 되자 무덤가를 나서서, 거리의 불빛을 밟으며 걷다가 레스토랑에 들러 여급과 커피를 마시며 수작을 걸고, '건담(健談)'(이상의 입담을 표현하기 위해 이상의 친구 윤태영 등이 만들어낸 조어-필자)을 나눈 후 밤 8시 쯤 귀가하여, 작업을 하다가 중단했던 '아름다운 복잡한 기술'(이것은 시 창작이나 그림 그리기로 추정할 수 있다)을 다시 시작한다. 여자가 있으면 좋겠다고 생각하며 빨리 4시가 되기를 바라지만 시간이 그렇게 될 수 없음을 알고 침구에 들어 잠을 청하며 하루를 마감한다. 이를 다시 요약하면, 주인공에겐 아침에 해당하는 늦은 오후 무렵 버릇처럼 일어나 외출을 하고, 거리를 배회하다 밤늦게 귀가하기까지의 한나절 일과를 특별한 사건이나 계기 없이 내면의 의식을 좇아가며 권태로운 내용의 이야기로 기록하고 있는 것이 이 소설이다.

「지도의 암실」에는, 주인공인 보산과 뚱뚱보 SS와의 심리적 대결이나 유치한 '침 뱉기 싸움'(「휴업과 사정」) 같은 사건도 없고, 아내(나미꼬)를 둘러싸고 벌어지는 A취인점 전무와의 폭행 송사나 '吳'와의 돈거래와 관련된 심리적 애증의 드라마(「지주회시」)도 없다. 띄어쓰기 무시와 구두점 생략을 큰 특징으로 묶어 함께 논할 수 있는 이들 세 작품 가운데서도 특히 「지도의 암실」에서는 내용상으로는 단순하고 권태로운 의식의 흐름이 서술되고 있을 뿐이지만,10) 이상의 다른 소설들과 달리 이상 자신

---

10) 보다 엄밀하게 말하면 「지도의 암실」은 '의식의 흐름' 기법이라기보다는 작가의 심리적 시간에 대한 의식의 서술을 '내적 독백'에 가깝게 표현해 놓고 있는 소설이라고 할 수 있다. 그런 의미에서 '내적 독백'이란 "시의 분야에 가까운 성질을 가지고 있으며, 인물이 마음 깊숙한 곳의 무의식에 보다 가까운 사상을 논리적 구성과는 상관없이, 미분화 상태인 그대로 들을 사람도 없는 무언으로 지껄이는 말이며, 통어법상 최소한의 단위로 환원한 직접법의 문장을 써서 마치 시상이 마음에 떠오르는 대로 재현하는 듯한 인상을 주도록 구성된 것"(Leon Edel, The Modern Psychological Novel(김상태의『문체의 이론과 해석』, 집문당, 1993, 224면에서 재인용))으로 긴 산문시와 같은 인상을 준다. 이 점은 일찍이 최재서가 이상의 소설을 가리켜, "소설이 아니라 시라고 해도 무방하다"(『최재서 평론집』, 청운출

의 내면 의식을 독백으로 표현하고 있다는 점, 그리고 이상 문학의 언어 감각이나 표현법의 본모습을 풍부하게 확인할 수 있다. 요컨대 「지도의 암실」에는 향후 「날개」와 같은 작품에서 본격적으로 이루어질 '산책자' 문제, '낯설게 하기'로서의 문법적 왜곡이나 반복의 반복을 거듭하며 '자동기술'을 하는 듯한 표현법을 비롯하여, 근대적 인식소로서의 시간성과 공간성 문제 등 모더니즘 문학에서 제기되는 핵심 사항들이 복합적으로 내장되어 있다. 이와 함께 「지도의 암실」에는 이후(1934) 「오감도」 연작시에서 펼치게 될 여러 난해한 이미지나 표현법(시 제1호와 제6호와 제7호 등), 그리고 이상 문학의 핵심 모티프인 죽음과 관련된 사변적 내용 등이 작품 속에 산재해 있다.

이 글에서는 이런 점들을 수용하면서, 「지도의 암실」에서 가장 두드러지게 나타나는 형식적 특징인 구두점과 띄어쓰기 무시를 주조로 한 이 계열의 작품들이 내포하고 있는 의미는 무엇이며, 단절과 비약의 표현법, 또는 고도의 상징적 언어가 의도하는 본의가 무엇인지 해석해 보고자 한다. 「지도의 암실」은 처녀작 『12월 12일』(1930)이나 초기의 일본어 시(1931~1932)들을 「날개」 이후(1936~1937)의 후기작들과 연결시켜 줄 수 있는 거멀못으로서 중요한 위치를 차지하고 있는 작품이다.[11]

판사, 1961, 327면)고 평했던 것과 일맥상통한다.

11) 이상의 7년 남짓한 짧은 문학 활동 기간을 편의상 전기와 후기로 구분하여 논의하는 것은 의외로 그의 문학을 매듭 있게 조망하는 데 적지 않은 도움을 준다. 왜냐 하면 이상과 10년 지기(知己)였던 문종혁도 이상의 삶을 전기와 후기로 나누어 언급한 바 있으며(문종혁, 「심심산천에 묻어주오」, 『여원』, 1969. 4) 이상 스스로도 여러 편의 「사신」을 통해 세상을 놀라게 할 '소설'을 쓰겠다고 여러 번 고백하고 있는 것으로 미루어 이상의 문학을 그렇게 구분해 보는 것도 그리 무용하지만은 않기 때문이다. 더구나 총독부 관리를 그만둔 후 구본웅과 백천 온천에 갔다 금홍을 운명적으로 만나게 되고(1933. 3), 정지용의 소개로 『가톨릭 靑年』(1933. 7)에 시 「1933. 6. 1」, 「꽃나무」, 「이런 詩」, 「거울」 등을 발표하는 것은 물론, 금홍과 동거하며 다방 '제비'를 경영하는 한편, 구인회 회원들과 교유하는 시기가 모두 1933년에 해당한다. 이런 맥락에서 1933년 이후를 이상 문학의 '후기'라고 구분하여 말할 수도 있을 것이다. 더구나 1933년 이후는 아마추어 문인으로서 무명

3. 탈근대적 서술 실험과 수사학의 본의

「지도의 암실」에는 앞서 씌어진 일본어 시의 구절과 표현들, 그리고 시 창작 과정에 대한 이미지의 심리적 파편과 함께, 이후 발표되는 「오감도」의 모티프들이 적지 않게 담겨 있다. 이상이 '시 쓰기'에 주력하고 있었던 1931~1932년의 시점에서 볼 때 이 작품은 발표지인 『조선』에 '소설'로 명기되어 게재되고 있기는 하지만 이상 자신의 문학에 대한 입장과 글쓰기(시 창작), 그리고 그로부터 발생하는 일종의 자폐증적 외로움을 소재로 한 '산문시'[12] 형태에 가까운 느낌을 준다. 이 작품에 대해서는 「지도의 암실」을 작품 속에 등장하는 'K'와 관련된 증거들인 'K의 바이블'이나 'K의 방' 또는 '외투', 'K'의 얼굴에 난 상처 등과 같이 'K'의 존재에 대한 질문과 연결시켜 1931년의 일본어 시 「조감도」 <二人>의 '알 카포네' 및 「지주회시」의 '吳'와 연결시켜 친구와의 금전거래에 대한 배신과 애증이라는 실증적 해석을 토대로 "문종혁=吳=욱=K=알 카포네"[13]로 연결시켜 해석하는 시각에 주목할 수도 있다.

인 김해경이 본격적으로 데뷔하여 '이상'이라는 이름을 문단에 확인시키는 시기가 된다는 점에서 그러하다. 이렇게 볼 때, 엄밀하게 말하면 「지도의 암실」은 초기 쪽에 속하는 작품으로 볼 수도 있겠지만 작품의 성격이 이 두 시기 사이에 걸쳐 중요한 특징들을 많이 함유하고 있다는 점에서 '과도기적' 흔적을 보여주고 있는 작품으로 이해할 수도 있다.

12) 최재서는 이상의 소설을 산문적이라기보다 시적이라고 보았다. 물론 이런 지적이 「날개」나 「종생기」 등에 두루 고르게 적용될 수는 없겠지만, 적어도 「지도의 암실」 같은 경우에 대해서 그렇게 보는 것이 전혀 무용하지만은 않다. 가령 "우리는 그(이상-인용자)의 小說을 읽어가다가 다만 이따금씩 몇 줄의 詩를 발견할 뿐만은 아닙니다. 그 作品을 創作한 에스프리 그 自體가 벌써 散文的이라기보다는 詩的이올씨다.(…)그의 소설은 소설이 아니라 詩라고 한 대도 무방한 듯합니다."(『최재서 평론집』, 청운출판사, 1961, 327면)고 한 것은 비록 「지도의 암실」에 대한 직접 언급은 아니었어도 이상소설의 산문시적 경향을 지적하는 증거가 된다.

13) 이경훈, 「이상 연구 3-'그리스도'와 '알 카포네'에 대하여」, 『비평문학』 11호, 1997.

　　그러나 「지도의 암실」의 창작 시기가 이상이 화우이자 문우인 구본웅과 빠르게 가까워지던 시기와 정확하게 일치하고 있다는 점에서 보면 이 작품은 '글쓰기'와 관련된 이상의 내면의식이 정제되지 않은 채 들끓고 있었던 시기의 심경이나, 또는 그를 둘러싸고 있었던 도시 경성의 정경을 마치 고밀도의 등고선처럼 표현해 놓은 소설로 이해할 수 있다. 이런 증거들은 「휴업과 사정」에서도 찾을 수 있다. 다음과 같은 대목을 보자.

　　　　세상에서땅바닥에달라붙어뜯어먹고사는 천하인간들의쓰는시와는운
　　　소로차가나는훌륭한시를 보산은 몇편이나써놓은것이건만 그대신세상
　　　사람들은그의시를이해하여줄리가없는과대망상으로밖에는볼수없는
　　　것이었다.　이것을보산혼자만이설어하고있으니 누가보산이이것을설어
　　　하고있다는것조차알아 줄이가있을까.　보산은보산이야말로외로운사람
　　　이라고 그렇게정하여 놓고앉아있노라면 눈물나는한 구고인의글이 그
　　　의머리에떠오른다 보산을위로한답시고보산아 보산아들어보아라
　　　　德不孤 必有隣[14] (강조－인용자)

　　위의 인용은 '보산'이 자정이 되자 읽고 있던 책을 덮고 시를 쓰다가 생각에 잠기는 장면이다. 1931년 무렵의 이상은 총독부 기사로 재직하면서 소설과 시를 꾸준히 창작하고 있었던 듯하다. 이상은 정지용의 소개로 1933년 『가톨릭 靑年』에 시를 발표하면서부터 '구인회' 회원들과 본격적으로 교유하기 시작한다. 이상의 집에 기거하며 같이 생활했던 친구 문종혁은 1933년 이전 이상의 문학과 예술에 관련된 생각이나 여러 사정을 비교적 소상히 기억해 낼 수 있는 유일한 인물인데, 그는 이상에 대해 "텅빈 뒷채에서 상과 나는 같이 기거했다. 그때 상은 시작(詩作)에 골몰했다. 전에도 그랬지만 값싼 무괘지 노오트에 바늘 끝 같은

─────────────
14) 『조선』, 1931. 4, 120면.

만년필촉으로 깨알 같은 글자로 한 장 한 장 시를 써 나갔다.”[15]고 회고
한 바 있다. 이 증언을 참조할 때 문종혁과 이상의 교유는 각별했던 듯
하며, 따라서 문종혁의 이상의 편모에 대한 회상은 사실에 가까운 설득
력을 갖춘 문건으로 수용할 수 있다. 이상에 대한 문종혁의 회상은 1930
년 하순 무렵의 일인 듯하며, 이로 미루어 이상은 이즈음 그가 나중에
발표할 시의 여러 모티프를 나름대로 구상하고 다듬으며 촘촘히 기록해
두었던 것으로 보인다. 이렇게 볼 때 위의 인용문은 이상이 자신의 시를
세상 사람들이 전혀 이해해 주지 않는 데 대한 외로움이 토로된 대목으
로 읽을 수 있다.

　인용문에서 알 수 있듯이 주인공 ‘보산’은 실제 작가 이상의 분신이
다. 보산은 자신의 그런 상황에 눈물을 흘리며『논어』의「里仁」편에 나
오는 ‘德不孤 必有隣’이라는 구절로 우울한 심경을 달래고 있다. 덕이 있
는 사람은 주변과 이웃에 늘 사람이 끊이지 않아 외롭지 않다는 고전적
경구야말로 아마도 이 시기 이상의 심리적 정황을 가장 잘 보여주는 대
목이라고 할 수 있다. 이 부분은 나중에「날개」에서 피력되는 것처럼,
“나는 아내의 이름을 속으로만 한 번 불러 보았다.「蓮心이!」하고……”
라는 대목과 함께 이상 문학 전체에서 자신의 심경을 가장 진솔하게 피
력하고 있는 장면에 해당한다. 이 장면에서 이상 특유의 ‘포즈’란 개입
되어 있을 여지가 없다. 이렇게 보면 내용의 ‘난해함’과는 별도로 이 시
기에 작가는 자기 문학의 징표로 구축될 ‘포즈’를 아직 확고하게 마련하
지 못하고 있음을 알 수 있다. 이상이 김기림에게 보낸 한「사신」에서
소설을 쓰겠다고 고백한 다음「지주회시」,「날개」,「종생기」를 창작했던
것과 비교할 때,「휴업과 사정」이나「지도의 암실」은 그 스스로도 아직
‘소설’이라는 생각을 확고하게 가지고 있지 않았던 시기의 작품으로 혼

15) 문종혁,「심심산천에 묻어주오」,『여원』, 1969. 4, 235면.

란스런 서술의 흐름과 직정적인 감정을 과도하게 토로해내고 있는 작품
이다. 그만큼 이 시기에 이상은 극심한 외로움과 고립감에 처해 있었다.
「휴업과 사정」과 「지도의 암실」이 이런 정황을 정확하게 반영하고 있
다. 소설의 내용을 토대로 유추할 때 이상은 그 무렵 구본웅과 '낙랑파
라'의 룸펜 지식인, 그리고 카페 여급들과 자주 접촉하고 있었으며, 그
럴수록 그의 외로움은 더욱 커져 갔던 것이다. 그 적막과 외로움의 이유
를 「지도의 암실」은 다음과 같이 보여준다.

> 너무나의미를 잃어버린그와 그의하는일들을 사람들사는사람들틈에
> 서 공개하기는 끔찍끔찍한일이니까 그는피난왔다 이곳에있다 그는고독
> 하였다 세상어느틈사구니에서라도 그와관계없이나마 세상에관계없는
> 짓을하는이가있어서 자꾸만자꾸만의미없는 일을하고있어주었으면 그
> 는생각아니할수는 없었다.16) (강조-인용자)

선명한 문장과 분명한 의미로 서술되고 있지는 않지만 '그'는 자신이
하는 일을 사람들에게 공개하는 것이 끔찍할 정도로 싫어 피난해 왔기
때문에 고독하다고 고백한다. 위의 인용 부분에는 세상의 이익과는 관
계없는 무의미한 일을 하고 싶다는 주인공의 심정이 잘 드러나 있다. 이
상이 공식적으로 국내에서 작품 활동을 하고 있었던 1930~1936년까지
『조선과 건축』과 『조선』에 실린 시와 소설들에 관한 정식 평문이나 문
건이 없었다는 점을 고려하면, 사람들 틈에서 공개하기에 끔찍한 일이
무엇인지 정확하게 드러나고 있지는 않아도 그것은 이상 자신이 일본어
시이거나 「12월 12일」 같은 소설일 가능성이 크다. '세상 어느 틈사구
니'라는 말은 이쪽과 저쪽 어느 곳에도 몸을 흔쾌하게 기대지 못한 채
홀로 생각하고 살아가는 존재의 공간적 위치를 드러내 주는 표현이라고

---

16) 『조선』, 1932. 3, 108면.

할 때,[17] 그 무렵 이상은 자신의 작품에 대한 주변 사람들의 평가에 그렇게 반응하고 있었던 것이다. 이 장면은 그 점을 잘 보여주고 있다. '세상에 관계없는 짓'이 문학과 관련된 일일 수 있다는 사실을 생각해 보면 더욱 그렇다. 위의 인용문에 뒤이어 나오는 불어로 된 문장이 이런 추정을 가능하게 해 준다.

JARDIN ZOOLOGIQUE
CETTE DAME EST-ELLE LA FEMME DE MONSIEUR LICHAN?
앵무새당신은 이렇게지껄이면 좋을것을그때에 나는
OUI!
라고 그러면 좋지않겠습니까 그렇게그는생각한다.[18]

이 장면은 경성의 어느 거리를 산책하고 있는 '그'가 동물원과 같은 상황을 설정하고서 앵무새가 자신에게 "이 여자는 이상 씨의 부인입니까?"라고 말하면 좋겠다고 스스로 생각하며, 그렇게 물으면 자신은 "예!"라고 대답하겠다는 것이다. 앵무새와의 대화를 간절히 원하는 주인공의 심리가 이런 유희에 가까운 생각을 하도록 만든 것이다. 혼자 산책을 하면서 사람이 아니라 앵무새와 대화를 하겠다고 생각하는 것은 고독과 외로움의 상황을 극복하기 위한 유희의 한 행위이다. 이런 한에서 '그'의 의식은 무료와 권태라는 무위(無爲)의 늪에 빠져들기 쉽다. 이 부

---

17) 일본어 시 「眞晝」(『朝鮮과 建築』, 1932. 7)에서, "三毛描の様な格好で太陽群の間隙を歩く詩人(도둑고양이 꼴을 하고서 太陽群의 틈사구니를 걷는 시인)"이라고 표현하고 있는데, 이때 '間隙(틈사구니)'의 의미가 그것이며, 이런 증거는 이외에도 여러 곳에서 발견할 수 있다. 가령 "반사운동과 반사운동의 틈사구니"(「종생기」)에 끼어 있다는 표현도 같은 맥락이다. 이 '사이' 혹은 '틈사구니' 의식은 이상 문학의 정신이 처한 공간적 위치를 확대 해석할 수 있는 여지를 준다. 가령 '경성/성천', '경성/동경'의 공간적 이분법은 '농촌(산촌)/도시'나 '전근대/근대', '근대/탈근대'라는 확장된 이분법을 통해 이상 문학을 읽을 수 있는 가능성을 열어주는 말이라는 점에서 주목할 수 있을 것이다.
18) 『조선』, 1932. 3, 108면.

분은 나중에 「날개」에서, "참 세상의 아무 것과도 교섭하지 않는다"[19]
거나 "인간 세상이 너무나 심심해서 못견디겠다던 차"[20]라는 상황으로
이어지는 한편, 인간 세상의 사람이 아닌 조류(앵무새)와 대화를 나누려
는 태도로까지 나아간다. 이것은 또한 주인공이 경성역 티 룸에서 상대
도 없는 테이블에 앉아, "한 복스에 아무 것도 없는 것과 마주 앉아"[21]
있다거나 "빈자리와 마주 앉아서"[22]라며 부재하는 것을 존재하는 것처
럼 표현하는 의식으로 나타나 있다.

　위에 인용한 「지도의 암실」의 장면은 1934년에 발표되는 한글 연작시
「오감도 제6호」에서 다시 "鸚鵡 二匹 /『이小姐는紳士李箱의夫人이냐』『그
렇다』/ 나는거기서鸚鵡가怒한것을보았느니라.　나는부끄러워서얼굴이붉
어졌었겠느니라. / 鸚鵡　二匹 / 二匹."[23]이라는 내용의 시로 연결된다. 여
기서 앵무새와의 대화를 상상하는 상황이란 진정한 만남이 가능한 상대
의 부재를 의미하는 것일 수 있는데, 이것을 그는 더 나아가 죽음과 관
련시키면서 다음과 같이 생각한다.

　　잔등이무거워들어온다 죽음이그에게왔다고 그는놀라지않아본다 죽
　음이묵직한것이라면 나머지얼마안되는시간은 죽음이하자는대로하게내
　어버려두어 일생에없던가장위생적인시간을향락하여보는편이 그를위생
　적이게하여 주겠다고그는생각하다가 그러면그는죽음에 견디는세음이
　나못 그러는세음인것을자세히알아내이기어려워한다 죽음은평행사변
　형의법칙으로 보이르샤아르의법칙으로그는앞으로 앞으로걸어나가는
　데도왔다 떼밀어준다.
　　活胡同是死胡同 死胡同是活胡同[24] (강조−인용자)

---

19) 전집 2, 339면.
20) 위의 책, 335면.
21) 위의 책, 336면.
22) 위의 책, 342면.
23) 전집 1, 30면.
24)『조선』, 1932. 3, 109면.

「12월 12일」로부터 발원하고 있는 이상의 죽음에 관한 테마는 한국 근대문학 안에서도 가장 특이하고 논쟁적인 성격을 띠고 있다. 삶과 당당히 마주서서 바라보는 일상인의 생활 감각과는 달리 한 쪽이 막혀 있거나 폐쇄당한 듯한 이미지를 강하게 보여 주는 이런 정신적 상황은 인용문에 제시된 바와 같이 "죽음은 평행 사변형의 법칙이며, 보일-샤를의 법칙이다"는 명제까지 생각해 내기에 이른다. 두 쌍의 마주하는 변이 각각 평행을 이루는 사각형을 모체로 하는 평행사변형의 법칙은 각과 선을 고려한다고 해도 '사각형'의 이미지를 떠오르게 하는 기하학의 공리이다. 이 점은 이상 문학에 빈번하게 변주되어 나타나는 '□(◻)'의 의미와 관련될 수 있어 보충 설명이 필요하다. "트렁크속에는千갈래萬갈래로찢어진POUDRE VERTEUSE가複製된것과함께가득채워져있다"(「狂女의 告白」)를 비롯하여, "여자는트렁크속에흙탕투성이가된즈로오스와함께엎드러져운다 / 여자는트렁크를運搬한다 // 여자의트렁크는蓄音機다"(「興行物 天使」), "□나의이름"(「線에關한覺書7」), "四角形의內部의四角形의內部의……"(「AU MAGASIN DE NOUVEAUTES」) 등의 표현이 모두 「지도의 암실」의 "그는트렁크와같은낙타를좋아하였다"25)는 문맥 속으로 수렴될 수 있다. 이 사각형의 이미지는 방(이상의 경우 '방'은 빛이 들지 않는 폐쇄와 단절의 이미지를 가지고 있다)이나 관(棺) 같은 폐쇄된 공간의 상징으로 순환될 수 있기 때문에 사각형의 형태를 모체로 하는 '평행사변형의 법칙'은 '죽음'이라는 이미지와 연결된다.

'보일-샤를의 법칙'의 물리학 공식까지 떠올리며 생각하는 죽음에 대한 증류된 사변은 이상의 정신이 거처하는 한 원점을 다시 생각하게 만든다. 여기서 한 가지 흥미로운 추측을 해 볼 수 있다. 이 '보일-샤를(혹은 게이뤼삭)의 법칙'은 기체 분자 사이의 힘과 분자의 실제 부피를 무시

---

25) 위의 책, 169면.

한 고온저압의 조건에서만 성립하는 것으로, 이 법칙에 엄밀히 따르는 기체를 물리학에서는 '이상기체(理想氣體)'로 부른다. 이상은 죽음에 관한 문제를 생각하면서 그가 알고 있었을 물리학 법칙과 자신의 이름을 겹쳐놓는 사고의 유희를 아마도 이렇게 표현해 놓은 것이다. 이런 해석이 심한 비약이나 자의성을 벗어날 수 있는 근거는 이상의 작품에 나타나는 한자의 파자나 언어유희, 그리고 인유나 패러디뿐만 아니라 역설적 문법 등을 이상이 작품 안에서 자주 활용하고 있는 장면들을 어렵지 않게 찾을 수 있기 때문이다. 이런 발상은 이상이 중요한 자연 현상인 '태양'마저도 유희의 대상으로 삼는 다음과 같은 부분에서도 발견할 수 있다.

그의뒤는천문학이다 이렇게작정되어버린채 그는볕에가까운산위에서 태양이보내는몇줄의볕을압정으로 꼭꼽아놓고 그앞에 앉아그는놀고 있었다26) (강조-인용자)

햇볕을 압정으로 꽂아 놓는 행위란 "이상 문학만이 이룩해 낸 자연의 과학화"이거나, "햇볕을 물체화하여, 계량화 할 수 있는 한 가지 단위로 포착한 것"27)으로 볼 수도 있다. 그러나 문맥을 그대로 따라 읽으면 자연의 '과학화'나 '계량화'라기보다는 자연현상을 '유희화(놀이화)'하고 있는 장면으로 보는 것이 타당하다. 이상이 그의 문학에서 유희의 대상으로 삼으려고 했던 것은 죽음, 언어, 매춘부이면서 아내인 여성, 문학(예술) 등 삶의 현상과 관련된 모든 것들이었다는 점을 고려할 때, 만물의 생명을 주재하는 '태양'의 빛(햇빛)과 온도(햇볕)까지도 유희의 대상으로 대상화시키고 있는 적절한 예를 이 대목에서 발견할 수 있다. 주인공이 햇볕(빛)을 압정으로 꼭 꽂아 놓고 그 앞에 앉아 놀고 있는 행위는 「날개」

---

26) 『조선』, 1932. 3, 107면.
27) 김윤식, 『이상소설연구』, 문학과비평사, 1988, 132~133면.

에서 돋보기로 '지리가미'를 태우는 놀이에서 정확하게 반복된다. 그러니까 이상은 자신의 존재(이름)뿐만 아니라 물리현상(의 이론이나 수학의 공리)과 자연현상까지도 유희의 대상으로 삼고 있는 것이다. 이 점에서 이상의 의식은 '자연의 유희화'라는 지점에까지 깊은 관심을 두고 있었음을 위의 인용문은 보여준다. 「지도의 암실」의 이 장면은 김현이나 정명환이 말하는 '태도의 희극'이나 죽음조차도 희화화하는 '희극 정신'의 계기를 내포하고 있음을 증명해 준다. 결국 이 부분은 이상 문학에 대한 숱한 해석을 불러일으키면서 최대 논쟁거리가 되는 '뚫린 골목(活胡同)'이 곧 '막힌 골목(死胡同)'이며, '막힌 골목(死胡同)'이 곧 '뚫린 골목(活胡同)'이라는 출구 없고 꽉 막힌 상황으로 표현된다.[28] 이런 이미지는 「오감도 제1호」에서 '막다른 골목'과 '뚫린 골목'의 사이에서 공포로 떨고 있는 '13인의 아해'로 재연되기도 하고, 제7호에서도 "千裂된死胡同을跑逃하는巨大한風雪"[29]이라고 하여, 천 갈래로 파열된 '막힌 골목(死胡同)'의 이미지를 표현하고 있다. 공포에 가까울 정도로 막혀 있는 존재론적 고독의 근원은 바로 「지도의 암실」의 이런 정황으로부터 비롯되었던 것이다.

　여기서 또 하나 주목해야 할 대목은, 이상이 쓰고 있는 '죽음'이라는 단어를 육체의 물리적 소멸로만 해석할 때 그의 작품 곳곳에 숨겨진 죽음의 비유(譬喩)를 읽어내기가 어렵다는 점이다. 이상의 '죽음 모티프'는

---

28) 이 "活胡同是死胡同 死胡同是活胡同"에 대한 해석은 三枝壽勝의 앞의 논문 135~136면에서 이루어진 바 있다. 이어령 校註의 『이상 시 전작집』(갑인출판사, 1977)에서는 이 문장을 "死胡同 → 胡同은 중국어로 뒷골목의 거리를 뜻함"이라고 해석했으며, 이승훈 편 『이상 문학 전집 1』(문학사상사, 1989)에도 「오감도 제7호」를 해석하면서 "「死胡同」은 죽은 뒷골목의 거리를 뜻함"이라고 설명해 놓은 바 있다. 그러나 이상이 중국어 백화문으로 '死胡同 / 活胡同'을 쓰고 있는 것은, "죽음은평행사변형의법칙으로 보이르샤아르의법칙"이라고 한 것과 마찬가지로 '막다른 상황', '미래가 불투명한 어떤 상태'의 '막다른 골목(dead-end alley 혹은 cul-de-sac)'을 뜻한다.

29) 전집 1, 35면.

삶의 물질적 소멸만을 의미하는 것이 아니라 '죽음과도 같은' 어떤 상황의 포괄적인 메타포로 받아들여야만 한다. 그래야만 이상이 말하려는 언어 표현의 본의 혹은 삶을 대하는 태도를 제대로 읽어낼 수 있다. '보일-샤를의 법칙'에서도 그런 '유희'를 즐기는 이상의 독특한 버릇을 감지할 수 있어야만 이상 문학의 본의가 제대로 파악될 수 있다.

고독한 상황으로부터 발원하면서 실존적 공포감으로 확대되고 죽음에까지 다다르는 이와 같은 의식은 '地圖의 暗室'이라는 제목에서도 읽을 수 있다.30) 뇌옥(牢獄) 같은 고립무원 속에 '상수화(常數化)'된 채 갇혀 있는 자신의 의식과 상황을 이상은 이렇게 절절히 표현해 놓았던 것이다. 공교로운 것은 이런 고립감과 외로움이 이후에 한글 「오감도」 연작시를 발표하면서 훨씬 더 구체적인 현실로 치닫게 된다는 점이다. 그가 「散墨集—鳥瞰圖作者의 말」(1934. 8.)에서, "여남은 개쯤 써보고서 詩 만들 줄 안다고 잔뜩 믿고 굴러다니는 패들과는 물건이 다르다"31)고 한 것은 곧 「휴업과 사정」에서 이미 "천하 인간들의 쓰는 시와는 운소로 차가 나는 훌륭한 시"로 자부하는 것과 일치한다. 산책과 시를 쓰며 외로움을 달래는 주인공 '보산'에 가탁된 작가 이상의 심정은 「지도의 암실」의 다음 부분에서도 계속 반복된다.

백지와색연필을들고 덧문을열고문하나를 여언다음또문하나를 여은다음또열고또열고또열고또열고 이제는어지간히들어왔구나 생각키는때쯤하여서그는백지위에다색연필을 세워놓고무인지경에서그만이하다가고만두는아름다운복잡한기술을시작하니 그에게는 가장넓은 이벌판이밝은밤이어서가장좁고갑갑한것인것같은 것은 완전히잊어버릴수있는것이다 나날이이렇게들어갈수있는데까지들어갈수있는한도는점점늘어가니 그가들어갔다가는언제든지처음있던자리로도로 나올수는염려

---

30) 이에 대해서는 3절에서 다시 상론한다.
31) 전집 3, 353면.

없이있다고 믿고있지만차츰차츰그렇지도않은 것은 그가알면서도는 그
러지는않을것이니까 그는확실히모르는것이다[32] (강조-인용자)

무인지경에서 '그'만이 하다가 그만두는 아름다운 복잡한 기술이란
곧 '시 짓기'라고 할 수 있다. 종이와 연필을 들고 몰두하여 꼼꼼히 시
를 짓는 밤(방)은 아무리 좁고 외로운 방(밤)이라도 주인공에게 그런 정회
를 잊기에 충분할 정도로 포만케 해 주는 넓고 밝은 시간이 된다는 것
을 '그'는 역설적으로 말하고 있다. 그러나 '그'의 시에 대한 반응(나중에
「오감도」에 대한 세인의 평가에서도 똑같이 확인되지만)은 「산묵집」에서 밝히
고 있듯이 "에코-가 없는 무인지경"[33]의 결과를 초래하게 된다. 이상은
그런 정황을 '보산'이나 '리상한 사람'인 '그(이상)'를 통해 말하고 있었
던 것이다.

「지도의 암실」의 정황과 분위기를 이해하기 위해서는 역시 그 당시
이상의 심리적, 육체적 상태를 언급하지 않을 수 없다. 육체적으로 '결
핵'이라는 견디기 힘든 질병과 그로부터 불거져 나오는 죽음에 대한 공
포감을 갖게 되는 것은 서구 낭만주의 말기에 키츠나 바이런의 예에서
도 볼 수 있듯이 20대 초반의 감수성 예민한 예술가들에게서 나타날 수
있는 현상으로, 심한 경우엔 심리적 우울증과 강박 관념의 정신적 합병
증을 수반하는 현상으로 나아갈 수 있다. 그러나 여기서 관심을 가져야
할 것은, 양자체험으로부터 비롯된 모체기각(母體棄却)[34]의 정신적 외상
(트라우마)이나 질병에 의한 육체적 상처 위에, 삶에 대한 허무감과 불안
함, 또는 극도의 고립감이 겹쳐가는 상황에서 이상은 문학이라는 더 근
원적인 질병에 빠르게 감염되어 가고 있었다는 사실이다. 「휴업과 사정」

---

32) 『조선』, 1932. 3, 113면.
33) 전집 3, 353면.
34) 크리스테바가 말하는 'abjection'으로, "어떤거대한母體가나를여기다갖다버렸나"
    (「지주회시」)라고 생각하는 주체의 심리일 수 있다.

이나 「지도의 암실」은 그것을 증명해 준다. 이 점에서 「12월 12일」을 통해서 확인할 수 있었고 「휴업과 사정」, 「지도의 암실」에서도 읽을 수 있듯이 이상 문학은 양자체험이나 결핵이라는 질병 외에도 삶에 대한 허무의식과 고립무원의 외로움으로부터 생긴 우울증이 이상의 정신과 작품에 깊이 반영되고 있음을 확인할 수 있다. 폐소(廢所)의 외로움(그것은 '공포'에 다름 아니다)으로부터 발생할 수 있는 우울증 또한 이상 문학을 산출한 주요 원인이라는 점을 추가해야만 이상 문학의 '방' 모티프와 같은 상징의 연원도 구체적으로 설명할 수 있다. 그러니까 이상의 문학이 '양자체험 → 결핵 → 생에 대한 공포 → 자살충동'으로 이어지는 '공포와 절망의 문학'이라는 기존의 공식에 「12월 12일」에 이어 「지도의 암실」에서 보이는 고독과 우울의 정신이 문학이라는 절체절명(「12월 12일」 연재 4회의 "펜은 나의 최후의 칼이다"라는 명제로 환기되는)의 위기의식 아래 매우 강하게 조성되고 있었음을 추가해야만 한다는 것이다. 그렇게 되어야만 일본어 시나 「휴업과 사정」 및 「지도의 암실」에서 보이는 작가의 내면의식을 더 분명하게 이해할 수 있다.

1932년 7월에 발표된 일본어 시 「AU MAGASIN DE NOUVEAUTES」에서, 이상은 "四角形의內部의四角形의內部의四角形의內部의四角形의內部의四角形"[35]이라고 점점 더 축소돼 가는 자신의 내면을 표현한 것뿐만 아니라, "도아―의 內部의도아―의 內部의鳥籠의內部의카나리야의內部의嵌殺門戶의內部의인사"[36]로 백화점 내부 공간의 인상을 점점 극소화되어 가는 자의식의 영역으로 그려내고 있는데, 「지도의 암실」에서 "백지와색연필을들고 덧문을열고문하나를 여언다음또문하나를 여은다음또열고또열고또열고또열고" 반복해서 '무인지경'에 이르러서야 연필을 들고 '작업'을 시작할 수 있다는 내면의 고백은 따라서 '그' 스스로를

---

35) 전집 1, 167면.
36) 위의 책, 167면.

타자로 삼아 대화하고 있는 상황을 피력한 것으로 읽을 수 있다. 즉 '상자(箱子)' 안에 갇혀 있다는 내면의 복합심리가 이들 시에 반복되면서 그려진 것이다.

'조롱의 내부'가 새장에 갇힌 상태이고, 세상으로부터 절연되어 폐쇄의 공간에 틀어박혀 있는 자아의 이미지이듯이, '감살문호'는 단지 채광만을 위한 틈으로, 문의 개폐와는 무관하다는 점에서 안과 밖의 자유로운 소통을 막고 있는 단단한 경계막일 수 있다. 마찬가지로 외부로 개방되고 확산될 수 있는 의식의 전향적 계기가 거세된 채 내부의 한 점으로만 축약되어 가는 의식의 동력학을 「지도의 암실」은 이렇게 보여주고 있는 것이다. 이런 의식은 「지주회시」에서 "흡사 그가 뭇앞에서나세상앞에서나그자신을첩첩이닫고있"37)다며 '거미'로 자인하거나, 「날개」에서는 '볕 안 드는 윗방'에 갇힌 수인(囚人)의 정황으로 묘사되기도 한다. 밤보다 더 어둡고 비좁은 '사각형' 안의 방, 그보다 열 배 스무 배 더욱 안으로 들어가는 의식과 내면의 방에 이르러서야 오히려 가장 넓고 밝게 느낄 수 있으며 자기만의 세계를 구축할 수 있다는 뜻이다. 따라서 대낮의 태양처럼 그런 방을 밝혀주는 의식의 발열체이며, 어둠의 밤을 조명해 주는 문명의 이기(利器)로서의 인공적 사물인 전등(불)만이 비로소 밤의 안개 속에서 무적(霧笛)처럼 존재에 희미한 경적을 울릴 수 있는 것이다. 이때 의식은 무한대로 확장되어 '이천 점, 삼천 점'에 가까운 시를 쓸 수 있는 계기가 된다.

또한, "어떤 방에서그는손가락을걸린다 손가락끝은질풍과같이지도위를거웃는데(…)왜그는평화를발견하였는지"38)라는 진술도 원고지 위(원고지의 '줄'과 '칸'을 작가는 '地圖'처럼 생각하는 것 같다)에 손가락을 컴퍼스39)

---

37) 전집 2, 300면.
38) 『조선』, 1932. 3, 105면.
39) '컴퍼스(compass)'란 보통 제도용 컴퍼스를 뜻하는 한편, 나침반, 보폭(步幅)의 의

나 젓가락처럼 만들어 걸게 하는 장난을 하면서 시를 구상할 때 마음이 편해진다는 뜻으로 해석할 수 있다. 원고지 위에서의 평화스러운 구상과 장난은 방 바깥의 세상과 절연되어 있으면서도 자신과 허심탄회한 대화를 가능케 해 주는 시인만의 고유한 행위일 수 있기 때문이다. 무한히 축소(확장)된 의식의 방에서 연필을 쥔 손가락으로 수십만, 수백만 분의 일로 축소된 지도('원고지'란 압축된 의식의 지도를 담는 그릇이라고 할 수 있다) 위를 걷는다면 음속이나 광속보다 훨씬 빨리 달릴 수 있다는 계산도 성립한다. 한 번에 구만 리를 날아간다는 붕새의 날개 짓처럼 지도 위를 자유자재로 왕래할 수 있는 시공간을 상상한다면 앞뒤가 꽉 막힌 상황도 넉넉히 탈출할 수 있기 때문에 평화를 발견하고 마음의 안정을 얻을 수 있게 될 것이다. 그러나 '지도'란 실제 값과 같지 않은 약호 체계로 구성되어 있다. 따라서 '암실'에 갇혀 있다는 생각은 들어갈 수는 있지만 나올 수 있을지 확실히 모르는 '막다른 골목'과 유사한 상황에 처한 '그'의 입장을 표현하고 있는 것으로 볼 수 있다.

다른 한편, 이상의 작품에 나타나고 있는 특징은 화자로 설정된 인물의 뒤바뀐 일상감각에 관한 의식이다. 이상 시에서 화자는 대체로 시인이며 작가인 경우가 대부분이다. 그런데 이러한 인물들의 일상감각이란 마치 뒤집어 입은 옷처럼 낮과 밤을 거꾸로 삼아 생활하는 존재들로서 정상적인 생활 감각과 삶의 리듬에 전도현상이 일어난다. 이상 문학에서 이 점은 의외로 중요하다. 왜냐하면 예술가란 현실에서 이루지 못하는 욕망을 작품 속에 현실을 설정하여 충족시키려는 욕망을 지닌 존재

미도 있다. 비유적으로는 '한계'나 '범위'를 나타내기도 한다. 이렇게 볼 때 어떤 방에서 손가락 끝으로 지도 위를 걷게 한다는 표현은 주인공에게 연구실이나 창작실 같은 장소 역할을 하는 '이불 속'에서 「날개」에서의 시를 짓는 '장소'가 갖는 의미와도 잘 연결된다. 그렇다면 '지도의 암실'이란 아무도 없는 빛이 들지 않는 방 안이라는 '닫힌 한계'(세상과 절연된) 상황 안에서 시(문학)를 구상하고 짓는 장소의 상징으로 해석할 수 있을 것이다.

들일 경우가 많다는 점을 생각할 때, 이상은 어느 누구보다도 작품 밖이
나 안에서 그런 의식과 태도(포즈)를 가장 첨예하게 구현한 시인이자 작
가였기 때문이다. 낮과 밤에 결부된 자연의 물리적 흐름이나 도시 생활
의 여러 현상을 밤의 의식으로 이미지화하여 의미부여를 하는 경우가
그의 문학적 표현이나 기법에 많이 나타나는 이유도 그 때문이다. 이상
문학의 표현법에서는 낮의 현상을 말할 때에도 밤의 의식에 기반을 둔
수사를 구사하는 예를 많이 찾아볼 수 있다. 이 점은 가장 심한 역설이
어서 이상 문학을 읽어낼 수 있는 전문가가 아니라면 쉽게 발견하기 어
렵다.

　이상 문학의 표현법은 이를테면 이런 방식이다. 밤이라고 했을 때 낮
이고, 오후라고 했을 때 아침을 가리키는 어법이 이런 경우에 해당한다.
물론 그것은 일상인의 노동시간과는 달리 작품 창작을 하는 시간이 주
로 밤일 경우가 많은 시인이나 작가들의 생체 리듬과 의식을 표현하는
이상 특유의 개성적 어법일 수도 있다. 그러나 자연(농촌)의 밤은 어둠이
찾아오면 생산과 노동이 일시 정지되지만, 톱니바퀴처럼 맞물려 빈틈없
이 움직이는 도시적 일상속의 일들은 자연의 빛이 소멸하며, 만물이 휴
식을 취하는 밤이라는 시간에 구애받지 않는다. 소비와 쾌락의 무한상
승이라는, 정상 궤도를 이탈한 욕망과 사건들이 자연을 압도하면서 마
성(魔性)의 세계를 연출하는 상황이 도시의 시공간적 속성을 구성한다.
이때부터 '그'의 의식과 행동은 본격적으로 기지개를 켜며 활동을 시작
한다. 작품에서 시인의 의식은 밤의 시간이 시작되면서 농촌과 자연의
시공간에서 형성된 의식의 감각을 벗어버리고 도시적 생리 감각을 회복
하기 시작한다. 바야흐로 1930년대 식민지의 소비도시 경성이라는 공간
의 '판타스마고리아'40)가 모던 보이나 룸펜 지식인들에게는 더할 수 없

____

40) '판타스마고리아(phantasmagoria)'란 본래 꿈·환영·공상 따위의 주마등 같이 변
　　하는 광경, 즉 '마술환등'을 뜻하는데, 이 말뜻을 확장하여 생각하면 소비 사회(백

이 쾌락적인 소비의 시간과 배경을 제공하고 있는 광경이 이 작품의 시
공간적 배경 속에 잘 드러나 있다.

이와 같은 감각의 전도 작용은 '건축무한육면각체'라는 표제 아래 일
본어로 씌어진 시 「眞晝」에서도 확인할 수 있다. 이 시에서 '진주(眞晝)'
를 읽을 때 그 단어가 나타내는 의미 그대로 '정오'나 '한낮'으로 읽어
서는 시의 내용을 제대로 파악할 수 없다. 「眞晝」 4연의 "둘쨋번의正午
싸이렌"이나 7연의 '太陽群의틈사구니' 같은 표현도 정오의 시간 경보음
이나 햇빛이 쏟아지는 대낮의 거리가 아니라 한밤중의 어떤 장면을 드
러내기 위한 이상 특유의 심리에 바탕을 둔 특별한 개념임을 간파하지
않고서는 이상 시의 본의를 제대로 해독해내기 어렵다. 이상 문학에서
자주 반복되고 강조되는 '태양'과 관련된 '정오' 또는 '자정'의 이미지는
이상 문학의 키워드라는 점에서 각별한 관심이 필요한데, 이를 방증할
수 있는 근거는 「휴업과 사정」에서 찾을 수 있다.

'보산'의 기상 시간을 말하면서 작가는, "아침오후두시―보산의아침
기상시간은대개오후에 들어가서야있는데 그러면아침이라고 할수는없지
만 그날로서는제일첫번째일어나는것이니까 아침이라고하는것이좋다―"[41]
라거나, "밤이이슥히보산의한낮이다달아와있었다. 얼마있으면보산의
오정이친다"[42]고 쓰고 있다. 또 "시계가세시를쳤다(여기서 '세 시'는 '새벽
세 시'를 뜻한다―인용자). 보산의오후가탔다"[43](강조―인용자)고 하는 데서

화점을 생각해 보라)의 상품들이 배출하는 물신성(fetishism)의 극대화된 국면을 의
미한다.
41) 『조선』, 1931. 4, 116면.
42) 위의 책, 120면.
43) "보산의오후가탔다"에서 '가탔다'와 바로 뒷문장의 "(…)그네질을자고그만두려고
만드는것같았다"의 '같았다'는 모두 '동일하다'는 뜻의 용언이다. 문학사상사판 『이
상소설전집』 2의 162면 주석에서는, 앞의 '가탔다'를 "탔다……기본형은 타다.
어떤 것에 영향을 잘 받거나 느끼다"의 의미로 주석해 놓고 있는데, 이는 잘못이
다. 이 작품이 실린 『조선』(1931. 4)에는 "보산의오후가탔다"(120면)고 되어 있는
데, 이것은 새벽 세 시에 울린 시계 종소리를 보산이 듣고 마치 오후 같았다고 느

도 이상의 전도된 시간 감각을 찾을 수 있다. 「지주회시」에도 "오후네시. 옮겨앉은아침－여기가 아침이냐. 날마다다",44) "내일아침보다는너무일르고그렇다고오늘아침보다는너무늦은아침밥을짓는다"45)고 표현하고 있어 실제의 밤을 낮으로, 오후를 아침으로 인식하고 있는 '보산'의 전도된 시간 감각을 읽을 수 있다. 뒤바뀐 생활감각으로부터 비롯된 버릇이 언어 표현의 전도를 초래하고 있는 것이다. 수필 「어리석은 夕飯」에서, "일곱時다. 밤과 낮이 전혀 顚倒되어 있는 내게 있어 午前 七時의 잠을 깬다는 것은 至極히 우스꽝스러운 일이다"46)며 세상의 일상시간을 무시하는 이상의 감각과 의식은, 용동하며 흘러넘치는 만물의 근원인 태양이 주재하는 시간, 즉 대낮의 시간을 전복하는 데까지 나아간다.

「지도의 암실」에서는 낮과 밤이 뒤바뀐 생활 패턴에서 발생하는 의식이 '그'의 일상 감각을 전도시키고 있다. 일상인의 생활 감각이 이루어지는 시간이 낮이듯이 예술가들이 활동하는 창조적 시간은 대체로 밤이며, 밤의 이런 감각으로부터 예술의 정신은 훨씬 자유롭게 깨어날 수 있다. 이렇게 보면 '막다른 골목'이나 '뚫린 골목'이라는 이상 문학의 독특한 개폐의식(開閉意識)은 밤으로부터 낮으로, 다시 낮으로부터 밤으로 순환하는 반복의 리듬 안에서 막히고 뚫린, 그리고 뚫리고 막힌 모티프로 구성되어 있음을 알게 된다. 「날개」의 다음과 같은 대목을 보자.

> 조용한 것은 낮 뿐이다. 어둑어둑하면 그들은 이부자리를 걷어올린다. 전등불이 켜진 뒤의 十八 가구는 낮보다 훨씬 화려하다. 저물도록 미닫이 여닫는소리가 잦다. 바빠진다. 비웃 굽는 내 탕고 도란 내 뜨물 내 비눗 내……47) (강조－인용자)

끼는 장면을 뜻한다.
44) 전집 2, 297면.
45) 위의 책, 298면.
46) 전집 3, 124～125면.

  '그들'의 생활이 해가 진 저녁으로부터 시작하여 한밤에 이르고 있듯이 시인의 정신은 일종의 인공의 태양이라고 할 수 있는 '전등불'이 켜져야만 은빛의 주화처럼 맑아질 수 있다는 것이다. 낮보다 화려하고, 기름진 냄새와 불빛이 오관을 자극하는 도시의 밤이란 일찍이 농촌의 시간이 경험하지 못한 새로운 세계를 열어젖히면서 도시인의 감각과 인식을 송두리째 차압하며 변환을 요구하게 된다. 이상 문학에 자주 등장하는 이른바 매소부의 생활 감각 또한 밤으로부터 생활의 감각을 길어 올리는 근대 도시의 풍경을 유추해낼 수 있다. 「지도의 암실」에서 보이는 수사적 표현들은 도시의 밤으로부터 발생하는 정신과 육체의 감각에서 비롯된 것으로, 이것은 또한 이상의 어법과 매우 밀접한 관련을 맺는 계기가 되고 있다. '그'의 시공간 의식 역시 이런 현상의 특징을 반영해 주고 있다.

> 정오의사이렌이호오스와같이 뻗쳐뻗으면그런고집을 사원의종이땅땅때린다 그는튀어오르는고무 뿔과같은 종소리가아무데나 함부로헤어져떨어지는 것을보아갔다 마지막에는어떤언덕에서 종소리와사이렌이한데젖어서 미끄러져내려떨어져한데 쏟아져쌓였다가 확헤어졌다 그는시골사람처럼서서끝난뒤를까지 구경하고 있다 그때그는.[48] (강조─인용자)

  인용문에서 주어는 '정오의 사이렌'과 '사원의 종소리'이다. 사원과 교회로 대표되는 종교적 공간에서 울리는 종소리가 아침, 점심, 저녁이라는 자연의 리듬을 원환적 시간의 징표로 구성하는 전통적 시간 감각이라면, 도시의 청사나 광장 한복판에 세워진 시계는 근대 초기로부터 형성된 수공업과 상업의 정밀한 시간을 구현하는 기계이다.[49] 근대의

―――――――――

47) 위의 책, 320면.
48) 위의 책, 169면.

시작이란 사실 사원의 종소리에 대한 도시의 시계시간의 승리로부터 기원하고 있다고 할 때, 경성의 정오를 호스와 같이 일직선으로 가르는 식민지의 도시시간(정오의 사이렌 소리)이란 또 다른 심리적 규율의 리듬을 강요하는 요소에 다름 아니다. 종과 시계(사이렌) 시간 사이의 싸움은 원환시간과 추상시간으로 근대의 시기로 접어들면서 종의 시간이 패배하고 시계 시간의 승리로 귀결되는데, 이를 두고 우리는 전통적이며 유기체적 질서로 움직이는 농촌에 대한 근대적 도시의 승리를 상징하는 패러다임이라고 할 수 있다.[50]

　‘사이렌’ 소리는 1920~30년대 당시 도시 경성의 생활을 규율하는 물리적 시간으로 일종의 ‘신호시간’이라고 할 수 있다. 「날개」의 결말 부분에서도 보이는 사이렌 소리는 시간을 알려주는 기능 외에 일과를 멈추게 하는 신호이거나, 화재 또는 군사 목적의 경보음일 수 있는데, 예를 들어 「날개」의 결말에 나오는 ‘정오 사이렌’은 노동이 정점에 다다른 정오에 공개적으로 휴식(점심)을 알리는 신호를 의미한다. 그런데 이 사이렌 소리는 일상의 군사화 정책으로 하루 대낮의 한 가운데를 질주하며 경성부민들의 일상을 정지시키는 통제와 규율의 심리 장치로도 기능하였다. 실제로 이 사이렌[午笛]이 울리면 모든 사람들의 활동과 생업이 일시 중지되었다.[51] 전시 상황이나 독재 시대를 경험한 사람들에게 대

---

49) 今村仁司, 앞의 책, 68~69면.

50) 대낮의 태양 같은 전등불빛의 밝기를 마음대로 조절할 수 있게 되면서 세상은 근대 이전보다 시간적으로나 공간적으로 엄청나게 확장되었다. 그러나 생각해 보면, 세상은 거꾸로 더욱 어두워진 면이 얼마나 많은가. 대낮보다 화려하고 밝은 근대의 밤은 우리들 인간에게 얼마나 혹독한 대가를 요청하고 있는가. 이렇게 생각하면 우리들 근대인은 신(종교)으로부터 소외되고, 과학과 기계로부터 소외됐으며, 노동으로부터 소외되었을 뿐만 아니라 드디어는 ‘자연현상’으로부터도 소외되었다고 말할 수 있을 것이다.

51) “午笛이 뛰-하고 울면 工場도 事務所도 銀行 會社도 일을 中止하고 거리에서 땅을 파던 勞働人도 모두 나무그늘에서 허리에 찼던 찬 밥을 먹는다”(강조-인용자), 화보 「大京城三部曲」, 『別乾坤』, 1929. 11.

낮의 갑작스런 사이렌 소리는 불안감을 조성할 뿐만 아니라, 소리를 발신해내는 주체에 의식을 차압을 당하는 상황에 빠지게 된다.

이상 문학에 등장하는 이 사이렌 소리는 표면적으로는 식민지 수도 경성의 집단 시계로 경성부민들의 일상과 생활의 감각에 방향성을 제공하는 청각적 시계로 해석할 수도 있다. 그러나 이면적으로 이것은 매일 일어나는 일상에서 그러한 소리에 심리적으로 종속되며 조건반사적으로 반응함으로써 사람들의 일상생활을 지배하는 지배 기제의 상징적 표지가 된다. 앞서 말한 바와 같이 근대 세계란 교회나 사원 같은 종교적 공간의 종소리에 대한 시계 시간의 승리로 설명할 수 있다는 점에서 더욱 정확함을 요구하는 시계와 사이렌은 화폐와 전등불과 자동차와 철근 콘크리트 건축물과 함께 근대 도시의 일상적 감각을 파고들며 '충격의 반복된 연쇄적 현실'[52]로 자리를 잡는다. 따라서 이 '사이렌소리'는 도시인들에게 감각의 기계적 반응을 무의식적으로 강요하는 통제 기제인 것이다.[53] 결국 이 문제는 '지도의 암실'이 의미하는 것에 대한 더 분명한 답을 요구한다.

이상의 소설 「날개」의 마지막 부분에 나오는 다음과 같은 장면은 그런 일들의 구체적인 사례에 해당한다.

"이때 뚜―하고 정오 싸이렌이울었다. 사람들은 모두 네활개를펴고 닭처럼 푸드덕거리는것같고 온갖 유리와 강철과 대리석과지폐와잉크가 부글부글 끓고 수선을떨고하는것같은 찰나, 그야말로 현란을 극한 정오다"(『조광』, 1936. 9, 강조―인용자).

52) 페르낭 브로델, 『물질문명과 자본주의』 1-2(주경철 역), 까치, 1995, 819면.

53) 식민지 지배 체제는 군사지배체제이다. 그것은 제도나 체제 차원에서만이 아니라 걸음과 휴식과 잠자는 일과 같은 개인의 일상적 차원까지도 규율한다. 그런 의미에서 '사이렌소리'는 일상의 제도화 또는 일상의 군사화라는 규율 감각이며, 그 소리를 듣는 타자들을 통제의 주체에 수렴시키는 기능을 한다. 이에 대한 더 구체적인 논의는 김진균·정근식 편저, 『근대주체와 식민지 규율권력』(문화과학사, 1997) 중 제8장 「식민지 체제와 일상의 군사화―일상의 군사화와 순종하는 육체의 생산」(홍성태)을 볼 것.

4. 암실 속의 지도 : 보이는 것과 안 보이는 것

이상 문학에서 자주 논란이 되고 있는 '태양'과 '밤'이 시간성과 맺고 있는 관계를 비롯한 도시의 '거리'에 관한 문제는 '산책자(flâneur)'와 관련해서도 핵심적인 테마를 구성하게 되는데, 이 문제에 대한 모종의 해결 가능성이 「휴업과 사정」과 「지도의 암실」에 나타나 있다. 이들 작품에서 '태양'은 '밤'과 '잠'의 관계 속에서 파악되어야 할 사항이기도 하다. 「휴업과 사정」의 다음과 같은 부분을 보자.

> 꼭한시간만자고 일어날까그러면네시 또조금있다가는밥을먹어야지 아니지다섯시 왜그러냐하면 소화가안되니까한시간은 앉았다가 네시에 드러누우면아니지여섯시 왜그러냐하면 얼른잠이들지아니하고 적어도 다섯시까지 한시간을끄을것이니까 여섯시여섯시에일어나서야전기불 이모두들어와있을것이도져서도로밤이되어있을터이고 해 저녁밤끼도 벌써지냈을것이니 그래서야낮에일어났다는의의가 어느곳에있는가 공원으로산보를가자 나무도보고바위도보고소학교이이들도보고 빨래하 는사람도보 고 산도보고 시가지를내려다보고매우효과적이고 의미심장 한일이아닐까보산은곧일어나서 문간을나선다[54] (강조―인용자)

앞서도 밝힌 바 있듯이 '그'에게 '낮'이라 저녁이 되어 '전기불'이 들어오는 저녁의 시간을 뜻하는 반면, '대낮'은 자정으로 인식된다. 낮보다 더 화려하고 디오니소스적 생기로 가득한 도시의 저녁 시간이 되어서야 비로소 하루의 일과를 시작하는 '그'는 주로 낮을 밤 삼아 잠을 잔다. 이 잠의 행위는 나중에 「종생기」에서 '남들 좀 보라고 낮에 잔다'는 포즈로까지 이어지는데, 「휴업과 사정」에서 주인공 보산은 이미 황혼이 드리워지는 일상적 시간의 끝에서 새로운 하루의 일을 시작한다. 그 일

---

54) 『조선』, 1931. 4, 118면.

이란 다름 아닌 '산책'이다. 그런데 이 산책은 일상인들의 시간관념에 바탕을 둔 산책과는 근본적으로 다르다. 일상인의 산책이 대체로 따뜻하고 포근한 한낮의 햇볕을 즐기면서 생활 속에서 거리를 만보하는 것이라면, '보산'의 산책은 일상인의 생활이 끝나는 시간에 시작을 한다. 밤(저녁)을 낮(아침)으로 간주하는 주인공의 의식은 저녁으로부터 깊은 밤에 이르는 산책을 '낮'의 그것으로 대체하여 의미를 부여하는 감각을 보여준다. 「지도의 암실」에서도 거리를 걷는 '그'가 버스가 사람들의 머리 위를 지나가게 되면 편하겠다는 엉뚱한 발상을 하는 장면이 나온다. '그'는 거리를 거닐며 여러 가지 상념에 잠겨보기도 하고, 자신과 관련된 일들을 생각해 보지만 거리 군중의 모습이 구체적으로 전경화되지는 않는다. 이것이 이상 문학의 산책자 이미지에 나타난 주요 특징이라고 할 수 있다. 이런 양상은 띄어쓰기 체제와 구두점을 무시하는 낯선 통사구조의 문장들을 미학적으로 자기화하는 주체의 의식 속에서 군중의 세부적인 모습(가령, 친구나 보험회사 직원 등과 같은 근대인의 구체적인 모습)을 사상(捨象)하는 방식과 같은 것이다.

물론 이상 문학의 산책 풍경에서 거리 구성의 요소로 군중과 자동차와 시가지가 제시되어 있기는 하다. 그러나 그것은 추상적으로만 제시되고 있을 뿐 사건으로 전경화되는 경우는 산책자의 모습이 가장 안정되어 나타나는 「날개」에서조차도 찾기 힘들다. 다시 말해 도시 군중과 거리의 배경이 후경으로 흐릿해지고, 즉 산책의 주체인 산책자로서 글쓰기 주체의 미적 자의식만이 대상의 전면에 뚜렷하게 부상하는 의식의 렌즈를 조절함으로써 이상 문학의 원근법을 형성한다.[55]

한편, 「휴업과 사정」과 「지도의 암실」에서 주인공은 하릴없이 산책을 하고, 밤늦게까지 책을 읽거나 시를 쓰면서 지낸다. 「휴업과 사정」의 다

---

55) 이 점에 대해서는 필자의 졸저 『이상 소설의 해석 ─ 생과 사의 감각』 Ⅳ장 2절에서 「날개」의 '산책자' 문제를 분석한 부분을 볼 것.

음과 같은 진술은 이후의 이상 작품들에서 보이는 '속이기'나 '속기'의
포즈처럼 전면적으로 나타나는 것은 아니지만 이상의 생활 습관과 문학
적 감각을 삽입해 나가는 과정을 보여주고 있어 무척 흥미롭다.

> 보산은고인의말대로 보산이얼마나음양에관한이치를잘이해하여정신
> 수양을하고있는것인가를 다른사람은하나도모르는것이섭섭하기도하였
> 으며 또는통쾌하기도하였다. 보산은보산의정신상태가 얼마나훌륭히수
> 양되어있는것인가 모른다는것을마음속에굳게 믿어오고있는것이었다.
> 양의성한때를잠자며음의성한때를깨어있어 학문하는것이얼마나이치
> 에맞는일인가 세상사람들아왜모르느냐 도탄에묻힌현대도시의시민들
> 이 완전히구조되기에는 그들이빠져있는불행의깊이가너무나깊어버리고
> 만것이로구나 보산은가엾이여긴다. 읽던책을덮으며 그는종이를내어놓
> 아시를쓴다.56) (강조-인용자)

태양이 지배하고 일상의 활동이 이루어지는 양(陽)의 세계, 일정한 축
적과 비율에 따라 이 지구의 평면(보다 정확하게 말한다면 곡면일 것이다)에
가시적으로 배치되고 분할된 지도(地圖)의 세계란 '양(陽)'과 과학적 이성
과 합리성의 장소이고, 계측 가능한 수학적 가능치의 영역이며, 아폴론
적 빛의 공간이다. 이에 비해, 밖으로부터의 빛의 침입이나 틈입을 차단
하는 방으로서 '암실(暗室)'이란 정념과 주술의 마성과 불확정성의 혼돈
이 지배하는 디오니소스적 어둠의 세계일 수 있다. 여기서 이 암실의 이
미지는 이상 문학의 핵심 모티프인 '거울' 이미지와 연결시켜 이해할 수
있다.

　모든 형상을 자신의 육체 속으로 가두어버리려는 불투명한 반영체인
거울은, 존재의 형상을 통과시키며 대상을 결박하지 않는 유리와 대조
된다는 점에서 의미를 갖춘 이항대립 체계를 형성한다. 그러나 이러한

---

56) 『조선』, 1931. 4, 120면.

이항대립을 끊임없이 파괴하려는 시도가 이상 문학의 핵심 모티프이듯
이 「지도의 암실」에서 표현된 언어와 이미지들은 빛의 세계인 낮에서보
다는 햇빛이 지배하지 못하는 시공간, 인공의 전등불(전기불)이 그네처럼
건들거리는 밤의 이미지에서 더욱 빛을 발하며 육화된다. 낮과 밤처럼,
그리고 태양과 달처럼 상반되고 이율배반적인 모순율의 조감도가 연출
해내는 불협화음의 파편적 계기들이 끊임없이 순환하며 자본주의 도시
생활의 정념을 불태우고 있듯이, 이상 문학 언어의 지속적 시간은 암실
처럼 '보이지 않는' 공간 속에서 인공의 밤을 부유하고 잠행하면서 흘러
간다. 그러나 이러한 시간적 흐름은 「지도의 암실」에서 순일(純一)한 문
장의 흐름을 간단없이 거역하며 서로 다른 이미지들을 계기적 연관 없
이 병치함은 물론, 근대적 언술체계의 합의도 무시한 채 주관적이며 자
의적인 글쓰기의 미학적 실험으로만 강행된다. '지도'와 '암실'이 내포
하고 있는 의미는 바로 자발적 의식의 흐름과, 띄어쓰기나 구두점과 같
은 통사적 안정을 뒤흔드는 암중모색의 글쓰기 정신이 추상화된 개념이
라고 할 수 있다.

　나침반과 함께 낯선 길에서 방향을 밝혀 주는 '지도'와 미와 추, 색깔
의 차이, 문장의 절 무의미해지는 어두운 폐쇄 공간인 '암실' 사이에서
비롯되는 부조화, 이 상반된 변증법은 시 「이상한 가역반응」에서 "二種
類의存在의時間的影響性(우리들은이것에관하여무관심하다)"57)고 말한 의식을
정확하게 반복하고 있다. 그리하여, "顯微鏡 / 그밑에있어서는人工도自然
과다름없이現象되었고", "같은날의午後 / 勿論太陽이存在하여있지아니하
면아니될處所에存在하여있었을뿐만아니라그렇게하지아니하면아니될步
調를美化하는일까지도하지아니하고있었다"58)라고 밝혀놓음으로써 일상
의 의식과 감각에 대한 반역을 의도적으로 포즈화한다. 그런 의미에서

---

57) 전집 1, 96면.
58) 위의 책, 96면.

이상 문학의 위장된 의식을 지칭하는 이러한 '포즈'는 언어유희와 패러디의 함정을 마련하기 이전부터 띄어쓰기와 구두점, 정상적인 문법을 무시하는 언술체계로부터 발원한다. 밤이란 전도된 대낮의 리듬과 그런 감각에 규율된 자본주의의 도시현상으로부터 연역된 의식과 감각으로 내면화된다. '암실'은 그와 같은 밤의 현상적 조감도를 보이지 않는 '지도'로 품고 있는 공간이라는 점에서 근대 '都市計劃의 暗示'[59]에 사로잡힌 주체의 의식을 지시해 주는 개념으로 이해할 수 있다. 이것은 근대라는 네 거리 한복판에 서 있는 자의 의식 현상일 수 있으며, 미로 같은 암실 속에서 이루어지는 '지도 읽기'처럼 혼몽한 상황으로써 '지도의 암실', 다시 말해 '암실 속의 지도'로 해석할 수 있다.

　이런 맥락을 고려하면, 이상 문학에서 '태양'의 모티프는 낮과 밤의 전도된 이미지를 가장 강렬하게 환기시켜 주는 상징으로 활용되고 있다. 가령, 「지도의 암실」에서 "태양이양지짝처럼 내려쪼이는밤에비를퍼붓게하여 그는 레인코트가없으면 그것은어쩌나하여 방을나선다"[60]라는 낯설고 엉뚱한 진술에서도 '태양'은 자연 현상의 주재자인 진짜 태양을 뜻하는 것이 아니라 밤을 낮 삼아 창작과 사변으로 소일하는 주인공 의식의 발열체에 대한 상징적 등가물이다. 이것은 동시에 '발간몸덩이'나 '암뿌으르'의 이미지로 변용되면서 '태양등', '전구' 등 밤을 낮처럼 밝혀주는 '인공태양'으로서 '태양등'이나 '전구'와 결합된다. 이상은 '이상한 가역반응' 표제의 시 「▽의 遊戱」에서도 '電燈'을 '三等太陽'(희미한 전등)[61]으로 표현하고 있으며, 「날개」의 프롤로그에 나오는 "흡사 두 개의 태양처럼 마주 처다보면서 낄낄거리는 것이오"라는 표현에서도 '태양'

---

59) 시 「眞晝」의 3연, 전집 1, 181면.
60) 『조선』, 1932. 3, 105면.
61) 전집 1, 104면. '▽'을 남성의 도형 상징으로 볼 때, '電燈'을 '三等太陽'이라고 한 것은 '희미한 전등'보다는 성적인 능력이 약함을 희화적으로 나타내는 비유라고 해석할 수 있다.

은 실제 자연 현상으로서의 태양이 아니라 그 인공적 대용물인 '백열전
등'을 나타낸다. 그러니까 아랫방 천정에 매달린 전등(한 개의 태양)과
산책자나 무능력한 룸펜의 등가물인 윗방의 전등(또 하나의 태양)이 서
로 교섭하지 못하는 상황에서 제각기 건들거리는 '암실' 같은 상황의
암시가 「날개」 프롤로그의 장면 서술에서도 반복되어 나타나고 있는
것이다.

고유하고 숭고한 자연의 주재자로서 태양이 이상 문학에서 본래의 의
미 그대로 읽히는 경우도 없지 않지만, 경우에 따라서 '전등(電燈)'의 의
미로 '태양'을 말하고 있는 문맥을 바로 읽지 않고서는 전혀 다른 해석
이나 논리로 비약하는 일이 발생할 수 있다. 따라서 밤에 등장하는 '태
양'은 대낮의 전도된 의식적 등가물인 '태양등'으로서 전등이나 그와 유
사한 인공적 발열체의 상징으로 볼 수 있다. 태양광선에 흡사한 빛을 발
하는 전등, 즉 자연의 빛을 인공적으로 모방하여 밤을 밝혀주는 빛을 간
직한 '태양등(太陽燈)'이라는 이름으로 '수은등'이나 '백열등'이 실제로
그 당시에 활용되고 있었을 뿐만 아니라 그렇게 불리기도 했다.62) 이것
을 습관적으로 '태양'이라고 말한 것이다. 시 「▽의 遊戲」의 1연에서
"▽은 電燈을 三等太陽"이라고 한 후, 2연에서 '탕그스텐'과 '屈曲한 直
線'으로 백열전등을 제유로 표현하고 있는 것이 그런 예에 해당한다.63)

이상은 기술, 습자, 그리고 일본어와 함께 지리과목에 특이할 정도로

---

62) 新村 出 編,『廣辭苑』(第4版, 岩波書店, 1993, 1560면)을 보면, "'太陽燈' : 태양광선
  과 유사한 빛(특히 자외선을 포함하는 의미로)을 발하는 電燈. 주로 의료·살균을
  목적으로 하며, 水銀燈 또는 白熱電燈을 이용한다."고 설명되어 있는 것으로 보아,
  '전등'은 '태양등'의 다른 명칭이라고 할 수 있다.
63) R. 야콥슨의 '실어증 이론'을 적용하여 이상 문학의 '난해성'의 원인을 '유사성 장
  애 현상'에서 찾고, 이를 해결하기 위해서 인접성(환유)의 시각에서 분석하는 것
  이 매우 유용하긴 하지만(이런 경우를 보여주고 있는 글로 전봉관의 「이상 문학
  에 드러난 실어증적 징후」,『한국학보』제77집, 서울 : 일지사, 1994, 겨울, 162〜
  165면), '태양'을 인공적으로 빛을 발하는 '백열전등' 혹은 '전등'으로 이상 자신
  이 활용하고 있는 경우도 있어 이를 면밀히 검토하여 적용할 필요가 있다.

성적이 좋았고, 코페르니쿠스의 지구의에 그려진 세계 지도의 둥글고
차디찬 지구의 면을 몹시 좋아했다는 일화가 있다.[64] 그리고 그의 전공
이 건축이었다는 점, 선전(鮮展)에 입선할 정도로 그림에도 소질이 있었
다는 사실로 미루어 특히 인문 지리적 또는 현상학적 지리 감각은 「지
도의 암실」의 주제를 논하는 데 유용한 논리적 근거를 제공해 줄 수
있다.

　이와 관련하여 이상은 근대 서양미술사를 일별하는 성격의 미술평론
「현대미술의 요람」(『매일신보』, 1935. 3. 14.~23.)은 이상의 모더니즘에 대한
관심과 거기에 경도된 이상 문학의 내적 필연성을 지탱하는 글이다. 모
더니즘 운동은 비단 문학뿐 아니라 미술·건축·연극·영화·음악 등
전 예술 분야의 종합적 성격을 띤 예술운동인데, 이상의 문학에 '그림'
과 관련된 모티프나 언급이 유달리 많이 나온다는 사실에 주목할 때 이
상의 문학에 저류하는 모더니즘적 인식과 형상화의 방식에 대한 분석은
더 포괄적인 관점의 도입이 필요하다. 다시 말해 이상 시의 내용을 형성
하고 있는 많은 부분들이 그림을 뜻하는 한자 '圖'와 관련된 내용과 이
미지들로 유별나게 장식되어 있다는 점도 「지도의 암실」을 논할 때 함
께 강조해 두어야 할 사항이다.

　「오감도」의 '圖'를 비롯하여 「熱河略圖No.2(未定稿)」, "心臟이頭蓋骨속
으로옮겨가는地圖가보인다"(「오감도 제14호」), "좀遲刻해서는텁텁한바람이
불고―하면學生들의地圖가曜日마다彩色을고친다"(「가외가전」), "嫌疑者로
서檢擧된사나이는地圖의印刷된糞尿를排泄하고다시그것을嚥下한것에對
하여警擦探偵은아아는바의하나를 아니가진다"(「出版法」), 「三次角設計圖」,
"여자는古風스러운地圖위를毒尾를撒布하면서불나비와같이날은다"(「광녀
의 고백」), "혹은 陜川따라海印寺·海印寺면系圖"(「무제」) 등의 작품에서

---

64) 고은, 앞의 책, 95면.

‘圖’ 또는 ‘地圖’라는 단어가 많이 나타난다. 따라서 「지도의 암실」의 의미도 이와 같은 점에 비추어 ‘圖’ 또는 ‘地圖’와 밀접하게 관련되어 있음을 유추해낼 수 있다.

5. 「지도의 암실」의 의미 : 결론을 대신하여

지도(地圖)란 무엇인가? 지구 표면의 일부나 전부를 일정한 축척(縮尺)에 따라 평면 위에 나타낸 그림을 지도라고 할 때, 의식에 반영된 심리적 지도가 고도의 도상적 상상력의 형태로 문학에 반영되고 있는 것이 이상 문학의 또 다른 특징 가운데 하나이다. ‘심장이 두개골 속으로 옮겨가는 지도’라고 했을 때, 가슴에 의해 보호되는 감성과 정념의 다른 이름이 ‘심장’일 수 있다면, ‘두개골’은 사유하는 주체(코기토)로서 근대의 이성을 주도한 머리의 메타포로 생각해 볼 수 있다. 또 니체의 철학에 기대어 이해할 때에도 ‘심장(마음)’이 디오니소스적 기획의 풍성한 이미지를 수반하는 뜻으로 해석될 수 있다면, ‘두개골(머리)’이란 바로 아폴로적 이성이나 합리성의 다른 이름이다. 따라서 「오감도 제14호」에서 심장이 두개골 속으로 들어갔다고 표현한 세계(「종생기」에서 ‘무릎이 귀를 덮는 노옹’도 같은 의미 맥락을 갖는다)란 지도(보이는 것)가 암실(안 보이는 것) 속으로 들어간 상황으로 교환가치와 배신과 위선이 네온사인처럼 암흑 속에서 명멸하는 근대 도시의 ‘막힌 길(막다른 골목)’과 메타포를 이룬다. 이와 관련하여 또 한 가지 주목해야 할 사항은 ‘에로시엥코’라는 인물을 이상이 언급하고 있는 것이다.

그는에로시엥코를읽어도좋다 그러나그는본다왜나를못보는눈을가

　　졌느냐차라리본다 먹은조반은 그 의식도를거쳐바로에로시엥코의뇌수
　　로들어서서 소화가되든지안되든지 밀려나가던버릇으로 가만가만히시
　　간관념을 그래도아니어기면서앞선다[65] (강조-인용자)

　　에로시엥코란 기타와 바랄라이카와 맹인용 타이프라이터를 짊어지고
일본에 건너와, 동화를 구연·창작하고 러시아 민요를 노래하면서 에스
페란토어를 전파하다 제국 일본의 안녕과 질서를 해칠 위험 인물로 지
목되어 내무성 당국에 의해 추방된 러시아 출신의 맹인 시인이다.[66] 맹
인이면서도 동경과 북경과 상해를 두루 돌아다니며 세상을 보는 눈을
가졌던 1920년대의 한 러시아 시인에 대해 읽으면서, 볼 수 있는 눈이
있으면서도 '나를 못 보는 눈'을 가진 스스로를 대비시키고 있는 것이
다. 이상이 에로시엥코를 거론한 것은, 「에로시엥코 상」을 그렸으며 자
신과 같은 폐질환으로 요절한 일본 서양화단의 귀재 나카무라 쓰네(中村
彝)의 자화상 데생을 기행 수필 「첫번째 방랑」에서 언급한 데에서도 그
관련성을 찾아볼 수 있다. 아마도 이상은 낯선 여행지에서 '에로시엥코'
그림과 존재를 매개로 하여 나카무라 쓰네의 질환을 자신의 상황에 중
첩시켜서 동일시했던 것으로 유추할 수 있다.

　　여기서 눈이 있어도 보지 못하는 상황이란 암흑에 갇힌 '암실' 같은
상황에 다름 아니다. 지도를 들고서도 빛이 없는 암실에 있다면 결국 아
무 것도 분간할 수 없으며, 전후·좌우·상하의 방향감각도 잃어버릴
수밖에 없다. 에로시엥코가 지도 없이도 천하를 다니고 노래를 할 수 있
었다면 그것은 이성의 눈과 육신의 눈으로 그렇게 한 것이 아니라 마음
과 가슴의 눈(심장 또는 마음)으로 본 것이었다는 뜻이다. 음식이 위장과

---

65) 『조선』, 1932. 3, 107면.
66) 이상이 인용하고 있는 '에로시엥코'라는 인물의 존재와 행적에 대해서는 藤井省
　　三의 『エロシエンコの都市物語－1920年代東京·上海·北京』(みすず書房, 1989)
　　을 참조

식도를 거쳐 거꾸로 육체의 정점인 '뇌수'로 들어갔다는 것, 그것은 바로 "심장이 두개골로 옮겨간 지도"를 뜻한다. 그래서 '에로시엥코의 뇌수'란 안 보이는 육체의 눈을 의미하며, 암실(장님) 속의 상황과 같지만 이때 사위(四位)의 소음과 잡스러운 그림자들이 제거되는 순간 오히려 의식의 빛이 밝아지면서 새로운 세계가 인식될 수 있는 상황을 작가는 에로시엥코의 뇌수로 비유하고 있다. 그런 상황이란 달리 말하면 이상 자신의 문학이 암실 같은 세상에서 인정받기를 소망하다. 따라서 이상은 자신의 시가 세상에서 '소화가되든지안되든지' 상관없이 그대로 밀고나가겠다는 내적 의지의 천명이 위의 인용문의 본뜻이라고 할 수 있다.

'무릎이 귀를 넘는 해골'(「종생기」)이란 "심장이 두개골로 옮겨간 지도"와 다를 바 없다고 한다면, 이런 현상이란 마치 '머리로 선 근대', '사상으로 선 근대'의 기계론적 세계상에 대한 비판적 시선에 다름 아니다. 또한 정신의 자기 생산력이 극점에 달한 근대 지성의 '제작적 사고'에 대한 입장과 감각을 이상은 '에로시엥코'의 비유로 말하고자 했던 것이다. 임화가 이상을 '물구나무선 형태의 리얼리스트'[67]로 평가한 이유의 근거도 이 부분에서 찾을 수 있다. 이런 맥락에서 「지도의 암실」은 밤과 태양(전등), 그리고 지도와 암실이라는 상반된 시공간 속에서 주인공 '그'(이상 자신)의 내면을 문학적 글쓰기의 과정 안에서 탈근대적 시각과 의식에 의해 도해해내고 있는 작품으로 이해할 수 있다.

---

67) 임화, 「방황하는 시대정신－정축문단의 회고」, 『문학의 논리』, 학예사, 1940, 245면.

「休業과 事情」: 계몽과 유머

이 경 훈*

1. 도시의 침 뱉기

「휴업(休業)과 사정(事情)」은 흥미로운 작품이다. 보산의 옆집에 사는 SS는 날마다 자기 집 들창 밖으로 머리를 내밀고 보산의 마당에 침을 뱉는다. 보산은 "그런 추잡스러운 행동"을 하는 SS에 대해 "악감"과 "분노"를 피력한다. 그리고 여러 방법으로 그에 대응하려 한다. 이를테면 보산은 SS의 아내에게 편지 쓸 생각을 하거나 SS를 총살할 생각조차 한다. 이렇게 이 소설은 보산과 SS 사이에 벌어지는 불화와 갈등의 묘사로 이루어져 있다. 다음은 그 한 예이다.

> 보산이이리로어슬렁어슬렁걸어오면서싱글싱글웃는것을보자마자또춤
> 을큼직하게 한번탁뱉았다. 역시이번에도보산의마당의가까운한점에가래
> 가떨어진다. 그것을보는보산은다시화가치뻗쳐서 어찌할길을모르고투스

---

* 연세대학교 국어국문학과 교수. 저서로『이상, 철천의 수사학』,『오빠의 탄생』등과 「단발, '아해'의 수사학」, 「아스피린과 아달린」 등 논문 다수.

부러쉬를뺏아던지고 물을한입문다음움질움질하여가지고SS의들창쪽을
향하여 확뿜어본다. 이리하기를서너번이나하다가 나중에는목젖에다넘
겨가지고 그렁그렁해가지고는 여러번해매내이면SS도견딜수없다는듯마
지막으로 춤을한번탁배알은다음에들창을확닫쳐버리고 SS의그보산의두
갑절이나 되는큰대가리는 자취를감추어버리고야말았다.[1]

그러나 두 사람의 신경전은 직접적인 언쟁이나 육체적 충돌 같은 본
격적인 사건으로 발전하지는 않는다. 소설은 주로 SS에 대한 보산의 관
찰 및 SS를 향한 보산의 다양한 심리를 제시한다. 그렇다면 분노와 경멸
은 물론, "너의 부인은 조금도 미인은 아니다", "SS는 참으로 이 세상에
서 제일 가엾은 사람" 등의 말에서 암시되는 질투 및 동정심과 더불어
이 작품은 이웃집 사람들 사이에 발생할 수 있는 쇄말적인 인간적 갈등
과 복잡한 심리적 스펙트럼을 그리고 있는 듯하다.

하지만 본고가 강조하려는 것은 「휴업과 사정」이 결코 우연적인 에피
소드와 개인적인 심리의 묘사에 그치지 않는다는 사실이다. 필자가 보
기에 이 작품은 근대와 근대성의 본질을 독특한 방법과 태도로 예리하
게 고찰하고 있다. 그것은 다음과 같은 작품의 상황 설정에서부터 관찰
된다.

삼년전이보산과SS와 두사람사이에 끼어들어앉아있었다. 보산에게다
른갈길이쪽을가르쳐주었으며 SS에게다른 갈길저쪽을가르쳐주었다. 이
제담하나를막아놓고이편과저편에서 인사도없이그날그날을살아가는보
산과 SS두사람의 삶이어떻게하다 가는가까워졌다 어떻게하다가는 멀어
졌다이러는것이 퍽재미있었다. 보산의마당을 둘러싼담어떤점에서 부터
수직선을 끌어놓으면그선위에SS의방의들창이있고 그들창은 그담의매앤
꼭대기보다도 오히려한자와가웃을 더높이나있으니까SS가들창에서 내어
다보면 보산의마당이환히들여다보이는것을 보산은 적지아니화를내며

---

1) 김윤식 엮음, 『이상문학전집 2』, 문학사상사, 1994, 152면. 이하 『전집 2』로 표시함.

보아지내왔던것이다. SS는 때때로 저의들창에매어달려서는 보산의마당
의임의의한점에 춤을배앝는버릇을 한두번아니내애는것을 보산은SS가들
키는것을 본적도있고 못본적도있지만본적만쳐서 헤어도꽤많다.[2]

인용된 부분은 보산과 SS의 갈등이 주로 근대 도시의 공간적 특성에
서 비롯됨을 알려준다. 위와 같은 주택의 배치가 없었다면 SS는 보산의
마당을 들여다보거나 그곳에 침을 뱉을 수 없었을 것이며, 보산은 SS에
게 화를 낼 일이 없었을 것이다. 이상은 "천하에 공지(空地)가 없음을 한
탄"[3](「조춘점묘」)하거나 "인제는 까치들도 살기가 어려워서 경성 근방에
서는 다 없어졌나 봅디다"[4](「슬픈 이야기」)라고 쓴 바 있거니와, 철두철미
「휴업과 사정」은 담 하나를 사이에 두고 주거 공간이 빽빽이 설치되었
을 뿐만 아니라, 원래는 뒷동산이었을 고지대마저 택지로 활용된 근대
도시의 이야기다. 새벽 세 시에 SS의 노래 소리가 보산에게 들리게 되는
일 역시 도시의 주택 밀집 지역에서 일어날 수 있는 사건이다. 이와 유
사한 소설적 환경에 대해 박태원은 다음과 같이 쓴 바 있다.

옆집에서는 매일같이 큰딸이 풍금을 쳤다.
취직도 않고 장가도 안 드는 철수는 날마다 늦잠만 잤다.[5]

따라서 "삼 년 전이 보산과 SS와 두 사람 사이에 끼어들어 앉아 있었
다"는 말은 중요하다. 이 말은 두 사람이 삼 년 동안이나 "인사도 없이",
그야말로 담을 쌓고 살아 왔음을 알려주기 때문이다. 보산과 SS는 서로
"다른 갈 길 이쪽"과 "다른 갈 길 저쪽"을 가고 있다. 이들은 인간적으
로 의사소통하는 직접적인 관계를 맺고 있지 않으며 함께 관여한 공동

---

2) 『전집 2』, 149면.
3) 김윤식 엮음, 『이상문학전집 3』, 문학사상사, 1995, 43면. 이하 『전집 3』으로 표시함.
4) 『전집 3』, 64면.
5) 박태원, 「옆집색시」, 『소설가 구보 씨의 일일』, 깊은샘, 1989, 98면.

체적 경험과 이야기를 갖고 있지 않다. 이들의 관계는 주로 택지 구획과 도시 계획 또는 부동산 시장에 매개되고 지배된다. 아무 상관도 없는 이들은 인접한 택지의 양편에 배치되었을 뿐이다. 그들은 '이웃사촌'이 아니라 그저 옆집 사람들이다. 당연히 두 사람은 그들 사이에 가로놓인 담을 뛰어넘지 못한다. 그리고 이러한 사정(事情)은, "이 방이 가운데 장지로 말미암아 두 칸으로 나뉘어 있었다는 그것이 내 운명의 상징"(「날개」)이라는 말이 암시하는 바와도 비슷한, 일종의 존재론적 성격을 띠게 된다. 예컨대 보산은 담을 넘어 SS와 직접 소통하는 대신, 다음과 같이 혼자 변소 벽에 낙서를 하거나 동네를 떠나 공원으로 산보를 가는 존재다.

> 변소에서보산의앞에막혀 있는 느얼담벼락은 보산에게있어서는 종이를얻는시간이느얼이[을]얻는시간보다도 훨씬더많을만큼의례히변소에 들어온보산에게맡겨서는종이노릇을하는것이다.[6]

> 공원은가까이바로산밑에서 산과닿아있으니 시가지에서찾을수없는신선한공기와청등한경치가을사람을기다리고있는곳으로 보산은그러한훌륭한장소가자기집바로가까이있다는것을 퍽기뻐하며믿음직하게여기어오는것이다.[7]

그러나 "시가지"를 떠나 공원으로 간다고 해서 도시를 벗어날 수 있지는 않다. 공원을 구획하는 것은 도시이기 때문이다. 보산은 오히려 도시 한 가운데로 깊이 들어간 것이다.

이렇게 보았을 때, 우리는 "삼 년 전이 보산과 SS와 두 사람 사이에 끼어들어 앉아 있었다"는 문장을 "근대 도시가 보산과 SS와 두 사람 사

---

6) 『전집 2』, 150면.
7) 『전집 2』, 153면.

이에 끼어들어 앉아 있었다”로 번역할 수 있다. 이 말은 등장인물들의 성격을 규정한다. 보산과 SS는 서로를 통해 소외를 확인하고 강화하는 도시인들이다. 적어도 이 소설에서 도시의 구성은 이들의 존재에 일차적으로 관여한다. 비유컨대 보산과 SS는 설계되었다. 그 설계도 속에서 이들은 근대의 한 측면을 풍속적으로 완성해 낸다. 이제 “덕불고(德不孤) 필유린(必有隣)”8)은 지난 시절의 이야기다. 도시는 편재한 타자와 소외로 충만해질 터이다. 다음 서술은 이와 관련된다.

> 날이 훨씬 추워지자 우리 바로 隔墻에 四男妹로 組織된 家族이 떠나왔다. B專門學校에 다니는 오빠가 한 雙 W女高普에 다니는 妹氏가 한 雙ㅡ매양 夕刻이면 混聲四重唱의 流行歌가 우리 아버지 頑固한 思想을 苦롭힌다 한다. 그렇건만 나는 한 번도 그 오빠들을 본 일이 없고 누이는 한 번도 그 妹氏들과 말을 바꾸어 본 일이 없는 것이다.
> 正月에 反對편 이웃집에서 흰떡을 했다. 한 가락 주겠지 했더니 果然 한 가락도 안 준다. 우리는 지짐이만 부쳤다. 좀 줄까 하다가 흰떡 한 가락 안 주는 걸, 뭘 하고 혼자 먹었다.9)

그렇다면 「휴업과 사정」이 “기하학적 대칭구조”10)를 작품의 구성 원리로 삼고 있다는 말은 수정되어야 한다. 이 작품은 등장인물의 추상적인 대립보다는 도시의 구체적 일상으로 발현되는 근대적 소외를 서사의 근본적인 동력으로 삼는다. 보산과 SS는 대립하기보다는 “도탄에 묻힌 현대 도시의 시민들”11)로서 통일된다. 문제는 도시 및 도시인 자체이다. 보산의 마당에 침을 뱉은 진정한 주체는 SS가 아니라 1930년대의 경성이었던 것이다.

---

8) 『전집 2』, 155면.
9) 『전집 3』, 46면.
10) 『전집 2』, 162면.
11) 『전집 2』, 155면.

2. 아침 오후 두 시의 계몽자

그런데 「휴업과 사정」에서 또 한 가지 눈여겨 볼 것은 다음과 같은 서술이다.

군은도무지가 외면에나타나서 사람의심리를지배하지아니지못하는미관이라는 데대하여한번이라도고려하여 본일이있는가. 또는위생이라는 관념에서 불결이여하히사람의 육체뿐만아니라정신적으로도사람에게 해를끼치는가를아는가 모르는가. 바라건댄군은그비신사적근성을 버리는동시에춤배앝는짓을근신하라.12)

인용에서 중요한 것은 보산이 취하고 있는 계몽적 태도다. 보산은 SS의 무례를 단지 미워하거나 비난하는 데에서 멈추지 않는다. 그는 "불결", "위생", "미관", "비신사적 근성" 등을 운위하며 SS를 훈육하려 한다. 더 나아가 보산은 SS의 뇌가 나쁘리라 추정하며 그 "개량"을 생각한다든지, SS와 그의 자식을 위해 "자살"이나 "피임"을 권하려고까지 한다. 보산에게 SS는 철저히 계몽과 규율의 대상이다. 그는 오직 뚱뚱한 야만이자 불결한 토인으로서, "신선한 공기를 마시러 공원으로 산보"를 가는 보산과 동일한 부류의 인간이 아니다. SS는 "동물적 행동"을 일삼는 "사회적 저능아"로서 "인류의 해독"13)이 될 것이다. 보산은 자기 그림자를 보고, "뚱뚱한 것이 거의 SS를 닮았구나 불유쾌한 일이로구나"라고 불평할 정도인 것이다. 그리고 이러한 평가의 배경에는 「조춘점묘」14)에서 제시된 바 있는 우생학적 사고방식, 위생 관념, 세균설 등이 작용한다. 이상은 다음과 같이 침 안의 세균을 현미경적으로 관찰한 바 있다.

---

12) 『전집 2』, 151면.
13) 『전집 2』, 160면.
14) 『전집 3』, 39~41면을 참고할 것.

　건너다보이는二層에서大陸계집들창을닫아버린다닫기前에침을뱉앝다
마치 내게射擊하듯이……
　室內에展開될생각하고 나는嫉妬한다 上氣한四肢를壁에기대어 그 침을
들여다보면 淫亂한 外國語가하고많은細
　菌처럼 꿈틀거린다15)

　SS의 침 뱉기와 유사한 장면을 그리고 있는 위의 시는 아마도 박태원
이 묘사한바, “권번 집과는 조화가 되지 않게, 좁은 뜰 하나 격하여 그
맞은편에가, 올망졸망하니 일자로 쭈욱 이어 있는 줄행랑 같은 건물”16)
에서 일어난 사건을 소재로 했을 것이다. 한편 이 시는 이상이 사용한
“가브리엘 천사균”(「각혈의 아침」) 등의 표현과 함께, 결핵균과 매독균을
“민족의 적”으로 규정했던 이광수를 상기시킨다. 이 작품은 “음란한 외
국어”를 “세균”에 비유하기 때문이다. 요컨대 인용문과 더불어 「휴업과
사정」은 “위생의 제일 요건은 청결”(이광수, 「농촌계발」)이라 피력하거나,
“약도 잘못 쓰고 위생도 잘못하여 죽는 줄”17)을 알지 못하고 “까마귀
소리”(안국선, 「금수회의록」)나 두려워하는 사람들을 비판했던 계몽과 문명
개화의 입장을 계승하는 듯하다.

　필자가 이 작품의 주된 갈등이 “위생과 비위생 또는 문명과 비문
명”18) 사이에 형성된다고 논의했던 것은 그 때문이다. 도시와 시골의
대립으로도 변주될 수 있는 양자의 갈등은 “공포의 초록색”19)(「권태」)에
까지 이어지는 이상 문학의 한 가지 핵심이다. 이는 “‘방 덧문을 첩첩
닫고 일 년 열두 달을 수염도 안 깎고 누워 있다 하더라도’ 기필코 ‘담

15) 이승훈 엮음, 『이상문학전집 1』, 문학사상사, 1992, 206면.
16) 박태원, 「보고」, 『박태원단편집』, 학예사, 1939, 207면. 이와 관련해서는 「이상과
　　박태원」(『이상, 철천의 수사학』, 소명출판사, 2000, 90~131면.)을 참고할 것.
17) 안국선, 「금수회의록」(『한국근대문학풍속사전』, 태학사, 2007, 380면에서 재인용함.)
18) 졸고, 「아스피린과 아달린」, 『한국근대문학연구』 2호, 2000. 12, 81면.
19) 『전집 3』, 143면. 이와 관련해서는 졸고, 「권태의 사상」(『이상, 철천의 수사학』,
　　소명출판사, 2000, 295~324면)을 참고할 것.

벼락을 뚫고 스며'드는 잔인한 근대적 '관계'(「지주회시」)"를 암시한다. 필자는 다음과 같이 지적했다.

> SS가 보산의 마당에 침을 뱉는 행위는, 새끼줄에 매달린 숯과 붉은 고추의 금줄에도 불구하고 오히려 보산으로 대표되는 위생과 근대적 담론이 SS의 전근대적 '안마당' 안으로 깊숙이 침투하게 될 필연성을 발현시키는 계기가 된다.[20]

그러나 본고는 위의 의견에서 한 걸음 더 나아가 보려 한다. 일단 문명과 비문명 사이의 갈등을 지적한 위의 의견은 어느 정도 타당하다. 보산의 내면에서 보산과 SS는 계몽의 주체와 훈육의 대상, 문명과 야만의 위계질서를 이루고 있기 때문이다. "SS는 그 바위만한 가슴과 배 사이 체내로 치자면 횡격막의 위치 부근에다 SS의 딸 어린아이를 안고 나와 서 있다"는 묘사는 그 사실을 웅변한다. SS의 몸속을 투시하는 문명인 보산은 야만인 SS를 시각적으로 지배한다. "엑스 빛"[21]을 보유한 근대적 시선과 담론의 주체인 보산은 이미 승리자일 터이다.

하지만 중요한 점은 그러한 보산 앞에서 SS는 여전히 숯과 붉은 고추가 매달린 금줄을 내건다는 사실이다. 아무리 보산이 SS의 행위를 "추태"로 평가할지라도, 자신만만한 SS는 "나의 행동의 어느 하나라도 너를 위하여 변경할 수는 없다"[22]고 하며 쉽사리 자신의 습관을 버리지 않을 것이다. 보산의 경멸에도 불구하고, SS는 끝내 "개선가"를 부를 수 있다. 보산이 SS에게 경쟁심 비슷한 태도를 보이는 것은 이 점에 기인한다.

이는 도시의 담벼락과는 또 다른 두 사람 사이의 단절을 암시한다. "위생"과 "개량"을 말하며 "투스부러쉬"로 이를 닦는 보산과, 금줄을 내

---

20) 졸고, 「아스피린과 아달린」, 앞의 책, 86면.
21) 이광수, 「새 아이」, 『청춘』 3호, 1914. 12, 2면.
22) 『전집 2』, 160면.

거는 SS는 이질적인 생활 풍습 속에 산다. SS에게는 보산의 근대적 사고 방식 자체가 남의 집에 침 뱉기 이상의 모욕일 수 있다. 바로 옆집에 사는 이들은 "운소(雲宵)로 차가 나는"23) 풍속을 지니고 있다. 보산은 그 사실에 당황하는 것이다.

그러므로 「휴업과 사정」의 전체 사건은 두 사람의 인간적 갈등 또는 문명과 야만의 이분법에 근거한 일방적인 계몽과 식민화보다는 근대의 불균등하고 혼종적인 측면을 표현한다. 이 "불균등성"은 소외를 균등 배분하는 도시의 메커니즘과 짝을 이루며 식민지 근대의 분열적 일상을 이루어낸다. 「휴업과 사정」은 이 역사적인 장면을 묘파한다. 이상 문학의 이러한 특성에 대해 신형기는 다음과 같이 지적한다.

> 분열이 식민지 근대의 불가피한 정신 상황이었음은 이상(李箱)에 의해 확인된다. 그가 탐구한 분열적 상황은 '현대인의 일반적인 스테이터스쿼'(최재서, "리얼리즘의 확대와 심화─「천변풍경」과 「날개」에 관하여", 1936)이기 전에 식민지 근대의 불균등성과 관련되어 있었다.24)

그런데 위의 의견과 관련해 조금 더 논의해야 할 중요한 사실은 분열과 "불균등성"이 보산과 SS를 가로지르는 관계의 본질일 뿐 아니라 보산 자신의 문제이기도 하다는 점이다. 이는 SS의 "불결"과 "불섭생"을 지적하거나 머리가 나쁜 SS 딸의 장래를 걱정하는 보산 자신이 지극히 건강하지 못하며 무계획적인 "휴업(休業)"의 생활을 영위하고 있음과 연관된다. 그는 보통 "양의 성한 때를 잠자며 음의 성한 때를 깨어" 있을 뿐만 아니라, 가끔 "한 개의 밤 동안을 잤는지 두 개의 밤 동안을 잤는지"조차 알지 못한다.

요컨대 보산은 "아침 오후 두 시"25)의 존재다. 그는 직업이 없는 것을

─────────

23) 『전집 2』, 155면.
24) 신형기, 『이야기된 역사』, 삼인, 2005, 368~369면.

"만악(萬惡)"과 "만불행(萬不幸)의 본(本)"26)이라 규정한 문명개화의 입장, 다시 말해 "자기의 목적을 정하고 그 목적을 달하기 위하여 계획된 진로를 밟아 노력하면서 시각마다 자기의 속도를 측량"27)하는 데에 문명인의 특징이 있다고 한 계몽의 기획과는 배치되는 삶을 산다. 이상은 "하루치씩만 잔뜩 산(生)다"28)(「지주회시」), "나는 가장 게으른 동물처럼 게으른 것이 좋았다"29)(「날개」) 등의 표현을 구사한 바 있거니와, 이러한 표현들과 상통하는 보산의 생활을 문제 삼을 경우, 보산은 SS보다도 문명인의 자격이 없다. 어쨌든 SS는 "일찍 일어날 수 있는 사람"30)이기 때문이다. SS가 침을 뱉는 것은 까치처럼 "벌이"도 나가지 않고 "아침 오후 두 시"의 삶을 사는 터무니없는 계몽자에 대한 조롱이나 경고일지 모른다.

하지만 이러한 사정에는 아랑곳하지 않고, 보산은 SS가 밤에 노래 부르는 것에 대해 "SS도 음양의 좋은 이치를 터득하였단 말인가"라고 의심한다. 그리고 자신의 무계획적인 생활을 다음과 같이 합리화한다.

> 보산은고인의말대로 보산이얼마나음양에관한이치를잘이해하여정신수양을하고있는것인가를 다른사람들은하나도모르는것이섭섭하기도하였으며 또는통쾌하기도하였다.31)

그러나 보산이 위와 같이 생각할 때, 그는 계몽자의 위치에서 벗어난다. "고인의 말"이나 "음양의 이치"를 내세우는 것은 SS가 대문에 금줄을 내거는 일과 친근하기 때문이다. 그것은 사회진화론이나 우생학적인

---

25) 『전집 2』, 149면.
26) 이광수, 「농촌계발」, 『이광수전집 17』, 삼중당, 1962, 89면.
27) 이광수, 「민족개조론」, 『이광수전집 17』, 삼중당, 1962, 170면.
28) 『전집 2』, 297면.
29) 『전집 2』, 324면.
30) 『전집 2』, 159면.
31) 『전집 2』, 155면.

사고에 근거해 SS에게 자살을 권유하려 한다든지 SS의 부인에게 피임법을 알려 주려 하는 입장과는 거리가 있는 생활 풍습을 환기한다. 차라리 보산은 "여섯 시에 일어나서야 전기불이 모두 들어와 있을 것"32)이라는 점을 강조하며, 밤에 깨어 있는 일이야말로 "고인의 말"이나 "음양의 이치"를 거역하는 첨단의 생활 패턴임을 지적했어야 했다. "왜 하필 그까짓 뇌가 나쁜 뚱뚱보 SS를 닮는단 말이냐"33)는 걱정은 기우가 아니었던 것이다.

　결국 이는 이상 문학 전반에 "공포"의 그림자를 드리우는 십구 세기적인 것, 즉 "분총(墳塚)에 계신 백골(白骨)까지가 내게 혈청(血淸)의 원가상환(原價償還)을 강청(强請)"34)하는 일과 무관하지 않을 터이다.35) 예컨대 보산이 "정신 수양"을 한다고 자부하는 것은 "심리학을 포기한 나는 기꺼이—나는 종족의 번식을 위해 이 나머지 세포를 써버리고 싶다"36)는 말을 상기시킨다. 보산의 "정신 수양"은 "두 사람의 나어린 창기"37)와 함께 발견한 "고대 미개인의 낙서의 흔적"38)과 더불어 "아버지를 반역"39)한 "생물적(生物的) 이등차급수(二等次級數)"의 존재를 수식하는, 그야말로 "얼마 안 되는 변해"다. 오랜만에 일찍 일어난 보산을 바라보는 SS의 얼굴을 일러 "예언자와 같은 엄숙한 얼굴"40)이라고 평가하게 되는 것은 그 때문이다. 보산은 "인류의 해독"인 SS에게조차 발각될 만큼 "도처에서 들킨"41) 것이다. 이때 보산이 내면화한 위생과 건강의 근대 규

---

32) 『전집 2』, 153면.
33) 『전집 2』, 157면.
34) 『전집 1』, 83면.
35) 이와 관련해서는 졸고, 「이상의 또 다른 질병에 대하여」(『이상, 철천의 수사학』, 173~196면)를 참고할 것.
36) 이상, 「황의기」, 『전집 3』, 320면.
37) 이상, 「얼마 안 되는 변해」, 『전집 3』, 291면.
38) 이상, 「얼마 안 되는 변해」, 『전집 3』, 292면.
39) 이상, 「가외가전」, 『전집 1』, 64면.
40) 『전집 2』, 159면.

율은 "분총에 계신 백골"이 엄명하는 가문(家門)의 도덕으로 전환된다. "십구 세기와 이십 세기 틈사구니에 끼어 졸도하려 드는 무뢰한"42)이라는 규정은 보산에게도 유효하다.

따라서 아마도 보산은 "아버지의 아버지가 되"43)는 "역도병(逆到病)"44) 환자였을 것이다. 이미 한 아이의 아버지인 SS는 이제 또 다른 아이의 아버지가 되었음을 표시하는 금줄을 내걸고 있거니와, 보산은 이러한 SS와 극명하게 대비되는 사람이기 때문이다. SS가 머리 나쁜 딸과 새로 태어난 아이의 미래를 걱정해야 한다면, 보산은 계속 아버지의 아버지가 됨으로써 원숭이로 퇴화할 터이다. 아이러니하게도 아내와 '정사(情事)' 하면서 "위생"과 "음양의 이치"를 종합적으로 실천한 것은 보산의 우생학이 아니라 SS의 금줄이었다. 이렇게 "지식과 함께 나의 병(病)집은 깊어질 뿐"45)이라는 말은 보산에게도 적용된다. 그의 "소름 끼치는 지식"46)은, "얼마 안 있으면 보산의 오정이 친다", "시계가 세 시를 쳤다", "시계가 칠 수 있는 제일 많은 수효를 친다", "변소를 나서면 삼십 분이라는 적지 아니한 시간이 없어졌다" 등과 같은 강박적 시간 의식과 함께 자신의 게으르고 목적 없는 삶을 두렵게 관찰하게 했다. "박제가 되어버린 천재"라고 했던 「날개」의 주인공과 마찬가지로, "방향을 분실"한 "아침 오후 두 사"의 계몽자 역시 다음과 같이 자가 진단하며 "책임의사"와 "실험동물"로 분열되었던 것이다.

> 日曆의反逆的으로나는方向을 紛失하였다. (중략)
> (나의猿猴類에의進化)47)

---

41) 이상, 「문벌」, 『전집 1』, 83면.
42) 『전집 3』, 235면.
43) 이상, 「오감도 시 제 2호」, 『전집 1』, 21면.
44) 이상, 「황의 기」, 『전집 3』, 317면
45) 『전집 3』, 317면.
46) 이상, 「실락원」, 『전집 3』, 190면.

3. 유머로서의 타자

한편 「휴업과 사정」에서 또 한 가지 눈여겨보아야 할 것은 이 작품에 일관되게 나타나는 유머러스한 태도다. "아침 오후 두 시―보산의 아침 기상 시간은 대개 오후에 들어가서야 있는데 그러면 아침이라고 할 수는 없지만 그날로서는 제 일 첫 번 일어나는 것이니까 아침이라고 하는 것이 좋다"[48]는 서술은 그 대표적인 예이다.

결론부터 말해, 「휴업과 사정」의 유머러스한 태도는 순진하지만 비인간적일 수 있는 계몽의 의지, 심각하지만 주로 총체화하기에 급급한 사회 비판, 더 나아가 자칫 공소하기 쉬운 사소설적인 고백을 넘어 이 소설의 문학사적 위치를 가늠하게 하는 핵심적인 장치이자 테마이다. 무엇보다도 이는 계획된 서사의 초조하거나 기계적인 진행 대신 등장인물들과 사회의 "불균등성"과 분열을 날카롭게 드러내면서도 부드럽게 어루만지는 심리와 장면 묘사의 다면적인 풍성함을 제시한다. 일단 인용된 장면에 주목해 보자.

> SS는보산을 보자마자기다렸다는듯이 춤을큼직하게한입뿌듯이글어모아서이쪽보산의졸음든얼깨인얼굴로 머뭇거리는근처를겨냥대어서한번에 당정해진어느한군데땅―흙위에떨어져약간의여운진동을내이며 흔들리다가머물러주저앉아버릴때까지거의 교묘한사격이완료된것과같은모양으로들(고보)는사람으로하여금 부족한감이없을만하게얌전한것이다. 단번에 보산은 얼빠져버려서버엉하니 장승모양으로섰다가다시정신을 자알가다듬어가지고증오와모욕이가득찬눈초리로그무례한침략자SS의춤가까이로가만가만히다가시는것이다. 빛깔은거의SS의소회작용의일부분을담당하는 타액선의분비물이라고는 볼수없을만큼주제가남루하며 거의춤이

---

47) 이상, 「출판법」, 『전집 1』, 175면.
48) 『전집 2』, 149~150면.

라는 체면을유지하지못하고있는꼴이보산의마음을비록잠시동안이나마
몹시센티멘탈하게한다.[49]

  인용문은 침의 모습과 침을 뱉는 SS의 행위, 그리고 이에 대한 보산의
반응과 심리를 미세하고 정밀하게 묘사한다. 침을 매개로 보산과 SS가
어린애들 같은 신경전을 벌이는 상황 자체가 대단히 우스운 것이거니
와, 이와 더불어 "그 소리는 퍽 완전한 것", "부족한 감이 없을 만하게
얌전한 것", "주제가 남루", "침이라는 체면", "교묘한 사격", "무례한 침
략자", "몹시 센티멘털하게한다" 등과 같은 표현들은 SS의 무례함뿐 아
니라 마당에 떨어져 흔들리는 침의 불결함마저 낯설고 새롭게 보이게
한다. 사실 "군의 얼굴의 산 문어와 같은 붉은 빛", "SS의 그 보산의 두
갑절이나 되는 큰 대가리", "어데 다른 곳에서 얻어온 것 같은 아름다운
미소" 등과 같은 과장되게 경멸적인 묘사 역시 SS에 대한 심각한 증오
나 훈육된 배제의 태도보다는 이웃집 아이와 엉키어 다투던 순진한 어
린 시절을 상기시킨다. 따라서 보산이 SS를 총살하겠다는 "최후통첩"을
결심하며 "나의 친한 친구"를 내세우는 것은 묘하게 읽힌다. 더 나아가
다음의 서술은 근대적 배제의 논리 자체를 조리에 맞지 않는 아이들 싸
움 같은 것으로 회화화한다.

  너같은 사회적저능아를그대로두어서는 인류의해독이될것이니까 나
는너를내일아침 네가또그따위짓을개시하는것과동시에 총살을하여버리
리라 총 총 총 총 총은나의친한친구가공기총을가진것을나는잘알고있으
니까 그는그것을얼른빌려줄줄로믿는다. 너는그래도조금도무섭지않은가
네가즉사까지는하지않을지모르지만 얼굴에생길무서운험을무엇으로 가
리려는가 너는그흉한험으로 말미암아일생을두고 결혼할수없는불행을
맛보리라 그러면보산아너는무슨정신이냐 나는이미결혼하였다는것을모

49) 김윤식 엮음, 『이상문학전집 2』, 문학사상사, 1994, 149~150면.

르느냐 나의아내는너를미워하리라[50]

다시 말해「휴업과 사정」의 유머러스한 묘사는, "그 침을 들여다보면 음란한 외국어가 하고 많은 세균처럼 꿈틀거린다"고 보고하는 "위생"의 차가운 시선과 계몽의 비인간적인 면을 넘어선다. 이는 과학적이고 합리주의적인 관찰과 지배를 초과하는 타자에 대한 감각을 제시한다. 이로써 이 작품은 보산과 SS의 갈등이 지닌 의미를 음미하며 이에 내재된 역사적인 상처를 쓰다듬는다. 그리고 이러한 특징은 이 작품이 SS의 몸속을 투시하는 보산의 "엑스 빛" 시선에 일방적으로 매몰되는 대신, 보산과 SS 사이에 펼쳐지는 시선의 다양한 교환을 그리고 있다는 사실과 연관된다. 다음은 그 한 예이다.

> SS는보산을향하여 예언자와같은엄숙한얼굴을하더니 (중략) 입맛을쩍쩍다시면서 지난밤에아름다운 노래소리를 그대는들었는지과연그것이 이 SS이라면 그대는바야흐로 놀라지아니하려는가하는듯이 보산의표정에내어걸린간판이 무슨빛깔인가를기다린다는듯이 흠뻑해야 그것이그것이 지하는듯이보산을내려보며 어데다른곳에서얻어온것같은아름다운미소를 얼굴에띄우는것이었다. 보산은그다음은 그러면무엇이냐는듯이SS를바라다보면 SS는아아그것은네가왜잘알고있지아니하냐는듯이 춤을입하나가 득이거의보산의발가까운한점에다배알아놓고는 만족하다는데가까운 표정을쓱하여보이면보산은저것이 아마SS가만족해서못견디는데에하는얼굴인가보다 끔찍이도변변치못하다생각하였다는체하는 표정을보산은SS에게대항하는뜻으로하여보여도 SS는그까짓것은몰라도좋다는듯이 한번해놓은표정을변경치―좀체로는―않는다.[51]

보산은 SS를 관찰, 감시, 전유하는 시선의 주체일 뿐은 아니다. 그는 "한 걸인에게 오십 전 은화를 시여한 다음 카메라를 희롱"하다가 "지나

---

50)『전집 2』, 160면.
51)『전집 2』, 159면.

가던 일위(一位) 무골청년(武骨靑年)"52)에게 구타당했던 "백인"과는 다르다. 반대로 그는 SS에게 노출되면서 SS의 시선을 향해 표정을 지어보이기도 한다. 보산은 SS를 향해 "너에게 대한 모멸적 표정을 너는 눈이 있거든 보느냐 못 보느냐" "너도 사람이거든 좀 노할 줄도 알아두어라"라고 촉구하면서 SS의 시선과 반응을 유도한다. 그리고 자신을 바라보는 SS를 관찰하는 스스로를 목격한다.

이러한 양상은 작품 초두에 등장하는, "춤을 배앝는 버릇을 한두 번 아니 내애는 것을 보산은 SS가 들키는 것을 본 적도 있고 못 본 적도 있지만 본 적만 쳐서 헤어도 꽤 많다"53)와 같은 서술에서부터 소설의 전반적인 기조로 확립된다. 보산은 SS가 침 뱉는 것 자체를 일방적으로 발견하지 않는다. 보산은 SS의 행위가 보산의 눈에 들키는 것을 목격한다. 보산은 자기가 발각되었음을 보는 SS의 눈을 통해 SS를 관찰한다. 이 같은 시선의 복잡한 교차는 일반적인 이야기와 적극적 행동을 대신하는 「휴업과 사정」의 핵심적인 사건이다.

이렇게 「휴업과 사정」은 건너편 들창에 매달린 타자(他者)를 본격적으로 도입한다. SS는 도시의 담벼락은 물론, 변소 벽과 종이만을 상대하는 보산의 독백적인 태도마저 뛰어 넘어 보산의 삶에 필연적으로 개입한다. 보산은 오직 시선의 대상임으로써 시선의 주체이다. SS 역시 그러하다. 따라서 스스로를 객관화하게 하는 타자 및 타자의 시선은 등장인물의 존재 형식이자 「휴업과 사정」의 본질적인 구성 원리이다. 유머는 이 구성 원리에서 발생한다. SS의 열등한 눈은 문명인 보산을 넘본다. "사회적 저능아"조차 자기에게 침을 뱉는 불쾌한 경험을 자신의 삶으로 유머러스하게 전환함으로써 보산은 관찰, 감시, 규율, 배제, 지배하는 근대 체계와 근대성의 본질뿐 아니라, 자신에게도 예외 없이 현상하는 "불균

---

52) 이상, 「추등잡필」, 『전집 3』, 87면.
53) 『전집 2』, 149면.

등성"과 분열을 생생히 드러내고 감각한다. 이로써 또 다른 "오감도(烏瞰
圖)"는 완성된다.

그렇다면 SS는 물리칠 "적"이 아니라 동지거나 친구다. SS는 보산과
아주 다른 동시에 그 누구보다도 친근하다. 더 나아가 SS의 침은 그 "나
쁜 뇌"에도 불구하고 SS가 보산에게 말 걸 수 있게 하는 "고운 목소리"
다. 비유컨대 SS는 보산에 의해 파문(excommunication)당하지 않는다. 그는
근대 도시의 담벼락을 뛰어넘어 보산과 "촉각(觸角 또는 觸覺)"54)적으로
의사소통(communication)한다. 이는 보산이 자기 집 마당을 결국 다시 밟게
되는 이유이다.

> SS는참으로이세상에서 제일가엾은사람이니까 나는SS에게절대행동하
> 는것만은 그만두겠다고결심하고난다음에는 보산은그대로대단히슬픈마
> 음도있기는있는것이다 하면서어슬렁어슬렁걸어서는간다는것이 와보니
> 보산의마당이다.55)

그러므로 「휴업과 사정」의 이러한 면은 감격적인 민족의 전망과 더불
어 "세 처녀"들로 하여금 오직 이형식을 우러러보게 하는 『무정』의 서
사,56) 또는 "의사는 도저히 자기의 병을 모르므로 자기는 죽어 나갈 수
밖에 없노라고 자탄"57)하는 윤(尹)이나, "한 그릇씩 받아야 할 죽이나 국
을 두 그릇씩"58) 받는 정(鄭) 등 "무명(無明)"에서 벗어나지 못한 병감(病
監)의 잡범들을 내려다보는 「무명」의 서술 태도와 대비된다. 더 나아가
「휴업과 사정」의 묘사는 윤 직원을 철저히 풍자와 조롱의 대상으로 삼

---

54) 이상, 「동해」, 『전집 2』, 259면.
55) 『전집 2』, 162면.
56) 이에 대해서는 졸고, 「예배당, 오누이, 죄」(『대합실의 추억』, 문학동네, 2007.
    237~259면)를 참고할 것.
57) 이광수, 「무명」, 『이광수전집 6』, 삼중당, 1962, 449~450면.
58) 『이광수전집 6』, 463면.

는『태평천하』의 서술 태도나 "눈 가장자리가 퍼릇퍼릇한 감독에 있어서는 그 안경이 유일한 미안제"[59]라든지 "감독은 입모습에 야비한 웃음을 띠었다"[60] 등과 같이 나타나는 외모와 인격의 계급적 전유와도 구분된다.

이 같이 「휴업과 사정」은 식민지 문학에서 손쉽게 발견되지 않는 문학적 태도를 획득했다. 그런 의미에서 다음 장면은 이 작품의 문학사적 의의를 절묘하게 상징한다.

> 보산의손이종이를꼬기꼬기구겨서는 마당한가운데에홱내어던진다는 것이공교스러히도 SS가오늘아침에배앝아놓은춤에서대단히가까운범위안에떨어지고만것이 보산을불유쾌하게하여서보산은얼른일어나 마당으로내려가서는그구긴종이를다시집어서는보산이인제이만하면 적당하겠지 생각하는자리에갖다떡놓고나서생각하여보니 그것은버린것이아니라 갖다가놓은것이라 보산의이종이에대한본의를투철치못한위반된것이분명하므로 그러면그것을방안으로가지고돌아가서 다시한번버려보는수밖에없다 하여 그렇게이번에야하고하여보니너무나 공교스러운일에공교스러운일이계속되는것은 이것도공교스러운일인지아닌지 자세히모르는것쯤은그대로내어버려두어도 관계치않고 우선이것을내가적당하다고인정할때까지고쳐하는것이 없는시간에 급선무라하여자꾸해도마찬가지고 고쳐해도마찬가지였다[61]

자기가 원하는 자리에 떨어질 때까지 몇 번이고 종이를 다시 던져보는 우스꽝스러운 행위에도 불구하고 자꾸만 SS의 침 가까이 떨어지는 보산의 원고지는 공교롭게도 "해타지음(咳唾之音)"이나 "해타성옥(咳唾成玉)"을 상기시키는 것이다. 또는 "시선(詩仙)은 어디 가고 해타(咳唾)만 남았나니"(「관동별곡」)를 읊조리게 하는 것이다.

---

59) 강경애, 「인간문제」(이상경 편, 『강경애전집』, 소명출판, 1999, 357면)
60) 『강경애전집』, 358면.
61) 『전집 2』, 161면.

「竈鼀會豕」: 이상 작품 난해성 논란 종언을 위한 시학

박 선 경*

1. 서론

　李箱에 대한 기존 논의 <이상론의 행방>,[1] <다원적 비평방법론의 이해>,[2] 혹은 <「날개」론의 방향>[3] 등에서 보듯이 이상은 그 작품에 대한 논의들마저 묶어서 정리해 볼 만한, 다양한 비평적 접근방법과 논의가 가능한 작가이다. 다른 작가들이 몇 번에 걸쳐 논의되고는 곧 잊혀지는 상황에서 이상이 현재까지도 논란의 작가가 되는 것은 이상이 자기의 당대를 초월한, 탁월한 소설세계를 구축한 '천재적 작가'(많은 논자들에 인정되는)임을 시사해 준다. 「날개」에 대한 (다른) 기존논의 검토들에서 빠지지 않고 거론되는 최재서의 글[4]은 「날개」에 대한 최초의 논평이

　＊ 한라대학교 미디어콘텐츠학과 교수. 저서로『현대심리소설의 정신분석』등과 논문으로「무의식적 언어에 대한 정신분석학적 고찰」등이 있음.
1) 김윤식,『심상』, 1975. 3.
2) 이재선,『문학사상』, 1978. 4.
3) 최동호,「이상집중연구」,『현대문학』, 1983. 10.
4) 최재서,『조선일보』, 1936. 10. 31.~11. 7.

기도 하면서, 작품의 성격과 방향을 정확하게 지적했다는 점에서 秀作으로 인정되는 글이다. 최재서는 정신분석학자의 심리적 타입을 응용하여 「날개」에서 드러나는 문학적 개성이 현대정신의 증세를 대표하거나 예표하는 것이라 보며, 그 이후의 글5)에서 논의를 더욱 진척시켰다. 특히 '육체와 정신, 생활과 의식, 상식과 예지, 다리와 날개가 상극하고 투쟁하는 현대인의 한 타입을 보는 것'이라는 지적을 하고 있는 바, 학술적 논의라기보다는 인상적 비평이라는 한계를 빼고는 정확한 지적의 글이라 할 수 있다.

이 견해와 같은 연장선상에서 임종국은6) 이상의 소설이 "강력한 감시작용의 결과 주요등장인물인 '나'와 '아내'는 自然人인 동시에 '內部的 意識'과 '外部的 現實'의 兩契機가 된다"고 보았는데, 本考의 論者 또한 이 지적에 대해 同意하며, 이들을 수긍하는 입장에서 본래적 자아와 타자적 자아라는 인식의 영역구분으로 자세하게 분석하고자 한다.

李箱의 「날개」에 관한 논의는 다수에 이르지만,7) 심리적인 접근방법으로 접근한 몇몇 글들에 대해서 정리해 보면 다음과 같다. 이전까지의 논의가 「날개」의 세계인식이 정신적이고 심리적인 영역에 구축되어 있음을 피상적으로 단순하게 언급해 온 반면, 장윤익은 "자의식 문학과 난해의 한계성"8)에서 지금까지 행해졌던 비과학적인 논평의 여러 방법들

---

5) 최재서, 『천변풍경과 날개에 대하여』, 청운출판사, 서울, 1961, 319면.
6) 임종국, 『이상연구』, 1953, 272~273면.
7) 추은희, 「쉬르리얼리즘에 비춰 본 상의 작품세계」, 『현대문학』, 1973. 7.
  이창배, 「모더니스트로서의 이상」, 『심상』, 1975. 3.
  윤재근, 「이상의 시사적 위치」, 『심상』, 1975. 3.
  홍경표, 「<이상의 날개>―그 구조와 상징형식」, 『문학과 언어』, 1980. 1.
  홍문표, 「「날개」와 리얼리즘문학론」, 『한국현대문학논쟁의 비평사적 연구』, 양문각, 1980.
  김태곤, 「「날개」의 원본적 의미」, 『현대문학』, 1983. 10.
  최래옥, 「전설의 날개와 소설의 날개 비교」, 『현대문학』, 1983. 10.
  황패강, 「이상의 「날개」 소고―'사이렌'의 상징을 중심으로」, 『현대문학』, 1983. 10.

을 지양하고 정신병리학적인 경지에서 이상의 생활면과 작품면, 문예사
조 수용면 등을 검토하고 있다. 李箱 문학을 '자의식 과잉의 문학'이라
고 말한 장윤익은, 조연현, 김춘수, 송민호 씨 등의 논의들에 대해 '자의
식의 해명이 안개 속에 가리워져 있는 논리의 전개나 자의식의 의미와
는 완전히 거리가 먼 이 이론들은 자의식에 대한 개념 설정의 필요성을
절실히 요청하고 있다'고 말하며, 프로이트적인 자의식에 대해서 설명
한다.

　그는 작가 이상에 대한 전기적 정신분석으로, 『오감도1-5호』, 『날개』,
『지주회시』를 근거자료로 삼았다. 그러나 그의 논의에 따르면 李箱은
자폐증과 여섯 가지의 근거에 따라 정신분열자로 볼 수 있으며, 성도착
증과 피해망상을 지닌 정신분열자이다. 따라서 장윤익은 '이상 작품의
난해성이 『쉬르레알리즘』이나 『다다이즘』 등의 의도적인 시의 파괴나
현대시의 박학성에 있기보다는 그 내면적인 병적 증상의 면에 더 많이
기인되고 있다는 것을 생각할 때, 이상의 작품은 이미 난해성의 한계를
벗어나고 있다'[9]고 결론 짓는다. 이 글은 작품이나 내포작가로서의 이
상에 대해서가 아니라, 일상인 이상의 정신을 분석함에 있어 그 분열적
근거를 작품에서 찾아내는 중대한 오류를 범하고 있다. 작품에 근거한
인물의 심리분석이 아닌, 작가의 개인적 전기를 정신분석한 글이라는
점에서 분석의 초점과 의도를 혼돈하고 있었다. 또 과연 그의 지적대로
심리주의적 소설을 쓴 작가 李箱이 현실에서 정신분열자였으며, 성도착
증 환자여서 그와 같은 작품을 썼다는 장윤익의 결론은, 애초에 논의의
진위와 목적이 무엇이었는가를 다시 묻게 하였다.

　그 다음 <이상의 정신세계>에 대해서 논한 김종은[10]은 <오감도>에

---

8) 장윤익, 『현대문학』, 1972. 4.
9) 윗글, 45면.
10) 김종은, 「이상의 정신세계」, 『심상』, 1975. 3.

대해서 정신분석적 방법을 적용하고 있음을 볼 수 있다. 이상의 어린시절 성장기의 장애에 비추어, 그의 작품세계를 정신분열자의 것으로밖에 볼 수 없다는 결론에서, 장윤익의 글과 궤를 같이하고 있다. 작가의 전기를 대상으로 심리주의 비평방법을 쓰고 있으나, 이 역시 작품을 벗어난 작가 개인의 정신분석이 主이고, 작품을 그 근거로서 제시한다는 점에 있어서 작품 분석이기보다는 <이상 개인의 정신세계>에 대한 정신분석의 글임을 알 수 있다. 이러한 개인 이상에 대한 정신분석학적인 접근이 되풀이되다가, 정귀영에 이르러서야 「날개」 작품에 대한 본격적인 정신분석학적 논의가 이루어진다.11) 프로이트의 정신분석학 이론을 도입한 쉬르레알리즘 기법의 작품으로 「날개」를 규정하며 이 작품에 대해, 정신분석학적인 해석을 전개해 나간다. 다른 논의가 개인 이상의 정신분석으로 흐른 반면, 정귀영의 글은 작품분석에 중심을 두며 내포적 작가로서의 이상에 국한하여 언급했다는 점에서 나름대로의 완성도를 지닌 글로 평가된다. 그러나 이 글 역시 이상을 '강박관념에 쫓기는 존재'로 상정하는 일관된 규정 아래 매조키스트로서, 새디스트로서, 對物的色慾異常者로서 내포작가를 파악, 작품을 정신분열자의 이상한 지적 유희로밖에 평가하지 않는 한계를 지니고 있다. 그의 논의에 따르자면 「날개」는 정신분석학적 접근으로만이 그 난해성과 異常性이 해석될 수 있음을 미루어 알 수 있다. 「날개」의 나와 아내가 펼치는 세계인식이 물리적, 현실적 세계가 아닌, 의식과 정신적 영역에 걸친 공간임을 전제로 하고 작품분석에 임해야 이 글이 해석될 수 있음을 짐작할 수 있다. 「날개」는 문학적 입장에서 정신분석학의 방법론으로 해석하기보다는 오히려 정신분석학 쪽에서 인간의 (무)의식을 해석하기에 좋은 텍스트로 간주될 만큼, 무의식을 탐구하고 있는 작품임을 인정해야 할 것이다. 이

---

11) 정귀영, 「이상의 「날개」―정신분석학적 시론」, 『현대문학』, 1979. 9.

점에 대해서는 정신과 의사인 이계동의 글을 보면 잘 알 수 있다. 그는 정신분석학적 지평에서 <이상의 정신세계와 작품>[12]을 분석하고 있다. '이상을 가장 올바로 접근하는 방법의 하나는 이상이 얼마나 자기분석을 통해서 무의식을 탐구하고 있었는가를 이해하는 것'이며, '이상 자신의 인생행로나 작품[13]들을 보면 분명히 무의식 탐구자로서의 진지하고 집요한 일면이 있다'고 말하며 작가와 작품에 분석을 시도한다. 논의의 결과 이계동은 '정신분석학적 관점에서 보면, 그가 무의식의 인식에서 보인 통찰력은 타인의 추종을 불허할 만큼 깊은 것'이라고 파악하며 '오이디푸스 갈등은 그의 문학의 본질을 이해하는 데 중요한 열쇠 개념'이라고 결론 짓는다. 이는 크리스테바나 라깡이 문학과 언어를 끌어다 정신분석학의 자료로 삼은 예처럼, 즉 '문학은 정신분석학의 무의식이다'라는 말처럼, 이상의 작품은 작품을 통한 무의식 탐구나 작품 속에 전개되는 작가의 정신적 탐구가 동시에 가능한 작품임을 잘 설명해 주는 글이 되고 있다.[14]

본고는 이러한 논지의 연장선상에서, 즉 정신분석학적 관점의 입장에서 작품에 등장하는 인물들의 의식을 중심으로, 그들이 엮어놓은 의식의 흐름이나 의미망들을 추적함으로써, 이상의 작품을 이루는 무의식적 흐름이 무엇인가를 짚어내고, 그의 서사를 관통하는 문법을 밝히고자 한다.

---

12) 이규동, 「이상의 정신세계와 작품」, 『월간조선』, 1981. 6.
13) 인용, 박선경, 『현대 심리소설의 정신분석』, 계명문화사, 1994, 47~50면.
14) 이규동, 앞의 논문, 806면.

2. 본론

2.1. 본래적 자아를 탐구하는 주인공 '나'

이상의 작품은 이상하다거나 혹은 난해하다는 일변도의 평을 들어왔다는 것은 사실이다. 작품을 읽어내려 가다보면 '나'가 늘어놓는 궤변과 이상한 사유세계 및 기이한 행동과 사고방식은 이해하기 곤란한 담론을 만들어내고, 이는 곧 그의 작품은 난해하고 어려운 작품이라는 평가로 늘상 환원되었다. 그의 시나 소설 작품들을 기존의 혹은 일상의 담론체계로 읽어나가는 것은 비유하자면 현대어로 고문이나 고전을 읽는 것과 같은 일이다.

그래서 본고는 「지주회시」를 중심으로 그의 단편소설들에서 공통적으로 드러나는 문법과 코드를 살펴보고자 한다. 이해하기 어렵고 해석하기 난해한 것으로 늘상 남아온, 이상 작품들에서 과연 '나'는 누구이고, '나'는 어떠한 코드를 사용하고, 어떠한 담론을 형상해내고 있는지, 또한 '나'의 디스코스(discourse)는 어떠한 세계를 의미하고 있는지에 대해서 구체적이고 본격적으로 논의함으로써 난해하다거나 이상하다는 기존의 평가들을 정리하는 계기로 삼고자 한다.

'자아'와 '주체'의 문제는 심리학과 철학의 출발점이 되는 기제이다. 데카르트의 코기토에서 라깡의 '내가 생각하지 않는 곳에 나는 존재한다'라는 정의에 이르기까지 자아, 주체와 타자의 문제는 인식적 영역을 구분하는 데 중요한 試錐가 되어왔다. 프로이드는 오이디푸스 콤플렉스 시기를 거치며 의식과 무의식이 형성되며, 한 개체로서 성숙되는 과정이 자아(Ego) 단계에서 형성된다고 보았다. 융은 자아(ego)가 주체(self)로 형성되는 과정을 1차적 모체와의 분리, 모체의 가슴과의 2차적 분리, 정신적인 3차적 분리 과정을 거치며 한 개인화(Individualization)를 이룬다고 보며, 예술의 원동력이 되는 (집단)무의식은 주체로 형성되기 이전의 자아의 단계에서 완성된다고 보았다. 라깡은 정신분석학의 영역을 상상계(the Imaginary), 상징계(the Symbolic), 실재계로 나누어 설명하는데, 언어와 법이 지배하는 상징계 질서에 돌입하기 이전, 자아는 상상적 자아(imaginary)로 존재한다고 보았다. 아이는 주체와 객체, 자신과 타자와 뚜렷한 구별이 없으며 어머니와 자기를 동일시하는 과정 속에 머무르게 된다. 그러다가 생후 6개월에서 8개월에 거울 단계를 거치며(the mirror-stage), 자아와 타자라는 관계 속에서 자기를 인식하게 된다.[15] 어린아이는 거울에 투사된 자신의 모습에서 신체의 통일성을 회복하며, 자신을 실체로서 인식함으로써 기쁨을 얻는다. 그러나 동시에 아이는 거울 속에 분리된 자아로부터 소외 의식을 체험하기도 한다. 즉 거울을 통해 신체의 동일성은 이루어졌지만, 자아는 주체의 외부, 즉 거울 속에 전도된 모습으로 존재한다. 거울단계는 내부와 외부의 관계를 수립하는 仲介의 존재이다.[16]

아이는 자아와 타자로 분리되는 소외감에서 모체와의 결합을 꿈꾸는 강한 욕망을 갖게 되는데, 오이디푸스 콤플렉스 시기를 거치게 된다. 남아는 어머니에게 결핍된 것을 자신이 충족시키리라는 욕망을 품게 되나 아버지라는 출현으로부터 아이는 어머니의 욕망을 욕망(결핍의 결핍)하는 위치로 물러나게 된다. 즉 남근성으로서 자신이 존재할 수 없음을 알아챈다. 아이는 부성적 질서 아래 거세 콤플렉스를 갖게 되는데, 이러한 시기는 아이의 원초적 본능은 억압시키며, 무의식을 형성하는 단계가 되기도 한다. 개성을 획득하기 위해 아이는 부성적 법이 지배하는 상징계에 편입하는데, 상징계의 편입은 주체의 분열을 초래한다. 즉 본래적 자아와 타자와의 언어를 통한 의식적 담화와 행위를 하는 자아와 그리고 문화 속에 던져진 자아를 발견하며 그 사이에서 아이는 소외를 느끼

---

15) Lacan, Écrit Éditions du Seuil, 1966, *The Four Fundamental Concepts of Psychoanalysis*, p.2.
16) Lacan, Écrit, p.4.

게 된다. 자신의 본질적인 자아를 박탈당하며 타자에 의한 타자를 위한 존재, 타자와의 상징적 관계 속에서 자아가 분열됨을 체험한다. 이러한 오이디푸스기의 분열과 체험과 소외의 과정을 반복하며 아이는 성장한다. 상징계의 질서 속에 한 개체로서 라깡은 말한다. 이러한 자아형성의 관계를 라깡은 다음과 같은 도표로 정리한다.

「지주회시」에서 자신의 생각들과 관념들을 쏟아놓는 주인공 '나'는 분명 '그'라고 표현되는 인물과 동일인물이다. 그러나 둘 혹은 셋의 다른 지칭어로 표현되고 있음이 주목된다. 분명 '나'의 생각의 나열이면서도 '그'라고 불리는 주체는 라깡이 말하는 분열된 자아의 두 가지 모습에 견주어 말할 수 있다. '그'는 아내와의 관계 및 타자와의 관계 속에서 존재케 되는 자아이고, '나'는 '타자적 자아'로서의 주체가 아닌, 자아의 의식의 흐름을 보여주는 주체이다. '나'는 '오늘'만이 존재하는, '그저 한없이 게으른 것'에 만족하는 '본래적 자아'의 모습으로 행위한다. 현실세계와는 분리된 상상이 지배하는 허구적 공간에 머무르며, 상상계의 영역을 연구하고 담론화하는 한 주체의 분열된 모습인 것이다.17)

李箱을 논하는 많은 논자들은 이상을 정신분열자 혹은 정신분열증 환자로 규정하고 있으나, 정신과 의사 이계동의 지적처럼 정신분석학에 대하여 이상은 탁월한 식견과 정확한 지식을 갖고 있음은 주목되어야 한다. 상징계로의 진입을 거부하며, 상상계의 본래적 자아에 충실하여, 철저하게 본래적 자아로서의 의식의 세계를 밝히고 형상화하려 한 '그'의 노력은 서사전체에 걸쳐, 그리고 여러 서사물에서 반복되어 표현된다.

『문을닫자. 생명에뚜껑을덮었고사람과사람이사귀는버릇을닫았고 그
　자신을닫았다. 온갖 벗에서 ― 온갖관계에서 ― 온갖희망에서 ― 온갖

---

17) 박선경, 앞의 책, 69~70면.

　　욕(慾)에서 ― 그리고온갖욕에서 ― 다만방안에서만그는활발하게발광할
수있다.』18)

　　『안해에게서그악착한끄나풀을끌러던지고훨훨줄달음박질을쳐서달아
나버리고싶었다.　내의지가작용하지않는온갖것아, 없어져라.　닫자.　첩첩
이닫자.　그러나이것도　힘이아니면무엇이랴――시뻘겋게상기한눈이살기
를띠우고명멸하는황홀경담벼락에숨쉬일구녕을찾았다.　그냥벌벌떨었다.
텅비인골속에회오리바람이일어난것같이완전히　전후를가리지못하는일
개　그는추잡한취한으로화하고말았다.』

　　상상계의 '본래적 자아'의 모습인 '나'는 상징적 현실계에 진입하기
위하여 필요로 하는 '언어'와 '모든 체계'와 '질서'를 배우거나 따를 필
요가 없기에, 기존의 모든 상징체계의 질서와 법칙들을 소격(疏隔)화하고
객관적 거리를 둠으로써 이들을 해체한다. 그럼으로써 현실계에 머무르
는 독자들을, 기존의 담론에서는 한번도 형상화되어 본 바 없는 상상계
의 '본래적 자아'의 모습으로 안내한다.

　　우선 '언어'라는 기본적 체계 및 언어로 비롯되는 모든 상징체계들은
'나'에 의해서 여지없이 거부되고, 전복되는데 우선 「지주회시」, 「종생
기」, 「十二月十二日」, 「지도의 암실」에서 보여주는 '띄어쓰기'에 대한 무
시가 그 중 하나이다. 그러나 작가는 작품에 따라 한 문장 간격으로 띄
어쓰기를 하거나(「지주회시」), 한 음보를 간격으로 띄어쓰기(「지도의 암실」)
를 함으로써, 작가의 띄어쓰기 무시는 단순한 무시가 아닌, 언어법칙을
파기하기 위한 고의적인 노력이었음을 알 수 있다. 상징계의 체계들을
부정하기 위한 계획적인 고안을 작품의 전면에 배치하고 있는 것이다.
소설뿐 아니라 「오감도」를 비롯한 시작품이나 수필에서도 보여지듯이,
이상은 지속적으로 띄어쓰기 오류를 범함으로써 기존 언어체계에 대한

---

18) 이상, 『이상소설전작집 1』, 갑인출판사, 1977, 88면.

거부와 전복을 문면에 배치한다.

『인류가아직만들지아니한글자가 그자리에서이랬다 저랬다하니무슨
암시 이냐가 무슨까닭에 한번읽어지나가면 <u>도무소용인이글자의고정된</u>
<u>기술방법을채용하는 흡족지않은버릇을쓰기를버리지않을까를그는생각한</u>
<u>다.</u> 글자를저것처럼가지고그하나만이이랬다저랬다하면 생각하는것은사
람하나 생각둘말글자 셋 넷 다섯 또다섯또또또다섯또또또다섯그는결국
에시간이라는것의무서운힘을믿지아니할수는없다한번지나간것이 <u>하나도</u>
<u>쓸데없는것</u>을알면서도하나를버리는묵은짓을 그도역시거절치않는지그는
그에게물어보고싶지않다 지금생각나는것이나 지금까지는글자가이 따
가가질것하나 하나 하나에서모두씩못쓸것인줄알았는데왜지금가지느냐
한가지면 고만이지하여도 벌써 가져버렸구나 벌써가져버렸구나 벌써가
졌구나 버렸구나 또가졌구나.』[19]

   위 예문에서도 보듯이, '나'는 '무슨까닭에 한번읽어지나가면 도무소
용인이글자의고정된기술방법을채용하는 흡족지않은버릇을쓰기를 버리
지않을까를' 그는 생각한다고 말한다. 물론 문장도 비문(非文)으로 이어
가고 있지만, 그 내용에서도 글자와 글쓰기가 쓸데없는 일인데도, 그 버
릇을 버리지 않고 또 버릇처럼 쓰고 있다고 말함으로써, 상징체계를 거
부하기 위하여 다시 상징체계(언어)를 사용해야만 하는 자신의 딜레마를
이야기하고 있다. 이러한 작업은 언어를 비롯한 온갖 상징체계가 절대
적인 혹은 실제적인 세계인 듯이 돌아가는 세상에 대하여, 그것이 때로
는 자신의 경우와 같이 전혀 쓸데없는 일이기도 함을 역설함으로써, 언
어 및 상징계가 본질적인 세계나 실체가 되지 않음을 생각하게 한다. 동
시에 '내'가 보여주는 이러한 작업은, 현실계가 전부인 기존의 서사작품
이 현실적인 세계를 반영하는데 반하여, 「지주회시」를 비롯한 여타의
작품들은 본래적 자아의 상상계 및 무의식의 영역을 작품 세계로 끌고

---

19) 작품집, 173~174면.

들어오는 것이다.

> 『'그는 하루씩만 잔뜩산다'
> '오늘다음에오늘이있는것, 내일조금전에오늘이있는것. 이런것은->
> 눈을뜬다. 이번에는생시가보인다.꿈에는생시를꿈꾸고생시에는꿈을꿈꾸고
> 어느것이나재미있다.' -그저 한없이게으른것-사람노릇을하는체대체
> 어디얼마나기껏게으를수있나좀해보자-』[20]

> 『게으르다 - 그저한없이게으르다 - 시끄러워도그저모른체하고게
> 으르기만하면다된다 - 살고게으르고죽고 - 게으르게사는것이라면떡
> 먹기다.』[21]

「지주회시」를 비롯한 다른 작품에서도 공통되게 드러나는 문법 중 하나는 '나'가 바쁘게 분주하게 일상을 살아가는 주변인물과 달리 할 일이 없어, 시간에 구애됨 없이 '한없이 게으른' 모습을 보여준다는 점을 상기할 수 있다.

위 예문은 시간의 질서가 무의미한 곳에 그가 존재함을 보여준다. 그는 물리적인 시간영역에 존재치 않는다. 정확히 말하자면, 과거나 미래라는 것은 실재하지 않는 관념에 속한 시간대일 뿐이다. '과거'나 '미래'라는 시간은 우리가 '과거', '미래'라고 지칭하는 언표행위 속에 규정되어진 추상적 개념일 뿐, 물리적인 현실에서는 부재하는 관념상의 시간일 뿐이다. 한 순간이 지나면 '과거'라고 지칭되는 단순한 언표로서만 우리와 관계를 맺을 뿐이며, 우리는 순간순간이라는 무수한 현재 시제 속에서 살아갈 수 있을 뿐이다. 따라서 현재, 과거, 미래로 나뉘는 시간적 구분은 라깡이 구분한 상징적 세계의 기호적 상징체계 속에서만이 존재하는 것이다. 이에 비추어 '하루치만 잔뜩 산다'는 주인공은 일체의

---

20) 작품집, 94면.
21) 작품집, 148면.

‘과거’와 ‘미래’라는 시간적 질서와 무관하게 살아간다. 따라서 과거와 미래의 걱정이나 계획에 끄달리지 않고 다만 ‘현재’라는 순간에만 충실할 수 있는 존재인 것이다. 그래서 ‘나’는 항시 자기가 원하는 대로 어두운 방구석에 앉아 ‘외로된사업’에 골몰하며 ‘한없이 게으른’ 삶을 영위할 수가 있다.

다시 말하자면, ‘나’는 숫자로 순서화된 시간의 규칙이나 언어로 구성되는 온갖 질서와 법칙들로부터 자유롭기에 ‘나’는 항시 바쁠 필요도, 씻을 필요도, 옷을 차려 입을 필요도 없는 것이다. 즉 상상 속에서 현실과 무관하게 자기가 원하는 대로 살아가고 싶듯이, 살아갈 수 있는 ‘본래적 자아’인 모습을 ‘나’는 애써 견지하는 모습을 갖는다.

따라서 이러한 본래적 자아는 문장이 되지 않게 문법을 파기한다거나 (너무 많은 비문을 그의 작품에서 만날 수 있다), 옷을 입지 않고 종종 봉투를 입거나 사루마다를 입고, 혹은 ‘나는 아내와 달리’ 옷이 필요 없다고 말한다. 옷 역시 현실적 자아나 사회적 자아에게 필요한 것일 뿐, 상상계의 본래적 자아로 남고자 하는 ‘나’에게는 필요없는 상징계의 질서일 뿐인 것이다.

현실과 무관하게 본래적 자아의 모습으로 살아가는 ‘나’는 현실적 행동과 계산을 지닌 아내를 통해 세상을 살아가며 ‘현실과생명에뚜껑을덮었고사람과사람이사귀는버릇을닫았고 그자신을닫’는다.

그리고 자신을 자폐해 버린 ‘나’는 ‘세상어느틈사구니에서라도 그와 관계없이나마 세상에 관계없는짓을 하는이가 있어서 자꾸만자꾸만의미 없는 일을하고있어주었으면’(지도의 암실)하고 바란다. 이렇듯이 ‘나’는 상상계의 본래적 자아를 찾는 일에 골몰하고 있음을 작가는 작품들 곳곳에서 이야기하는데, 「지주회시」의 ‘나’ 또한 이러한 연장선상에서 해석되어야 하는 것이다. 이러한 본래적 자아를 찾는 일은 ‘나날이이렇게 들어갈수있는데까지 들어갈수 있는한도는점점늘어가니 그가들어갔다가

는 언제든지처음있던자리로도로 나올수는엄려없이있다고 믿고있지만차
츰차츰그렇지도않은것은 그가알면서도’ 이러한 작업은 지속되는 것이
다. 즉 이는 상상계에 갇힌 상태를 우리가 정신병자(Psychosis)라고 하듯이,
그는 상상계에 갇혀, 상징계의 현실로 복귀하지 못할 것을 염려하는 말
이다.

그는 ‘덧문을 닫는’(149면) ‘흡사 그가 뭇앞에서나세상앞에서나그자신
을첩첩이닫고있’는 모습으로 존재한다.(150면) 현실세계와는 분리되어,
자신만의 공간에 머무르려 하는 현실도피적인 행각을 벌인다. 그러나
더 엄격히 말하자면 세계에 대하여 도피적이라기보다는, 스스로 자폐하
려는 의미를 갖고 있음을 엿볼 수 있다.

> 『문을닫자. 생명에뚜껑을덮었고사람과사람이사귀는버릇을닫았고 그
> 자신을닫았다. 온갖벗에서 ― 온갖관계에서 ― 온갖희망에서 ― 온갖욕
> (慾)에서 ― 그리고온갖욕에서 ― 다만방안에서만그는활발하게발광할수
> 있다.』[22]

「날개」에서 ‘나’가 현실에 적응하지 못하고 무기력하다면, 「지주회시」
의 ‘나’는 현실에 대해서 스스로 폐쇄적이며, 자신만의 세계를 지키려는
의지를 갖고 있다. 현실에 부적응하는 것이 아니라 적응하려 하지 않는
주인공의 의지를 말해준다.

그리하여 「지주회시」의 ‘나’는 「날개」의 나보다 더 적극적이고, 의도
적으로 ‘자신의 방’을 고수한다. 그 ‘방’은 「날개」로 비상하기를 꿈꾸는
고치로서의 ‘방’이 아니다. 「지주회시」의 방은 ‘그 황홀한 동굴’(163면)로
서 본래적 자아로 남고자, 그가 자발적으로 밀폐시킨, 자폐적 공간인 것
이다.

---

22) 작품집, 88면.

『밖에와있는세상 — 암만기다려도그는나가지않는다.손바닥만한유리를
통하여꿋꿋이걸어가는세월을볼수있을따름이었다.그러나밤이그유리조
각마저도얼른얼른닫아주었다.』[23]
『아무리그가이방덧문을첩첩닫고 — 먼열두달을수염도안깎고누워있다
하더라도세상은그잔인한관계를 가지고담벼락을뚫고스며든다.』[24]

위의 인용에서 보듯이 '그'는 세계와 타협하지 않고 자신만의 영역을
고수하려는 의지를 갖고 있다. 상징적 질서 속에 관계로 이루어지는 '타
자'로서의 자아가 아닌, 모든 관계를 끊어버린 자신만의 상상적 세계에
머무르고자 함을 알 수 있다. 이에서 우리는 본래적 자아의 모습을 타자
적 자아로서의 모습과 구분하고 있으며, 그러한 상상적 세계의 영역을
확고히 구축하고자 하는 '나'의 의지를 엿볼 수 있다. 그는 상징적 세계
로의 진입을 거부하며 '그 잔인한 관계'에 대해서 '방덧문을 첩첩닫고 —
먼열두달을수염도안깎고누워'있는 확고한 입장을 취한다. 이러한 자신
만의 폐쇄적인 공간에 머물며, '한없이 게으르'기를 소망하는 '나'는 과
연 현실의 문제는 어떻게 해결하고 있는가?의 문제가 남는다. 이는 다음
장에서 살펴보기로 하겠다.

이상 살펴본 바, 이상의 다른 소설에서와 마찬가지로 '본래적 자아'와
'현실적 자아'를 구분하여 행동하는 '나'는 상상계의 본래적 자아의 모
습을 견지하며, 현실계에서 보기에는 이상하고, 이해하기엔 난해한 언술
들을 쏟아놓고 있었다. 그러나 이러한 상상계의 자아가 이야기하는 독
창적인 담론들은 일회적으로 그치지 않고, 그의 작품 거개에서 찾을 수
있는 공통적인 문법이라는 점에서 작가가 '나'를 통해 이야기하고자 하
는 세계는 상상적 자아의 무의식적 영역에 대한 탐구라고 결론지어 말
할 수 있다.

---

23) 작품집, 154면.
24) 작품집, 169면.

2.2. 분열되거나 일치하는 또 다른 자아―'아내'

논자는 『현대소설의 정신분석학적 연구』라는 졸저에서 이상은 그의 작품들에서 줄곧 상상계와 상징계에 대한 영역을 구분 짓는 작업을 하고 있음을 살펴본 적이 있었다. 작가는 '아내'와 '나'라는 병렬적 두 주 인물을 내세우며(「날개」, 「지도의 암실」, 「환시기」, 「동해」, 「봉별기」), '나'의 역할을 상상계의 본래적 자아의 모습으로, '아내'의 역할을 상징계의 현 실적 자아의 모습으로 반복적으로 형상화하고 있음을 지적한 바 있다.

이러한 '나'와 '아내'의 대칭적 병행구조는 이상(李箱) 작가의 작품을 말하는 데 빼놓을 수 없는 중요한 구조축이다. '나'는 항시 상상계의 본 래적 자아의 모습에 머무르며 상상계의 허구적 세계를 탐색하였다. 그 러나 상상계의 무의식적 영역을 작가가 작품세계로 새롭게 형상화하고 있는 만큼, 현실세계의 상징적 질서에 대해서는 소격화하고, 낯설게 하 며 새로운 세계인식을 보여준다.

제목 「지주회시」에서 드러나는 바와 같이, '지주'는 거미를 의미하고 '시'는 돼지를 말한다. 지주회시는 글자 내용 그대로 하자면 '거미와 돼 지의 모임'이라고 할 수 있다. 「지주회시」는 작품 곳곳에서 '나'와 '아 내'의 관계를 거미의 생리에 비교해 놓는다. 거미가 거미줄에 얽힌 먹이 의 진액을 빨아먹듯이, 상대를 옆에 가두어 놓고 붙어서 아내(혹은 나)의 정기를 빨아먹는 양상을 거미의 삶에 은유하고 있다.

앞서도 지적한 바 있듯이, '나'는 본래적 자아의 모습을 갖고 있기에 현실적 능력과 계산엔 무관한 인물이다. 반면 현실적 자아의 '아내'는 나의 이런 부족한 부분을 채우는 또 하나의 '나'이다. 「지주회시」에서 여러 번 등장하는 '아내가아내다. 아내아닐수있으랴'는 전술에서 보듯이 이 구절은 띄어쓰기에 따라 '아, 내가 아내다. 아, 내가 아닐 수 있으랴' 로 읽혀지게 된다. 이러한 아내와 '나'의 관계는 「날개」에서도 '나'는

'생활 속에 한 발만 들여놓고' 살면서 '내 몸과 마음에 옷처럼 잘 맞는 방 속에서 뒹굴면서 축 처져 있는 것은 행복이니 불행이니 하는 그런 세속적인 계산을 떠난 가장 편리하고 안일한, 말하자면 절대적인 상태'로 살아간다. 이는 이웃과 악수하며, 세수하고 화장하는 현실적 자아인 아내가 있기에 가능한 일이 되는 것이다.

'내'가 아무리 현실을 거부하며 상상적인 허구적 세계에 머무른다고 할지라도, 그는 잔인한 관계를 가지고 담벼락을 뚫고 스며드는 현실에서 호흡하는 人間(人生世間)임을 부정할 수는 없다. 여기에 '첩첩닫은방덧문'을 드나드는 아내가 존재하게 된다. 현실적 측면에서 보았을 때, 무능하며, 현실을 완전히 도외시한 '그'(주인공)가 생존할 수 있는 확률은 없다. 이러한 비현실적이고 무력한 주인공을 현실세계에 존립시키기 위해 작가는 그 반대적 속성이 강한 아내를 동반시키는 것이다. 여성들이 가정 속에 머물며 가사를 돌보는 것이 전부이던 1930년대 당시, 아내는 '그를 먹여살리'기 위해 카페에서 여급생활을 하며, 다른 남자들로부터 받은 화대로 '나'를 위하여 자기 '살을저며먹이려' 대들며 '나'를 부양한다. 정신적이고 상상적 세계에 머문 '나'와는 정반대로, '아내'는 현실세계에서 '몸'을 소통 도구로 하여 세상과 관계를 갖으며 살아가는 현실적 자아의 모습을 보인다.

『낡은잡지속에서배고파하는그를먹여살리겠다는것이다.』25)

『그는아내의양말을생각하여보았다. 양말사이에서는신기하게도밤마다 지폐와은화가나왔다. 五十전짜리가딸랑하고방바닥에굴러떨어질때들는 그음향은이세상아무것에도비길수없는가장숭엄한감각에틀림없었다.』26)

---

25) 작품집, 157면.
26) 작품집, 160면.

　『살을저며먹이려드는데하루에아三四원털기쯤－』[27]

　『와서그를먹여살리겠다는것이었다.빚　＜백원＞을얻어쓸때그는아내를
앞세우고－』[28]

　위 인용글들에서 보듯이, 아내는 현실적인 계산 속에 살아가고 있다. 다른 뭇 남성의 指紋을 몸에 묻혀가며 번 돈을 남편에게 가져다 주는, 피포식자로서의 모습을 자주 선보인다. 아내는 '나'와 같이 게으르거나 한가하게 사색할 수 있는 정신적 여유나 지적인 머리는 아예 없다. 몸뚱이 하나로 남자들에게 둘러싸여, 저쪽의 남자들에게 받은 돈으로 이쪽 남자에게 가져다주는, '관계'망 속에서 살아가는 '자아'이다. 아내는 내가 상상적 세계를 고집하며 자진 폐쇄적임에서 오는, 세계와의 거리를 메꾸어주는 생활인으로서 '내'게 존재한다. 나의 또 다른 자아로서, 아내는 현실적 자아로서 '내' 안에(아내) 존재한다. 아내는 상징적 질서에 편입한 현실적 자아로서, 상상적 세계에 머물고 있는 '나'를 현실에 존재케 하는 것이다. 이렇듯이 아내와 나를 구분하는 이분법은, 그 둘 다 완성된 하나씩의 개체를 이루지 못하며, 둘이 하나로 묶여질 때 한 개체로서 존재하게 되는 양상을 띤다.

　앞서 잠시 언급했듯이, '아내가아내다. 아내이고마는고야'는 호흡에 따라 '아 내가 아내다. 아 내이고 마는고야' 혹은 '아내가 아 내다. 아내이고 마는고야'와 같은 의미들을 함축하고 있어, '아내'와 '나'의 관계는 한 주체 안의 분열된 두 자아의 모습을 우리는 십분 상정할 수 있게 되는 것이다.

---

27) 작품집, 160면.
28) 작품집, 152면.

2.3. 현실적 자아, 세속적 자아의 역할 담당―주변인물들

이러한 아내와 나 사이의 구분선을 찾을 수 없는 연계는 친구 吳와 그의 아내 마유미의 등장으로 확고해진다. 자신과 자신의 아내에 비해 그들은 얼마나 강력한 힘과 육체를 지녔는지 새삼 깨닫는다. 친구 오와 마유미는―위에서 지적한 나와 아내가 하나로 묶여진 한 개체인 것처럼―아주 흡사한 모습으로 동일한 수식어가 적용된다. '힘'과 '의지', '강력한 것'을 吳의 부부는 소유한다. 주인공은 그들의 모습에서 아내와 자신의 연약함과 여윔을 깨달으며, 오의 부부에게서 '돼지'의 이미지를 연상한다.

나는 친구 吳의 건실한 현실적응을 부러워하는 듯하지만, 친구와 자기는 다른 인식영역에 속하는 사람이라고 분별하면서 둘 사이의 경계선을 줄 긋는다. 현실적인 吳에 대해서 신기해 하며 왜 저렇게 사는 것인지 의아해 하기조차 한다.

『이상스럽게吳는여섯시면깨었고깨어서는홰등단같은눈알을이리굴리고저리굴리고 빨간뺨이까딱하지않고아홉시까지는해안홍사무실에낙자없이있었다. 피곤하지않는 吳의몸이아마금강력과함께 ―필연― 무슨道고도를통하였나보다』[29]

『아내 ― 마유미― 아내 ― 자꾸말라들어가는아내― 꼬챙이같은아내 ― 그만좀마르지 ― 마유미를좀보려무나 ― 넓적한잔등이푼더분한폭, 幅, 폭을 ― 세상은고르지못하지 ― 하나는옥수수과자모양으로무럭무럭부풀어오르고하나는눈에보이듯이오그라들고 ― 보자어디좀보자 ― 인절미굽듯이부풀어오르고하나는눈에보이듯이오그라들고―』[30]

---

29) 작품집, 156면.
30) 작품집, 161면.

위 인용은 비단 아내와 마유미의 비교에 국한된 것이 아니라 나와 豕가 갖는 특성비교에 그대로 적용되는 것으로, 주인공은 '나'의 무력함과 왜소함을 아내의 외형적 빈약함과 여윔으로 인식한다. 따라서 '나'는 豕에 대한 열등함을 아내들의 비교로 전이시키며, 마유미를 보며 '고깃덩어리', '돼지'라 멸시하면서도, 한편으로는 자신이 갖지 못한 豕의 강한 힘을 부러워하지 않을래야 그렇지 않을 수도 없음을 고백하기도 한다.

이들 두 부부의 대비되는 모습은 거미와 돼지의 모임(지주회시)으로 은유되는데, 「지주회시」는 정신적 세계를 추구하며 자신을 깎아먹는(빨아먹는) '내'가 이와 상관없이 건강한 힘과 육체적 존재로서 살아가는 생활인들을 바라보며, 각각의 존재의 위상을 의미화하는 작품이라고 말할 수 있다.

「지주회시」는 서사를 진전시키는 사건, '그의 안해가 층계에서 굴러떨어'(94)지는 단순한 사건을 축으로 그 남편이 취해야 할 행동과 상황이 예기치 않게 전개되는 것으로 서사적 의미를 구축한다. '층계에서 굴러떨어지는' 사건은 작품 서두와 말미에 수미쌍관의 대구로 서술되어 있으며, 또한 장 구별 번호(작품전체는 1과 2로 되어 있음) 1과 2의 첫 문장과 글의 맨 마지막 문장이 되고 있음은 주목된다. 이 사건은 2장 중간부분에서 한 번 더 언급됨으로써 1장 첫문장, 2장 첫문장, 중간부분, 마지막 문장에 4번에 걸쳐 반복 서술됨으로써, 작품의 중심된 사건이자 중요한 형식구조가 된다.

1장의 첫 문장에서 그는 아내가 층계에서 굴러떨어진 것에 대해, '내일 일을 글탄(걱정)말라'는 복음을 인용하며 전혀 무심한 태도를 나타낸다.

두 번째 언급은 2장의 첫 문장이다.—'그날밤에 안해는 멋없이 층계에서 굴러떨어졌다. 못났다.'(101면)

이 문장은 이어지는 다음 문장과 의미상 전혀 연결되지 않는다. 작가의 의도적인 배치임을 알 수 있다. 즉 두 번째 언급에서는 첫 번째 언급과는 달리 서술시각에 '멋없이'와 '못났다'라는 가치의 판단이 덧붙여지고 있다. 1장의 첫 문장의 무심한 태도는 1장 전체에 걸쳐 그가 아내와는 무관하게, 관념적 세계 안에서 독자적인 세계를 구축하고 있음에 비하여, 2장의 첫 문장의 '못났다'와 같은 논평은 그가 아내에게 관심을 갖고 있음을 보여주는 의미 변화의 사전제시가 되고 있다. 즉 그는 2장에서 친구 吳의 여자 마유미와 아내를 비교하며 왜 마유미는 복스럽게 살이 찐데 반해, 아내는 자꾸 살이 말라들어 가는지에 대해서 관심을 갖는다. 그는 아내의 신체적 외형의 빈약함과 왜소함에 대해서 고민하며, 친구 吳와 그의 아내를 자신의 부부와 대비적 위치에 놓으며, 어떻게 살아가야 하는 것인가에 대한 삶의 질문들로 작품은 의미의 연결망들을 짜나간다. 세계에 대해서 관심을 갖게 되는 2장에서의 그의 태도가 2장의 첫 문장에서 '못났다'라고 입장 표명되는 것이다.

다음, 세 번째 언급에서는 층계에서 굴러 떨어지던 상황에 대해서 자세한 정황이 소개되고, 주인공 '그'는 그 상황에 대해서 연민을 느끼기 시작한다. 아내의 낙상에 대해서 가슴 아파하며, 동정과 연민의 정서를 드러낸다.

그러다 네 번째 마지막 언급에서는 아내에게 다시 굴러떨어져 20원을 더 받아오라고 한다. 왜냐하면 20원을 가지고 나가서 친구 오의 아내 마유미를 꾀이어 복수를 하겠다고 말한다.

본래적 자아로서 현실과 무관한 '나'이지만, 네 번에 걸쳐 기술되는 아내의 낙상 사건은 '나'의 아픔이 되고, 대신 이를 복수하겠다고 마음먹는 장면에서는, 일반 현실적인 남편의 반응을 보이고 있음을 알 수 있다.

즉 이는 1, 2장에서 살펴본 아내와 내가 두 자아로서 병존하는 것이 아니라, 친구 오와 마유미 부부에 대해서는, 부부 대 부부로서 대척적인 위치에 놓이여, 나와 아내는 한 자아로서 공존하는 것을 보여주는 것이다.

이는 「날개」에서 ‘나’와 ‘아내’가 대칭적, 대립적 위치를 지님에 반해서, 「지주회시」는 ‘아 내가 아내’가 됨으로써 아내와 나는 한 주체의 두 자아로서 병존하는 것을 말해준다. 즉 친구 오와 마유미가 대립적 위치를 차지함으로써, 나와 아내는 ‘아내가아내다’로 공존하는 것이다. 친구 오와 마유미가 현실적 욕망과 탐욕을 드러내고, ‘양돼지’처럼 살이 찐 모습에 반하여, 자꾸만 여위어만 가고 현실적으로 ‘훨씬 물러나 앉고만’ 우리 부부가 대칭되는 것이다. 그럼으로써 거미 같은 우리 부부와 돼지 같이 탐욕스럽고 살진 친구 오의 부부의 만남을 「지주회시」라 이름 짓고 있는 것이다.

『두루마기처럼기다란털외투─기름바른머리─금시계─보석박힌넥타인핀─이런모든吳의차림이한없이그의눈에거슬렸다. 어쩌다가저지경이되었을까. 아니 내야말로어쩌다가이모양이되었을까. (돈이었다)사람을속였단다. 다털어먹은후에는볼품좋게여비를주어서쫓는것이었다…… 어쩌다가나는이렇게훨씬물러앉고말았나는알수가없었다. 다만모든이런吳의저속한큰소리가맹탕거짓말같기도하였으나 또아니부러워할려야아이부러워할수없는형언안되는것이확실히있는것도같았다.』

‘나’는 ‘사람과사람이사귀는버릇을닫았고 그자신을닫’았기에 현실의 다른 사람과 대척점에 자신을 가둔다. 「지주회시」뿐 아니라, 다른 작품들에서 보이는 ‘나’의 세계인식은 다른 인물과는 전혀 다른 세계에 머물러 있다. 따라서 주인공 ‘나’는 다른 주변인물에 대해서 공감하거나 동화될 수 없는 반대적 자질들을 늘 갖는다. 심지어 「날개」에서 주변인물이라고는 아내밖에 등장하지 않을 때는, 아내마저도 나와 반대적 자질을 갖는다. 내가 세수도, 인사도, 일도 안하는 것에 반해, 아내는 세수도,

인사도, 일도 잘한다.

「지주회시」에서 주변인물로 등장하는 친구 오와 마유미, 까페R회관 주인(뚱뚱한신사) 모두 돼지의 이미지로, ‘나’와는 거리가 먼 현실적인 인물들이다.

위 인용에서 보듯이, 옷차림조차 ‘한없이 거슬리는’ 친구 오는 그의 언행이나 모습, 그의 마누라조차도 ‘나’와는 정반대의 모습을 하고 있다. ‘꼬창이같은아내’의 모습과 대비되어 마유미는 살집이 ‘옥수수과자모양으로무럭무럭부풀어’ 올라 있다. 나와 아내의 무기력, 여윔과는 달리 뭇가 갖은 것은 ‘강력함, 힘, 의지, 살’등이다. 따라서 ‘나’는 그것들을 무시하거나 경멸하려고 하면서도, ‘부러워할래야아니부러워할수없는’것이 있음을 시인하며, 세상과의 소통 문을 더욱 ‘닫자. 첩첩이 닫’고 만다.

이는 상상계의 본래적 자아를 탐구하는 ‘내’가 현실계의 상반되는 면면에 부딪치면서 당연히 파생되는 거리감과 소외감의 일 표현인 것이다.

즉 본래적 자아인 ‘나’는 현실적 자아로 살아가는 인물들과는 다른 자질을 가질 수밖에 없는 운명인 것이다. 이상의 작품 거개(擧皆)에서 보듯이, 상상계에 속하는 ‘나’로 인하여 작품에 등장하는 다른 인물들은 ‘나’의 이질적인 세계인식을 대비적으로 보여주는 현실적인 인물이라는 특성을 지닌다고 말할 수 있을 것이다. 더 정확히 표현하자면, ‘나’의 상상계 혹은 본래적 자아 탐구를 도드라지게 하기 위해, 주변 인물들은 보다 현실적이며 때로는 세속적인 모습으로 등장한다고 말할 수 있다. 보통의 인물들이 현실적 자아로 세상을 살아가고, 소설의 인물들 역시 이러한 보편적 세계인식을 드러내는데 비하여, 이상 작품들의 주인공 ‘나’는 상상적 무의식과 본래적 자아의 모습을 드러내는데, 이에 그의 문학 작품의 본령이 있다고도 말할 수 있다.

3. 결론

본 연구는, 이상 작품을 '난해함'으로 규정되어 온 기존 논의를 정리하기 위하여 작가 이상이 사용하고 있는 독자적인 문법과 코드, 또 그가 주인공을 통하여 보여주고자 한 세계의 인식에 대해서 주목하였다. 그 (이상) 이전의 작가 그리고 그 이후의 작가들의 작품과는 달리, 이상은 현실계를 바탕으로 한 기존 인식의 틀을 벗어나 상상계와 본래적 자아의 세계인식을 작품화하는데 일단의 성공을 거두고 있음을 살펴보았다. 기존에도, 이후에도 이러한 작업이 없었다는 점에서 이상이 우리 문단사에 차지하는 비중은 자못 크다고 평가할 수 있겠다. 동시에 아주 독자적인 작품세계를 독창적으로 형상화했다고 평가할 수 있다.

1장에서는 이상 작품의 주인공이 되는 '나'의 공통된 분모를 찾기 위하여 「지주회시」를 비롯한 여타의 작품에서 공통 문법을 찾아낸 바, 주인공 '나'는 상상계의 본래적 자아의 모습을 형상화하고 있었다. 현실계와 상반되는 상상계에 머물렀기에 '내'가 보여주는 언행과 사유방식과 행동은 여타 다른 작가 누구에게서도 시도된 바 없는, 독창적이고 창의적인 인물이었다.

2장에서는 이상 소설의 또 하나의 공통분모인, 작품마다 거의 등장하는 '아내'를 중심으로 살펴본 바, 아내는 「날개」에서 보여주던 '나'와의 대칭적인 위치와 달리 「지주회시」에서는 한 인간의 현실적 자아의 모습을 담당하고 있었다. '아내가아 내다'라는 해석가능성으로 이 작품에서 아내는 현실적 자아, 나는 본래적 자아로, 부부는 한 주체의 양단성을 보여준다고 보았다.

3장에서는 이상 작품에서 '나'를 제외한 주변 인물들은, 다른 작가와 다른 소설의 모든 인물들이 그렇듯이 현실적 자아로 세상을 살아가는 일반인으로 해석하면 이상 작품을 해석하기 용이해짐을 살펴보았다. 주변 인물들은 '나'의 상상계의 무의식 탐구나 본래적 자아의 모습을 형상화하기 위하여 대비적, 대칭적 인물들로서 역할하고 있었다. 소위 그들은 일반적 사회인으로서의 모습을 드러냄으로써 주인공 '나'의 일탈된, 비정상적 사회인─하지만 기획되고 의도된, 본래적 본능요구와 무의식에 충실한 '나'를 대비적으로 조명시키는 역할을 하고 있었다.

이와같이 1~3장의 연구는, 이상 작품의 '난해성'을 규명하기 위하여 주인공, 부인물, 주변인물의 행위구조 축을 중심으로 각기의 역할과 그들이 펼쳐보이는 세계인식과 코드를 살펴봄으로써 인물들이 결과적으로 생산시켜 놓은 담론이 무엇인가를 살펴보았다. 이러한 연구작업은 지리한 감이 없지 않았으나, 이상 작품에 대한 '난해성' 논란을 더 이상 유발하지 않기 위하여, 여러 가지 논란들을 정리하기 위한 작업의 일환이었다. 「지주회시」는 이상의 다른 작품들과 마찬가지로 현실적 세계의 상징계에서 벗어나는, 허구적 상상계에로의 인식의 확장을 가져온 서사적 의의를 갖는 작품이었다. 작가는 「지주회시」를 통하여 새로운 인식 영역의 개척 의도를 분명이 보여주고 있었는데, 이는 새로운 서사영역의 구축에 대한 기획이야말로 「지주회시」 작품이 갖는 진정한 의미라고 말할 수 있을 것이다.

「날개」: 잃어버린 정체성을 찾아서

박 상 준*

1. 「날개」를 찾아서

이상의 「날개」(『朝光』, 1936. 9.)는 이상 소설문학의 대표작이자 한국 근대문학의 중요한 성과에 해당한다. 이러한 사실은, 60여 년에 걸친 이상 문학 연구와 그 결과로 내려진 교과서적인 정리가 입증해 준다. 무수한 논의와 교육을 통해서, 「날개」의 문학사적인 지위가 정전의 수준에 확고하게 고정되었다고 하겠다.

그러나 정전으로 간주되는 「날개」의 진정성은 사실 매우 취약하다. 각종 문학 교재와 교과서들 속의 「날개」가, 두 세대 이전에 발표된 소설 「날개」가 맞는지부터 의심스러운 까닭이다. 고전의 반열에 오른 「날개」에 대한 이해의 허구성은, 연구사에 비춰볼 때 매우 늦게야 제대로 지적되었다. '자기 방에 유폐된 주인공이 그곳을 벗어나고자 거리로 나와 비

---

* 포항공과대학교 인문사회학부 교수. 논저로 『한국 근대문학의 형성과 신경향파』, 『소설의 숲에서 문학을 생각하다』, 「신소설과 우연의 문제」, 「임화 신문학사로의 문학사 연구 방법론적 성격에 대한 연구」 등 다수.

상을 꿈꾼다'는 식의, 통념이 되다시피 한 해설이 그릇된 것이라는 점은 최근에야 제대로 지적되었을 뿐이다.

이러한 사실에서 우리는, 「날개」에 대한 연구에 걸림돌이 많다는 점을 알 수 있다. 상호 관련되는 다섯 가지 문제를 꼽아 볼 수 있다.

「날개」가 정전의 반열에 올라 있다는 인식, 즉 다들 아는 작품이라는 인식에서 유래하는 새삼스러운 감을 넘는 것이 첫째다. 이상을 떠올리면 자동적으로 「날개」가 따라올 만큼, 모두가 다 아는 작품이라는 선입견이 강고하다. 하지만 근래의 연구사에서 극명하게 확인되었듯이, 「날개」를 모두가 다 아는 것은 아니다. 적어도 제대로 아는 것은 못 된다. 「날개」를 안다는 사람들이 흔히 아는 것과는 달리, 작품의 말미에서 주인공이 '날자, 다시 한 번 날아보자꾸나' 하는 자리가 미쓰꼬시 옥상 위가 아니라는 점이 대표적인 증거이다.[1] 작품을 꼼꼼히 읽기만 해도 피할 수 있는 이러한 기본적인 오류가 반복되면서, 「날개」의 전체적인 의미 구성이나 주제 효과에 대한 신비화가 끊임없이 재생산되어 왔다. '개방된 공간, 밝은 세계로 향한 상승의지의 표명'이라는 정리가 그것이다.[2]

---

1) 이 문제에 대해서는 김성수가 밝힌 바 있다(『이상 소설의 해석』, 태학사, 1999, 144, 164~166면 참조).

2) 이러한 규정의 정점에 이어령이 있다(「이상 연구의 길 찾기─왜 기호론적 접근이어야 하는가」, 권영민 편, 『이상 문학 연구 60년』, 문학사상사, 1998). "이상의 문학을 이루고 있는 것은 콩파레(compare─비유되는 것)가 아니라 콩파랑(comparant─비유하는 것)이라는 사실"(17~8면)이라는 전제 위에서 그는 "문학 텍스트의 구조는 시니피에가 아니라 시니피앙"(20면)이라 주장한 뒤, 「날개」 전체를 '하나의 기호체'로 간주하여 "<날개>는 관념적인 프로세스로 설명하기보다(시니피에) 누워 지내던 사람이 서게 되고 닫혀 있던 공간이 열린 공간으로 바뀌는 이야기라고 요약할 수가 있다"(21면) 하였다. 이러한 파악은 두 가지 점에서 문제적이다. 첫째, 기호론적 접근의 필요성을 강조하면서 「날개」에까지 무리하게 적용함으로써, 내용과 형식을 비변증법적으로 사고하고 결과적으로는 내용을 사상하고 말았다. 둘째로 작품 말미의 '나'가 미쓰코시 옥상에 있다고 보면서 전체 논의 구도를 마련하는 데서 알 수 있듯(22면), 이러한 해석(?)이란 것이 기본적인 오독에 기초하고 있어서

　이러한 근본적인 오독 위에서, 온갖 복잡미묘한 억지이론들을 유발하는 미세한 오류들도 적지 않게 존속되어 왔다. 작품 앞부분의 '三十三번지'가 '33번지'로 바뀌거나, 말미에서 옥상 위의 '나'가 바라보는 '회탁의 거리'가 '희락의 거리'로 둔갑하면서, 새로운 의미를 부여받게 된 점 등이 이에 해당한다.

　「날개」의 참모습을 가리는 두 번째 걸림돌은, 한국문학 연구의 층위에서 이 작품에 대한 미학적 선규정력이 매우 강력하다는 점이다. 한국 모더니즘 소설의 대표작이라는 식의 전제이자 결론이 그 실제이다. 「날개」에 대한 최초의 본격적인 언급이 최재서의 「리아리즘의 擴大와 深化」[3]라는 점을 고려하면 다소 의외기도 하지만, 「날개」에 대한 연구사 대부분은 모더니즘 소설 미학의 지평 위에서 이 작품을 고려해 왔다.[4]

　'모더니즘 소설 미학'이라는 안경으로만 이 작품을 조명함으로써 두

문제다. 이는 "텍스트의 일차적 독해를 기초로 해야 한다"(25)라는 자신의 강조에 비춰 볼 때도 납득할 수 없다.

매우 유감스러운 일은, 이렇게 잘못된 해석이 명확히 비판되지 않고 계속 영향력을 행사해 왔다는 사실이다. 이러한 영향 관계의 폐해가 극명하게 드러난 경우로 권영민의 「이상 연구의 회고와 전망— 이상 문학, 근대적인 것으로부터의 탈출」(같은 책)을 들 수 있다. 이 글은 '존재론적으로 불안정한 개인의 자아인식 과정'을 간파하여 주인공의 소망이 "자기 존재의 정체성을 위협하는 현실적 공간으로부터 벗어나는 일"(33면)임을 포착하였지만, 전체적인 논의 구도는 이어령과 동일하게 공간론적인 대비 형식으로 짜여져 있다. '방에서부터 바깥세상으로의 공간이동'으로 이야기가 전개된다 하고, "방이라는 닫힌 공간의 폐쇄성과 바깥세상이라는 열린 공간의 개방성이 지니는 공간성의 의미"(32면)에 주목하는 것이다. 그 결과 "그 방 안을 벗어나기 시작하면서 주인공은 이 같은 시간적 경험의 분열 과정으로부터 어느 정도 자유로워지고 있다"(33면)라는 결론을 얻는데, 이는, 공간론적 대비라는 연구사의 구도를 전제함으로써 유효적절한 통찰들도 빛을 잃게 된 사례라 하겠다.

3) 조선일보, 1936. 10. 31~11. 7.
4) 이와 관련하여, 「날개」와 「천변풍경」을 둘러싼 당대의 논쟁을 정리하면서, 「날개」에 대한 해석이 "사람에 따라 각양각색이고 완전히 相反되는 점도 있다"라고 정리한 뒤, 그 원인으로 "모더니즘과 리얼리즘이라는 문학이론상의 차이가 작용하고 있다고 보아야 한다"(222면)라는 서준섭의 지적을 음미할 필요가 있다(『한국 모더니즘 문학 연구』, 일지사, 1988).

가지 문제를 낳았다. 논의의 실제에 있어서 일반론을 전제하는 방법론주의적인 협의를 벗지 못한 것이 첫째요, 당대적인 위상 및 의의에 대한 평가에 다소 무력해진 것이 둘째다. 백철[5] 등 좌파문인들의 현실주의적인 감각뿐 아니라 김문집의 유미주의에 가까운 관념론적인 평가[6]까지도 간과되면서, 「날개」가 발표 당시의 문단 및 사회 현실에서 가졌던 문학사적인 위상을 조명하는 일이 지난해졌다. 그 대신 근대를 넘어서려는 문학적 지향의 선구자라는, 따지고 보면 개별 작품에 대해서는 별반 말해주는 바가 없는 모호한 구호만이 앞서게 되었다.

세 번째로, 숲에 대한 조망이 나무를 보지 못하게 하는 경우에 해당되는 걸림돌이 있다. 이상 문학 일반에 대한 인식이 앞선 나머지, 「날개」 자체를 집중적으로 검토하는 일은 연구사의 조류에서 구태의연한 것이 된 감이 있다. 이상의 문학 세계를 모더니즘(혹은 더 나아가 탈모더니즘)적인 것으로 본다는 점에서 이는 앞의 문제와 밀접히 관련된다.

이러한 문제는 현재도 문제로서 인식되지 않고 있다. 문제라 인식되기는커녕 이러한 방법이야말로 이상 문학을 해명하는 데 적절한 것이라는 관념이 두텁게 형성되어 가는 듯하다. 이상 문학 일반 속에서 이런저런 구절들을 끌어와 한 편의 완미한 논의를 꾸리는 '인용문 뒤섞기 방식'이 그 실제인데, 이는 이상문학 연구의 선편을 쥔 이어령[7]과 임종국[8]에서부터 시작된 경향이다. 이러한 경향에 이론적인 정당성을 부여한 것이 김윤식의 텍스트론이며,[9] 이경훈을 위시한 일련의 연구들이 대

---

5) 백철, 「리얼리즘의 再考」, 『四海公論』, 1937. 1.
6) 김문집, 「<날개>의 詩學的 再批判」, 『비평문학』, 청색지사
7) 이어령, 「李箱論－'純粹意識'의 完成과 그 破壁」, 『문리대 학보』 3권 2호, 1955. 9
   (김윤식 편, 『李箱 문학 전집』 4권, 문학사상사, 1995 ; 이하, 이 전집에서 인용할
   경우 '전집'이라고 표시함).
8) 임종국, 「李箱研究」, 『고대문화』, 1955. 12(전집 4권).
9) 김윤식, 「이상 연구를 위한 한 변명－생성하는 기호와 인간, 그것의 지우기에 대한
   한 견해」, 전집 5, 김윤식은 전집 2~5권의 작품 해설들 전체에 걸쳐서 '이상 문학

표적인 예가 된다.[10] 이상 문학 일반의 특징을 검토한다는 문제의식의 소산이기도 하고 주제론적인 접근 방식의 필요악적인 결과이기도 한 이러한 검토 방식은, 자기 목적에 따른 소기의 성과를 갖는 의의에도 불구하고, 개별 작품의 연구 성과에 있어서는 부정적인 측면을 적지 않게 남기지 않을 수 없다. '작품'의 경계가 확정될 수 없는 것이고 거기 갇히기만 해서는 안 되는 것이 분명하다 해도, 경계 자체가 무시되어서는 안 되는 것 또한 엄연한 사실이기 때문이다.

「날개」의 참모습을 찾아 연구하는 데 있어 네 번째 걸림돌은 상징적인 해석 방법이 별 반성 없이 지속적으로 재생산되어 왔다는 점이다. 그 층위도 다양하여, 어구 차원에 그치기도 하고, 개별 사건의 의미를 해석하는 데 적용되기도 하며, 작품 전체를 대상으로 하기도 한다. '18가구'나 '33번지'의 숫자를 '소리를 응용한 섹스용어의 암호'나 '숫자의 시각 형태에 의한 에로티시즘'이라 해석하는 것이 첫째 예가 되며,[11] 흔히 볼 수 있는바, 결말 부분이나 방의 구조, '나'와 아내의 관계, 아포리즘의 구절들에 대한 정신분석학적 해석 등이 둘째 예라 할 수 있다.

두 번째 경우가 전면화된 대표적인 사례는, 고원의 경우이다.[12] 이상이 "자동기법(自動記法)에 따라 꿈과 현실의 경계를 무시하며 넘나들고 있"(366~367면)다는 근거 없는 전제 위에서, "문맥을 무시하고 작품을 읽는 독서법에 문제가 없는 것은 아니지만, 따지고 보면 사실은 그것을 독자에게 허용하고 있는 사람은 바로 작가 자신이다"(366면)라 한 뒤에, 그는 작품의 경계를 도외시한 채 상징적인 해석을 종횡무진 펼쳐 보인다.

이 지닌 완벽에 가까운 텍스트성(열려 있음의 성격)'을 누누이 강조하고 있다.

10) 김주현, 『이상 소설 연구』, 소명출판, 1999 ; 이경훈, 『이상, 철천의 수사학』, 소명출판, 2000 ; 서영채, 『사랑의 문법』, 민음사, 2004.

11) 이어령, 앞의 글, 17면. 그러나 후자는, 원래 표기가 '三十三번지'라는 점을 고려할 때 어불성설이라 하겠다.

12) 고원, 「<날개> 3부작의 상징체계－<날개>, <동해>, <종생기>에 설정된 꿈과 현실의 관계」(권영민 편, 앞의 책).

예컨대 아스피린과 아달린이 생모와 양어머니의 대립쌍을 상징한다는 식으로 해석하거나(385~386면), 작품 말미를 두고서 “<날개>의 끝에서 화자가 꿈꾸고 있는 ‘비상’의 꿈은, 이카루스 신화와의 맥락에서는, 동시에 ‘곤두박질’의 꿈이 되는 것이다”(372면)라고 주장하는 것이다. 이는 정신분석학적 논의의 시험 사례 정도로 이상의 소설을 검토한 것이어서, 제대로 된 작품론이라 보기 어렵다.

「날개」를 본격적인 대상으로 놓는 상징적인 해석으로는, 이태동의 경우를 들 수 있다.13) “순수자아인 나와 비순수자아인 아내와의 모순된 구조”(295면)라는 이분법을 전제한 위에서 그는, 주인공이 “자신의 순수자아를 구원하는 길을 자의식적으로 모색”(292면)하는 이야기로 「날개」를 해석하고 있다. 문제는 자신의 전제에 맞추어 세부 논의를 전개함으로써, 근거 없는 공론과 오독을 적지 않게 보이는 데 있다. 아내와 성관계를 가졌다 하고 그 목적이 그녀가 주는 돈의 성격을 확인하기 위해서라는 것이나(293면), 벙어리에 은화를 집어넣는 행위에 상징적인 의미를 부여하고, 돈에 대한 연구와 아내에 대한 연구를 동일시한 다음 그것이 자아발견을 위한 행위라고 하는 것(294면), 그가 꿈꾼 이상적인 세계가 ‘아내와 가졌던 의식행위의 순간에서만 발견할 수 있다’하는 것(294면), 아스피린과 아달린에 대한 서사를 인간조건에 대한 의문과 회의로 추정하는 것(294~295면), 작품에는 언급도 없는 열두 시의 시계바늘을 거론한 뒤에, 정오를 알리는 사이렌을 두고 ‘두 개의 세계가 합쳐져서 초월적인 현현(顯現)의 세계로 향해 문을 여는 소리의 상징’ 운운하는 것(296면) 등이 손쉽게 눈에 뜨인다.

「날개」에 대한 정밀한 검토를 막는 다섯 번째 걸림돌은, 작품의 경계를 확정짓는 문제이다. 아포리즘 부분과 본서사 전체를 하나의 작품으

---

13) 이태동, 「자의식의 표백과 반어적 의미—<날개>를 중심으로」(권영민 편, 앞의 책).

로 볼 것인가 여부가 그것인데, 향후 연구들의 생산적인 논의를 위해서
도 이 문제를 짚어 볼 필요가 있다.

결론을 당겨 말하자면, 별개로 보는 것이 타당하다고 하겠다. 아포리
즘 부분을 '작가의 말' 정도로 간주하여 「날개」 자체와는 분리해 보는
것이 적절하다는 것인데, 다음 세 가지의 근거를 들 수 있다.

첫째, 전집이나 기타 작품집 등에서의 편집과 달리, 원래 발표된『朝
光』에서 아포리즘 부분은 '겹선 박스 안에' 본서사 부분보다 '작은 활
자'로 처리되어 있다.[14] 둘째, 표기법이 다르다. 아포리즘 부분이 국한
혼용인 반면, 본서사는 숫자와 '蓮心' 등을 빼면 한글 전용으로 되어 있
다. 셋째, 아포리즘 부분이 말 그대로 아포리즘으로 되어 있는 반면 본
서사는 평이하게 기술되어 있어, 미학적 측면에서 확연히 이질적이라
할 수 있다.

따라서, 아포리즘 부분은 '작가의 말' 정도로 간주하여 작품 해석의
간접적인 참조항으로 삼는 것이 적절하다. 이 부분이 작품의 설계도에
해당하고 이후 서사는 그 건축물에 해당한다는 식으로 파악하는 것[15]
은, 아포리즘 부분의 의미를 정교하게 해석하고 본서사와 일목요연하게
맞추지 못하는 한 적절한 것이라 보기 어렵다.

이상에서 핵심적인 문제 상황은 두 번째에서 네 번째 즉, 모더니즘이
라는 선입견과 (그에 기반한) 텍스트 넘나들기 방식 및 자의적인 상징 해
석의 사례들이다. 부분적인 오독과 다소 무리스러운 해석들을 피해 「날
개」의 면모를 살피기 위해서는, 이러한 걸림돌들로부터 자유로운 상태

---

14)『朝光』 소재 박태원의 「속천변풍경」(6회, 1937. 6.)의 경우, 본문 상단에 (겹박스는
    아니지만) 박스를 두어 작중인물을 소개하고 있는데, 여기서도 작은 활자에 한자
    를 사용하여 표기하고 있다(136~137면). 이는,『朝光』의 편집방침상 「날개」의 아
    포리즘 부분을 본서사와는 별개의 것으로 보아야 한다는 추정을 가능케 하는 것
    이다. 「종생기」(『朝光』, 1937. 5.)의 경우 '×' 표시로 (창작방법론상의 기술을 담은)
    앞부분이 나뉘어 있는 점도 이러한 판단에 힘을 실어 준다.
15) 김윤식,『이상 문학 텍스트 연구』, 서울대학교출판부, 1998, 164~167면.

에서 작품 자체를 정밀하게 검토하는 일이 새삼 필요하다. 그 첫걸음으로 여기서는 「날개」의 서사에서 중요한 분절을 이루어 주는 '외출-귀가' 패턴을 검토한 뒤에(2절), 부부관계의 변화 양상을 살피고(3절), 이상에 기초하여 작품의 주제효과를 규정해 보고자 한다(4절).16)

2. 외출의 양상과 서사의 추동력

「날개」의 이야기는 다음과 같다. 후속 논의의 편의를 위해서, 다소 길지만 꼼꼼히 정리해 둔다.

구조가 유곽과 흡사한 三十三번지 일곱 번째 방에서 '나'와 아내가 살고 있다. 장지로 나뉜 윗방에서 '나'는 모든 것을 스스롭다 생각하며 '이불 속 사색 생활'에 빠져 한없이 게으르게 지낸다. 반면 아내는 하루에 두 번 세수하고 낮이나 밤이나 외출한다. 아내가 없을 때면 아랫방에 가서 화장품 병이나 돋보기, 거울을 가지고 장난을 하고, '아내의 체취를 떠올리며' 논다.

아내에게 내객이 있어서 그럴 수 없을 때, '의식적으로 우울해 하면' 아내가 와서 은화를 준다. 그 돈이 꽤 쌓인다. 어느 날, 우주적 허무감에, 은화를 담은 벙어리를 변소에 갖다 버린다.

내객이 있는 날이면 이불 속에서, 아내에게 왜 돈이 많은가 등을 연구한다. 그 결과, 내객들이 놓고 간 것임을 알게 된다. 내객이 아내에게, 아내가 제게 돈을 놓고 가는 것이 '일종의 쾌감' 때문이라는 생각이 들자, 그것을 확인하고 싶어진다. 해서 밖에 나갈 생각을 한다.

---

16) 「날개」가 보여주는 서술상의 특징들 곧 서술시점이나 서술자(와 인물, 작가)의 문제, (청자를 염두에 둔) 서술전략 등과 이에 구사된 서술기법상의 특징들(문체, 수사법 등)의 검토는 후일을 기약한다. '돈'이나 '산책자' 문제 등과 관련된 연구사적인 논의 또한 여기서는 피한다.

오랜만의 첫 외출, 목적을 잃어버리고자 쏘다닌 거리의 경이로운 모습에 금방 피곤해진다. 귀가했더니 내객이 있다. 윗방에 누우니, 아내와 둘이 소곤거리다가 밖으로 나간다. ‘서운해 하면서’, 잠을 청한다. 돌아와서 자신을 깨우는 아내의 노기 어린 눈초리에 외출한 것을 후회한다. 자신의 후회와 사죄를 전하기 위해, 의식 없이 아내 방으로 가서는, 돈을 아내 손에 쥐어주고 함께 잔다.

‘아내에게 돈을 쥐어 주고 함께 잔’ 지난밤의 ‘쾌감과 기쁨’으로 해서 또 외출할 생각을 한다. 겨우 자정을 넘겨 귀가해서는, 다시 아내에게 돈을 건네고 아내 방에서 잔다.

다음날 낮잠 후, 아내가 불러 가 보니 밥상이 차려져 있다. 이면에 음모가 있지 않나 하여 불안을 느꼈지만 맘 편히 먹기로 한다. 자기 방으로 돌아와 앉아 있어도 아무 일이 없으니, 긴장이 풀어지면서 다시 외출할 생각이 난다. 하지만 돈이 없다. ‘외출해도 나중에 올 기쁨이 없다’는 생각에, 돈이 없는 것이 야속하고 슬퍼서 울기까지 한다. 했더니 아내가 와서는 돈을 주며 더 늦게 들어오라고 한다.

세 번째 외출에서 경성역 대합실의 티룸에 들러, 서글픈 분위기를 즐기며 어렸을 때 동무들 이름을 떠올린다. 열한 시 조금 넘어 폐점이라, 비가 오는 중에 정처 없이 길에 나선다. 오한이 심해지자 궂은 날이라 내객이 없으려니 하고 귀가를 결심한다. 노크를 잊은 탓에 “보면 안 해가 좀 덜 좋아할 것을 그만 보았다”. 오한에 의식을 잃는다.

이튿날, 제법 근심스러운 얼굴의 아내가 약을 준다. 여러 날 앓은 후에 외출하고 싶어지지만, 아내가 만류하며 약을 계속 먹으라 해서 그렇게 하기로 한다.

한 달이나 그렇게 보낸 뒤, 수염과 머리가 자란 것을 보러 아내 방으로 가서는 겸사겸사 화장품 냄새를 맡아 본다. ‘몸이 배배 꼬일 것 같은 체취’에 ‘아내의 이름을 속으로 불러본다’. 이런저런 장난을 하며 ‘이렇게도 편안하고 즐거운 세월을 하느님께 흠씬 자랑’하고 싶어진다. 그러다가 최면약 아달린 갑이 눈에 띄자, 그 동안 아스피린으로 알고 아달린을 먹어 왔다고 판단한다. 아내의 처사가 너무 심하다는 생각에, 까무러칠까 조심하며 집을 나서서 산을 찾아 올라간다. 벤치에 앉아 생각해 보지만 혼란스럽다. 그만 귀찮은 생각이 들어 아달린 여섯 개를 먹고 잠에 빠진다.

일주야를 잔 뒤에, 다시 생각해 보다가, '아내가 근심이 있어 아달린을 먹은 것은 아닌가 돌려 생각하게 된다'. 그렇다면 아내에게 참 미안하다 싶어서, 부리나케 산을 내려와 집으로 향한다.

오전 여덟시경. 마음이 급해서 말없이 문을 열다가 "내 눈으로는 절대로 보아서 않 될 것을 그만 보아 버리고" 말게 된다. 얼떨결에 문을 닫고 현기증을 진정시키려니 매무새를 풀어헤친 아내가 나서면서 멱살을 잡는다. 나둥그러진 나를 덮치며 함부로 물어뜯는데, 남자가 나와서는 덥썩 안아 들여간다. 아무 말 없이 다소곳이 안겨 들어가는 아내가 "여간 미운 것이 아니다." 방 안의 아내가 발악하는 소리를 듣다가, 남은 돈을 꺼내 문지방 밑에 놓고 줄달음질을 쳐서 나온다.

경성역에 다다라 커피를 떠올리나 돈이 없다. 어딘지도 모르고 쏘다니다 거의 대낮에 미쓰꼬시 옥상에 이른다. 거기 주저앉아서 살아온 생애를 회고하고 인생의 욕심을 자문해 보지만 자신의 존재를 인식하기도 어렵다. 싱싱한 금붕어를 보다, 회탁의 거리를 내려다본다. 거리 속으로 섞여들어가지 않을 수도 없다는 생각에 거리로 나서나 갈 곳이 없다. 아내와의 관계를 규정해 보고, "그저 끝없이 발을 절뚝거리면서 세상을 거러가면 되는 것이다. 그렇지 않을까?" 생각해본다. 그러나 아내에게로 발길을 돌려야할지 알 수가 없다.

이때 정오 사이렌이 울린다. 현란을 극한 정오. 불현듯 겨드랑이 가렵다. "머릿속에서는 희망과 야심의 말소된 페-지가 떡슈내리 넘어가듯 번뜩였다. 나는 걷든 걸음을 멈추고 그리고 어디 한 번 이렇게 외쳐 보고 싶었다. 날개야 다시 돋아라. 날자. 날자. 날자. 한 번만 더 날자스구나. 한 번만 더 날아 보자스구나."

여기서 알 수 있듯이, 서사 진행상 의미 있는 진전을 이루는 것은 다섯 차례의 외출과 그에 따른 네 차례의 귀가이다. 이제 그 각각의 양상과 의미를 꼼꼼히 살펴보기로 한다. 첫 번째의 '외출-귀가'는 작품 전체의 의미 및 서사의 진행과 관련하여 매우 중요하므로 상세히 살펴본다.

1) 첫 번째 외출-귀가

첫 번째 외출의 계기가 마련되는 것은 아이러니컬하게도 '이불 속의 사색 생활'에서이다. 이것이 아이러니컬한 이유는 "나에게는 인간사회가 스스로웠다. 생활이 스스로웠다. 모도가 서먹서먹할 뿐이었다"[17]라며 될 수만 있으면 '인간의 탈'을 벗어버리고 싶기까지 하여 적극적인 것은 궁리하지 않는다고 '나' 스스로 생각해왔기 때문이다. '절대적인 상태'에서 상황을 바꾸는 계기가 마련된 것인데, 이는 '절대적인 상태'의 절대성이 불충분해서였기보다는 그 상태가 필연적으로 촉발하는 나름의 계기 때문으로 보인다. 현실의 파블라와는 거리가 있지만, 내적인 동기는 있는 것이다.

> 래객이 안해에게 돈을 놓고 가는 것이나 안해가 내게 돈을 놓고 가는 것이나 일종의 쾌감—그 외의 다른 아모런 리유도 없는 것이 아닐까 하는 것을 나는 또 이불 속에서 연구하기 시작하였다. 쾌감이라면 어떤 종류의 쾌감일까를 계속하야 연구하였다. 그러나 그것은 이불 속의 연구로는 알ㅅ길이 없었다. 쾌감, 쾌감, 하고 나는 뜻밖에도 이 문제에 대해서만 흥미를 느꼈다. (중략) 그 쾌감이라는 것의 유무를 체험하고 싶었다.(203~204면)

쾌감의 종류를 연구하다가, 그 유무를 체험하고 싶어 했다는 것으로 외출의 내적 동기가 마련되는 구절이다. 이것이 내적 동기인 까닭은, 돈을 놓고 가는 이유가 '일종의 쾌감'이라는 판단의 근거가 없고, 더 나아가서 이 문제에 흥미를 갖게 된 것 자체에 대해서도 해명이 없기 때문

---

17) 이상, 「날개」, 『朝光』, 1936. 9, 201면. 이하 작품의 인용은 본문 속에 괄호를 치고 면 수를 넣어 표시함. 띄어쓰기만 고칠 뿐, 명백한 오자인 경우도 원문의 표기 그대로 옮김. 해독이 불가하거나 할 경우에는 [ ]로 표시하고, 자연스럽게 채워넣거나 고쳐도 무방하다고 생각될 경우 [ ]에 병기함.

이다. '뜻밖에도'라 한 데서 알 수 있듯이, 이는 이유를 명확히 알기 어려운 심리적인 움직임의 결과일 뿐이다.[18]

외출의 목적이란, '돈을 놓고 가는 쾌감의 유무를 체험해 보는 것'이고 정확히는 '이불 속의 연구로는 알 길이 없'는 '쾌감의 종류'를 알아보는 것이다. 그렇다면 당연히도 밖에 나가서 누군가에게 돈을 주어 보아야 한다. 하지만 '나'는 그렇게 하지 않는다.

> 목적을 잃어버리기 위하야 얼마든지 거리를 쏘단였다. 오래간만에 보는 거리는 거의 경이에 가까울만치 내 신경을 흥분식히지 않고는 마지않았다. 나는 금시에 피곤하야버렸다. 그러나 나는 참았다. 그리고 밤이 이슥하도록 까닭을 잊어버린 채 이 거리 저 거리로 지향 없이 헤매였다.(204면)

위에서 보듯 '나'는 목적을 잊고자 했고, (경이롭게까지 보이는 거리가 신경을 흥분시켰기 때문이기도 해서) 그 결과로 목적을 잊게 된다. 누구에게도 돈을 주어 보지 않는 것이다. '목적을 잃어버리고자 하는' 심정이란 어떤 것인가. 일차적으로는 귀찮음증의 발로라고 해석할 수 있다. 그러나 이어지는 서사 과정, 곧 아내에게 돈을 쥐어 주고 함께 자게 된 뒤에 쾌감과 기쁨을 느끼는 것을 고려하면, 돈을 놓을 대상을 아내로 짐짓 정해 둔 까닭이라고 보는 것이 낫다.

외출의 내적 동기와 실제의 외출-귀가 양상이 차이를 보이는 것이다. 이를 좀 더 설명해 보자. 내객이 있는 상태에서 제 방으로 돌아온 뒤, 아내에게 마음속으로 사과하면서 '나'는, 돈을 써 버리지 못해서 자정을 넘기지 못했다고 스스로를 변호한다.

---

18) 전체적으로 보면, 이렇게 현실의 파블라와 거리를 갖는 것이 「날개」의 서사를 특징짓는다고 할 수 있다. 물론 이상 소설 일반이 이러한 거리를 가늠할 수 없을 정도로 개연성이 약한 점을 고려하면, 이러한 거리감을 느끼게 하는 관련성이 존재하되 외적 현실의 힘이 약한 편이라고 해야 정확할 것이다.

그러나 거리는 너무 복잡하였고 사람은 너무도 들끓었다. 나는 어느
사람을 붓들고 그 五원 돈을 내어주어야 할지 갈피를 잡을 수가 없었
다. 그러는 동안에 나는 여지없이 피곤해버리고 말았든 것이다.(205~
206면)

이 구절은 중요하다. 누구를 붙들고 돈을 내주어야 할지 몰랐다는 데
서 '나'의 의도가 확인되기 때문이다. 돈을 쓰는 기능을 상실했다고 자
각하는 상황에서, 회상을 통해서 이렇게 돈을 **건네는** 일을 하지 못했다
고 정리하는 것은 무엇을 의미하는가. 이는, 아내가 제게 하듯 누군가에
게 '돈을 주는' 것이 '나'의 의도이고 목적이었음을 알려 준다. 달리 말
하자면, '나'가 밖에서 돈을 쓰지 않은 것은, <아내의 내객이 돈을 놓고
가는 것>(돈을 쓰는 지불 행위)이 아니라 <아내가 제게 놓고 가는 행위>
(이건 매매 행위가 아니다. 돈을 쓰는 것이 아님)의 쾌감 유무가 궁금했던 것임
을 알려 준다고 할 수 있다. 요약하여 <매매 행위가 아닌 돈 건네기>의
쾌감(유무)에 관심이 있는 것이라 하겠다. 첫째 외출에서는 이렇게 매매
행위가 의식·의도되지 않았으며, 더 나아가서 매매욕구 자체가 전제되
지 않았음을 알 수 있다.[19)]

한 시간 동안을 초조하게 마음속으로 자신을 변호하고 아내에게 사죄
하고 하다가 '나'는 그런 심정을 아내가 몰라주는 한 아무 보람이 없다
는 것에 생각이 미친다. 해서 그는 '거의 의식이라는 것이 없'는 상태로
아내 방으로 '비철비철 달녀'가서는 '안해 이불 우에 없드러지면서 바지
포켙 속에서 그 돈 五원을 꺼내 안해 손에 쥐어 준' 뒤 정신을 잃는다.
이렇게 해서 '나'는 아내 손에 돈을 쥐어주고 그 방에서 자게 된다. 이
튿날 눈을 뜨니 아내는 없는데, 함께 잔 것인지조차 불분명해도 '나'는

---

19) 사정이 이러한 까닭에, 이 구절이 '화폐에 매개된 시간과 공간의 문제를 집약한
것'이라 규정하여 고평하는 것(이경훈, 『이상, 철천의 수사학』, 소명출판, 103~
104면)은, 외삽적이고도 과도한 해석이라 하겠다.

개의치 않는다. 도발적인 아내의 체취에 몸을 꼬다가 '나'는 자기 방에 마련되어 있는 밥을 한 술 뜬 뒤 낮잠을 늘어지게 잔다. 정신이 한결 난 상태에서 '나'는 다음과 같이 회상한다.

> 돈 五원을 안해 손에 쥐어주고 너머졌을 때에 느낄 수 있었든 쾌감을 나는 무었이라고 설명할 수가 없었다. 그렇나 래객들이 내 안해에게 돈 놓고가는 심치[리]며 내 안해가 내게 돈 놓고가는 심리의 비밀을 나는 알아내인 것 같아서 여간 즐거운 것이 아니다. 나는 속으로 빙그레 웃어보았다. 이런 것을 모르고 오늘까지 지내온 내 자신이 어떻게 우수꽝스러워 보이는지 몰랐다. 나는 억개춤이 났다.(207~208면)

여기서 주목할 점은 다음 두 가지 곧, 쾌감의 성격이 변했으며 그러함에도 불구하고 '나'는 자신의 호기심을 충족시켰다고 믿는 사실이다. '나'의 '이불 속의 사색 생활'을 깨고 외출을 가능케 한 것[서사의 추동력]은 원래, 내객이 아내에게 아내가 제게 돈을 건네는 행위의 비밀을 알고자 함이었다. 불현듯 '쾌감'이 아닐까 싶어 하다가 그 쾌감의 유무 및 종류를 알고자 밖으로 나갔던 것이다. 하지만 그는 돈을 아무에게도 건네지 않은 채 귀가해서는 결국 아내 손에 쥐어주고 아내 방에서 잤다. 이렇게 정리해 보면 위의 인용이 보여주는 바가 분명해진다. '아내 방에서 잔 뒤에 느끼게 된 쾌감'을 원래 알고자 했던 '돈을 건네는 이유로서의 쾌감'과 같은 것인 양 취급하고 있는 심리의 변화가 그것이다.

이러한 변화를 어떻게 볼 것인가. 논리적으로 따지면 이는 착각에 불과한 것이지만, 주인공의 심리의 차원에서 일어나는 점이라는 것과 「날개」 전체의 서사 구조를 염두에 두면 그렇게 규정할 수 없다. '나' 스스로 이렇게 치환하고 있는 것이며, 전체 서사의 거멀못이 되는 이후의 '외출-귀가' 패턴의 원형이 여기서 마련되는 까닭이다. 따라서 이러한 변화는 '나'의 내면에 자리잡고 있던 어떤 욕망, 「날개」의 서사를 전개시키는 진정한 추동력에 해당하는 어떤 욕망에 의한 것이라 해석해야 마땅하다. 이는, 착각을 착각으로 생각하지 않는 위의 인용이 여실히 보여주고, 이후의 서사에서 충분히 확인되는 것이다.

이러한 착각 혹은 심리적인 치환에 의해서 서사 행위의 성격 또한 변하게 된다. '돈 건네기의 이유에 대한 답을 구하려는 외출' 행위가 '아내에게 돈을 쥐어 주고 자는 것'과 관련되는 것이다. 이러한 관련은, 두 번째 외출-귀가로 넘어가면서는, 후자가 목적이 되면서 전자가 실종되는 방식으로 나타난다. 두 행위의 관련이 대체로 바뀌게 되는 것이다. 뒤에 살펴겠지만, '나'의 '외출-귀가'는, 아내에게 돈을 건네고 아내 방에서 자기 위해 일단 밖으로 나갔다가 집으로, 아내 방으로 진입하는 형국이 된다. 이러한 점까지 고려하면, 결론적으로, '돈 건네기와 관련된 쾌감의 유무 및 종류'와 같은 외출의 표면적인 목적이나 의도가 아니라 '그 행위의 끝에 있는 지향의 대상'[아내]이 궁극적으로 중요했던 것이라고 할 수 있다. 첫 번째 외출에 있어 애초부터 무의식 차원에서 아내라는 대상이 궁극적인 목적으로 설정되었다고 할 수는 없어도, 결과가 그렇게 된 것이 중요하다.

이렇게 쾌감의 성격이 바뀌는 점은 위의 인용에 이어지는 문장에서 명시적으로 확인된다. "따라서 나는 또 오늘밤에도 외출하고 싶었다"(208면)라는 구절이 그것이다. '아내 방에서 잤던 지난밤에 느꼈던 쾌감'으로 인해서 '내객이나 아내가 돈을 놓고 가는 심리의 비밀'을 안 듯하여 어깨춤이 날 정도로 즐겁다 한 뒤에, 이렇게 '따라서'라 하며 두 번째의 외출을 바라는 것이야말로, 그의 관심사가 변한 것을 명확히 해 준다. '쾌감'을 설명할 수는 없지만 '비밀'을 알아낸 것 같다면서 외출하고자 하는 것은, '비밀'을 한 번 더 알고자 해서가 아니다. 지난밤에 느낀 쾌감을 다시 맛보고 싶어서일 뿐이다. 이 과정에서 외출의 애초 목적이었던 돈 건네기의 이유로서의 쾌감은 실종되고, 아내 방에서 자면서 느끼는 쾌감만이 오롯이 선명해진다. 이를 두고 인식욕이 **쾌락 추구로 대체**되었다고도 할 수 있겠다.

이 대체의 확실함, 쾌락 추구의 강렬성은 돈에 대한 '나'의 태도까지도 바꾸어 버린다. 외출의 소망 직후에 '나'는, 돈이 없다는 사실을 깨닫고서 돈 오 원을 한꺼번에 아내에게 준 사실을 후회한다. '벙어리'를 버린 일까지도 후회하는 데서 보이듯, 그의 후회는 절실하다. '실없이 실망'했다고 했지만, 습관처럼 주머니에 손을 넣었다가 2원 돈이 있는 것을 알고 "여간 고마운 것이 아니었다"(208면) 하는 데서 그 절실함이 가늠된다. 2원밖에 안 되는 돈을 보고 "많아야 맛은 아니다. 얼마간이고 있으면 된다"(같은 곳) 하는 데서는, 후회의 절실함 외에 쾌락 추구의 강렬성과 '돈'이 '나'에게서 갖게 된 새로운 의미를 확실히 느낄 수 있다. 돈이 없으면 외출할 수 없고 많지 않은 돈이라도 있으면 외출할 수 있다는 이러한 심리에서 돈은, 귀가 후 아내 방에서 자는 데 필요한 무언가가 된다. 아내 방에서 잘 때 생기는 쾌감을 얻기 위한 하나의 수단이 되는 것이다. 따라서 돈은 이제 그다지 즐기지도 않았던 한낱 장난감이 아니게 된다.[20]

2) 두 번째 외출-귀가

이렇게 하여 두 번째 외출이 이루어진다.

---

[20] 장난감이 아니게 되면서 '돈'은 그에게 나름대로 절실한 것이 된다. 이는 세 번째 외출 시도에서 극명하게 나타난다. 하지만 여기서 주의할 점은, 이 모든 경우에서 '돈'이 화폐로서의 본연의 기능을 수행하는 것은 아니라는 점이다. 아내에게 돈을 건네는 행위가 아내를 '사는' 것인지조차 사실상 불명확하기 때문이다. 첫 번째 귀가 후 아내 방에서 잤을 때, 아내가 함께 잔 것인가가 불분명하고 '나'는 그것을 조사하려는 생각조차 없다는 점을 무시해서는 안 된다.

그 단벌 다 떨어진 콜텐 양복을 걸치고 배곯은 것도 주제 사나운 것
도 다 잊어버리고 활개짓을 하면서 또 거리로 나섰다. 나스면서 나는
제발 시간이 화살 닫듯 해서 자정이 어서 왹 지나버렸으면 하고 조바심
을 태웠다. 안해에게 돈을 주고 안해 방에서 자 보는 것은 어디까지든
지 좋았지만 만일 잘못해서 자정 전에 집에 들어갔다가 아내의 눈총을
맞는 것은 그것은 여간 무서운 일이 아니었다.(208면)

이 구절에서 확인되는 것은, 원래의 외출 의도가 완전히 사라지고 새
로운 욕망 곧 <아내에게 돈을 주고 아내 방에서 자 보는 것>이 자립화,
절대화되었다는 사실이다. 따라서 자정 전에 들어가면 안 된다는 규칙
이 생긴다. 새로운 욕망이 자립화되고 그에 따라 '외출-귀가'의 규칙까
지 생기게 된 것은, 앞서 지적한바 '외출-귀가 행위의 끝에 있는 지향의
대상이 아내'라는 점을 분명히 해 준다.

여기서 좀 더 나아가면 '나'의 지향의 궁극적인 목적이 무엇인지를
생각해볼 수 있다. 아내가 싫어하는 조기 귀가가 외출의 목적 자체를 해
치는 것으로서 엄격히 금지되는 점과, 첫 번째 귀가 후 아내의 체취를
맡으며 몸을 비비 꼬던 것(207면)을 아울러 고려하면, 궁극적으로는 '나'
가 아내를 욕망하는 것이라고 보는 것이 자연스럽다. 새로운 규칙을 세
우고 조바심을 태울 정도로 그 절실함이 대단한 것 또한 이러한 추정을
뒷받침해준다.

이렇게 절실한 심정에서 '나'는 어서 자정이 되었으면 하고 시계만
들여다보면서 지향 없이 거리를 돌아다닌다. 산책도 관찰도 아닌 '나'의
야행은 그저 시간을 죽이는 방식일 뿐이다. 그 결과로 두 번째의 외출은
소기의 목적을 달성한다. 경성역 시계가 자정을 넘은 후 집으로 향한
'나'는, 일각대문에서 아내가 남자와 이야기하는 것을 모른 체하고 자기
방으로 들어간 뒤에, 아내가 눕는 기척을 엿듣자마자 장지를 열고 아내
방으로 간다.

> 그 돈 二 원을 안해 손에 덥석 쥐어주고 그리고—하여간 그 二 원을
> 오늘 밤에도 쓰지 않고 도로 갖어온 것이 참 이상하다는 듯이 안해는
> 내 얼골을 몇 번이고 였보고—안해는 드디어 아모 말도 없이 나를 자기
> 방에 재워 주었다. 나는 이 기쁨을 세상의 무었과도 바꾸고 싶지는 않
> 았다. 나는 편이 잘 잤다.(208면)

이러한 두 번째의 외출-귀가를 통해 <아내에게 돈을 주고 그 방에서
자는 것>이 확실한 기쁨이 되고, 외출의 명확한 목적이 된다. 이는 세
번째 외출을 꿈꾸면서 돈이 없다는 사실에 절망하여 울기까지 하는 데
서 극명하게 표현된다 ; "돈은 확실히 없다. 오늘은 외출하야도 나종에
올 무슨 기쁨이 있나. 나는 앞이 그냥 앗득하였다. (중략) 나는 이불 속
에서 종 울었나보다. 돈이 왜 없냐면서……"(209면).

3) 세 번째 외출-귀가

다소 극적인 과정을 거쳐 '나'는 다시 외출하게 된다.[21] 이 세 번째의
외출은 중요한 의미를 갖는다. 「날개」가 가질 수 있었을 의미의 갈래들
을 약간이나마 선보임으로써, 이 작품이 결과적으로 선택한 구도 및 의
미 지향을 명확히 해 주는 까닭이다.[22]

'나'는 처음으로 돈을 사용한다. 경성역 대합실의 티룸에 앉아서, 총
총한 가운데 잠시 들렀다 곧 나가버리는 여객들을 보며 '서글픈 분위기'

---

21) 이하, 아내와의 관계에서의 변화나 '나'가 느끼는 심정 등은, 다음 절에서 따로 논
　　의한다.

22) 김중하의 경우 "세 번째 외출이 <아내>의 권유와 돈의 제공에 의한 것"이라 정
　　리했지만, 이는 오독에 해당한다. 아내는 "오늘을낭 어제보다도 좀 더 늦게 들어
　　와도 좋다고 속삭"(『朝光』, 209면)였을 뿐이다. 비정상적인 부부관계의 개선이라
　　는 맥락으로 외출 권유를 해석하는 것(「李箱의 「날개」—「날개」의 패턴 분석」, 이
　　재선·조동일 편, 『한국 현대소설 작품론』, 문장, 1986, 240~241면 참조) 또한
　　동의하기 어렵다.

를 느끼며 좋아하고, 시간을 보내기 위해 메뉴를 반복해 읽으며 "아물아물한 것이 어딘가 내 어렸을 때 동모들 일흠과 비슷한 데가 있었다"(210면)라고 생각해본다. 「날개」에서 유일하게 나오는 군중 관찰 및 과거의 틈입 장면인데, 이러한 모티프가 더 이상 발전되지 않는다는 점과, 관찰의 결과가 서글픔인 점이 주의할 만하다. 전자는 '산책자' 모티프를 통해서 「날개」를 검토하는 일이 요체를 벗어난 것임을 알려주며, 후자는 작품 전체의 정조와 관련되어 이 소설의 주제효과를 명확히 해주기 때문이다. 떠오른 과거가 아물아물한 것도, 이 작품의 주제로 '상승의 이미지'나 '밝은 공간의 지향'을 거론하는 식의 자의적인 왜곡을 막아주는 효과를 갖는다.

열한 시 좀 지나 폐점 준비를 하는 통에 "어디 가서 자정을 넘길가, 두루 걱정을 하면서 밖으로 나섰다"(210면). 비가 옴에도 불구하고 그냥 나섰다가 오한이 심해지자, 날이 궂으니 내객이 없으려니 하는 짐작과, 내객이 있거든 사정을 하리라는 심산에 귀가를 결심한다. 너무 춥고 척척해서 노크를 잊은 탓에 '나'는 "보면 안해가 좀 덜 좋아할 것을 그만 보"(210면)게 된다. 하지만 그냥 자기 방으로 들어가 옷을 벗어던지고 이불을 뒤집어 쓴 뒤, 오한에 의식을 잃고 만다.

여기서 주목할 점은 다음 두 가지이다. 하나는 '어디 가서 자정을 넘길까 두루 걱정'한 끝에 귀가하는 데서 보이듯이, '나'가 '이불 속 사색 생활'에서의 무위적인 태도와는 완전히 상반되는 면모를 갖추게 되었다는 점이다. '나'의 '걱정'은 자신의 미래[다음의 '외출-귀가']를 기획하는 맥락에 닿아 있다.

둘째는, 아내와 내객의 행태를 목격하고서, '내'가 아니라 '아내'가 덜 좋아할 장면으로 의식하고 있다는 사실이다. 감정의 주체로서 자신을 의식하지 않은 것인데, 이를 어떻게 해석할 것인가가 문제이다. 자신의 감정(적 손상)이 너무 크기 때문이라 해석할 수도 있겠지만, 이는 억지에 가까운 과장이다. 네 번째 귀가 상황을 염두에 두면 이 점이 명확해진다. 그렇다고 이러한 상황이 아무런 의미도 갖지 않는다고 보는 것[23]도 무리다. 첫 번째 귀가에서 아내가 내객과 소곤거리다 나간 점을 두고도 서운해 하던 것을 생각할 필요가 있다. 따라서 외출의 목적으로 자립화된 '귀가 후 아내 방에서 잠자기'를 위해 새로운 규칙까지 만들어낼 정도로, '나'가 아내의 비위를 맞추려 해 온 맥락에서 이해하는 것이 자연스럽다 하겠다. 아내가 '좀 덜 좋아할' 정도이니, '나'에게 있어서는, 자신의 감정을 앞세워 판을 깰 만한 일은 아니라고 여겨졌을 것이라 할 수 있다. 판을 깨지 않는 것, 자신이 즐거움을 얻는 일을 없애지는 않고자 하는 마음이 앞서서, 자기감정을 내세우지 않은 것이라고 말이다.

4) 네 번째 외출-귀가

네 번째의 외출은 사실상 비자발적으로 이루어진다. 전혀 의도된 것이 아닌 채로, 욕망과 현실의 상충이 가져오는 분노에 의해 촉발된다. 이 맥락은 명확히 짚어둘 필요가 있다.

세 번째 귀가 사건 이후, 아내가 아달린을 먹여 한 달 내내 잠에 빠져 지내던 '나'는 오랜만에 아내 방으로 건너가 화장품 냄새를 맡아본다. 그러자 "한동안 잊어버렸든 향기 가운데서는 몸이 배 배 꼬일 것 같은 체臭가 전해나왔다. 나는 안해의 일흠을 속으로만 한번 불러보았다. 「蓮心이!」 하고……"(211면).

많은 논자들이 작가의 '육성'에 해당한다고 지목한 이 구절, 아내의 이름을 불러보는 이 행위는 무엇을 의미하는가. 아내의 체취를 그리워하던 앞서의 모습과, 바로 이어지는 심리의 기술을 고려하고, (뒤에 논

---

23) 김주현, 『이상 소설 연구』, 소명출판, 1999, 135면.

의하겠지만) 아내와의 관계 변화를 염두에 두면, 이 구절 이 행위는 아
내와의 성합의 욕망을 진술하게 내비치는 것이라 할 만하다. '아내에게
돈을 쥐어주고 아내 방에서 잠자기'가 외출의 목적으로 자립화된 이래,
그러한 목적의 궁극적인 의미가 아내와의 성합이리라는 점은 실제에 비
춰보더라도 자연스러운 것이다.[24]

이러한 욕망의 정점에서 '나'는 돋보기, 거울 장난을 한 뒤에, "세상의
아모 것과도 교섭을 갖이지 않는" 까닭에 "하느님도 아마 나를 칭찬할
수도 처벌할 수도 없는 것 같다"며, "이렇게도 편안하고 즐거운 세월을
하느님께 흠씬 자랑하야 주고 싶었다"(211면)고까지 느낀다.

이때 그의 눈에 뜨인 것이 바로 '최면약 아달린갑'이다. 일련의 회상
끝에 '나'는 "나는 아스피린으로 알고 그럼 한 달 동안을 두고 아달린을
먹어 온 것이다. 이것은 좀 너무 심하다"(212면)라고 생각하게 된다. 해서
네 번째 외출이 이루어진다.

> 별안간 아뜩하드니 하마트라면 나는 까므라칠 번하였다. 나는 그 아
> 달린을 주머니에 넣고 집을 나섰다. 그리고 山을 찾어 올라갔다. 인간
> 세상의 아모것도 보기[ ] 싫였든 것이다. 걸으면서 나는 아모쪼록 안해
> 에 관계되는 일은 일체 생각하지 않도록 努力하였다. 길에서 까므라치
> 기 쉬우니까다. 나는 어디라도 양지가 바른 자리를 하나 골라서 자리를
> 잡아 갖이고 서서히 아내에 관하야서 연구할 작정이였다.(212면)

여기서 주목할 점은, 그의 분노가 대단한 것이라는 사실이다. 현실에

---

24) 이러한 논의는 처음 두 번의 귀가 후 아내 방에서 잠자는 행위가 성합과는 무관
    한 것이라는 판단 위에 서 있다. 첫 번째로 아내 방에서 잔 것이 그저 잠만 잔 것
    임은 분명하다('나'는 "안해는 엇저녁 내가 의식을 잃은 동안에 외출한 것인지도
    모른다"라고 생각할 정도다 ; 206면). 두 번째 경우 역시, 돈을 쓰지 않은 자기가
    이상하다는 듯이 아내가 '내 얼골을 몇 번이고 였보고', '자기 방에 재워주었
    다'(208면)로 기술되어 있을 뿐임을 생각하면 성합은 없었다고 보는 것이 자연스
    럽다.

비추어 당연한 것이긴 하지만, 무위의 생활을 하며 아내에게 사육되던 작품 내적인 상황에 비춰 본다면 당연한 것이 아니다. 이러한 분노는, 앞에서 확인한 성적 기대감과 행복감에 겨워하던 심리상태에 비춰볼 때에야 제대로 이해된다. 심리상태의 급변에 따르는 충격으로 분노가 강화된 것이라 할 수 있다.

이후의 전개 과정에서 이러한 해석의 적절성이 확인된다. '나'는 벤치에 앉아 아스피린과 아달린에 관하여 연구하지만 혼란스러워 체계를 이루지 못한다. 그 결과 "단 오 분이 못 가서 나는 그만 귀찮은 생각이 벗적 들면서 심술이 났다"(212면). 해서 아달린 여섯 개를 한번에 먹고 잠이 든다.

'나'의 이와 같은 행위는, 급격히 타올랐던 분노가 그만큼 급격히 식어버리는 모습을 보여준다. 아달린을 먹고 잠을 청하는 것은, 아내에 관한 연구를 포기하는 것이자 동시에 아내를 향해 타올랐던 분노의 불길을 끄는 것이다. 이런 행위를 추동한 바는 표면상으로 볼 때 '귀찮음증'이다. 하지만 좀 더 세밀하게 볼 필요가 있다. '귀찮음증'이야말로 '나'의 본연의(?) 모습이라 할 수도 있겠지만, 그토록 격렬하던 분노를 잠재우며 단 오 분 만에 이렇게 '귀찮음증'에로 회귀하게 된 데는 다른 이유가 있는 것이다. 아달린 여섯 개를 먹고 잠에 빠지게 하는 귀찮음증이 아니었더라면 회피할 수 없는 무언가에 대한 두려움, 그러한 심리적인 기제가 '나'의 행위의 궁극적인 추동력이라 할 수 있다. 분노에 휩싸인 상황에서 '나'가 대면하기를 회피한 바는 무엇인가. 바로, 이 모든 사태를 초래한 <아내와의 성합에 대한 욕망>이 더 이상 존립할 수 없다는 사실을 확인하는 것이다.

정리하면 이렇다. 평소 태도에 비춰 '나'의 분노가 놀라울 정도로 대단한 점이나, 그럼에도 불구하고 단 오 분 만에 분노를 피해 잠을 청하는 것 모두, 동일한 궁극 원인에서 유래한다. 아내와의 성합에 대한 욕망이 그것이다. 아내 방에서 아내의 체취를 맡고 흥분함으로써 아내와의 성합에 대한 욕망을 불태웠던 것에 대비되어 분노가 급격히 타올랐던 것이며, 그러한 분노를 유발한 의심을 밀고나갈 경우 아내와의 성합을 포기해야 하는 상황이, 혼란을 초래하고 귀찮음증을 이끌어 내서 아달린을 먹게 만든 셈이다. 아내와의 성합을 바라는 욕망이, 자신을 붕괴시킬 수도 있는 분노를 잠재울 요량으로 귀찮음증을 유발한 것이라 하겠다. 이러한 심리 기제는, 아내와의 성합에 대한 욕망이 고조되어 온 메커니즘이, 아내의 비위를 맞추는 방식이었던 까닭에 나름대로 자연스러움을 획득한다.

따라서 아달린 여섯 알을 먹는 행위는 결코 절망의 표현이 아니다. 정반대로, 아내와의 관계에서 희망의 끈을 놓지 않기 위한 '나'의 적극적인 행동이라고 할 수 있다.

네 번째의 귀가를 결심하는 데서 이러한 사정이 명확해진다. 일주야를 잔 뒤에 깨어났을 때 아스피린과 아달린이 생각나면서 아내에 대한 의심이 다시 떠오르지만, 이제 '나'의 의심은 '아내가 아달린을 먹여야 했던 이유'를 묻는 방식으로 표출된다. 이전 경우에서처럼 자신을 빼고 아내 입장에서 생각하는 것이다.

해서 곧이어 "그렇나 또 생각하야 보면 내가 한달을 두고 먹어 온 것은 아스피린이었는지도 모른다"(212면)라고 생각을 돌려 먹게 된다. 더 나아가 '나'는, 아내가 근심이 있어 아달린을 먹은 경우를 떠올리면서, "그렇다면 나는 참 미안하다. 나는 안해에게 이렇게 큰 의혹을 갖었었다는 것이 참 안됐다"(213면)라고 생각을 완전히 전환하고 만다. 이러한 사고의 전환은, '나'의 아내에 대한 욕망, 아내와의 성합에 대한 욕망·미련을 고려하지 않는 한 이해할 수 없는 것이다.

해서 '나'는 부리나케 산에서 내려와 집을 향하여 걷는다. 오전 여덟시 즈음이다.

나는 내 잘못 든 생각을 죄다 일러바치고 안해에게 사죄하려는 것이다. 나는 너무 급해서 그만 또 말을 잊어버렸다.

그랬드니 이건 참 너무 큰일 났다. 나는 내 눈으로는 절대로 보아서 않 될 것을 그만 딱 보아 버리고 만 것이다. 나는 어떨결에 그만 냉큼 미다지를 닫고 그리고 현기증이 나는 것을 진정식히느라고 잠간 고개를 숙이고 눈을 감고 기둥[을] 짚고 섰자니까 일초 여유도 없이 홱 미다지가 다시 열니드니 매무새를 풀어헤친 안해가 불숙 내밀면서 내 멱살을 잡는 것이다. 나는 그만 어지러워서 게가 그냥 나둥그러졌다. 그랬드니 안해는 너머진 내 우에 덥치면서 내 살을 함부로 물어뜯는 것이다. 앞아 죽겠다. 나는 사실 반항할 의사도 힘도 없어서 그냥 넙적 업더있으면서 어떻게 되나 보고 있자니까 뒤이어 남자가 나오는 것 같드니 안해를 한아름에 덤썩 안아갖이고 방안으로 드[러]가 는 것이다. 안해는 아모 말 없이 다소곳이 그렇게 안겨 드러가는 것이 내 눈에 여간 미운 것이 아니다. 밉다.(213면)

네 번째의 귀가는, 오해를 풀고자 했던 '나'의 행동 곧 둘의 관계를 회복시키고자 하는 행동이 둘 사이를 결정적으로 파탄나게 한다는 점에서, 극적 아이러니의 극명한 예라 할 만한 것이다. 이 장면을 통해, '나'에게서 점차 강화되며 타올랐던바 '아내와의 성합을 바라는 욕망과 소망'이 완전히 깨지고, 이들 부부관계의 현실이 적나라하게 폭로된다. 아내에 대한 성적 욕망을 실현하고 그로써 남편으로서의 지위와 남편이자 남성으로서의 성적 정체성을 회복하고자 했던 '나'의 기도[25)]가 얼마나 허망한 것이었는지가 명확해지는 것이다.

여기서 새삼 확인되는 점은, '나'에게 남편으로서의 정체성이 없지 않고 그 의식에 그가 민감하다는 사실이다. 그가 목도한 장면을 두고 '내 눈으로는 절대로 보아서는 안 될 것'이라 하며 놀라워하고,[26)] 아내를 미

____

25) 이에 대해서는 다음 절에서 좀 더 상세히 논의한다.
26) 여기서, '나'의 성격 규정과 관련하여, 그가 목도한 장면의 성격을 따져볼 필요도 있다. 통상적으로 아내의 '매춘 장면'을 목격했다는 식으로 정리하곤 했지만, '나'

위하는 심정을 단정적으로 명확히 드러내는 데서 이러한 사정이 확인된다. 사태가 확연히 드러난 이 지점에서야 비로소 자신의 입장에서 아내와 자신의 상황을 바라보는 것[27] 또한, 지금까지 그의 행위를 이끌어왔던 의도와 목적을 확실하게 해 준다. 아내와의 성합이라는 욕망을 이어 갈 수 없는 장면에 맞닥뜨리면서, 더 이상 아내 입장에서 생각하지 않게 된 것이다.

5) 다섯 번째 외출

이러한 네 번째 귀가는 곧바로 다섯 번째 외출로 이어진다. 방 안에서 아내가 발악하는 소리를 들으며 억울하고 어안이 벙벙한 가운데, '나를 살해하려든 것이 아니냐'(213면)고 소리칠까 하다가 확신이 들지 않아 "차라리 억울하지만 잠잣고 있는 것이 위선 상책인 듯싶이 생각이 들길래 나는 이것은 또 무슨 생각으로 그랬는지 모르지만 툭툭 털고 이러나

는 도대체 어느 수준의 장면을 본 것일까. 이러한 추정에서 중요한 것은 작품에서 확인되는 객관적인 상황이다. '일초 여유도 없이' 아내가 불쑥 몸을 내밀어 밖으로 나와서는 '나'를 덮칠 수 있는 상태였음을 고려해야 한다. 따라서, 기껏해야 매무새를 풀어헤친 채로 하드 페팅을 하고 있었거나 내객과 한 이불 속에 누워있었던 수준일 것이다.

이 정도가 '절대로 보아서 안 될 것'이라는 점은, 비록 그 동안 내객과 아내가 수작하는 것을 자기 방에서 들으며 지내왔어도(여기서, 그가 아내의 말을 '똑똑히' 들어왔으며, 그 까닭에 첫 귀가 뒤의 아내의 소곤거림에 서운해 했음을 기억할 필요가 있다), '나'의 상태가 결코 기둥서방에 가까운 것은 아님을 의미한다. 사실 그 동안 그가 기둥서방 노릇을 해 왔다면, 이 장면에서 그가 이렇게 놀랄 리도 없고 그의 아내가 이렇게 야단을 피울 이치 또한 없다. '나'는 기둥서방은커녕 아내의 부정 / 매춘에도 자신을 수습하지 못하는 위인이다.

여기까지 와서 보면, 김유정의 「소낙비」나 김동인의 「감자」, 박태원의 「성탄제」 등에 비할 때, '나'의 이러한 반응과 그것을 담고 있는 「날개」의 세계는 비교적 일상적·현실적인 것이라 할 수 있다.

27) 세 번째 귀가에서 '아내가 보면 좀 덜 좋아할'이라 했던 것이, 여기서는 '내가 봐서는 안 될 것'으로 바뀌고 있다.

서 내 바지 포켙 속에 남은 돈 몇 원 몇 십 전을 가만히 꺼내서는 몰래
미다지를 열고 살멧이 문ㅅ지방 밑에다 놓고 나서는 나는 그냥 줄다름
박질을 처서 나와 버"(213면)리는 것이다.

이 장면에서는 크게 세 가지가 주목된다. 첫째는 주객전도·적반하장
격인 태도를 통해 아내의 면모가 비로소 뚜렷이 확인된다는 점이다. 둘
째는 아내에 대한 '나'의 반응이 부정·매춘에 대한 것이 아니라 아달린
건이라는 점인데, 이는 각별한 주의를 요한다. 이는, 아내와의 관계 회
복을 꿈꾸던 자신의 욕망이 여전히 영향을 발휘하여, 이러한 극한 상황
에서도 아내의 행위를 언어화·개념화하고 싶지 않아 하는 무의식의 소
산이라 할 것이다. 셋째는 '나'가 돈을 살며시 놓은 뒤 줄달음박질을 쳐
서 집을 나선다는 사실이다. 이렇게 도망치듯 집을 나서는 다섯 번째 외
출이 상황의 회피에 해당함은 자명하다. 아내의 행위에 따라 촉발된 이
엄청난 사실로부터 일단 몸을(그리고 마음까지) 피하자는 것이다.

문제는 '돈을 문ㅅ지방 밑에 살며시 놓는 것'의 의미이다. 이때 '돈
놓기'의 의미 또한, 돈이 관련된 이전 행위의 연장선상에서 살펴보아야
할 것이다. 한낱 장난감에 불과했던 돈이 '나'에게 의미를 가지게 된 것
은, 아내 방에서 자는 것이 목적이 되어 그 수단으로 돈이 활용되면서였
다. 따라서 지금의 '돈 놓기'란 <아내에게 돈을 쥐어 주고 함께 자기>
가 사실상 파탄된 상황에서 돈이 더 이상 의미를 가질 수 없게 되었음
을 뜻하는 것이라 볼 수 있겠다.

지금까지의 논의를 통해서 우리는, 「날개」의 서사가 '나'의 욕망과 그
좌절에 의해 전개되고 있음을 보았다. 서사의 궁극적인 추동력이 아내
와의 성합을 꿈꾸는 '나'의 욕망이며, 아달린 투여나 발악을 통해 아내
가 그것을 방해함도 알 수 있었다.

여기까지 왔을 때 우리에게 남는 문제는 다음과 같다. 처음 두 차례

의 귀가 후 아내 방에서 자게 되었을 때 성합을 이루지 않은/못한 까닭은 무엇인가.[28] 서사구성의 의미를 추론해 보는 입장에서는, 세 번째 귀가 후에 주인공이 오한에 의식을 잃게 되는 것으로 그려진 사실 역시 동일한 질문을 유발한다. 질문의 각도를 바꿔 보자. '절대적인 상태'에 있던 '나'를 방 바깥으로 끌어내면서 전체 서사를 추동시키는 욕망, 그 욕망의 충족이 끊임없이 지연되는 이유는 무엇인가.

이에 대해서 본고는, 아내와의 성합을 바라는 욕망의 참모습이 단순한 성합 너머에 있기 때문임을 부분적으로 암시해 왔다. '나'의 욕망의 실체란, 아내에 대하여 남편·남성으로서의 성정체성을 구축하려는 소망이라고 보아온 것이다. 부부관계의 양상을 구체적으로 짚어보면서 이 문제를 좀 더 명확히 하는 것이 다음 절의 목적이다.

3. 부부관계의 변화 양상

「날개」에 등장하는 부부의 관계를 따질 때 가장 먼저 꼽을 것은, 이들의 관계가 고정되지 않고 변화하는 모습을 보인다는 점이다. 무엇보다도, 아내와의 관계 규정과 관련하여 '나'의 변화가 뚜렷하며, 이에 촉발되어 세상과 '나'의 관계 또한 변화하고 있다.

부부관계의 변화와 관련하여 의미 있는 항목들을 작품의 전개에 맞춰 다섯 부분으로 추리면 다음과 같다.

---

28) 다시 확인해 두지만, 첫 번째 귀가 후에는 관계가 없는 것이 확실한 반면, 두 번째 귀가 후의 상황은 알 수 없게 되어 있다.

1단계 ① 아내와의 관계에 대한 복합적인 의식－② 의식적인 우울함과
      그에 따른 아내의 위로에 즐거움을 느낌－③ 아내가 자신을 존
      중해 준다는 생각(첫 번째 외출)－④ 아내의 소곤거림에 서운함
      을 느낌.
2단계 ⑤ 아내에게 돈을 쥐어주고 함께 잔 뒤 쾌감을 느낌(두 번째, 세
      번째 외출)－⑥ <아내에게 돈을 쥐어주고 함께 잔다>는 새로운
      욕망이 자립화－⑦ 한 달간 잠에 빠졌다가 아내 방에서 행복감
      을 맛보며, 성합에의 욕망을 느낌.
3단계 ⑧ 아달린을 발견하고 극도의 분노에 휩싸임(네 번째 외출)－⑨
      상황을 달리 해석해 보고 (오해라고 전제한 뒤) 아내에 대한 미
      안한 마음이 생김.
4단계 ⑩ 남편으로서 보지 말아야 할 장면을 보고 아내의 발악을 당하
      면서도, 아달린 건을 의식하며 상황 회피(다섯 번째 외출)－⑪ 아
      내와 자신의 부부관계를 문제시하면서 관계의 지속을 꿈꿔도 보
      지만, 실제로는 돌아가지 못함－⑫ 그런 상태에서 '한 번만 더
      날아보자꾸나'하는 심정·소망을 피력.

1) 초기 상황 : 아내에 대한 '나'의 복합적인 감정과 남편으로서의 의식

「날개」에 그려진 '나'와 아내의 관계가 매춘부와 기둥서방식으로 고
정된 것이 아님은 앞부분을 찬찬히 살펴보는 것만으로도 분명해진다.
일단 그것은 자신들의 관계에 대한 '나'의 복합적인 인식에서 확인된다.
'나'는 애초부터 아내와 자신의 관계에 대해 반성적인 의식을 갖고
있으며 때로는 불만까지 내비친다. 문패가 아내 명의로 되어 있다는 점
이나(198면), 두 방의 차이(199~200면), 아내와 내객의 식사와 자기가 먹는
밥의 차이(202면) 등을 '나'는 명확히 의식하고 있다. 이러한 서운함이나
비판 의식과 더불어서 '나'는, 아내라는 "그 꽃에 매어달녀 사는 나라는
존재가 도모지 형언할 수 없는 거북ㅅ살스러운 존재가 아닐 수 없었든
것은 물론이다"(198면)라는 자의식도 갖추고 있다. 여기서 '나'가 느끼는

거북살스러운 감정이, 남편이라는 자신의 지위에 대한 자각과 거기에 요구되는 역할을 하지 못한다는 의식에서 유래하는 것임은 달리 근거를 요하지 않는다.

이러한 의식의 복합성은, 공들인 밤세수에 깨끗한 옷을 입고 외출한다 하여 아내의 직업을 추측할 수밖에 없도록 그 행태를 기술하면서도, 짐짓 모른다고 능청을 부리는 태도에서도 드러난다. "안해에게 직업이 있었든가? 나는 안해의 직업이 무었인지 알 수 없다"(201면)라는 진술에는, 아내의 직업을 의식하지 않고자 하는 심리가 내재되어 있다고 할 수 있다. 아내가 웃음을 팔아 호구지책을 삼는다는 사실을 의식하고 싶어 하지 않는 '남편으로서의 심리'가 함축된 것이다.

이들 부부가 일반적인 부부의 면모를 연구사적인 통념보다는 훨씬 더 짙게 띠고 있음을 보여주는 것이 ②~③ 부분이다. 내객이 많아 장난을 못 할 때 '나'가 의식적으로 우울해하면 아내가 은화를 주며 달래주고, '나'는 그러한 상황을 즐거워한다. 또한 '나'는 내객이 와 있을 때 잠을 제대로 못 잔다. 이러한 사실들은 '나'가 남편으로서 의당 가질 법한 질투의 맥락을 잃지 않고 있음을 보여준다. 내객이 돌아간 후면 아내가 찾아와 자신을 위로하려 하고, 그런 아내가 방그레 웃는 얼굴에서 일말의 애수를 놓치지 않는 부분은(202면), 남편으로서의 '나'의 의식과 더불어서 '나'를 남편으로 대하는 아내의 태도를 보여준다. 이들 사이에서 부부의 인연이 무시되지 않고 있음을 알 수 있는 것이다. 상황이 이렇기에 '나'는, 내객이 남기고 간 음식을 주지 않는 것을 두고서 아내가 자신을 존경해 준다고까지 생각하는 것이다.29) 이는 적어도 '나'의 경우, 아내

---

29) "안해는 능히 내가 배곯아 하는 것을 눈치채일 것이다. 그러나 아래ㅅ방에서 먹고 남은 음식을 나에게 주려 들지는 않는다. 그것은 어디까지든지 나를 존경하는 마음일 것임에 틀님없다. 나는 배가 곯으면서도 적이 마음이 든든한 것을 좋아했다."(202~203면)

에게 대하여 남편으로서 최소한이나마 존중받는 것을 중시하고 있음을
알려준다.

　이러한 사정이 극명하게 드러나는 것은, 첫 번째 귀가 직후 아내와
내객의 소곤거림에 서운함을 느끼는 장면이다. 피로를 견디기 어려워
귀가한 '나'가 자기 방에 누워 가슴의 동기를 가라앉히다가 그러지 못하
는 장면을 보자.

> 　그렇나 나는 또다시 가슴의 동기를 피할 수 없게 되었다. 아래ㅅ방에
> 서 안해와 그 남자의 내 귀에도 들니지 안을 만치 옅은 목소리로 소곤
> 거리는 기척이 장지틈으로 전햐야 왔든 것이다. 청각을 더 예민하게 하
> 기 위햐야 나는 눈을 떳다. 그리고 숨을 죽였다.(204면)

이 모습은 그대로 아내의 동태를 감시하는 남편의 그것에 해당한다.
곧이어 그들이 나가버렸을 때 제시되는 '나'의 설명이 이들 부부의 상태
를 잘 말해준다.

> 　나는 안해의 이런 태도를 본 일이 없다. (중략) 안해의 높지도 얕지도
> 않은 말소리는 일즉이 한마디도 노처본 일이 없다. 더러 내 귀에 거슬
> 니는 소리가 있어도 나는 그것이 태연한 목소리로 내 귀에 들녔다는 리
> 유로 충분히 안심이 되었다.(205면)

내객이 찾아와 아내와 수작을 해 왔어도, 그 대화 상황을 모두 들을
수 있고 귀에 거슬리는 말의 경우도 아내의 어조가 태연한 까닭에 '나'
가 '안심'해 왔던 것을 알 수 있다. 해서 '나'는 아내가 소곤거린 데는
'여간하지 않은 사정'이 있겠지 싶으면서도 서운함을 느끼고, 너무 피곤
해서 잠을 청하나 좀처럼 잠을 이루지 못한다. 아내의 소곤거림 자체가
'나'에게 적지 않은 '사건'이 되는 것인데, 이러한 사실이야말로, 질투를
낳을 만한 **'부부 의식 혹은 (아내의 정조와 관련되는) 남편으로서의 의**

식'이 '나'에게 있음을 확인해주는 것이다.

2) 아내와의 성합에 대한 욕망 : 남편·남성으로서의 정체성 수립 시도

이들 부부의 관계에 대한 '나'의 태도 변화는, 앞서 검토했듯이, 첫 번째 외출-귀가 이후 <아내에게 돈을 쥐어주고 아내 방에서 잠자기>가 목적이 되는 데서 확인된다.

여기서 우선 강조할 것은 '나'가 처음으로 아내 방에서 자게 되는 동기이다. 자신의 '사죄하는 마음'을 알려 아내의 오해를 풀려는 목적에, 정신없이 아내 방으로 달려갔다는 점을 주목해보자. 이는 자신이 아내의 입장과 감정을 고려하고 있다는 점을 아내에게서 인정받고자 하는 데서 유래된 행동이다. 물론 이 행위만을 보자면 아내에게 '사육되는' 입장에서 아내의 질책을 면하기 위한 것으로도 볼 수 있다. 그러나 이 행위가 아내 방에서 자는 것으로 이어지고 이후 이러한 '외출-귀가-잠자기'가 '나'의 행위를 이끄는 목적으로 자립화되는 과정을 염두에 두면 그렇게만 해석할 수는 없게 된다. 적어도, 부부로서 자신의 입장을 이해받고자 하는 심리의 발현 정도로 봐줄 수 있게 된다.

좀 더 나아가, 아내에게 돈을 쥐어주고 처음으로 아내 방에서 자게 되는 이 사건의 의미를 살펴보자. 상징적인 해석을 경계한다 해도 이는, 궁극적으로, 내객들처럼 혹은 내객 대신 아내를 차지한 것을 의미한다. 명확히 의식된 것이 아니어서 직접적인 목적[사죄]과는 다른 결과지만, 누군가에게 돈을 주어보겠다는 실제적인 목적을 달성하면서, '아내의 소유'라는 목적을 새롭게 정립했다는 점에 첫 번째 '외출-귀가' 사건의 의미가 놓여 있다.

이렇게 마련된 새로운 목적은 두 번째, 세 번째 외출을 거치면서 자립화된다. 돈 없는 외출에서 의미를 찾지 못하고, 돈이 없다는 사실에

울기까지 할 만큼 이 목적은 강력해진다. <아내에게 돈을 쥐어주고 아내 방에서 잠자기>라는 새로운 목적의 자립화 및 강화는 그대로, 성합을 통해서 아내를 차지하고자 하는 '나'의 욕망의 자립화와 강화의 발현이다. 성적 욕구야말로 채워지지 않는 욕망인데, 함께 잤는지를 확신하지 못할 정도로 남편으로서의 자기 지위에 불안을 느끼는 만큼 (그 욕망을 충족시킬 수 있다는 확신이 없는 까닭에) 이러한 욕망은 극대화된다. 이러한 변화가 부부관계의 측면에서 갖는 의미는, '나'가 남편이자 남성으로서 성적 주체성을 수립코자 시도하는 것이라 할 수 있다.

사실 아내에게 돈을 쥐어 주고 함께 자는 행위는, 아내를 소유하겠다는 소망의 표현이라는 점에서, 매춘계약과 유사하다. 매춘계약이란 자신의 남성다움 곧 남성성을 드러내는 원초적인 방식에 해당한다. 따라서 아내에게 돈을 주고 함께 잠으로써 '나'는 자신의 남성다움 곧 남성으로서의 성적 정체성을 갈망하는 셈이다. 더 나아가서 이는, 여성인 아내에 대한 가부장적인 권리를 꿈꾸는 것이기도 하다. 곧 남성으로서뿐만 아니라 남편으로서의 정체성까지 꾀한다고 할 수 있는 것이다.[30]

'외출-귀가 후 아내에게 돈을 쥐어주며 아내 방에서 자는 것'이 이렇게 남성이자 남편으로서의 정체성을 수립하는 것에 닿아있기에, 이러한 욕망은 더욱 극대화된다. 이는 세 번째 귀가 후 아달린을 먹고 한 달이나 잠에 빠져 보내다, 오랜만에 아내 방에서 아내의 체취를 맡으며 이름

---

30) 이와 관련해서 '여성의 신체에 접근할 가부장적 권리'를 나타내고 있는 다음 구절을 참조할 수 있다. "(매춘에 대한) 성적 계약의 이야기는, 그러한 요구가 남성이 된다는 것이 무엇을 의미하는가를 구성하는 일부분이고 남성 섹슈얼리티의 현대적 표현의 일부분이라고 제시한다. (중략) 그는 여성의 신체에 대한 사용을 계약함으로써 자신의 남성다움을 보여줄 수 있다. 매춘계약은 '원초적'인 성적 계약의 또다른 예이다. 남성다움을 모범적으로 보여주는 것은 '성적 행위'를 계약하는 것이다. (중략) 매춘제도는 남성이 '성적 행위'를 구매할 수 있고 따라서 가부장적 권리를 행사할 수 있다는 점을 보장한다"(캐럴 페이트만, 이충훈·유영근 옮김, 『남과 여, 은폐된 성적 계약』, 이후, 2001, 277~278면).

을 불러보는 데서 잘 드러나 있다. 이렇게 극대화된 성합에의 욕망은 하느님한테 자랑하고픈 정도의 행복감과 상승작용을 하고 있다. 둘 모두, 남편으로서의 성적 정체성을 다시 펼쳐 볼 기대에 빠져 있는 심리상태에서 연원하는 것이다.

이렇게 아내와의 성합이 유일한 목적이 되어가는 과정은 그에 상응하는 대가를 요구한다. 아내의 반응에 대한 끊임없는 주의와 두려움이 그것이다. 작품 도처에서 확인되는 아내에 대한 두려움은, 사실 아내 자체에게서가 아니라 아내가 싫어하는 바를 하지 않아야 한다는 데서 생겨난다. 더 정확히 말하자면, <돈을 쥐어 주고 아내 방에서 잠자기>가 목적이 되면서 그와 동시에 생겨난, '아내와의 그러한 관계가 깨질 것에 대한 두려움'이 아내에 대한 두려움으로 현상한 것이라 하겠다. 이러한 두려움 때문에, 첫 번째 귀가 이후의 '나'의 모든 행위는 아내와의 역학 관계에 의하여 규율된다.

이 바탕에는 남성이자 남편으로서의 성 정체성 문제가 놓여 있다. 앞서 지적했듯이, 아내에게 돈을 주고 자는 행위란 말 그대로 아내를 사는 행위여서, 자신이 아내의 주인 곧 (사육되는 대상이 아니라) 확실한 남편임을 확인하는 것이 된다. 사정이 이러하기 때문에, 아내가 반발하거나 화를 낼 경우, 자신의 성 정체성을 확인할 '돈을 쥐어주고 아내와 잠자기'를 수행할 수 없게 된다. 해서 두려움이 생기는 것이다.[31]

이러한 두려움의 발생과 강화는, 세 차례의 귀가에서 '나'가 보이는 태도의 변화를 통해 확인해 볼 수 있다. '노기가 눈초리에 떠서 얇은 입술이 바르르 떨니'는 아내의 웃음기 없는 얼굴을 보고 그대로 눈을 감아버리거나(첫째 귀가 후), 괜한 걱정이기는 했지만 아내와 밥상을 마주하

---

31) 이 맥락에서 볼 때, 돈이 없다고 괴로워하는 것은, 이 과정에서 '돈'이 아내의 반발을 잠재우는 것으로 설정되고 의식됨을 의미한다. 물론 여기에는, 아내의 행위가 '돈'에 의해 좌우된다는 인식이 전제되어 있다.

면서 "인간 세상이 너무나 심심해서 못 견디겠든 차다. 모든 일이 성가시고 귀찮았으나 그러나 불의의 재난이라는 것은 즐겁웁다"(209면)라며 자신을 추스르던 것이(둘째 귀가 후), 아내와 내객의 부정적인 행태를 목격하고서도 '내'가 아니라 '아내'가 덜 좋아할 장면으로 받아들이는 데서(셋째 귀가 후) 잘 확인된다. 이러한 변화를 놓치지 않고 그 의미를 간취하는 것이 중요하다. 성합을 통한 정체성 회복의 욕망이 커질수록 그러한 욕망의 성취를 방해할 만한 상황 자체에 대해서 더욱 큰 두려움을 느끼기에, 상황 자체를 제대로 받아들이지 않으려 하게 된 것이다. 자신이 목도한 바를 왜곡할 만큼, 그의 욕망은 강렬하다.

3) 위기와 그 대응 : 욕망의 절실함

아내와의 성합을 욕망하면서 남성이자 남편으로서 자신의 정체성을 수립하고자 하는 '나'의 지향은 그러나, 아달린갑을 발견하면서 위기에 봉착한다. 네 번째 외출-귀가와 관련된 이 사건들에서 강조할 점은, 사실상 명백한 사태를 두고 재차 사고를 전환할 만큼, 아내와의 관계를 유지·발전시키려는 '나'의 욕망이 크고 절실하다는 사실이다.

아내에 대한 지향에 의해, 아내의 행위를 선의로 해석하거나, 부정적인 측면을 회피하는 행위는 앞의 서사에서도 확인된다. 아내의 노기 어린 얼굴을 본 이후, 아내가 내객과 소곤거린 데 대해 서운해 했던 것을 말끔히 잊고, 외출한 것을 후회하는 것이 좋은 예가 된다. 이러한 태도의 연장이자 정점이 바로, 아달린 사건을 선의로 해석하고 집으로 달려가는 실로 눈물겨운 장면이다.

4) 파탄 : 현실의 확인

아내와의 관계를 유지하고자 하는 일념에서 집으로 뛰어든 '나'는, 그러나, '자기 눈으로 절대로 보아서는 안 될 것을 그만 보게 된다.' 설상가상으로 '나'는 적반하장 격인 아내의 발악까지 당하게 되는데, 이 지경에 이르러서야 비로소 아내에 대한 미움이 직접적으로 표출된다. 아내를 미워하는 감정이 그 자체로 표출·인정되면서, 앞서 분석했듯이, 돈을 디밀고 밖으로 나오는 것 또한 가능해진다(다섯 번째 외출). 이 모두, 아내와의 성합을 꿈꾸던 욕망이 존립할 여지를 완전히 상실하면서, '나'가 집에 머물 이유도 근거도 사라진 까닭이다.

여기서 주목할 점은, '나'가 아내의 부정·매춘이 아니라 아달린 건을 의식하며 상황을 회피한다는 사실이다. 얼토당토않은 모함을 하며 자신을 해대는 아내에 대해 그가 품어보는 말이란, 아내의 부정을 힐책하는 것이 아니라, 아달린을 먹여 자신을 살해하려던 것이 아니었느냐는 항변일 뿐이다. 그조차도 스스로 '깅가망가한 소리'라 생각하여 삼키고 있다. 이러한 점은, 아내의 부정을 확인함으로써 자신의 욕망이 헛된 것임을 자각하지 않을 수 없는 상황에서조차 남편으로서의 정체성을 회복하고자 하는 '나'의 의식이 강하고 민감하다는 사실, 그리고 바로 그만큼 아내에 대한 욕망이 절실한 것이었음을 알려준다.

앞의 두 문단의 지적은 사실 표면상 상반되는 것이지만, 고양된 심정이 급전직하할 수밖에 없는 상황에 맞닥뜨린 인물의 복합적이고 혼란스러운 상태를 적실히 묘사한 결과라 할 것이다. 그가 처해있는바 '어안이 벙벙하야 도모지 입이 떨어지지를 안'(213면)는 상황이란, 계속 키워왔던 욕망의 끝자락과, 항변하고자 하는 생각, 사태를 인정하고 상황을 피하려는 의식이 마구 뒤섞여 있는 심정이라고 하겠다.

이렇게 혼란한 상태는 미쓰꼬시 옥상에서 금붕어를 보면서야 가라앉게 된다. 거기 이르는 과정 역시 어안이 벙벙한 상태의 연속일 뿐이다. '나'는 자동차에 치일 뻔하면서 경성역에 다다라 쓰디쓴 입맛을 거두고자 커피를 떠올리나, "돈이 한 푼도 없는 것을 그것을 깜박 잊었든 것을 깨달았다. 또 아뜩하였다"(213면). 이런 상태에서 얼빠진 사람처럼 이리저리 왔다 갔다 하다가, 어디로 쏘다녔는지 모른 채, 몇 시간 후 거의 대낮에 미쓰꼬시 옥상에 다다르게 된다.32) 이후가 중요하다.

> 나는 거기 아모데나 주저앉어서 내 잘아 온 스물여섯 해를 회고하야 보았다. 몽롱한 기억 속에서는 이렇다는 아모 제목도 불그러저 나오지 안았다.
> 　나는 또 내 자신에게 물어 보았다. 너는 인생에 무슨 욕심이 있느냐고. 그러나 있다고도 없다고도, 그런 대답은 하기가 싫었다. 나는 거이 나 자신의 존재를 인식하기도 어려웠다.(213~214면)

이 구절은 두 가지를 알려준다. 어안이 벙벙한 상태가 연속된다는 것이 하나인데, 살아온 과거의 회고가 아무런 결실도 얻지 못하는 데서 이 점이 잘 드러난다. 여기서 중요한 것은 다른 하나 곧 자문자답의 내용이다. 인생에서의 욕심 문제에 대해 유무간 대답을 회피하면서 '자신의 존재를 인식하기도 어렵다'고 정체성의 문제로 넘어가는 사유 과정이 주목할 만하다. '인생에서의 욕심' 문제가 '자신의 존재를 인식'하는 문제로 이어지는 것이다. 이러한 연관은, 더 큰 의미에서의 욕심 즉 입신양명이나 이상의 실현 등이 상실·배제된 상태에서 한 개인이 마지막으로 부여잡고 있는 것이 바로 자신의 존재를 인식하는 문제 곧 자신의 정체성을 탐색하는 일일 수밖에 없다는 점을 의미한다.

---

32) 따라서, 미쓰꼬시 옥상에 다다른 것 자체를 두고, 공간적 이동[상승]의 맥락에서 상징적인 의미를 부여하는 것은 설득력이 없다.

　지금껏 살펴본 바와 관련지어 3절의 논의를 마감해보자. '나'가 보여온 행위의 궁극적인 의도는 바로, 아내와의 관계에서 남편·남성으로서 자신의 성 정체성을 수립하는 것이었다. 이에 이어지는 인용 장면은 무엇을 말해주는가. <외출-귀가-돈 건네기-아내 방에서 자기>로 이루어지던 그러한 시도가 아내의 부정·매춘에 의해 파국을 맞게 되면서야, 비로소 '나'가, 자신의 그러한 시도가 (남성적 성) 정체성에 관련된 것이었음을 어렴풋이나마 깨닫게 된 것이라 할 수 있다.

　이러한 추론은, 정상적인 부부관계를 소망하는 것이 자기 정체성의 추구와 이어진다는 전제 위에 놓인 것이다. 이와 관련해서, 안정적인 성생활과 정체성 수립의 관계를 떠올려볼 필요가 있다. 공적 생활에서의 자기실현 가능성이 제한되는 상황에 처한 개인들은, '사적 영역에서만 진정한 자아를 완전히 실현할 수 있다는 낭만적인 생각'을 가지게 된다고 한다. 그 결과 성공적인 성생활에 기초하여 자신의 정체성을 추구하고자 하는 경향을 보이게 된다. 사회적으로 자신을 실현하기 어려운 상황에 처했을 때, 성공적인 성생활과 그에 기반한 가정생활이, 한 개인의 정체성의 기초가 되고 그의 현재 상태와 행복을 가늠하는 기준으로 기능하게 되기 때문이다.[33]

　이런 사정을 고려할 때 위의 인용은, 세상으로부터 유리된 '절대적인 상태'에 유폐되어 있다가 수차례의 외출-귀가를 수행해온 자기 행위의 의미를, 주인공이, 그러한 행위가 더 이상 가능해지지 않게 된 시점에서야 비로소 알아차리게 되었음을 보여주는 장면이라고 하겠다. 물론 이러한 인식은, 인물 차원에서든 작가 차원에서든 매우 미미해서, 무의식에 가까운 것이라 할 수 있다. 이후의 서사는, 이러한 무의식을 의식의 수면으로 끌어올리는 과정을 보여준다.

---

33) 앵거스 맥래런, 임진영 옮김, 『20세기 성의 역사』, 현실문화연구, 2003, 191면 참조.

그 첫 단계는, 서로 상반되는 의미를 함축한 두 가지가 이미저리 차원에서 연결되면서 이루어진다. 싱싱하니 보기 좋게 생긴 옥상 정원의 금붕어들의 지느러미와 회탁의 거리에서 '흐늑흐늑 허비적거리는' 사람들의 금붕어 지느러미 같은 모습이 그것이다. 이 둘의 이어짐은, 금붕어 지느러미의 모습에서 잠시 찾아진 위안이 세상에서 부대끼며 살지 않을 수 없다는 현실 감각을 환기시키는 심정적인 메커니즘을 표상한다.

물론 이는 어디까지나 심정적인 것일 뿐이다. '나'는 현실적으로 아무런 능력도 정처도 없는 까닭이다. 해서 아내와 자신의 부부관계를 문제시하는 두 번째 단계가 이어진다. 미쓰꼬시 옥상에서 길로 나섰지만 정작 어디로 가야할지 모르는 상태에서, 거짓된 질문(아달린을 먹였을 리 있을까? 사실과 오해를 안은 채 살면 되지 않을까?)에 헛된 답변(믿을 수 없다. 그렇지 않을까?)을 내려보는 것이다. 아내와의 관계를 지속해 볼까 하는 것이지만, '아내에게로 돌아갈 것인가'라는 실제적인 문제에 부딪히면서 이러한 생각은 가뭇없이 폐기된다.34)

이렇게, 생각 차원에서 억지논리를 만들어보는 것이나, 실제로는 돌아갈 수 없다는 점을 인정하는 것이나 모두, 남편·남성으로서의 성적 정체성에 관련되어 있다. 이에 대한 미련 때문에 전자가, 그 돌이킬 수 없음에서 후자가 발생하는 것이다.

헛된 문답까지 이렇게 끝났을 때 주인공에게 남은 것은 사실 아무것도 없다고 할 수 있다. 자신을 추슬러보고자 다져왔던 근원적인 발판이라 할 성적 정체성의 수립 시도가 완전히 무산된 상태에서, 그는 무화(無化)

---

34) 이러한 판단의 근거로, 관련 구절에 주목해볼 필요가 있다. "나는 이 발길이 안해에게로 도라가야 옳은가 이것만은 분간하기가 좀 어려웠다. 가야하나? 그럼 어디로 가나?"(214면)라고 씌어 있는데, 뒤의 두 질문 사이에 답변이 생략되어 있음을 알 수 있다. 두 번째 질문이 제기될 수 있는 것은, 첫째 질문에 대해 부정적인 답변이 마련되어 있기 때문이다. 이러한 기술 방식이 갖는 의미 효과를 여기서 논할 여유는 없지만, 이를 통해서 인용 첫 문장의 진술이 엄살 혹은 거짓에 가까운 것임은 분명하다 하겠다.

된다. 해서, 외부 세계가 현란을 극한 상태로 주체의 텅 빈 자리에 밀려 들어온다. 바로 그 현란함이, 날개가 있던 자국을 가렵게 하고 '희망과 야심의 말소된 페-지'를 번뜩이게 하지만, 텅 빈 주체이기에 그는 '한 번만 더 날아보자스구나'라는 소망조차도 입 밖에 내지 못하고 만다.

췌언 삼아 덧붙이자면, 「날개」의 종결은 이렇게, 세상으로 나아가고자 하던 개인의 완전한 패배를 그리고 있다.

4. 소결 및 남는 문제

「날개」에 등장하는 이들 부부의 관계를 바라볼 때 기존의 연구들은, '절름발이 상징'을 드러내는 한 구절을 뽑아들고 '나'의 무기력한 무위의 생활과 결부시켜서, 이들 부부의 관계가 애초부터(작품 처음부터) 파탄난 것인 양 정리하는 경향을 보여 왔다. 그 결과 **부부의 관계가 악화되는 방향으로 변화, 전개되는** 점을 제대로 파악하지 못하게 되었고, 서사 전개의 추동력, 사건을 진전시키는 요소에 해당하는 바 아내에 대한 '나'의 인정투쟁적인 측면 즉 남편이자 남성으로서 자신의 정체성을 세우고자 하는 **'나'의 욕망** 또한 제대로 읽을 수 없게 되었다.

외출-귀가 패턴을 중심으로 하여 서사구성을 꼼꼼히 살피고 인물들의 관계에서 보이는 변화 양상을 추적하는 검토가 새삼스럽게 요청되는 소이가 여기 있다 하겠다.

작품의 주제 효과와 관련하여 본고가 얻은 결론은, 「날개」의 서사가 성적 정체성 찾기의 실패담에 해당한다는 것이다.

물론 이러한 결론은 충분한 것이 못 된다. 논의 구도상의 몇몇 결락 사항 때문이다. 무엇보다도 본고는, 이 작품의 효과를 결정짓는 데 있어 일정한 역할을 하는 서술상의 특징들에 대한 분석을 결하고 있으며, 모더니즘 미학상의 몇몇 특징들에 대해서도 분석하지 않았다. 이러한 분석을 포괄하여, 본고의 결론을 보다 정교히 하는 것이 차후의 과제이다.[35)]

---

35) 이 논문은 원래『현대문학의 연구』25(한국문학연구학회, 2005. 3)에 실린 것이다. 한두 가지 표현을 바꿨을 뿐이다.

「逢別記」: 긍정의 탐색과 좌절

임 명 섭*

1. 머리말

　1933년 3월 이상은 배천온천에 요양차 갔다가 금홍(실제 이름은 연심이라고 한다)을 만났다. 그녀는 16세에 결혼하고, 17세에 딸을 낳았고 돌만에 그 딸이 죽은 작부였다. 22살 때 이상과 만난 것인데, 곧바로 동거생활을 시작하였고 그 생활은 3년간 계속되었다. 동거생활은 순탄치 않아서 금홍이 6번 가출하였고 이상은 그녀를 계속 받아들였다. 이후 이상은 그녀와 헤어지고 친구 구본웅의 소개로 1936년에 변동림과 결혼하였다. 그 해 10월 이상은 동경으로 건너갔고, 이듬해 4월 그곳에서 죽었다.[1]

　「逢別記」는 바로 위에서 약술한 이상과 금홍의 만남에서부터 헤어짐까지의 과정을 사실적으로 서술한 짧은 소설이다. 심지어 작가 자신의

---

　* 고려대학교 강사. 논문으로 「이상의 문자경험 연구」, 「이상 문학에 나타난 책과 독서의 은유」, 「글쓰기와 금욕주의」 등 다수.
1) 김윤식, 『이상소설연구』(문학비평사, 1988), 100면 참조

이름이 그대로 드러날 정도로 실제 일어난 이야기를 별다른 변용 없이 풀어낸 자전적 성격의 소설이다. 「날개」 역시 3년 동안 이상과 금홍 사이에 이루어진 만남과 이별의 이야기를 밑그림으로 삼아 씌어진 소설이지만 그것을 다양한 수사와 상징, 구성적 장치들을 사용하여 변주한 데 비해, 「봉별기」는 거의 날것으로 마치 보고서를 쓰듯 사실적으로 기술하였다. 이상의 작품이 대부분 자전적 성격을 강하게 띠고 있기는 하지만, 「봉별기」는 그러한 측면이 특별히 강해서 예술적으로 변용된 극영화라기보다는 작중 주인공이 스스로 찍은 다큐멘터리를 보는 느낌마저 갖게 한다.

「봉별기」에서 개별 작품으로서의 독립성이나 예술적 가치를 찾아내기는 쉽지 않다. 작품의 길이 자체가 워낙 짧은데다가 앞에서 말했듯이 특별한 수사적 장치나 구성 등을 거론할 수 없을 정도로 객관적인 사실 묘사에 충실하고 있기 때문이다. 실제로 「봉별기」의 문체는 지극히 건조하고 담담하다. 이 작품이 단독으로 분석되거나 논의의 대상이 된 적이 거의 없는 것은 이 때문이다. 「봉별기」는 독자적인 문학적 체험의 대상으로서보다는 전기적 사실의 확인을 위한 자료로 취급되어 왔던 것이다.

「봉별기」는 아직까지는 개별적인 작품으로서 제대로 된 조명을 받지 못했으며 그 문학적 의미나 작품으로서의 가치가 충분히 드러나지 못하였다. 이러한 상태로부터 벗어나기 위해서는 무엇보다도 이 소설이 겉으로 드러내 보이는 객관적인 전기적 사실들이 좀 더 다양한 시점과 적절한 문맥 안에서 재조명되고 해석되어야 할 것으로 보인다. 이 글은 그러한 문제의식과 시도의 일환이다. 「봉별기」는 복잡하게 비틀리거나 가공되지 않은 상태로, 현대적 자아의 실현이라는 이상의 문학 도정에서 중요하게 부각되어야 할 중요한 장면들을 충실하게 담아내고 있다.

2. 소멸의 욕망과 시의 세계

　　스물세살이오─三月이오─咯血이다. 여섯 달 잘 기른 수염을 하루 면
　　도칼로 다듬어 코밑에 다만 나비만큼 남겨 가지고 藥 한 제 지어 들고
　　B라는 新開地 閒寂한 溫泉으로 갔다. 게서 나는 죽어도 좋았다.[2]

　「봉별기」의 첫 구절이다. 가장 두드러지는 것은 '각혈'이라는 단어와
'게서 나는 죽어도 좋았다'라는 표현에 나타나는 죽음충동이다. 이상의
작품들을 '결핵 증상기'로 볼 수 있을 정도로 각혈의 경험과 폐결핵이라
는 질병은 이상 문학의 중요한 요소이다. 그것은 그의 문학의 출처와 지
향점을 규명할 단서의 역할을 하기도 한다. 위의 지문이 「봉별기」라는
작품에서 가장 중요한 부분이라는 점을 인정한다면, 이후의 작품의 전
개과정을 각혈의 경험과 그에 대한 화자의 반응을 다룬 이야기로 읽을
수도 있을 것이다.

　다음으로 위의 지문에서 눈에 띄는 단어는 '게서 나는 죽어도 좋았다'
라는 문장이다. 이 문장은 즉각적으로 이상의 작품들에서 익숙하게 발
견되는 '죽음충동'을 떠올리게 한다. 그렇다면 앞의 각혈의 체험과 맞물
려서, 폐결핵이라는 상징적 질병과 근대 문학의 관계 혹은 각혈의 경험
이 낳은 죽음충동과 그 전개 양상 등을 떠올릴 수 있다.

　위의 구절을 어떤 시점과 맥락으로 바라보느냐가 곧바로 「봉별기」라
는 작품을 이해하고 해석하는 관점으로 이어진다고 할 수 있는데, '각혈
의 경험과 죽음충동'이라는 해석학적 관점의 유효성을 인정하면서도 이
글은 「봉별기」의 첫 구절을 또 다른 맥락에서 읽어 보고자 한다. 미리
앞질러 이야기하자면 위의 구절은 이상이 그의 문학 행위를 통하여 시
종일관 치열하게 탐색하였던 현대적인 욕망이 이르게 된 파국적인 결말

---

2) 김윤식 엮음, 『이상문학전집2 소설』(문학사상사, 1991), 348면, 이하 『전집2』로 표기함.

로부터 벗어나고자 하는 시도로 치환시켜 해석할 수 있다. 이러한 관점을 이해하기 위해서는 약간의 예비적인 설명이 필요하다.

주지하듯이 이상은 그 누구보다도 발 빠르고 충실하게 현대적인 욕망을 자신의 것으로 받아들이고 그 욕망을 작품 속에 구현하였던 작가였다. 이때의 현대적인 욕망이란 개성, 주체, 자기의 동일성에 대한 새로운 믿음과 그에 대한 전폭적인 가치부여를 말한다. 주체의 동일성, 개성, 개인적 가치를 최우선으로 여기는 태도가 확고한 긍정 속에 대두한 시기가 바로 현대이다. 현대성이란 개인, 주체에 대한 완전한 믿음에 뿌리를 둔 신념, 가치들을 뜻한다. 이상은 바로 가장 전위적인 위치에서 그 현대적인 욕망을 체험하고 표현하였던 작가였다. 그의 작품 속에는 자아의 진실을 확인하려는 현대적인 욕망이 극단적인 치열성을 띠고 드러난다. 이상 문학의 주제는 처음부터 끝까지 자아의 확인, 그 이상도 이하도 아니었다고까지 말할 수 있다.

그런데 자아와 개성의 전폭적인 긍정과 자신감으로부터 탄생하였던 현대의 가치 속에는 이미 피할 수 없는 자체 붕괴에 이르는 논리의 싹이 숨어 있었다. 현대적 신념, 가치들은 탄생하는 그 순간부터 자기 붕괴와 해체의 운명을 안고 있었다. 자기 확인의 누를 길 없는 힘에 의해 움직여진 현대적 욕망과 탐구는 절대 자아를 지향한다. 강렬한 열도를 동반한 그 논리적인 움직임은 멈춤도 균형점도 견디지 못하며, 어중간한 타협을 용납하지 않은 채 차갑고 절대적인 자아의 공간을 구축하고자 한다. 그리하여 자율적인 주체의 꿈은 그 추구의 극단의 지점에서 역설적이게도 비자아가 되고자 하는, 자아를 소거하고자 하는 욕망에까지 이르게 된다.

이상은 격렬한 자기실현의 욕망이 결국에는 자기소멸의 욕망으로 귀결되는 현대성의 모순적인 궤적을 누구보다 강렬하게 체험하고 또 그의 작품 속에 표현하여 놓았다. 다음 작품에는 이상이 수행하였던 그 문학적 모험의 마지막 장면이 잘 나타나 있는데, 이를 통해 「봉별기」의 첫 구절에 등장하는 자살충동이 어디에서 발원하는지를 확인할 수 있다.

1

지금 나는거울없는室內에있다. 거울속의나는역시外出중이다. 나는至今거울속의나를무서워하며떨고있다. 거울속의나는어디가서나를어떻게하려는陰謀를하는中일까.

2

罪를품고식은寢牀에서잤다. 確實한내꿈에나는缺席하였고義足을담은軍用長靴가내꿈의白紙를더럽혀놓았다.

3

나는거울있는室內로몰래들어간다. 나를거울에서解放하려고. 그러나거울속의나는沈鬱한얼굴로同時에꼭들어온다. 거울속의나는내게未安한뜻을전한다. 내가그때문에囹圄되어있드키그도나때문에囹圄되어떨고있다.

4

내가缺席한나의꿈. 내僞造가登場하지않는내거울. 無能이라도좋은나의孤獨의渴望者다. 나는드디어거울속의나에게自殺을勸誘하기로決心하였다. 나는그에게視野도없는들窓을 가리키었다. 그들窓은自殺만을위한들窓이다. 그러나내가自殺하지아니하면그가自殺할수없음을그는내게가르친다. 거울속의나는不死鳥에가깝다.

5

내왼편가슴心腸의位置를防彈金屬으로掩蔽하고나는거울속의내왼편가슴을겨누어拳銃을發射하였다. 彈丸은그의왼편가슴을貫通하였으나그의心腸은바른편에있다.

6

模型心腸에서붉은잉크가엎질러졌다. 내가遲刻한꿈에서나는極刑을 받았다. 내꿈을支配하는者는내가아니다. 握手할수조차없는두사람을封鎖한巨大한罪가있다.

<詩第十五號>[3)]

이 작품에서 이상은 극단적인 현대적인 욕망, 자기의 추구와 옹호는 결국 극단적인 자기의 부정을 요구하게 된다는 역설적 경험을 상징적인 기법으로 묘사하였다. 그 역설은 다음과 같은 문학적 사유의 회로를 통과해 왔다. 자아가 단지 고등의 기만, 하나의 이상에 불과할지라도 자아는 어떻게든 그 타자에 맞서서 자아를 재건해야 한다. 그것이 바로 이상이 자신의 운명으로 받아들였던 현대적 욕망의 요구이다. 그런데 자신의 것이라고 의심 없이 믿었던 욕망과 꿈이 사실은 타자의 욕망이요 타자의 꿈일 뿐이라는 것이 드러난다. '내꿈을支配하는者는내가아니'며, '내꿈에나는缺席하였고義足을담은軍用長靴가내꿈의白紙를더럽혀놓'은 것이다. 그렇다면 순수한 자기, 절대적인 주체를 실현하고자 하는 자아는 어떻게 해야 하는가? 바로 자아 안에 기생하면서 스스로의 욕망과 꿈을 실현하고 있는 타자를 제거해야만 한다. '나를거울에서解放하'고 '내僞造가登場하지않는내거울'을 되찾으려면 '거울속의나에게自殺을勸誘'해야만 하는 것이다. 그런데 그 타자는 다름 아닌 자아 속에 있다. 아니 바로 자아 자신이다. 따라서 '내가自殺하지아니하면그가自殺할수없'다. '내가그 때문에囹圄되어있드키그도나때문에囹圄되어' 있는 것이다. 그러므로 자아를 재건하기 위해서는 자아를 제거해야만 하는 것이다. 이는 반전과 역설로 가득 찬 사유의 회로이지만 또 지극히 논리적인 수순과 결말이기도 하다.

자기의 동일성에 대한 믿음과 욕망이 실상은 허구적 환상물일 뿐이고, 자신의 것이라고 믿었던 욕망과 꿈이 사실은 타자의 욕망이고 타자의 꿈일 뿐이라면, 자기를 구제하고 자아의 동일성을 회복하고자 하는 모험은 역설적이게도 바로 그 꿈과 욕망을 없애려는 의지로 전환되어야만 한다. 이 때문에 타자가 자기 속에서 행사하는 냉담한 힘과의 대결은

---

3) 이승훈 편저, 『李箱詩全集』(문학사상사, 1989), 49면.

결국 '꿈의 白紙'에 대한 욕망으로 귀결된다. 이 자기 소거의 욕망은 자기라는 흰 종이 위에 검은 글자로 각인되어 있는 타자의 구속력에서 벗어나기 위해서는 어쩔 수 없이 강요되는 필연적인 선택의 소산이다. 자아를 회복하기 위해서는 자아가 사라져야 한다. 그 자기의 사라짐은 따라서 현대적 자기추구가 이를 수 있는 가장 먼 지점이자, 당연한 논리적 귀결점이기도 하다. 이미 해체되어버린 자아를 원격조종하면서 '내꿈을 支配하는' '거울속의나'로부터 벗어나기 위해서는 그러한 선택이 불가피하다. '나'와 '거울속의나'로 분열되어 있는 내면의 이원성을 파괴하고 순수한 '나'를 되찾기 위해서는 다른 선택의 여지가 있을 수 없다. 극단적인 자기실현의 욕망이 어느덧 자기를 완벽하게 소거하려는 욕망으로 그 모습을 바꾸어버린 것이다. 그리고 그것은 멈춤도 타협도 용납하지 않는 현대적 자기탐구의 열정이 스스로 빚어내는 지극히 논리적인 종지부이다.

이상이 자신의 작품 곳곳에서 끈질기게 표출하였던 죽음충동은 바로 자기를 실현하려는 현대적 욕망이 마지막 지점에서 맞닥뜨리게 되는 자기소멸의 의지의 다른 이름이었다. 그것은 역설적인 자기실현의 욕망이다. 그리고 각혈은 그 무서운 요구와 충동에 대한 육체의 반응이라고 할 수 있다. 현대의 욕망을 자신의 운명으로 받아 들였던 이상은 자기를 실현하기 위해서는 자기가 죽어야 한다는 역설을 경험의 논리 속에서 깨닫게 되었고, 실제의 삶과 문학적 경험이 분리 불가능한 것이었던 그는 실제로 그 죽음을 실천하려고 하였다. 그에게 죽음은 선택의 문제가 아니라 자기를 실현하기 위해 꼭 수행해 내야 하는 필연적인 의무사항이었다. 거기에 이르게 되는 제반 과정이 생략된 채로 느닷없이 출현한 '게서 나는 죽어도 좋았다'라는 표현이 담고 있는 죽음충동은, 그러니까 현대적인 자기실현 욕망의 귀결점으로서의 자기 소멸의 의지인 것이다. 그런 점에서 '게서 나는 죽어도 좋았다'라는 문장으로 시작하는 「봉별기」는 「시제십오호」에 재현된 경험의 끝자락에서부터 출발한다고 할 수 있다. 이상은 죽고 싶었던 것이다. 아니 자신의 문학 행위를 완성하기 위하여 그는 꼭 죽어야만 했다. ‘게서 나는 죽어도 좋았다’라는 표현을 통해 이상은 다시 한 번 자기실현 욕망의 마지막 완성태로서 기능하는 자기소멸 의지를 드러낸 것이다.

그런데 「봉별기」는 이상 작품들에서 익숙하게 보이는 죽음충동을 드러내고 그것의 전개양상을 드러내는 작품이 아니다. 사실 「봉별기」의 첫머리는 그 자기소거의 욕망, 곧 자기실현의 욕망을 부정하면서, 혹은 유보하면서 시작한다. 「봉별기」의 첫 구절의 무게중심은 ‘게서 나는 죽어도 좋았다’가 아니라, ‘여섯 달 잘 기른 수염을 하루 면도칼로 다듬어 코밑에 다만 나비만큼 남겨 가지고 藥 한 제 지어 들고’ 쪽에 있다. 사실 화자는 살기 위해, 병을 치료하기 위해 수염도 깎고 약도 지어서 요양차 온천에 온 것이다. 그래서 첫 구절 바로 다음에 곧바로 다음과 같은 문장이 이어졌다.

> 그러나 이내 아직 기를 펴지 못한 靑春이 藥탕관을 붙들고 늘어져서는 날 살리라고 보채는 것은 어찌하는 수가 없다. 旅館 寒燈 아래 밤이면 나는 늘 억울해 했다.4)

이상은 자신이 체험하였던 현대적인 자기추구의 논리적인 귀결점, 파국적인 막다른 골목으로부터 도망하고 싶었다. ‘억울’했던 것이다. 이상의 작품에 무수하게 등장하는 ‘도망’과 ‘달리기’의 이미지들을 이러한 문맥에서 이해할 수도 있을 것이다. 어쨌든 이상은 죽음으로 귀결되는 현대성의 논리를 벗어나 삶을 긍정할 수 있는 대안의 세계를 마련하고 싶어서 수염을 깎고 약을 지어 온천을 찾은 것인데, 이렇게 본다면 「봉

---

4) 『전집2』, 348면.

별기」의 첫 구절은 이상 문학의 전개과정에서 매우 중요한 한 장면을 담고 있다는 것을 알 수 있다. 이상은 절대의 감각과 욕망에 의해서 움직이는, 그래서 결국은 자기 파멸을 강요하기까지 하는 시의 세계를 벗어나서 대안의 세계를 탐색하였고 그 상징적인 공간이 'B라는 新開地 閒寂한 溫泉'이었던 것이다. 온천을 찾은 목적이 그러했기 때문에, "사흘을 못 참고 기어 나는 旅館 主人 영감을 앞장 세워 밤에 長鼓소리 나는 집으로 찾아갔다. 게서 만난 것이 錦紅이다."

금홍이 비로소 등장하였다. 현대적인 욕망추구의 파멸적 결말, 죽음의 요구로부터 벗어나기 위해 찾은 곳이 '장고소리 나는 집'이고 그 집에 금홍이가 있었다. 여기서 알 수 있듯이 금홍은 이상에게 있어서 극단적인 자기탐구가 요구하는 소멸의 결말을 저지하고 유보할 수 있게 하는 생명의 세계, 사랑의 힘을 상징하는 존재였다.

> 지어 가지고 온 藥은 집어치우고 나는 전혀 錦紅이를 사랑하는 데만 골몰했다. 못난 소린 듯하나 사랑의 힘으로 咯血이 다 멈췄으니까―5)

금홍에게는 새삼스럽게 가지고 온 약이 필요 없을 정도로 이상의 각혈을 멈추게 하는 '사랑의 힘'이 있었다. 금홍의 존재는 절대의 요구에 의해 수행되는 현대적인 자기추구의 욕망이 이르게 되는 막다른 지점을 넘어서 삶을 합리화하고 지속 가능하게 하는 알리바이의 역할을 하는 것이다. 따라서 이상은 필사적으로 금홍에게 매달릴 수밖에 없었다.

> 나는 어쩌는 수 없이 그 나비 같다면서 달고 다니던 코밑 수염을 아주 밀어 버렸다. 그리고 날이 저물기가 急하게 또 錦紅이를 만나러 갔다.6)

---

5) 『전집2』, 349면.
6) 『전집2』, 349면.

이상 작품의 문맥을 고려할 때 수염은 어쩔 수 없이 일어나는 죽음충동, 스스로 제어할 수 없는 타자적인 힘을 뜻한다. 그렇다면 그나마 조금 남아 있던 코밑의 수염을 아주 밀어 버렸다는 것은 수염으로 상징되는 타율적인 힘으로부터 조금씩 벗어나서 삶의 의지, 생존의 기력을 회복하기 시작했다는 것을 의미한다. 금홍을 통해서 이상은 창백한 논리의 세계가 강요하는 죽음의 세계로부터 탈출할 수 있었던 것이다. 그만큼 이상에게 금홍은 절대적인 존재였다.

3. 삶의 긍정과 소설의 세계

이상은 궁극적으로 가혹한 자기소멸을 요구하는 시의 세계로부터 벗어나 삶을 긍정하고 생존을 합리화하는 소설의 세계로 나가고자 했고, 그 분기점에 해당하는 체험이 「봉별기」에 담겨 있다. 그런 점에서 「봉별기」는 이상이 시의 세계를 벗어나 대안의 세계인 소설로 나아갔던 문학적 여행기로 읽을 수도 있다. 그리고 바로 그 중심에 금홍의 존재가 있었다. 금홍은 자기소멸의 욕망으로부터 벗어나기 위해 이상이 필사적으로 매달리고자 하였던 긍정의 세계, 삶과 생존의 세계를 상징하는 존재가 되었다. 그럴 수 있었던 이유는 금홍이 바로 작부이고, *經産婦*였기 때문이었다.

이상이 순수한 자기로 충만한 시적 세계의 대척점으로 상정한 현실세상은 불순하고 오염된 세계였다. 이상은 그 불순하고 오염된 삶의 세계를 다시 긍정함으로써 자기소멸의 위기로부터 벗어나고자 했던 것인데, 16세에 결혼하고, 17세에 딸을 낳았으며, 돌만에 그 딸이 죽은 작부였던 금홍의 이미지는 이상이 상정하였던 그 삶의 이미지와 겹쳐졌다. 금홍이 다음과 같이 묘사되었던 이유이기도 하다.

> 錦紅이는 겨우 스물한살인데 서른한살 먹은 사람보다도 나았다. 서른
> 한살 먹은 사람보다도 나은 錦紅이가 내 눈에는 열일곱살 먹은 少女로
> 만 보이고 錦紅이 눈에 마흔살 먹은 사람으로 보인 나는 其實 스물세살
> 이오 게다가 주책이 없어서 똑 여나믄살 먹은 아이 같다.[7]

이상이 필사적으로 긍정하고자 했던 삶의 세계는 현실적인 관점에서
보면 성숙한 세계일 수 있다. 마치 금홍이가 '겨우 스물한살인데 서른한
살 먹은 사람보다도 나'은 것처럼. 반대로 겉으로는 마흔살 먹은 사람처
럼 보이지만 자기파멸을 무릅쓰면서도 순수하고 절대적인 것을 고집하
는 '나는 其實 스물세살이오 게다가 주책이 없어서 똑 여나믄살 먹은 아
이 같'을 수 있는 것이다. 이러한 묘사는 이상이 금홍을 어떤 존재로 여
겼는지를 잘 보여준다.

금홍은 현실적인 관점에서의 성숙한 세상, 자기파멸적인 절대 욕망을
포기하거나 유보하고서 적응해야 하는 소설적인 세계의 상징인 것이다.
그래서 금홍을 긍정하고 사랑할 수 있다는 것은 곧 불순하고 속악한 현
실세계를 긍정하고 사랑할 수 있다는 것을 의미한다. 그리고 이를 통해
이상은 자기 소멸을 강요하는 시적인 세계로부터 벗어날 수 있을지도
모른다. 그런데 그런 일이 실제로 일어났다. 이상은 놀랍게도 작부이자
경산부인 금홍과 사랑에 빠졌고 '금홍이 과거를 묻지 않기로' 약속하면
서 그녀의 존재를 긍정할 수도 있게 된 것이다. 결국 이상은 금홍을 통해,
금홍과의 관계를 통해 죽음충동으로부터 해방되고 나아가 불순하고 오염
된 산문적인 세계를 긍정할 수도 있으리라고 기대할 수 있게 되었다.

이상이 금홍과의 관계를 통해 기대한 것이 무엇이었는지를 이해해야

---

7) 『전집2』, 350면.

만 다음과 같은 행동이 온전히 파악될 수 있다.

> 그대신 —
> 禹라는 佛蘭西 留學生의 遊冶郞을 錦紅이에게 勸하였다. 錦紅이는 내 말대로 禹氏와 더불어 「獨湯」에 들어갔다. 이 「獨湯」이라는 것은 좀 淫亂한 設備였다. 나는 이 淫亂한 設備 문간에 나란히 벗어놓은 禹氏와 錦紅이 신발을 보고 언짢아하지 않았다.
> 나는 또 내 곁房에 와 묵고 있는 C라는 辯護士에게도 錦紅이를 勸하였다. C는 내 熱誠에 感動되어 하는 수 없이 錦紅이 房을 犯했다.8)

이상과 동거하면서도 금홍은 손님을 받았다. 게다가 이상은 적극적으로 금홍에게 손님을 권하기까지 하였다. 그리고 이상은 이 상황을 언짢아하지 않는다. 이 기묘한 상황이 얼핏 이해가 안 될 수 있지만, 이상과 금홍의 관계가 어떤 성격의 것이었던가를 생각해 본다면 사실은 지극히 온당한 것이기도 하다.

이상에게 금홍의 존재는 불순하고 오염된 삶의 세계의 상징으로서만 의의를 갖는다. 그러므로 금홍의 생활은 어디까지나 '음란'하고 불순해야만 한다. 그리고 이상 자신은 그러한 금홍의 삶을 긍정하고 금홍을 사랑할 수 있어야 한다. 마주한 현실세계에 정조를 요구하지 않는 태도, 순수하고 절대적인 가치를 요구하지 않으면서 그것을 긍정하고 받아들일 수 있는 자세에 자신의 생존이 달려 있었기 때문이다. 그렇지 못할 때 다시 자기파멸적인 절대의 욕망, 시적 요구의 소환이 기다리고 있었기 때문이다. 그래서 이상은 위와 같은 삶의 형태를 '우리 內外는 이렇게 世上에도 없이 絢亂하고 아기자기하였다'고까지 말할 수 있었다.

이상에게는 금홍과의 생활이 즐겁게 감당하고 긍정해야만 하는 소설적 세계의 상징이었다. 그는 어떻게든 그러한 형태의 생활을 유지하여

---

8) 『전집2』, 349~350면.

야만 하는데 그렇지 못하면 죽음의 세계가 기다리고 있기 때문이었다. 이 생활이 한없이 계속될 수만 있었다면 이상의 문학 행위는 더 이상의 방황 없이 진행될 수 있었을 것이다. 이상 편에서 볼 때 '世上에도 없이 絢亂하고 아기자기'한 이 삶은, 그러나 매우 위태로운 형태로 아슬아슬하게 유지되는 생활이었고 언제 붕괴될지 모르는 줄타기 같은 것이었다. 붕괴의 단초는 금홍 편에서 제공하였다.

> 錦紅이에게는 예전 生活에 對한 鄕愁가 왔다.
> 　나는 밤이나 낮이나 누워 잠만 자니까 錦紅이게 對하여 심심하다. 그래서 錦紅이는 밖에 나가 심심치 않은 사람들을 만나 심심치 않게 놀고 돌아오는—9)

금홍이 나와의 결혼생활에 충실하지 않고 '밖에 나가 심심치 않은 사람들을 만나 심심치 않게 놀고 돌아오'기 시작한 것이다. 그런데 사실 이 행위 자체는 전혀 문제될 성질의 것이 아니다. 왜냐하면 이상에게 금홍의 존재는 애초부터 불순하고 오염된 삶의 상징이었으므로, 이상이 금홍에게 자신에게 충실할 것을 요구하거나 윤락 행위를 포기하라고 강요할 이유가 없기 때문이다. 오히려 금홍의 존재가치는 바로 그 불충실함, 불순함에 있으니까, 금홍의 외도 자체는 사실 아무런 문제가 될 수 없다. 문제가 되는 것은 금홍이 자신의 행위를 이상에게 숨긴다는 점에 있었다.

> 　그런데 이번에는 내게 자랑을 하지 않는다. 않을 뿐만 아니라 숨기는 것이다.
> 　이것은 錦紅이로서 錦紅이답지 않은 일일밖에 없다. 숨길 것이 있나? 숨기지 않아도 좋지. 자랑을 해도 좋지.10)

---

9) 『전집2』, 351면.

금홍이 이상과의 동거생활에 충실한 척, 정조를 지키려고 하는 척 한다는 점이 이상과 금홍의 관계를 근본적으로 위태롭게 하는 요소이다. 이상은 금홍과의 동거생활을 통해 불순한 삶과의 아이러니적 동거라는 관계를 실험하고 있었기 때문에, 금홍은 정조를 지키지 않는, 음란하고 오염된 여인일 때만 의미가 있는 존재였다. 그녀가 순결을 가장하고 자신의 본모습을 숨기려고 할 때 그 관계는 상징적 의미를 잃어버리게 된다. 금홍이는 전혀 그럴 필요가 없다. 아니 그러면 안 된다. 금홍의 행위는 이상과 금홍의 암묵적 계약관계를 근본에서 뒤흔들어 버린다. 그러니 "세상에 흔히 있는 아내다운 禮儀를 지키는 체해 본 것은 錦紅이로서 말하자면 千慮의 一失 아닐 수 없다."

충실과 순결을 가장하는 금홍의 행위는 결국 이상과 금홍 사이의 관계에 끼어 들어서는 안되는 정조관념을 불러 들였다.

> 나는 또 이런 것을 생각하지 않았던 것도 아니다. 즉 남의 아내라는 것은 貞操를 지켜야 하느니라고!11)

이상이 금홍에게 아내된 책임을 요구하고 정조를 제기할 때 이미 둘의 관계는 돌이킬 수 없는 파국을 맞은 셈이었다. 이상과 금홍의 관계는 금홍 편에서는 불순하고 오염된 삶의 상징인 자신의 본래 모습을 당당하게 주장하고, 이상 편에서는 그 모습을 그대로 긍정하고 사랑할 때 유지되는 관계였다. 이 관계에서는 의도적으로 순결과 정조 관념이 배제되어 있다. 금홍과의 관계를 통해 이상은 순수와 절대의 욕망이 요구되지 않는 삶의 형태, 정조를 요구하지 않는 결혼생활을 실험하고 있었다. 그런데 금홍 편에서 자신에게 주어진 역할을 포기하면서, 이상이 그것

---

10) 『전집2』, 351면.
11) 『전집2』, 351면.

으로부터 필사적으로 달아나고자 했던 순수의 관념과 절대의 욕망이 다시 고개를 내밀게 되었다. 그 관념과 욕망이야말로 이상이 'B라는 新開地 閒寂한 溫泉'에서 금홍과의 관계를 통해 어떻게든 벗어나고자 했던 것이었기 때문에 결국 금홍과의 관계를 통해 이상이 이루고자 했던 모든 것이 수포로 돌아간 것이다. "암만해도 나는 十九世紀와 二十世紀 틈사구니에 끼여 卒倒하려 드는 無賴漢인 모양이오. 完全히 二十世紀 사람이 되기에는 내 血管에는 너무도 많은 十九世紀의 嚴肅한 道德性의 피가 威脅하듯이 흐르고 있소그려"12)라고 자조적인 한탄이 저절로 튀어나올 수밖에 없는 상황에 이른 것이다.

금홍이 자신의 본래 모습을 가장하는 순간, 이상이 그녀에게 순결과 정조를 요구하는 순간 이상이 그 관계에 부여하였던 상징적 기능은 사라지게 되고, 둘의 관계는 더 이상 지속할 필요도 없고 또 지속할 수도 없는 지경에 이른다.

> 이런 實없은 貞操를 看板 삼자니까 自然 나는 外出이 잦았고 錦紅이 事業에 便宜를 도웁기 위하여 내 房까지도 開放하여 주었다. 그러는 中에도 歲月은 흐르는 法이다.
>
> 하루 나는 題目 없이 錦紅이에게 몹시 얻어맞았다. 나는 아파서 울고 나가서 사흘을 돌아오지 못 했다. 너무도 錦紅이가 무서웠다.
>
> 나흘 만에 와보니까 錦紅이는 때 묻은 버선을 윗목에다 벗어놓고 나 가버린 뒤였다.13)

예정된 수순처럼 금홍과의 동거생활은 파국을 맞게 되고, 이상이 금홍과의 실험적인 관계를 통해 얻고자 하였던 모든 것―자기소멸까지를 요구하는 절대의 욕망으로부터의 탈출과 현실세계에 대한 긍정의 탐색

---

12) 김윤식 엮음, 『이상문학전집 3 수필』(문학사상사, 1993), 235면.
13) 『전집2』, 351~352면.

역시 수포로 돌아갔다. 결국 이상은 아무 것도 얻지 못한 채 "이 以上 내가 이 땅에서의 生存을 계속하기가 자못 어려울 지경에까지 이르렀다. 나는 何如間 허울 좋게 말하자면 亡命해야겠다."14)라고까지 말하게 된다. 절대와 순수의 욕망이 강요하는 자기 파괴적인 결말로부터 벗어나기 위해 탐색하였던 불순한 현실세계와의 소설적 화해, 반어적인 동거마저 실패한 자신의 처지를 '이 땅에서의 生存을 계속하기가 자못 어려울 지경에까지 이르렀다'고 말한 것인데, 이는 이상의 입장에서 보면 전혀 과장이 아니었다.

자신이 선택할 수 있는 더 이상의 어떠한 대안적 전망도 없다고 절망한 이상이 마지막으로 매달렸던 것이 이른바 동경으로의 망명이지만, 그것은 처음부터 적극적인 대안이 되지 못하였다.

> 어디로 갈까. 나는 만나는 사람마다 東京으로 가겠다고 豪言했다. 그뿐 아니라 어느 친구에게는 電氣技術에 關한 專門 공부를 하려 간다는 둥 學校先生님을 만나서는 高級單式印刷術을 硏究하겠다는 둥 친한 친구에게는 내 五個國語에 能通할 作定일세 어쩌구 甚하면 法律을 배우겠소까지 虛談을 탕탕 하는 것이다. 웬만한 친구는 보통들 속나보다 그러나 이 헷宣傳을 안 믿는 사람도 더러는 있다. 何如間 이것은 영영 빈빈 털털이가 되어 버린 李箱이 마지막 空砲에 지나지 않는 것만은 事實이겠다.15)

시적인 세계가 요구하는 절대의 욕망에 충실하지도 못하고, 금홍과의 동거생활로 상징되는 소설적 세계로의 편입에도 실패한 '영영 빈빈 털털이가 되어 버린 李箱'은 어떻게든 자신을 구원하고 생존의 근거를 마련하기 위한 최후의 지향처로 동경을 꿈꾸었고, 주변 사람들에게 온갖

---

14) 『전집2』, 353~354면.
15) 『전집2』, 354면.

호언장담을 하고 포부를 밝힘으로써 자신의 공허감을 달래고자 하였다.
그러나 그것은 스스로 고백하였듯이 다른 사람들을 설득하지 못하고 자기
자신마저도 위안하지 못하는 '마지막 空砲'에 지나지 않았다. 이상의 동경
행은 아무런 문학적 탈출구를 발견하지 못한 이상이 어쩔 수 없이 감행한
승산없는 도박, 출발 이전에 이미 패배가 예비된 싸움이었을 뿐이다. 이
상은 실상 아무런 희망이나 기대없이 동경행 배에 올랐었고, 그래서 가식
적인 포즈로나마 「봉별기」를 희망과 기대의 구절로 맺지 못하였다.

4. 맺음말

금홍이는 亦是 憔悴하다. 生活戰線에서의 疲勞의 빛이 그 얼굴에 如實
하였다.
「네눔 하나 보구저서 서울 왔지 내 서울 뭘허러 왔다디?」
「그리게 또 난 이렇게 널 찾아오지 않었니?」
「너 장가 갔다더구나」
「애 디끼 싫다. 그 육모초 겉은 소리」
「안 갔단말이냐 그럼」
「그럼」
당장에 목침이 내 面上을 向하여 날라 들어왔다. 나는 예나 다름이
없이 못나게 웃어주었다.
술床을 보았다. 나도 한잔 먹고 금홍이도 한잔 먹었다. 나는 寧邊歌를
한 마디 하고 금홍이는 육자백이를 한 마디 했다.
밤은 이미 깊었고 우리 이야기는 이生에서의 永離別이라는 結論으로
밀려갔다. 금홍이는 銀수저로 소반전을 딱딱 치면서 내가 한번도 들은
일이 없는 구슬픈 唱歌를 한다.
「속아도 꿈결 속여도 꿈결 굽이 굽이 뜨내기 世上 그늘진 심정에 불
질러 버려라 云云」[16]

「봉별기」의 마지막 장면이다. 이상의 작품에서는 달리 찾아보기 어려운 정도의 애잔한 비극적인 정조가 흘러 넘치고 있다. 감정의 과잉노출을 의심할 만한 부분이지만, 그러나 금홍과의 관계가 이상에게 갖는 대안적 의미, 그가 그 관계에 대해 걸었던 필사적인 희망, 그리고 그것이 제대로 이루어지어지지 못했을 경우에 이상이 감당해야만 했던 공포감이나 절망을 미루어 본다면 그렇게 간단하게 단정지어 말할 수는 없을 것이다. 가장되지 않은 정서의 무분별한 노출을 막기 위하여 그가 자주 사용하는 반어적인 거리의 유지, 대상의 냉소적인 희화화, 객관적인 기호를 통한 분장과 은폐 등이 아예 불가능할 정도로 그가 받은 정신적인 무력감이 컸던 것이다.

「봉별기」는 자기소멸의 욕망으로부터 벗어나서 어떻게든 삶에 대한 애정과 긍정을 되찾고자 몸부림쳤던 이상 자신의 안타깝고 비극적인 체험을 '금홍'이라는 여인과의 관계 속에 투영시켰던 작품이다. 이렇듯 그 자체로 만만치 않은 주제를 내포하고 있는 이 작품은 나아가, 극단적인 선택으로서 자기소멸까지를 요구하는 절대의 욕망을 자신의 문학적 지향으로 삼았다가 그 지향으로부터 벗어나 또 다른 문학적 지향을 모색했던 이상의 문학적 도정을 해명하는 데 중요한 역할을 하는 작품이라고 판단된다. 지나치게 자전적 성격이 강하고 예술적 의장을 제대로 갖춘 작품으로서의 독자성은 약함에도 불구하고 이 작품을 꼼꼼하게 뜯어 읽어야 하는 이유이다.

---

16) 『전집2』, 355면.

「斷髮」·「童骸」·「幻視記」 : 자기 복원의 기록

조 해 옥*

1. 머리말

　이상의 소설 작품에 대한 연구 경향을 보면, 연구자들이 텍스트로 삼은 작품들이 「날개」나 「종생기」 같은 작품들로 한정되어 있다는 점이 드러난다. 김성수도 이러한 연구 현상을 지적한 바 있다. "「날개」나 「지주회시」, 혹은 「종생기」에 집중된 이상소설 논의에서 처녀작 「12월 12일」이나 「휴업과 사정」, 「지도의 암실」은 사실 많이 소외되어 있는 형편이다. 또한 이상소설의 관념성을 대표하는 「동해」와 「환시기」는 부분적인 인용의 언급만이 아니라 더 본격적인 해명을 요구하는 작품이다."[1] 연구 텍스트에서 소외되어 온 이상의 소설 「斷髮」과 「童骸」와 「幻視記」[2]

---

* 경희대학교 강사, 저서로 『이상 시의 근대성 연구』, 『생과 죽음의 시적 기록』 등이 있고, 논문으로 「이상 수필의 이중성 연구」, 「이상의 「신촌여정」과 「권태」 비교 연구」 등 다수.

1) 김성수, 『이상 소설의 해석』, 태학사, 1999, 18면.

2) 이상, 「斷髮」, 『조선문학』, 1939. 4, 6~64면.
　　이상, 「童骸」, 『조광』, 1937. 2, 222~238면.

는 「날개」나 「終生記」를 해석하는 과정에서 소략하게 다루어졌을 뿐이다. 이들 작품이 거론된 경우에도 이상의 행적이 작품 해석에 선제되고 있다는 점이 드러난다. 특히 「幻視記」는 이상의 행적과 비교하는 정도에서 다루어지고 있다. 이처럼 전기비평적 태도 아래서 이루어진 작품 해석은 작품의 의미를 이상의 전기적 사실에 한정시키기 쉽다. 이상의 문학의식을 규명하기 위해서는 그동안 소외되어 왔던 작품들 역시 소홀히 다룰 수 없으며, 이상의 전기적 사실로 작품이 지닌 의미를 위축시켜서는 안 될 것이다.

이상의 서술적 자아의 의식은 표층과 심층으로 양분되어 있는데, 그의 작품에서 전개되는 유희의 세계는 서술적 자아의 의식의 표층을 이루며, 현실 속의 자기를 직시하고 복원하려는 의식이 서술적 자아의 의식의 심층을 이룬다. 「斷髮」과 「童骸」와 「幻視記」는 서술적 자아의 양분된 의식과 그 사이에서 서술적 자아가 지향하는 바를 뚜렷하게 보여주는 작품들이다. 본고에서는 이상 소설 연구 텍스트에서 소홀히 다루어졌던 작품들 가운데, 「斷髮」과 「童骸」와 「幻視記」를 대상으로 하여 이들 작품의 표층을 이루고 있는 유희 정신의 이면에 대해서 살펴보고자 한다.

「斷髮」과 「童骸」와 「幻視記」에서 ‘신부의 정조’(「童骸」), ‘애정문제(「斷髮」)’, ‘삼각관계에서의 실연(「幻視記」)’ 등, 각 소설의 주요 이야기들은 이상의 서술적 자아의 의식의 표층에서 전개된다. 연애와 신부의 정조와 실연 등은 이들 작품의 주요 사건의 계기로 서술되고 있지만, 이들은 서술적 자아가 참여하는 세계가 허위와 위장의 세계임을 드러내는 보조적인 역할을 하고 있음이 드러난다.

이상의 「斷髮」과 「童骸」와 「幻視記」에서 서술적 자아의 의식 활동은 위장된 세계와 현실의 경계에서 펼쳐진다. 그의 의식 속에서 허위와 현

이상, 「幻視記」, 『청색지』 1집, 1939, 58~64면.

실은 팽팽한 긴장 관계를 유지하고 있지만, 동시에 허위와 현실을 가르는 의식의 경계에서 균열이 발생한다. 그 경계의 균열을 뚫고 서술적 자아가 '위장하지 않은 자신'을 직시하려는 태도가 드러난다. 이는 본연의 자기를 복원하려는 서술적 자아의 의지라고 볼 수 있다.

이상은 서술적 자아의 일상들이 유희와 수식의 세계에서 전개되고 있음을 보여주면서 일상 세계와 서술적 자아가 소통할 수 없는 관계에 있음을 드러낸다. 서술적 자아는 자신을 둘러싼 모든 것들이 허위에 속한 것임을 발화함으로써 "본연의 자기"(「斷髮」)를 역설하고 있는 것이다. 이는 서술적 자아가 일상에 참여하는 의식의 표층을 걷어내고 의식의 심층에 감춰져 있는 진실된 자기를 회복하려는 이상의 의지이다.

2. 유희와 현실의 경계

이상 소설의 위티즘을 논할 때, 위티즘이 지닌 수사적 장치 혹은 수사적 기술의 측면을 다루고 있지만, 위티즘을 구사함으로써 이상이 의미화하고자 한 것에 대해서는 거의 언급되지 않았다. 이상의 위티즘은 소통불가능한 세상에 대한 조롱이면서 동시에 거짓된 생활을 영위하는 자신에 대한 비판이다.

「斷髮」과 「童骸」와 「幻視記」에 나타나는 위티즘은 이상의 서술적 자아의 의식의 옷이며, 장식이다. 이상의 서술적 자아는 위티즘의 세계로 들어가서 자신의 실제 모습을 은폐시킨다. 경쾌한 위티즘을 걷어낼 때, 그에게 남는 것은 남루한 현실이다. 이상 문학을 위티즘의 측면에서 다룬 논문들을 살펴보면 다음과 같다. 김윤식은 "삶이 있어야 할 곳에, 한갓 수사학이 대신 앉아 있는 것, 그것이 작품 「단발」의 한계이다. 알맹

이가 신통찮을 때, 겉포장의 화려함으로써 눈을 속이는 방법론, 그것이 이른바 위티즘, 아이러니이다.3)

> 그는 少女를 한마리「자나리아」를 놓아주듯이 그의 「윗티씀」의 地獄에서 석방—아니 제풀에나가나? 어쨌든 少女는 길게 그의길에같이 있을 것은 아니니까다.4)

> Adouble Suicide
> 그것은 그렇나 결코 愛情의妨害를 받아서는 안된다는 條件이붙는다. 다만 아모것도 理解하지말고 서로서로「스푸링보-드」 노릇만 하는것으로 충분히 이용할것을 히망한다.5)

「斷髮」에서 서술자가 소녀에게 情死를 권하거나 동경행을 권하는 것도 위티즘의 한 표현이다. 서술자가 소녀에게 情死를 권하는 것은 정사를 할 만큼 그들의 애정이 절박하기 때문이 아니다. 서술자에게 소녀의 의미는 "어쨌든 少女는 길게 그의길에같이 있을것은" 아닌 존재 정도이다. 소녀는 서술자의 자살을 용이하게 하는 '스프링보드' 같은 것이다. 다시 말하면 소녀는 서술자가 자살이라는 목표점에 도달하기 위한 '도약판' 같은 역할을 할 뿐이다. 그렇기 때문에 그들의 애정은 사실을 은폐시키고 조롱한다는 점에서 위티즘의 세계에 속한다. 위티즘의 세계는 애정 관계에 있는 서술자와 그의 연인 사이에서 전개되는 에피소드라는 현상의 표층을 이루고 있으며, 그 이면에는 그와는 전혀 다른 사실이 숨겨져 있다.

이상은 "戀愛보다도 한句 윗티씀을 더 좋아하는 그였다."6)라고 진술

---

3) 김윤식, 『이상 연구』, 문학사상사, 1987, 362면.
4) 이상, 「斷髮」, 『조선문학』, 1939. 4, 12면.
5) 위의 글, 7면.
6) 위의 글, 8면.

하고 곧바로 자신의 이 같은 진술은 진심이 아님을 노출시킨다. 서술적 자아에게 있어서 위티즘은 위장의 한 방법에 지나지 않는다. 「斷髮」의 결말에서 소녀 선이는 연이를 속여 왔고, "윗티씀의 地獄"에 서술자 자신과 연이가 갇혀 있었던 사실이 드러난다는 설정은 현실과 비교할 때, 위티즘의 세계, 즉 환각에 머물고자 하는 서술자 자신이 얼마나 보잘것없는 존재인가를 잘 보여준다. 이상의 서술적 자아는 자신의 의식세계를 위티즘과 유희로 구축하고 있지만, 그것은 현실을 은폐하고 세운 거짓 세계라는 사실을 자각한다.

"이렇게 세상을속이고 일부러 자기를 속임으로하야 本然의 자기를 얼는보기에 高貴하게 꾸미자는것이다."[7]라고 여기는 자신의 거짓을 넘어 이상이 진정으로 동경했던 것은 "본연의 자기"(「斷髮」)를 되찾는 것이라고 볼 수 있다. 이상의 서술적 자아가 갈망하는 것으로 나타나는 자살이나 동경행도 역시 그가 진심으로 추구하는 것의 "스푸링보-드"(「斷髮」) 역할을 하는 것이다.

그렇다면 이상이 그의 서술적 자아를 통해 진정으로 추구했던 것은 무엇인가? 서술적 자아의 의식의 표층은 유희와 수식의 세계를 구축하고, 그 세계에서 일상을 영위한다. 극도의 긴장 관계 속에서 유희 혹은 위티즘으로 나타나는 위장하기와 현실 사이에는 균열이 발생한다. 서술적 자아는 자신이 생각하고 발화하는 모든 것이 거짓이라는 것을 자각하고 있다. 서술적 자아는 이 같은 위장과 은폐의 일상에서 벗어나 자신의 실제 모습을 직시하려는 욕구를 갖는다.

임명섭도 이상의 시 「明鏡」을 해석하면서 "작중 화자가 거울 속에서 찾고 있는 것은 위장되지 않은 세계의 진상이며, 훼손되기 이전의 모습을 간직하고 있는 근원적 자아의 모습이"라고 진술한 바 있다. 그러나

---

7) 위의 글, 7면.

"「명경」의 책은 닫혀 있다. 열어볼 수 없는 책인 것이다."[8] 이상의 서술적 자아는 유희와 현실의 경계에 서 있을 뿐 유희의 세계에 머물 수도 없으며, 동시에 현실 속으로 들어갈 수도 없다.

그렇다면 위티즘으로 감추고 있는 서술적 자아의 실제 모습은 어떠한가? 이상의 서술적 자아는 자신의 실제에 대해 드러내는 것을 억제한다. 그렇기 때문에 그것은 추상적이고 단편적으로 제시되어 있을 뿐이다. 「童骸」에서 서술적 자아는 자신을 "형상없는 모-던뽀-이", "家畜", "幻覺의 人"으로 규정하고 있다. 이 같은 서술적 자아의 자기규정은 서술자가 각각 관념이 육체화되지 못한 존재, 수동적인 존재, 소통불가능한 존재로 자신을 파악하고 있음을 잘 보여준다. 위티즘 혹은 수사로 위장하지 않은 "본연의 자기"를 직시하려는 이상의 의식적 전개가 「斷髮」과 「童骸」와 「幻視記」에서 서술적 자아의 심층에 자리잡고 있다.

「斷髮」과 「童骸」와 「幻視記」에 등장하는 서술자들은 유희적 태도를 유지하고 있다. 그러나 서술자들의 유희적 태도는 자신들의 심정을 감추고 위장하기 위한 포즈이다. 서술자들은 그 자신들이 얼마나 남루하고 비루한 존재인가를 감추기 위해서 '유희적 행동과 의식'을 보여준다. 그러나 그들은 철저하게 유희적 태도를 유지하려는 자신들의 허위의식으로부터 벗어나게 되기를 꿈꾼다.

3. 자기 直視의 의식

이상 소설의 전개 과정을 보면, 서술적 화자가 경험하는 타자와의 소

---

8) 임명섭, 「이상의 문자 경험 연구」, 고려대학교 박사학위 논문, 1997, 28~31면.

통불가능한 관계가 서술되고, 일련의 단절의 경험들이 결말에 이르면, 자신과의 소통불가능으로 인한 자괴감으로 이어진다. 서술자의 단절에 관련된 구체적인 경험들이 나열된 이후에 자신이 처한 정황에 대해 더욱 더 혼미함을 느끼면서 서술자는 판단 중지의 의식 상태에 이르게 된다. 이 같은 자괴감에 빠진 자신을 「童骸」9)의 서술자는 "형상없는 모-던 뽀-이"라고 규정한다.

「童骸」의 특이점은 'TEXT-評'의 구조를 통하여 서술자 자신의 의식과 관념을 대상화하고 있다는 것이다. 이상은 'TEXT-評'의 구조를 소설에 도입함으로써 서술자의 의식과 관념도 문자로 쓰인 '텍스트'처럼 분석 대상이 될 수 있음을 보여준다. 서술자가 경험하는 인간관계도 역시 'TEXT-評'의 구조에 들어간다. 김주현은 'TEXT-評'에 대해 다음과 같이 진술하고 있다. "결국 임이를 어떻게 해보려던 나는 오히려 그녀의 놀림감으로 전락하고 만다. 위 구절들은(텍스트−평) 자각된 연애주의라는 미명하에 물밑 탐색전과 수사학적 대결이 치열하게 진행되고 있는 상황을 여실히 보여준다. 결국 아이러니, 패러독스, 풍자 등 다양한 기교들이 서로 결합되어 훌륭한 위티즘을 이루는 것이다."10)

'텍스트-평'의 내용은 서술자의 몽상 속에서 전개되는 '나'와 '임'의 가상의 대화로 볼 수 있다. 서술자는 '나'라는 텍스트를 읽고 난 후에 자신은 근대를 관념으로만 이해하려 드는 "형상없는 모-던뽀-이"라고 해석한다. 서술자가 신부의 정조 문제에만 집착하는 자신의 의식과 관념을 평가의 대상으로 삼는 자세는 자신을 객관화시켜 바라보는 것이라고 할 수 있는데, 이 같은 자세가 「童骸」에서 두드러진다.

「童骸」의 '觸角'에서는 달팽이의 더듬이처럼, 사물과 정황에 대해 타

___

9) 「童骸」는 '觸角', '敗北 시작', '乞人 反對', '走馬加鞭', '明示', 'TEXT', '顚踵'의 소제목이 달린 형태로 서술되어 있다.
10) 김주현, 『이상 소설 연구』, 소명출판사, 1999, 296면.

진해 보려는 서술자의 의식이 나타난다. "觸角이 이런情景을 圖解한다."11) 서술자인 '나'는 의식의 더듬이로 '임'이와 '윤'의 속내를 타진해 보지만, 결국 도달하게 되는 결론은 자신이 철저하게 '속았다'는 자각이다. 그러나 서술자를 속이는 대상은 서술자 자신이기도 하다. "속았다. 속아넘어갔다. 밤은왔다. 촉불을 켰다. 껏다. 즉 이런 假짜반지는 탄로가 나기쉬우니까 감춰야하겠기에 꺼도 얼른 켰다. 밤이 오래걸려서 밤이었다."12) 서술자는 속이고 속는 것이 탄로 나기 전에 감추려고 한다. 그러나 그가 유희적 태도를 벗어버리고, 실제의 자신을 직시하게 되면, 그는 유희적 세계 속에서 가졌던 경쾌함 대신에 의식의 몽롱함과 피로를 느낀다.

　　T군은 암만해도 내가 불쌍해 죽겠다는 듯이 나를 물끄러미 바라다보더니
　　『자네, 그중어려운 外國으로가게, 가서 비로소 말두배우구, 또 사람두 처음으로 사귀구 다시 채국채국 살기시작허게, 그렇거능게 자네 自殺을 救할수있는 唯一의方途가 아닌가 그렇게생각하는내가 그럼 薄情한가?』
　　自殺? 그럼 T君이 눈치를 채었든가.
　　『이상스러워 할것도없는게 자네가 주머니에 칼을 넣고 댕기지안는것으로보아 자네에게 自殺하려는 意思가 있다는걸 알수있지않겠나. 勿論 이것두 내게아니구 남한테서 꿰온에피그람이지만』
　　여기 더 앉었다가는 鰻魚처럼 탁 터질것 같다. 아슬아슬한 때 나는 T君과 함께 빠-를 나와 알마치단성사문앞으로가서 三分쯤 기다렸다.13)

　　먹었다.
　　취했다.
　　몽롱한가운데서 나는 이땅을떠나리라생각했다. 머얼리 동경으로가버

---

11) 이상, 「童骸」, 『조광』, 1937. 2, 222면.
12) 위의 글, 225면.
13) 위의 글, 237면.

리리라

　갈테야갈테야가버릴테야(동경으로)14)

　잔디우에앉어서 볓을쪼였다. 피로가일시에 쏟아지는 것같다. 눈이스

르르 저절로감기면서 사지가노곤해들어온다. 다리를 쪽 뻗고

　이번에야말루 동경으루 가버리리라15)

　나는 내 言語가 이미 이 荒漠한地上에서 蕩盡된것을 느끼지 않을수 없

을만치 精神은 空洞이요, 思想은 당장 貧困하였다. 그러나 나는 이 悠久

한歲月을 無事히 睡眠하기위하야, 내가 夢想하는情景을 合理化하기위하

야, 입을다물고 꿀항아리처럼 잠잫고있을수는 없는일이다.16)

　나는 차츰차츰 이 客 다 빠진 텅 뷘 空氣속에沈沒하는 果實 씨가 내

허리띠에 달린것같은 恐怖에 지질리면서 정신이 점점 몽롱해드러가는

벽두에 T君은 은근히 내 손에 한자루 서슬 퍼런 칼을 쥐어준다……(중

략)……

　내 卑怯을 嘲笑하듯이 다음순간 내손에 무엇인가뭉클 뜨듯한덩어리

가 쥐어졌다. 그것은 서먹서먹한表情의 나쓰미깡, 어느틈에 T君은 이것

을 제 주머니에다 넣고 왔든구.

　입에 침이 쫘르르 돌기전에 내눈에는 식은 컾에 어리는 이슬처럼 방

울지지 안는 눈물이 핑 돌기시작하였다.17)

　이상의 서술적 자아가 위장하지 않은 자신의 실제와 대면하기 직전에

그는 의식이 몽롱해지는 것을 느낀다. 그의 심부에 숨기고 있던 감정이

그 순간에 의식 밖으로 분출되는 순간에 서술적 자아는 눈물을 흘린다.

「斷髮」에는 서술자의 분신인 소녀의 울음이 있다. "孤獨—그런 어느날

밤 少女는 孤獨가운데서 그만 별안간 혼자 울었다. 깜짝놀라 얼른 우름

<hr>

14) 이상, 「幻視記」, 『청색지』 1집, 1939, 61면.

15) 위의 글, 63면.

16) 이상, 「童骸」, 앞의 책, 236면.

17) 위의 글, 238면.

을끊혔으나 이것을 少女는 자기의語彙로 說明할수없었다.”18) 「斷髮」은 ‘나’와 타자와의 관계성에 초점을 맞춰 전개되고 있지만, 타자들 역시 결과적으로는 서술자인 ‘나’의 문제로 귀결된다. 「斷髮」의 소녀인 선이는 衍처럼 자신을 위장시키고 본심을 드러내지 않는다는 점에서 서술자의 분신 같은 존재이다. 선이의 내면을 들여다보면서 서술자는 현실 속의 자신을 보고 있으며, 눈물을 흘리는 선이와 감정의 동일시를 경험한다.

「童骸」의 ‘敗北 시작’에서는 서술자의 감추어진 자신의 모습에 대해 스스로 설명하는 부분이 있다.

> 　가만있자, 나는 잠시 내 신세에대해서 釋明해야 할것같다. 나는 이를 테면 적지아니 慘酷하다. 나는 아마 이 宿命的業冤을질머지고 한평생을 내리번민해야 하려나보다. 나는 형상없는 모-던뽀-이 다. 라는것이 누구 든지 내 꼴을보면 도라서고싶을것이다. 내가 이래뵈도 체중이 十四貫이 나 있다고 일러드리면 貴下는 알아차리겠오? 즉 이 瘠身이 銃알을 집어 먹었기로니 좀처럼 나기어려운 洞窟을 보이는것은 말하자면 나는 전혀 腦髓에 무게가 있다. 이것이 貴下가 나를 겁낼 重要한비밀이외다.19)

여기에서 수척한 자신의 육체이지만, 14관(약 52킬로그램)이나 몸무게가 나가는 것은 腦髓의 무게 때문이라고 하는 ‘나’의 나에 대한 해명은 자기 조롱에 지나지 않는다. “형상없는 모-던뽀-이”는 ‘현대-모던-가 구현된 육체가 없으면서도 현대를 의식하는 뇌수만을 가진 자’로 해석할 수 있다. 「童骸」의 서술자인 ‘나’는 스스로를 모던의 범주에 들어가는 존재로 믿고 있지만, 서술자의 이 같은 생각은 ‘姙’의 정조 문제에 관해서는 기존의 정조관념에서 한치도 벗어나지 않는 사유를 드러낸다. 그는 姙

---

18) 이상, 「斷髮」, 앞의 책, 9면.
19) 이상, 「童骸」, 앞의 책, 226면.

의 정조문제로 끝없이 갈등하고 차라리 신부가 사라져버렸으면 하는 몽상 속에서 스스로를 소모시키고 있는 자신을 경험한다. 서술자는 모던을 뇌수-의식적-로만 수용할 뿐인 그는 스스로에 대해 "형상없는 모-던뽀-이"라고 규정할 수밖에 없는 것이다. 모던에 대해 추상적으로 인식하는 서술자는 모던의 육체가 없는 관념적인 존재이다. 그러므로 서술자는 "나는 전혀 腦髓에 무게가 있다. 이것이 貴下가 나를 겁낼 重要한 비밀이외다."라고 진술하는 것이다.

기존의 정조관에 머물러 있는 서술자는 자신의 신부인 '姙'을 우연히라도 잃어버렸으면 하는 몽상에 빠진다.

> 그때 가량 이런 엄청난 글발이 날러드러왔다고 내가 은근히 히망한다.
> 『小生이 某月某日 길에서 줏은바 少女는 貴下의 新婦임이 確實한듯하기에 通知하오니 찾아가시오』
> 그래도 나는 고집을 부리고 안간다. 발이 있으면오겠지, 하고 나의 念頭에는 그저 汪洋한 自由가 있을 뿐이다.
> 돈 지갑을 얻는 포켙에다 넣었는지 모르는사람만이 容易하게 돈지갑을 잃어버릴수있듯이, 나는 길을 걸으면서도 결코 新婦 姙이에 대하야 주의를하지않기로 주의한다. 또 사실 나는 좀 片頭痛이다. 五月의 郊外 길은 좀 눈이부셔서 실없이 어찔어찔하다.[20]

「童骸」의 '乞人 反對'는 서술자가 신부인 姙과 같이 길을 나섰다가 길에서 그녀를 잃어버렸을 때, 잃어버린 신부를 찾아가라는 글발이 날아들어도 신부를 찾으러 가지 않겠다는 몽상이 주된 내용이다. '乞人 反對'라는 소제목에는 姙이 나의 소유라 하더라도 그것을 길에서 주운 누군가가 내게 되찾아가라고 한다면, 찾아가지 않겠다는 나의 의지가 담겨

---

20) 위의 글, 229~230면.

있다. 나의 이러한 몽상은 신부 姙의 정조문제에서 기인한다. 姙은 한때 "한 男子", 윤의 아내였다가 "같은 슈-미스, 같은 듀로워스, 같은머리쪽"을 하고 "또한 男子"[21]인 내게로 그대로 옮겨 앉은 여자이다.

> 「童骸」의 '走馬加鞭'에서 '나'는 아내 姙이와 길을 나서면서 앞서가는 자신과 그 뒤를 따라오는 姙의 형상을 두고 '走馬加鞭'이라 칭한다.

> 닳는말에 한층 채찍을 내리우는형상, 姙이의 적은步幅이 어디 어느地點에서 卒倒를하나 보고 싶기도해서 좀 심청맞으나 자분참 걸었든것인데—
> 아니나다를까? 떡 없다.
> 내常式으로하면 귀한사람이 家畜을끌고 逍遙하랴할 때 으레히 가축이 앞슨다는것이다.[22]

여기에서 '달리는 말'과 '가축'에 해당하는 사람은 서술자 자신이며, '달리는 말에 채찍질 하는 사람'은 姙이다. 본연의 자기를 벗어나 있는 현재의 생활은 서술자를 가축으로 만들 뿐이다.

「童骸」의 서술자는 육체 없이 관념으로만 존재하는 자, 기존의 관습과 전통에서 벗어나 있지 않으면서도 겉으로는 전통적 인식에 얽매이지 않는 의식을 가진 자처럼 자신을 위장한다. 이러한 자신의 위장된 자신을 가리켜 서술자는 '가축'이라고 지칭한다. 가축 같은 존재로 스스로를 규정하고 있는 서술자의 자의식은 본고의 다음 절에서 살펴볼 "幻覺의 人"으로 그 의미가 좀 더 명료하게 드러날 것이다.

---

21) 위의 글, 227면.
22) 위의 글, 230면.

4. 해독 불가능한 텍스트

이상은 「斷髮」과 「童骸」와 「幻視記」에서 해독이 불가능한 텍스트로 존재하는 인간에 대해서 이야기한다. 「童骸」에서 서술자의 텍스트가 되는 대상은 타자와 자기 자신이다. 서술자는 타자를 텍스트로 삼고 해독하려고 하지만, 도저히 그 의미를 이해할 수 없다. 타자를 이해할 수 없는 이상의 서술적 자아는 "幻覺의 人"(「童骸」)으로 함축된 것처럼, 자기 자신에 대해서도 이해할 수 없는 존재로 나타난다. 이상의 서술적 자아는 자신이 만들어 놓은 환각—몽상—속에서 타자 혹은 현상들을 추상적으로 이해하고 있는 자신의 모습을 자각한다. 자신은 "幻覺의 人"에 불과하다는 서술적 자아의 자괴감은 자신을 "형상 없는 모던뽀이"(「童骸」)로 스스로를 규정짓는 것과 그 맥락이 닿아 있다.

　　보자! 얼마간 피곤한 내 두발과 姙이의 한켤레하이힐이 尹의집 문ㅅ간에 가 스게되었는데도 깜쪽스럽게 姙이가 성을안낸다. 안차고 겸하야 다라지기도하다.
　　尹은 不在요, 그렇면 내가 뜻하지않고 姙이의顔色을 삺일 기회가 온것이기에
　　『PM 다섯시까지 따이먼드 로 오기를』 이렇게 적어서 안쌈재기에게 전하고 흘낏 姙을 노려보았드니!
　　얼떨결에 色素가없는血液 이라는 說明할修辭學을 나는 내가마치 姙이편인것처럼 敏捷하게 찾아놓았다.
　　暴風이 눈앞에온경우에도 얼골빛이 변해지지않는 그런얼골이야말로 人間苦의根源이리라. 실로 나는 울창한 森林속을 진종일 헤매고 끝끝내 한나무의 印象을 훔처오지못한 幻覺의人 이다. 無數한表情의말뚝이 共同墓地처럼 내게는 똑같아보이기만하니 멀니 이 奔走한 焦燥를 어떻게 점잔을빼어서 求하느냐.23)

───────────────

23) 이상, 「童骸」, 『조광』, 1937. 2, 230~231면.

　　김성수는 이상이 진술하는 "환각의 인"은 울창한 삼림을 진종일 헤매고도 끝끝내 나무의 인상 한 가지도 가져오지 못하는, 도시적 생리 감각을 지닌 근대인의 초조한 자기규정으로 해석한다."[24] 김윤식은 「童骸」의 "幻覺의 人"에 대해 "흑백의 세계가 이처럼 전면적으로 펼쳐졌던 것. 회색의 세계"로 해석한다. "그는 산문 속에서 이를 '회색의 세계' 또는 '환각의 인'이라고도 불렀거니와, 요컨대 현실을 x선으로 투시함에서 이상 문학은 출발되었다. 이 점에서 그것은 관념적이다."[25] 또 그는 "'환각의 인'이란 무엇인가. 인간고의 근원에 해당되는 이 '환각의 인'이란 회색(관념)의 세계에 갇혀 있는 수인(囚人)이다."[26] 여기에서 김윤식은 "人間苦의根源"과 "幻覺의 人"이 지시하는 대상을 서술자로 해석하고 있다. 그러나 위에 인용한 「童骸」의 원문을 보면, "人間苦의根源"에 해당되는 것은 어떤 일이 있어도 얼굴빛이 변하지 않는 '姙'에 대한 서술자의 해석이고, "幻覺의 人"은 자신의 아내인 '姙'과 진정한 소통을 이룰 수 없는 서술자 자신에 대한 해석이다.

　　한때 '尹'의 여자였던 '姙'과 서술자인 '나'는 '尹'의 집에 함께 찾아간다. 집에 없는 '尹'에게 "따이먼드"로 오라는 메모를 남기고 '나'는 마침 '姙'의 심정을 읽고자 '姙'의 안색을 살핀다. 그런데 '姙'은 얼굴빛조차 전혀 변하지 않는다. '나'는 '姙'과 결혼했지만, '尹'의 여자이었을 때 입었던 옷과 같은 머리 모양으로 내게로 온 '姙'의 속마음을 전혀 짐작할 수 없다. '姙'으로 상징되는 타자는 나에게는 해독이 불가능한 텍스트로 내 앞에 펼쳐져 있다. 이처럼 자신의 아내처럼 친밀한 타자에 대해 어떠한 것도 이해할 수 없는 절망적인 '나'의 모습이 "幻覺의 人"인 것이다.

　　임명섭은 "이상은 자신의 모습을 '환각의 인'이라는 한 마디로 요약

---

24) 김성수, 앞의 책, 274~275면.
25) 김윤식, 『이상 문학 텍스트 연구』, 서울대학교출판부, 1998, 34~47면.
26) 위의 책, 300면.

하고 있다. 그의 생각에 따르면 절대적으로 새로운 무엇을 창작하고 만들어내야 하는 글쓰기는 사실은 기존의 의미체계라는 원금을 빌려서 이자를 부풀리는 고리대금업에 불과하며 구걸하는 행위에 불과하다. 동시에 그 구걸과 도둑질을 통해서도 실재하는 사물을 훔쳐오지 못하는, 한없이 무력한 환각의 행위이기도 하다(나는 森林 속을 진종일 헤매고 끝끝내 한 나무의 印象을 훔쳐오지 못한 幻覺의 人이다). 이는 모두 언제나 代書와 複製의 수준으로 떨어져 버리는 현실의 글쓰기에 대한 허무와 절망의 표현이라고 할 수 있다. ……이상이 글쓰기를 통해 자신을 구원하려 했지만, 동시에 글쓰기 자체에 내재된 조건과 한계 때문에 그것이 불가능할 수밖에 없다는 사실을 분명하게 인식하고 있었다는 점이다."27)

　"幻覺의 人"은 이상이 서술적 자아의 의식을 억제하면서 드러내지 않는 경향에 비춰볼 때, 그의 숨겨진 의식을 짐작해 볼 수 있는 표현이다. 「童骸」의 전반적인 이야기가 서술자 자신의 정조에 관한 관념이 얼마나 어리석은 것인가를 노출시키는 데 집중되어 있다. 자신이 구축한 허구 속에서 추상적 존재로 존재하는 서술적 자아를 가리켜 이상은 "幻覺의 人"이라고 말한다. 서술자인 '나'뿐만 아니라, 완벽하게 자신의 얼굴을 위장할 수 '姙'의 얼굴을 대하면서 서술자는 절망감을 갖는다.

　"幻覺의 人"은 '姙'으로 상징되는, 해독할 수 없는 텍스트 같은 타자를 대하면서 발생하는 서술자의 절망감을 함축시켜 보여준다. 이상이 경험하는 난해한 독해의 대상은 타자로 나타나 있지만, 난해한 독해의 본질적인 문제가 바로 자신에게 있음을 알게 되는 순간에 이상의 서술적 자아는 자신을 "幻覺의 人"이라고 규정하는 것이다. 幻覺이란 서술자 자신이 만들어 낸 망상－예를 들면 서술자가 '姙'에 대해 잘 알고 있다고 여기는 것－속에서 전개되기 때문이다. 幻視는 실제로 존재하지 않

---

27) 임명섭, 앞의 책, 128~129면.

는 것을 마치 보이는 것처럼 느끼는 환각 속에서 바라보는 것인데, 이러한 서술자의 현상을 대하는 태도는 「幻視記」의 서술자처럼 자괴감을 초래하기도 한다. 환시로 사실을 은폐하려는 서술자의 태도는 이상 소설의 한 특질인 위장하기의 범주에 들어간다. 환시를 통해 감추려고 하는 대상은 서술자 자신인데, 자신을 속이려고 하는 나의 행위는 나를 자괴감에 빠지게 만드는 원인이 된다.

「童骸」에서 'TEXT'라는 소제목이 붙은 글은 독특한 서술 방식으로 이루어진다. 여자의 貞操에 대한 姙의 가상의 진술이 텍스트로 제시되고 그에 대한 나의 評이 이어진다. 「童骸」의 첫부분인 「觸角」에서 서술자는 "결혼하면 나는 姙이를 미워한다."[28]고 진술하고 있는데, 이는 서술자인 내가 지닌 관념과 인식의 허구성을 노출하는 대목이다. 아내의 순결과 정절이 요구되는 결혼제도 속으로 들어가게 되었을 때, 나의 의식도 그러한 틀 안에서 사고하게 된다. 결혼은 아내의 정조를 요구하므로, 나는 姙이를 미워하게 되리라고 생각한다. 철저히 제도에 의해 속박된 '나'의 의식이 'TEXT'에서 姙과 나의 가상의 진술에서 세밀하게 드러난다. 나는 임에게 사회 관념 속에서 남자와 여자의 정조는 다르다고 말한다. 이에 대해 姙은 정조란 一對一의 확립에서만 성립되는 것이라고 말한다. 나는 여자의 육체와 정조에 대한 남자의 권한과 질투는 본능이라고 말한다. 이러한 나의 발언에 姙은 남자와 평등하게 남자의 정조에 대해 자신도 질투하겠노라고 말한다. 이에 대해 나는 나의 몽상 속에서 전개하던 임과 나의 가상의 대화를 그만둔다.

이상은 'TEXT'에서 결혼의 필연적 조건으로 신부의 순결을 요구하는 인식의 허구를 지적하고자 한다. 서술자인 나는 나 자신을 혐오한다. 그 이유는 인습과 관습과 제도에 속박된 나의 의식, 나를 가두는 것은 결국

---

28) 이상, 「童骸」, 『조광』, 1937. 2, 224면.

제도가 아니라 나의 의식임을 자각하기 때문이다. 나를 가축으로 만든 것은 姓도 아니고, 사회도 아니고 바로 나 자신의 관념이다. 그것을 깨닫는 순간 나는 현재의 시간과 공간에 더 이상 머물 수 없음을 자각한다. 나는 지금과 다른 시간과 공간으로 탈출하고자 한다. 「童骸」에서 벌어지는 모든 해프닝은―해프닝이라고 말할 수 있는―서술자가 가축의 삶이라 여겨지는 자신의 삶에서 탈출하고 싶은 욕구에서 발생한다.

「童骸」의 '明示'에는 그동안 서술자가 펼쳐왔던 위티즘과 유희와 위장으로 감춘 생활에 대한 서술자 '나'의 솔직함이 드러나 있다. '나'의 자의식은 가축의 삶이라 여기는 현재의 생활에서 벗어나고 싶은 강한 열망으로 표출된다.

> 다음瞬間 내 最後의趣味가
> 『家畜은 인제는 싫다』 이렇게 快히 부르짖은것이다.
> 나는 모든것을 忘却의벌판에다 내다덪이고 얇다란趣味한풀만을 질질 끌고단이는 자기자신문지방을 이제는 넘어 나오고 싶어젓다.
> 憂患!
> 유리속에서 웃는 그런 不吉한 幽靈의우슴은 싫다. 인제는 소리를 가장 快活하게질러서 손으로맞으려면맞어지는 그런 우슴을 웃고싶은것이다. 憂患이있는것도아니오 憂患이없는것도아니오 나는 深夜에 車道에나려슨 超然한性格으로 이런 俗된 混濁에서 도라서보았으면―29)

「童骸」의 서술자는 본연의 자기를 되찾고자 한다. 이는 본고의 앞 절에서 살펴보았듯이, 「斷髮」에서 이상이 구축했던 "윗티씀의 地獄"에서 벗어나려는 서술자의 의지에 닿아 있는 의식이다. 「童骸」의 서술적 자아는 "유리속에서 不吉한 幽靈의 우슴을 그치고" 실제로 만져지는 웃음, 서술자 자신이 웃는 웃음, 쾌활한 웃음을 웃는 존재로 다시 태어나고 싶

---

29) 위의 글, 232~233면.

어 한다. 그는 지금까지의 자신의 삶이 거짓되고 왜곡된 것에 불과하다고 여긴다. 외국으로 떠나고 싶어 하는 서술자의 갈망은 그가 그 자신에게서 벗어나고 싶어 하는 욕구와 일치한다. 서술자의 동경행에 대한 갈망은 지금까지와는 다른 새로운 삶을 다시 시작하려는 갈망의 다른 표현이다. 동경행은 "本然의 自己"를 찾아가려는 여정의 시작이지만 외국에서 새 삶을 시작하고 싶어 하는 그의 갈망의 내부에는 해골 같은 파국이 단단한 씨앗처럼 자리 잡고 있다.

5. 맺음말

「童骸」의 '家畜' 혹은 '幻覺의 人'이라는 서술자의 자신에 대한 규정, 「斷髮」의 위티즘의 세계에 속한 서술자 자신에 대한 조롱 등은 「幻視記」에서 서술자가 자조적으로 자신의 의식 상태를 가리키는 '幻視'로 이어진다. 환시는 현실이 전혀 변하지 않는 것임에도 불구하고 짐짓 그러하다고 생각하고 그것에 서술적 자아의 의식을 맞추는 것이다. 이는 불변하는 현재적 정황을 마치 변한 것처럼 꾸며서 바라보려는 의식은 허구적 의식이다. 환시의 주체는 서술자이지만, 환시의 대상도 서술자 자신이다. 결국 서술자의 환시를 통한 유희의 대상은 서술자 자신인 것이다.

「童骸」의 '환각의 인'은 타자와의 소통불가능에서 비롯되는 서술자의 절망감을 드러내면서 동시에 '환각' 역시 서술자 자신의 문제임을 자각하는 데서 오는 서술자의 자괴감을 함축시켜 드러낸다. 마찬가지로 「幻視記」에서도 서술자가 실연 당하는 결정적인 원인이 서술자 자신의 우유부단한 태도에 있음을 드러낸다. 「幻視記」의 서술자는 '환시'라는 몽상의 세계만 있을 뿐, 구체적인 행동은 결핍되어 있음이 드러난다.

　　「斷髮」과「童骸」와「幻視記」에서 애정문제, 신부의 정조문제, 삼각관계로 인한 실연 등은 모두 서술자가 도달하고자 하는 것을 드러내는 '스푸링보드'의 역할을 하는 화소들이며, 서술적 자아의 의식의 표층에서 전개되는 사건들에 지나지 않는다. 「斷髮」과「童骸」와「幻視記」에서 이상이 그리고 있는 의식의 표층은 위티즘의 세계, 유희의 세계에 속한다. 그의 서술적 자아가 인식하는 애정문제나 정조문제도 이러한 표층의 세계에 속한다고 볼 수 있다. 반면에 이상의 의식의 심층에는 현실에 내던져진 남루한 자기의 실제 모습이 자리 잡고 있다. 이러한 자신을 직시함으로써 자기 본연의 모습을 의식의 표층으로 끌어내려는 이상의 서술적 자아의 의지가 「斷髮」과「童骸」와「幻視記」의 한복판에 자리잡고 있는 핵심이다.

「失花」: 한복을 입은 이상

방 민 호*

1. '현해탄 콤플렉스'?

「실화」(『문장』, 1939. 3.)는 이상이 도쿄에 건너가서 집필한 그의 생애 최후의 소설이다. 말하자면 소설로 쓴 유서와도 같은 작품이라고 할 수 있다. 폐결핵이라는 죽음의 위협에 시달리면서 문학적 생명을 간신간신 이어가던 이상은 1936년 10월 하순경에 경성을 떠나 도쿄로 향했고, 11월 14일에 드디어 김기림을 향해 "期於코 東京 왔오. 와보니 失望이오. 實로 東京이라는 데는 치사스러운 데로구려!"[1]라는 문장으로 시작되는 편지를 띄웠다. 이러한 실망감은 그 다음 편지에서는 더욱 신랄한 어조를 띠고 나타나게 된다. 도쿄에는 어딜 가나 그의 구미를 당기는 것이 없다. "キザナ 表皮的인 西歐的 惡臭의 말하자면 그나마도 그저 分子式이 겨우 여기 輸入이 되어서 ホンモノ 行世를 하는 꼴"[2]이다. "그래도

---

* 서울대학교 국어국문학과 교수. 주요 저서로 『채만식과 조선적 근대문학의 구상』, 『납함 아래의 침묵』, 『한국전후문학과 세대』 등 다수.
1) 이상, 「사신」 6, 김주현 편, 『이상문학전집』 3, 소명출판, 2005, 249면.

뭐이 있겠거니 했더니 果然 속빈 강정 그것"[3]이다.

이런 이상임에도 경성에 있으면서는 도쿄로 건너가기 위해 무진 애를 써야 했다. 일본에 가기 전 경성에서 그는 김기림에게 편지를 보내 어쩌면 9월중에는 출발할 수 있을 것 같다고 하였다. 도쿄에 가봤자 빈 고가 기다릴 뿐임을 잘 알고 있지만 자기에게는 "東京"이라는 이름의 "컨디슌, 師表, 視野, 아니 眼界, 拘束" 같은, 그 어느 것도 적당한 표현은 아니지만 어떻든 그런 복합적인 의미망을 가진 상태가 필요하다고 했다.[4] 그러나 그에게 현해탄을 건너는 일은 수월치 못했다. "本町署高等係"로부터 "「渡航マカリナラヌ」의 吩咐"를 받고 다른 방법으로 "渡航證明"을 얻기 위해 백방으로 애쓴 끝에야 비로소 현해탄을 건널 수 있었던 것이다.

왜 이상은 도쿄에 건너가는 것이 이렇게 힘들었던 것일까. 이상은 왜 그렇게 도쿄에 실망했던 것일까. 그것은 단지 한 근대주의자의 아이러 니를 체현한 것일 뿐인가. 혹시 그의 실망은 경성에서부터 이미 준비된 것이 아니었을까. 「실화」는 그러한 정신적 준비의 결과로 나타난 새로운 길을 향한 이상의 반전을 예고한 작품이었던 것은 아닐까.

흔히 이상은 '현해탄 콤플렉스'에 깊이 침닉되었던 문학인으로 치부되곤 한다. 식민지 시대 문학인들이 바다 건너 일본으로 넘나들곤 했다는 이야기는 '현해탄 콤플렉스'라는 우리에게 익히 알려진 문제를 상기시킨다. 이상의 경우는 그 전형적인 사례로 다루어진다. 죽음을 목전에 두고서라도 현해탄 너머 일본으로 가야 했고 또 실제로 그곳에서 명을 다한 이상의 삶은 '현해탄 콤플렉스'에 사로잡힌 자의 비극적인 운명을 보여주기에 모자람 없어 보인다. 그러나 이 용어는 식민지 시대 문학인

---

2) 이상, 「사신」 7, 위의 책, 250면.
3) 위의 글, 251면.
4) 이상, 「사신」 4, 위의 책, 244면.

들의 내면적 지도를 설명해 주는 용어로 아주 빈번하게 활용되고 있음에도 불구하고 사실상 명확하게 정의된 적이 없다. 때문에 자연히 그 논리적 정합성이나 구체적 설명력에 대한 비판적 논의도 개진된 적이 없다. 그것은 말하자면 리트머스 시험을 통과하지 않은 용액과 같다. 그것은 최근에 유행하는 용어인 식민지적 무의식 같은 것인가. 자기가 식민지의 아들이라는 수치심과 자괴감은 의식의 비상을 불가능하게 하는 끈끈이주걱 같은 것인가. 말하자면 그것은 치유할 수 없는 질병 같은 것, 식민지에만 서식하는 전염병 같은 것인가.

칼 융은 콤플렉스란 누구나 갖고 있는 것이며 의식이나 무의식 어느 차원에서나 발견될 수 있는, 여러 관념과 정동의 복합체라고 했다.5) 그러나 우리가 '현해탄 콤플렉스'라고 말할 때 그것은 결코 편만해 있기에 중요하지만 그만큼 하찮을 수도 있는 강박적 심리를 가리키는 것이 아니다. 그것은 지그문트 프로이트가 그토록 반복적으로 오이디푸스 콤플렉스를 강조하면서 사람들에게 상기시켜 주고자 했던 거대한 흡입력을 가진 괴물 같은 것이다. 그것은 제국주의와 식민지의 이항 대립적 관계항에서 벗어나 약동하고자 하는 정신을 부단히 수면 아래 어둠 속으로 끌어들여 흡착시켜버리는 저주 같은 것이다. 말하자면 그것은 대문자로 씌어진 콤플렉스다. 그것은 식민지 치하 문학인들의 행위들에 대해 최종적이면서 환원적인 설명력을 가진 요인으로 간주된다.

그렇듯 이상의 최후는 '현해탄 콤플렉스'에 사로잡힌 자의 비극을 시연해 보임으로써 현해탄이라는 바다를 사이에 두고 제국주의—식민지라는 폐쇄적 관계항에 단단히 결부되어 결코 이탈할 수 없는 식민지 지식인의 '보편적' 운명을 드러내버린 것일까. 이상은 왜 도쿄에 갔던 것일까. 결과적으로 보면 스스로 죽음을 앞당긴 셈이 된 일을 이상은 무엇

---

5) C. G. 융, 『정신요법의 기본 문제』, 한국융연구원 C. G. 융 저작 번역위원회, 솔출판사, 2001, 109면.

때문에 감행해야 했던 것일까. 편지들을 비롯한 몇몇 산문들과 함께 소설 「실화」는 저간의 사정을 말해줄 수 있는 가장 중요한 문헌적 자료에 해당한다.

2. '망명' 전후의 이상

과연 이상은 왜 도쿄를 필요로 했던 것일까. 과연 "망명지가 어째서 하필 동경이며, 동경밖에 없는가에 관해서는 본질적이자 결정적인 설명이 없을 수 없"[6]는 하는 것일까. 그러나 김기림은 이상이 "좀더 형편이 되었다면 물론 나와의 약속대로 파리로 갔을 것"[7]이라고 했다. 이것은 이상에게 도쿄란 파리의 대용물에 불과한 것이었음을 말해준다. 그렇다면 이상에게 도쿄에 대한 실망감이란 이미 그곳에 가기 전부터 준비되어 있었던 것인지도 모른다.

이른바 양행열이라고 일컬을 만한 구라파를 향한 열정은 1930년대 후반의 지식인들에게 있어 일반적인 풍조 가운데 하나였다. 1930년대 후반부터 1940년경까지 조선 문단은 시시각각 변해가는 세계정세를 배경으로 카프 해체 이후의 문학적 주조를 찾아 고심 모색해 나갔지만 다른 한편으로는 천황제 파시즘이라는 하나의 '공간' 아래 놓여 있었다고 말해도 될 정도다. 1931년 9월에 시작한 만주전쟁으로 서막을 올린 일본 파시즘은 1935년 2월의 천황기관설 파기, 1936년의 2·26사건 등을 거치면서 전면화하기 시작하고 1931년 9월의 만주전쟁에 이르러 1940년의

---

6) 김윤식, 『이상 연구』, 문학사상사, 1987, 149면.
7) 김기림, 「이상의 모습과 예술」, 『이상선집』, 백양당, 1949, 김유중·김주현 편, 『그리운 그 이름, 이상』, 지식산업사, 2004, 37면.

신체제 운동을 향해 급속한 전개를 보인다. 양행은 이와 같은 시대적 '공간'으로부터 이탈해 나갈 수 있는 하나의 방법론으로 제기된다. 그만큼 당대 지식인들은 현해탄 양안을 감싸고 있는 파시즘의 기류에 강렬한 위기의식을 느끼고 있었다.

예컨대 채만식의 지식인 소설 계열의 단편소설들은 이러한 양상을 극명하게 보여준다. 「레듸-메이드인생」(『신동아』, 1934. 5.~7.)의 후속작 성격이 농후한 「명일」(『조광』, 1936. 10.)을 보면 주인공 범수는 프랑스에 인민전선파가 내각을 조직했다는 소식을 접한 후 조선반도를 휩쓸고 있는 파시즘의 압력에서 이겨낼 수 있는 가능성은 멀리 프랑스에서 생겨나 세계를 에돌아 시간이 오래 지나서야 조선에 다다를 것이라고 생각한다. 프랑스에서 구원의 불씨를 발견하고 프랑스로 대표되는 구라파행을 통해 시대와의 불화에 사로잡힌 자기를 구원하고자 하는 희구는 「소망」(『조광』, 1938. 10.)을 거쳐 「패배자의 무덤」(『문장』, 1939. 4.)에 다다르면, "양행"이 "거추장스런 자기분렬(自己分裂)에 대한 준렬한 자책"을 완화시켜 줄 수 있을 것이라고 생각하면서도 그러한 "양행"마저 강풍을 만나 난파당한 형국에 처한 자신을 종국적으로는 구원해 줄 수 없으리라 생각하는 종택이란 인물을 주조해내기에 이른다.[8] 이러한 지식인 주인공들의 면모에는 『탁류』와 『태평천하』라는 걸작을 낳고도 「냉동어」(『인문평론』, 1940. 4.~5.)를 기점으로 대일협력에 기울어갔던 채만식의 내면적 고뇌가 담겨 있다고 보아야 할 것이다.

김기림에 따르면 파리에서 문화옹호를 위한 작가대회가 열렸을 때 그가 만난 사람들 중에 가장 흥분된 태도를 보인 사람은 바로 이상이었다고 한다.[9] 이 대회는 독일에서 부상하고 있던 야만적인 파시즘에 대한 작가적 차원의 국제적 비판이라는 함의를 지닌 것이었다.[10] 파리에서

---

8) 채만식, 「패배자의 무덤」, 『문장』, 1939. 4, 33면.
9) 김기림, 「고 이상의 추억」, 『조광』, 1937. 6, 312면.

24개국 대표 230인이 모여 수천 명의 청중이 지켜보는 가운데 작가대회를 연 것은 1935년 6월 21일에서 26일까지다. 구라파에서 파시즘에 대한 반발이 활발했던 것과 달리 천황제 파시즘의 가혹한 통치에 직면해 있던 조선의 문학인들에게는 전면화하는 위기에 대처할 현실적인 수단이 없었다. 카프 해산 과정은 이러한 상황을 상징적으로 웅변해 준다. 신건설사 사건 등으로 활동 정지 상태에 놓여 있던 카프는 수차례에 걸쳐 동대문서 고등계 형사들의 종용을 받은 임화와 몇몇 동지들의 졸속적인 토론 끝에 1935년 5월 28일 임화의 명의로 해산계를 제출하고 만다.[11]

이후 임화는 앞으로 나아갈 전망이 보이지 않는 가운데 「조선적 비평의 정신」(『조선중앙일보』, 1935. 6. 25.~29.), 「조선신문학사론 서설」(『조선중앙일보』, 1935. 10. 9.~11. 3.), 「조선문학을 어떻게 규정할 것인가」(『신동아』, 1935. 12.) 등을 발표하여 조선신문학사의 맥락 위에서 카프의 위치를 가늠하면서 조선문학의 아이덴티티를 탐구하는 쪽으로 방향을 돌리게 된다. 이러한 임화의 움직임이 시 동인지의 흐름과 뒤얽혀 나타나는 1930년대 후반 시단의 상황은 매우 흥미롭다.

김동리, 서정주, 함형수, 오장환 등이 주도한 『시인부락』(1936. 11, 1937. 12.), 박세영, 임화, 이용악, 이찬, 오장환 등이 참여한 『낭만』(1936. 11.), 서정주, 김광균, 이육사, 오장환, 신석초, 윤곤강 등이 참여하고 이상의 유고시 「破帖」이 수록된 『자오선』(1937. 11.) 등은 이 시기가 새로운 동인지들을 통한 새로운 문단 형성기였음을 말해준다. 카프 해산과 더불어 저널리즘을 중심으로 활동하던 선배 세대들 중심의 문단적 구도가 약화되

---

10) "이 大會가 往年 獨逸에서 相當한 活躍을 한 일이 잇든 「自由思想家, 鬪士 同盟 (프라이뎅커 켐퍼·뿐트)」와는 直接의 聯關은 없다할지라도 「反動的 파시슴」에 對한 抗爭이라는 點에서는 共通된 것이였으나 「文化의 擁護」라는 廣範하고 進步的 「善意志」의 集中이라는 點에서는 그 規模와 深度에 있어서 보다 더 世界的인 意義를 가진 것이였다."—「문화옹호작가대회」, 『동아일보』, 1936. 4. 23.

11) 「『프로』藝盟隊 해체」, 『조선중앙일보』, 1935. 6. 5.

면서 새로운 문학세대가 대량으로 출현하기에 이르는데, 특히 『시인부락』 동인들은 체제의 위협에 의해 뒤틀리면서 형성된 이 새로운 문학정치적 환경을 아이러니컬하게도 "오랫동안 쟈—나리즘의 구석 페이지에 쪼그리고 앉어 無類한 虐待와 구박을 받어가며 無意의 假面을 쓰고 저도 모르게 墮落의 길에 드러서든 無氣力한 朝鮮의 詩도 인제 정히 오른자리를 잡을 것이며 값산 阿諂과 妥協을 넘어선 그야말로 불꽃이 니러나는 實力싸홈이 버러질 것"12) 이라고 환영하는 양상을 보인다. 바야흐로 박두한 문학의 "實力싸홈"의 장에서 어떤 사상적, 담론적 "旗幟" 대신에 동인들 각자의 "個性과 口味"에 맞는 시를 써야 한다고 생각한 것은 서정주였다.13) 임화가 주도한 『낭만』의 현실인식과 시 창작 방향은 이와 전혀 달랐다. 그들은 "우리의 過去와 現在는 『苦難의 가시덤풀』이었"고 "앞으로 오는것도 또한 『苦難의 가시덤풀』일것"이라는 현실 인식 위에서 "美麗한 幻夢에서 詩의 獨自의 領域을 主張하는 耽美主義者들의 錯覺"을 경계하면서 시인은 "灼熱한 感情의 尖端" "經驗의 前衛" "時代의 안테나"가 되어야 한다고 주장했다.14) 서정주와 그의 문학주의를 신세대론의 의장을 빌린 논쟁적 평론의 차원에서 뒷받침한 김동리는 이후 신세대의 순수성을 현실인식의 결핍을 들어 "단순하다"는 것의 동의어로 치부한 임화 등의 선배 세대 문학인들과 대립하는 양상을 보이게 된다.15) 김동리와 임화의 이러한 대립은 일제 말기를 거쳐 해방 후 문단이 재편성되는 과정에서 어느 면에서는 고스란히 반복, 재현되는 양상을 보였다고 해도 과언이 아니다. 또 이 점에서 1930년대 후반에서 1940년에 이르는 과정을 살피지 않으면 해방 공간의 문학사 역시 주밀하게

---

12) 함형수, 「후기」, 『시인부락』 2, 1937. 12, 42면.
13) 서정주, 「후기」, 『시인부락』 1, 1936. 11, 32면.
14) 「편집전기」, 『낭만』, 1936. 11, 2면.
15) 임화, 「신세대론」, 『조선일보』, 1939. 6. 29~7. 2. 참조.

이해할 수 없다고 말할 수 있을 것이다.

나아가 이 두 개의 입장 차이는 1940년 이후에 정점에 다다른 천황제 파시즘 체제에 어떻게 대응할 것인가 하는 문제와도 밀접한 관련이 있다. 임화가 문학사 연구를 통한 조선적 아이덴티티의 정립에 사력을 다했던 것처럼 김동리 역시 김범부의 사상과 토속적 전통주의에 의지하여 험난한 시대를 헤쳐 나갔다. 일제 말기에 그들이 각기 좌익문학과 우익문학의 주역으로 부상할 수 있었던 것은 필시 이러한 사정과 관련이 있다. 또한 이 문제와 관련하여 『시인부락』의 실질적인 주역들이었던 서정주와 오장환의 엇갈린 행로에 대해서도 유념해둘 필요가 있다. 하나같이 랭보에 심취해 있던 그들이다. 사경에 이르러 귀향하게 된 랭보를 애석히 여기고 그가 향유를 바르며 기독교 신도의 의식으로 목숨을 마친 것을 통탄했던 서정주가16) 끝내 천황제 파시즘의 영토 내로 '귀향' 해 버렸다면 오장환은, 비록 랭보처럼 아라비아해 넘어 예멘의 아덴이나 에티오피아이하레르까지 나아가지는 못했지만, 해방이 될 때까지 시단에 발을 내미는 대신 노동일을 하거나 도쿄를 넘나드는가 하면 역사와 전통을 찾아 국토를 순례하는 방랑을 계속해 나갔다.17) 도쿄로 가기 전에 오장환은 만나는 사람에게마다 동경엘 간다고 미리 둘러댔지만 그것은 기실 북경이나 하얼빈에 간다는 것이나 다름없는 것이었다. 서정주가 그의 시 「바다」(『사해공론』, 1938. 10.)에서 아라비아로 가자, 알래스카로 가자라고 표현했던 그 랭보적인 방랑의 삶을 지켜낸 것은 결국 그의 지우인 오장환이었던 것이다.

이러한 문단사적 전개 과정 속에서 이상은 과연 어떤 태도를 가지고 있었던 것일까. 그는 현실 체제 문제보다 모더니티의 탐구에 전념한 작가로 분석, 평가되곤 한다. 또한 그는 "政治가目的으로삼아지는文學을文

---

16) 오장환, 「팔등잡문」, 『조선일보』, 1940. 7. 20.~25. 참조.
17) 이병철, 「시인이 본 시인」, 『문화일보』, 1947. 4. 25. 참조.

學의第一義로 녁이는慣習이 제법 안流行하게 되여가는"18) 상황을 긍정적으로 평가한, 정치에 대한 문학의 독자성 및 자율성을 주장한 작가였다. 그러나 그러한 이상 역시 1930년대 후반의 상황으로부터 자유로울 수 없었음은 물론이다. 김기림과 함께 파리로 가고 싶어 했던 그는 현실적인 도피처로서 도쿄를 선택했으나 도항증명서를 발급받지 못한 채 현해탄을 건너갈 수 있는 방법을 찾아 헤매야 했다. 중요한 것은 일개 문사에 불과하고 그것도 모더니티라는 추상적인 명제에 매달려 있던 그가

왜 도항불가라는 판정을 받아야 했는가 하는 문제일 것이다. 이상의 아내 변동림은 나중에 김향안이라는 필명으로 이상에 관한 회상기를 발표한 바 있는데 그에 따르면 이상은 한복을 즐겨 입는 사람이었다. 오빠의 소개로 처음 만났을 때 이상은 밤색 두루마기의 한복 차림이었고 그 후에도 줄곧 한복을 입었다는 것이다.19) 이러한 회상은 자연스럽게 다음과 같은 대목에 연결된다.

> 동소문 밖에서 시내에 들어오려면 우리들은 혜화동 파출소를 지나야 했고 반드시 검문에 걸렸다. 특히 한복 차림의 이상은 수상한 인물의 인상을 주었지만 보호색(保護色)으로 바꾸려 하지 않고, 하루 한 번씩 일경과의 언쟁(言爭)을 각오하면서도 어머니가 거두어주시는 한복을 편하다고 즐겼다.
>
> 이상의 불행은 식민지 치하라는 치명적인 모욕감을 당했을 때 치미는 분노와 저항의식이었다고 본다.20)
>
> 당시 우리들의 탈출구는 동경으로 가는 길밖에 없었다. 거기서도 조

---

18) 이상, 「문학과 정치」, 『사해공론』, 1938. 7, 79면.
19) 김향안, 「이상에서 창조된 이상」, 김유중·김주현 편, 앞의 책, 182면.
20) 위의 글, 184~185면.

선인은 구속된다는 것을 미처 몰랐다. 좀더 자유로울 수 있을 줄로, 또 좀더 공부할 수 있으리라는 희망에서, 동경행을 택했던 거다. ……(중략)…… 조선인이 경영하는 다방 '제비'는 일경의 감시의 대상이었으므로 장사가 될 까닭이 없었다. 지식인들은 바(Bar)로 몰렸다. 이상인 식스나인(69)이란 바를 경영한 것은 일경의 눈을 캄플라지하는 제스처이기도 했다.[21]

우리는 여기서 한복을 입은 이상과 만나게 된다. 김향안의 이러한 회상은 현재의 시점에서 과거를 투사하곤 하는 글쓰기의 함정을 보여주는 사례 가운데 하나로 읽혀야 하는 것일까. 그러나 박태원의 「이상의 편모」(『조광』, 1937. 6.) 가운데에서 실제로 한복을 입은 이상의 사진을 볼 수 있다. 이 사진 속에서 이상은 두루마기를 단정하게 차려 입고 매서운 눈에 턱이 말끔한 모습으로 나타난다. 여기에 다음과 같은 김기림의 회상을 겹쳐 놓을 수 있다면 모더니티를 둘러싼 모험에 탐닉했던 것으로 알려진 일방적인 이상의 이미지에 다소의 수정이 필요하게 될는지도 모른다.

1936년 겨울에 그는 불현듯, 서울과 또 그의 지나간 생활 전부에 고별하고 그 대신 무슨 새 생활의 꿈을 품고 현해탄을 건너갔던 것이다. 좀더 형편이 되었다면 물론 나와의 약속대로 파리로 갔을 것이다. 그의 이 탈주, 도망, 포기, 청산―그러한 여러 가지 복잡한 동기를 가진 이 긴 여행은, 구태 찾는다면 '랭보―'의 실종에라도 비길 것일까. 와 보았댔자 구주(歐洲) 문명의 천박한 식민지인 동경 거리의 추잡한 모양과, 그 중에서도 부박한 목조건축과, 철없는 '파시즘'의 탁류에 퍼붓는 욕만 잠뿍 쓴 편지를 무시로 날리고 있던, 행색이 초라하고 모습이 수상한 '조선인'은, 전쟁 음모와 후방 단속에 미쳐 날뛰던 일본 경찰에 그만 붙잡혀, 몇 달을 간다(神田) 경찰서 유치장에 들어 있었다. 그 안에서 그는 비로소 존경할 만한 일인(日人) 지하 운동자들을 만났던 것이다. 워

―――――――――――

21) 위의 글, 191면.

낙 건강을 겨우 부지하던 그가 캄캄한 골방 속에서 먹을 것을 먹지 못하고 천대 받는 동안에, 그 육체가 드디어 수습할 수 없이 되어서야, 경찰은 그를 그의 옛 하숙에 문자 그대로 담아다 팽개쳤던 것이다.[22]

이러한 회상은 말년의 이상이 모더니티와 싸우는 전위로서의 의식을 넘어 어떤 복합적인 문제의식을 만들어가고 있었음을 시사한다. 그의 불온한 사상이 무엇이었으며 어떤 형태의 것이었는가를 특정할 수 있도록 해주는 단서는 많지 않다. 그러나 적어도 그의 도쿄행이 모더니티 지향의 산물만은 아니었음을 부정하기는 어려울 것 같다. 또 그가 일본에서 김기림에게 보낸 편지에 적힌 "진보적인 청년도 몇 있기는 있오. 그러나 그들 亦 늘 그저 무엇인지 不絶히 怯을 내고 지내는 모양이 不憫하기 짝이 없습니다."[23]라는 문장은 어떤 생각에서 나온 것일까.

그의 도쿄행에서는 김기림이 언급한 것처럼 오장환의 경우에서와 같은 랭보적인 떠남과 방랑의 기운이 나타난다. 물론 이상의 떠남은 랭보의 그것과 다르고 오장환의 경우와도 다르다. 그러나 프로이센에 점령당한 프랑스, 그 병든 파리에서 일어난 혁명(파리꼼뮨)과 처참한 대학살극을 목도해야 했던 랭보처럼 이상 역시 천황제 파시즘의 '점령' 아래서 병들어 가는 경성의 야만적인 일망감시체제로부터 어떤 필사적인 탈출을 감행해야 했던 것은 아니었을까. 신체제 아래서 시를 써서 발표하는 일을 던져버리고 책방을 내겠다고 도쿄로 떠났던 오장환처럼 이상 역시 7개 국어를 하겠다는 등 엉뚱하면서도 멋진 논리들을 제시하기는 했지만[24] 그 이면에서는 점점 빠른 속도와 높은 강도로 압도해 오는 파시즘의 위압에서 벗어나고자 하는 어떤 절박한 심리에 사로잡혀 있었던 것은 아닐까.

---

22) 김기림, 「이상의 모습과 예술」, 김유중·김주현 편, 앞의 책, 37면에서 재인용.
23) 이상, 「사신」 8, 김주현 편, 『이상문학전집』 3, 소명출판, 2005, 256면.
24) 이상, 「사신」 9, 위의 책, 257면.

　도일 직전에 발표된 「추등잡필」(『매일신보』, 1936. 10. 14.~28.)은 문제적
인 산문이다. 추석날 삼촌의 묘소를 찾았던 일을 회상하는 것으로 '범속
하게' 시작한 이 글에서 이상은 경성고공 시절 형무소에 견학 갔던 일
을 상기해 낸다. 죄수들의 생활이나 그들의 생활에 건물구조를 어떻게
적응시켰나를 보러간 것이 아니라 다만 건축학도로서 건축재료 제조의
실제를 견학하기 위해 찾았던 형무소에서 이상이 맞닥뜨린 것은 "憎惡
의 視線"이었다고 했다.

> 　自己의 恥辱의 生活의 內面을 或 恥辱이라고까지는안트라도 결코남에
> 게 쩌벌려 자랑할것이못되는 제 生活의 內面을 어쩐 生面不知 사람들에
> 게 莫不得已 求景식히지안으면 안되는 것을 누구나다 실여하리라. 仰不愧
> 於天 俯天快於人 이런 心境에서 사는 사람이라도 그런 一點의 흐린 구름
> 이 지지안흔 生活을, 남이 그야말로 求景쩌리로알고 보려달려들때에는
> 저윽히 不快할 것이다. 況且 罪人들이 자기네들의 恥辱的 生活을 白日 아
> 래서 餘地업시 求景쩌리로 어쩐 몃 사람압에 내노치 안흐면 안되는 境遇
> 에 그들의 心痛함이 쏘한 服役의 괴로움보다 오히려 倍大할 것이다.[25]

　이 글에서 이상은 이 "증오의 시선"을 다시 "소록도 癩院" 사람들이
자기들을 구경하는 사람들을 향해 쏘아보내는 "無限한 憎惡의 눈초리"
에 겹쳐놓은 후 형무소 죄수들이 남의 어떤 눈도 싫어하는 까닭은 "對等
의 地位를 떠난 憐憫, 侮蔑, 同情, 忌恣 이런 것을 嫌惡하는 人情 本然의
發露가 아니고, 다름업는것"이라고 한다. 나아가 다시 소록도 나환자들
의 경우를 들어서 "假令 天刑病의病源을 根絶코저할진대 보는족족 이病
患者는 殺戮해버려야할는지도모르지만 己往 끔찍한人情을發揮해서 그들
을 保護하는바에는 될수잇는대로 그들의 心情을 거슬러주어서는 안될
것"이라고 의미심장한 비판을 가하고 있다. 윗트와 패러독스에 능한 이
상이 우여곡절 끝에 겨우 바다를 건널 수 있게 된 시점에서 형무소며

---

25) 이상, 「秋燈雜筆」 중 「求景」, 『매일신보』, 1936. 10. 16.

나병 수용소의 이야기를 꺼냈다면 그것은 과연 뜻 없이 쓴 것이라고 말할 수 있는 것일까.

"구경", 즉 감시체제에 관한 이상의 이야기는 여기서 끝나지 않는다. 「추등잡필」은 독자들을 그가 어떤 명예롭지 못한, 그러나 생각해보면 또 그렇게까지 불명예라고 할 수 없는 질환으로 어떤 학부 대학병원에 갔던 일로 이끌어가기도 하고, 본정 인력거 위에서 사람들을 향해 손가락질하면서 관광을 즐기는 서양인들의 이야기로 이끌어가기도 한다. 대학병원에서는 진찰이 끝나고 치료를 시작하려는 '나'가 베드에 눕자 난데없이 수십 명의 학생들이 침상을 둘러싼다. 그들은 손에 노트를 들고 시선을 이상의 환부인 한 점, 필시 국소일 곳에 집중한다. 의사는 서서히 입을 열어 용의주도하게 그곳을 주무르면서 유창한 언어로 강의를 시작한다. 본정의 인력거 탄 백인 관광객들은 "우리市民이 正히 못알아들을수박게업는 國語로지쩌리며 간혹 嘲笑 슷이웃기도 하고 손에쥐인短杖을 들어 어느 方向을 가르치기도 한다."26) 이런 이야기들 속에서 이상은 그 자신이 "實驗動物"27)이 되고 "動物園의 곰이나 말승냥이"28)로 전락한 것 같은 감정을 토로한다. 그는 사람이 누구나 반드시 실험동물로 제공되어야 할 책임을 지닌 것은 아니며, 또 외국인들에게 이땅에 있는 것을 구경시켜 주는 것은 동물원 짐승이 제 몸을 보여주는 것과는 차원이 달라서 "어듸짜지든지 그들만못하지안은곳 그들에게업는그들보다 나은곳을 紹介하고자랑하는것"이라고 한다.29)

「추등잡필」의 이러한 소재들, 주제들, 표현법, 어휘들은 심상한 것들

---

26) 이상, 「秋燈雜筆」 중 「失手」, 『매일신보』, 1936. 10. 27. 이상은 왜 여기서 府民이라는 일반적인 용어 대신에 시민이라는 말을 사용하고 또 외국어나 영어라는 말 대신에 굳이 국어라는 용어를 사용한 것일까. 이것은 필시 이상의 중의적이고 은유적인 의도를 내포한 표현일 것이다.
27) 이상, 「秋燈雜筆」 중 「寄與」, 『매일신보』, 1936. 10. 22.
28) 이상, 「秋燈雜筆」 중 「失手」, 『매일신보』, 1936. 10. 28.
29) 위의 글, 『매일신보』, 1936. 10. 28.

이라고 할 수 없을 것이다. 이상을 "실험동물" 취급한 의사나 관광 와서 "시민"들을 손가락질하는 백인들을 상징적으로 해석해 보면 이 글은 단순한 자기 고백이 아니라 매서운 체제 비판이자 야유인 것이다. 폐결핵에 걸린 그가 천황제 파시즘의 파고를 타넘고 "살아야겠어서, 다시 살아야겠어서"[30) 도쿄로 건너가 쓴 최후의 소설이 바로 「실화」다. 그리고 이것은 안회남에게 "내가 固執하고 있던 것은 回避"[31)였다며, "過去를 돌아보니 悔恨뿐"이라며, "저는 제 自身을 속여왔나" 보다며, "正直하게 살아왔거니 하던 제 生活이 지금 와보니 卑怯한 回避의 生活"이었다며 다음과 같이 다짐하면서 써나간 소설이었다.

> 正直하게 살겠읍니다. 孤獨과 싸우면서 오직 그것만을 생각하며 있읍니다. 오늘은 陰曆으로 除夜입니다. 빈자떡, 수정과, 약주, 너비아니, 이 모든 飢渴의 鄕愁가 저를 못살게 굽니다. 生理的입니다. 이길 수가 없읍니다.[32)

그 시대에 일본 열도에서 양력이 아닌 음력설을 앞두고 잠 못 들어하고 고향과 생리가 되어버리다시피 한 고향의 음식들을 그리워하면서 고독에 휘감겨 있던 자는 필시 조선인밖에 없었을 것이다. 이 음력설 전야에 그 자신이 조선인이라는 사실을 골수에 새기면서 정직하게 살고 회피하지 않고 살고 또 그렇게 쓰겠다고 다짐한 것은 과연 무엇을 말하는 것이었을까. "당분간 어떤 苦難과도 싸우면서 생각하는 생활을 하는 수밖에 없"[33)다면서 생각한 것은 과연 무엇이었을까. 이 문제를 검토해 보기 위해서는 「날개」(『조광』, 1936. 9.)와 「실화」가 각기 이상이 경성에서 쓴 소설과 도쿄에서 쓴 소설을 대표한다는 점에 주의를 기울여야 한다.

---

30) 이상, 「사신」 9, 김주현 편, 앞의 책, 257면.
31) 이상, 「사신」 8, 위의 책, 255면.
32) 이상, 「사신」 9, 위의 책, 258면.
33) 위의 글, 257~258면.

3. 「날개」에서 「실화」로 나아가기

「날개」와 「실화」의 거리는 어떻게 설명되어야 하는 것일까. 이 변화를 어떻게 간추릴 수 있을까. 이것은 이상 문학의 전반적인 추이에 관한 이해를 필요로 한다. 전체적으로 보면 이상 문학은 시에서 소설로 나아갔으며, 소설 면에서 보면 알레고리, "윗트와 파라독스"[34]를 비롯한 온갖 '수사학'의 소설로부터 수사를 조절, 지양한 '사소설'로 나아갔음을 알 수 있다. 이 '수사학'의 '유무'는 각기 「날개」와 「실화」(『여성』, 1939. 12.)에 의해서 대표된다. 「날개」는 「휴업과 사정」(『조선』, 1932. 4.), 「지주회시」(『중앙』, 1936. 6.) 등에 나타난 알레고리 기법이 가장 세련된 형태로 실현된 작품이다. 그런데 이 알레고리 기법은 이상 시의 가장 큰 특징 가운데 하나다. 『오감도』 중 「시제일호」(『조선중앙일보』, 1934. 7. 25.)와 「날개」의 창작방법은 장르적 차이에도 불구하고 창작원리 면에서 동일하다고 할 수 있다. 이들은 근본적으로 일차적인 텍스트 내적 기호들의 지시 관계를 통해 이차적인 텍스트 외적 의미 형성을 지향하는 작품들이다.[35] 이러한 「날개」의 존재에도 불구하고 이상 소설 속에서 알레고리 기법은 점차 약화되는 양상을 보인다. 반면 「실화」에 이르러 정점을 이루는 사소설적 경향은 이상 생전에 발표된 작품들과 유고들을 합쳐 「지도의 암실」(『조선』, 1932. 3.), 「동해」(『조광』, 1937. 2.), 「공포의 기록」(『매일신보』, 1937. 4. 25.~5. 15.), 「종생기」(『조광』, 1937. 5.), 「환시기」(『청색지』, 1938. 6.), 「단발」(『조선문학』, 1939. 4.), 「김유정」(『청색지』, 1939. 5.), 「봉별기」(『여성』, 1939. 12.), 「불행한 계승」(『문학사상』, 1976. 7.) 등에 이르는 비교적 긴 목록을 보여준다. 이 가운데 특히 「실화」와 「봉별기」는 독자들이 이상 자신의 이야기

---

34) 이상, 「날개」, 『조광』, 1936. 9, 196면.
35) 졸고, 「전후 소설에 나타난 알레고리 연구」, 서울대학교 석사논문, 1993, 7~15면 참조.

라고 미루어 짐작할 수 있는 이야기를 담담히 전개해 나간 작품이라는 점에서 자기표현의 진실성을 원리로 삼는 일본적인 사소설에 통한다. 일본적인 사소설은 자기에 대한 사실적 표현이 곧 자기에 대한 진실이 되는 소설을 지향하는 것으로 이것 역시 첨가와 삭제의 기법이 작용하지 않는다고 할 수는 없으나 소설의 전반적인 서사적 전개나 묘사 방법은 리얼리즘적인 차원에서 크게 벗어나지 않는다. 「실화」와 「봉별기」로 대표되는 이상의 '사소설'도 리얼리즘의 서사 전개 방법이나 묘사법을 토대로 삼고 있지 않다고는 말하기 어렵다. 금홍과의 만남과 이별을 담담히 서술해 나간 「봉별기」는 물론이고, 일본에 건너가 1936년 10월 23일 밤의 경성과 동년 12월 23일 밤의 도쿄를 교차시켜 가면서 '꽃을 잃어버린' 사연을 고백해 나가는 「실화」 역시 기본 골격은 '사소설'의 원리를 따르고 있다. 「실화」가 「봉별기」와 다른 점은 기본 골격을 '사소설'에 양보한 대신 나머지 구성과 문장, 어휘의 수준에서는 「날개」의 서문에서 작가가 제시했던 "윗트와 파라독스를 바둑布石처럼 느러놓"[36]고 있는데 있다. 그리고 이 점에서 '사소설'로서의 「실화」와 알레고리로서의 「날개」는 서로 근거리에 위치하게 된다. 또한 여기서 이상 문학의 최고치는 '수사학'이나 사소설적 경향의 어느 하나만으로 수립될 수 없었다는 것, 이상 문학 내부에 상존하는 이 모순적인 두 지향점이 서로 불화를 겪고 긴장을 유지하면서도 끝내는 서로를 향해 근접했을 때 비로소 이상문학의 독자성이 확립될 수 있었다는 것이 드러난다.

　이것은 「날개」 쪽에서도 확인되는 사실이다. 「날개」의 알레고리와 『오감도』의 알레고리 사이에 가로놓인 간극은 단순히 소설과 시라는 장르적 차이에서 생겨난 것이 아니다. 소설로서의 「날개」는 「휴업과 사정」이

---

36) 이상, 「날개」, 『조광』, 1936. 9, 196면. 노파심에서 덧붙인다면 여기서 "윗트와 파라독스"는 물론 윗트나 패러독스만을 구사한다는 뜻이 아니라 수수께끼와 같이 독해를 요구하는 기호적 유희를 실행한다는 뜻으로 해석되어야 한다.

나 「지주회시」와 달리 추상성에 머무르는 대신 흐릿하고 빈약한 '육체'나마 자기의 이야기를 보여줌으로써 성공적인 작품이 될 수 있었다. 연구자들이 「날개」의 주인공에게서 작가 이상의 모습을 발견하게 되는 것은 이 때문이다.[37] 「날개」가 알레고리를 기본 골격으로 삼되 '사소설'적인 요소를 일부 수용해 보인 작품이라면 「실화」는 반대로 '사소설'의 원리를 기본 골격으로 삼으면서 알레고리를 비롯한 시적인 '수사학'의 요소들을 적극적으로 활용한 작품이었다.

이러한 방법적 모순과 긴장, 그 복합적 공존 양태는 「날개」와 「실화」가 이상 문학의 최고 수준을 보여주게 된 내적 근거를 이룬다. 시적인 요소('수사학')와 산문적인 요소('사소설')를 적절하게 혼용함으로써 「날개」는 『오감도』로 대표되는 추상의 한계에서 벗어나 구체적인 서사를 가진 소설에 접근한 문학이 될 수 있었고, 「실화」는 자기 이야기라는 개체적 진실성에 머무르지 않고 보편적 가치의 문제를 제기하는 소설이 될 수 있었다. 이러한 「날개」와 「실화」의 공통점은 다시 건축적 구성이라는 차원에서 새롭게 조명해 볼 수 있다.

「날개」는 전후, 좌우, 상하가 잘 맞물려 있는 건축물처럼 '나'와 '아내', 윗방과 아랫방, "미쓰꼬시 옥상"과 "회탁의 거리", 현실과 예술이

---

37) 「날개」의 공간적 배경을 이루는 33번지가 이상이 금홍과 함께 동거했던 관철정 집에 가까운지, 변동림과 함께 살던 황금정 집에 가까운지는 불확실하다. 박태원의 단편소설 「보고」(『여성』, 1936. 9.)는 "관철정 삼십삼번지"에 사는 '최군'의 이야기를 전개하고 있어 이상이 금홍과 함께 살던 관철정 집이 실제로 33번지였던 것처럼 보이게 하지만 이것 역시 소설적 의장이라는 점에서 전적으로 신뢰할 수 없다. 정인택은 「불쌍한 이상」(『조광』, 1939. 12.)에서 도일 직전의 이상이 입정정(笠井町)에서 밤늦도록 밖에서 일하던 아내와 함께 살고 있었다고 회고하는데, 이것은 이상이 "청계천에서 을지로 중간쯤으로 생각되는 수하동 일본집 '아파트'"(김옥희, 「오빠 이상」, 『신동아』, 1964. 12.)에서 살다 황금정으로 이사 간 후 "임이 언니"와 만나 거기서 동거를 시작했다는 김옥희의 회상과 다소 모순된다. 「날개」에서 이상은 관철정과 황금정 두 곳 모두에서의 동거생활을 바탕으로 소설 속 집이 어디에 있는가가 크게 문제시될 수 없는 추상적인 공간 배경을 제시한 것이라고 보아야 할 것이다.

좌우, 상하 대칭의 이항대립적인 구조를 이루고 있는 서양 건축물 같은 작품이다. 이러한 양상을 극명하게 보여주는 것은 작중 결말을 향해 나아가는 다음과 같은 대목이다.

나는 어디로어디로 디립ㅅ다 쏘단였는지 하나도 모른다. 다만 몇시간후에내가 미쓰꼬시 옥상에있는것을깨달았을때는 거이 대낮이였다.

나는 거기 아모데나 주저앉어서 내 잘아온 스물여섯해를 회고하야보았다. 몽롱한기억속에서는 이렇다는아모 제목도 불그러저나오지안았다.

나는 또 내자신에게물어보았다. 너는 인생에 모슨욕심이있느냐고. 그러나 있다고도 없다고도, 그런 대답은 하기가싫였다. 나는 거이 나 자신의존재를 인식하기조차도어려웠다.

허리를굽혀서 나는 그저 금붕어나 디려다보고있었다. 금붕어는 잘참 들겄다. 작은놈은작은놈대로 큰놈은큰놈대로 다—싱싱하니 보기좋았다. 나려빛이는 五月햇ㅅ살에 금붕어들은 그릇바탕에 그림자를 나려트렸다. 지느레미는하늘하늘 손수건을흔드는 흉내를내인다. 나는이지느레미수효를 헤여보기도하면서 굽힌허리를 좀처럼펴지않았다. 등어리가 따뜻하다.

나는 또 회탁의거리를나려다보았다. 거기서는 피곤한 생활이 똑 금붕어지느레미처럼 흐늑흐늑 허비적거렸다눈에보이지안는 끈적끈적한 줄에엉켜서 헤어나지를못한다. 나는 피로와공복 때문에묽어저드러가는몸동이를끌고그회탁의거리속으로 섞겨들어가지않는수도없다생각하였다.

나서서 나는 또문득 생각하야보았다. 이발ㅅ길이 지금 어디로 향하야 하는것인가를……

그때 내눈앞에는 안해의목아지가 벼락처럼나려떨어졌다. 아스피린과 아달린.

우리들은 서로 오해하고있느니라. 설마안해가 아스피린대신에아달린의정량을나에게먹여왔을까? 나는 그것을 믿을수는없다. 안해가 그럴 대체 까닭이없을것이니

그러면 나는 날밤을새면서 도적질을 게집질을하였나? 정말이지 아니다.

우리부부는 숙명적으로 발이맞지 않는 절늠바리인 것이다. 내나 안
해나 제거동에로 직을브칠필요는없다. 변해할필요도없. 사실은 사실대
로 오해는 오해대로 그저 끝없이발을 절뚝거리면서 세상을 거러가면
되는 것이다. 그렇지않을까?
　ㅡ그러나 나는 이발길이 안해에게로 도라가야 옳은가 이것만은 분간
하기가 좀 어려웠다. 가야하나? 그럼어디로가나?
　이때 뚜ㅡ하고 정오 싸이렌이울었다. 사람들은 모도네활개를펴고 닭
처럼 푸드럭거리는것같고 온갖 유리와 강철과 대리석과지폐와잉크가
부글부글 끓고 수선을떨고 하는것같은 찰나, 그야말로 현란을 극한 정
오다.
　나는 불현듯이 겨드랑이 가렵다. 아하그것은 내 인공의날개가돋았든
자족이다. 오늘은없는 이 날개, 머릿속에서는 희망과야심의 말소된 페
ㅡ지가 떡슈내리넘어가듯번뜩였다.
　나는 것든걸음을멈추고 그리고 어디한번 이렇게 외쳐보고싶었다.
　날개야 다시 돋아라.
　날자. 날자. 날자. 한번만 더 날자ㅅ구나.
　한번만 더 날아보자ㅅ구나.38)

　이 대목은 아주 매력적이면서도 그만큼 난해하다. 환상적인 서사 전
개로 말미암아 전문적인 연구자들마저 주인공이 다시 한 번 날아보자고
외친 곳이 미쓰꼬시 옥상 위라고 생각하는 경우가 항다반사다. 그러나
'나'는 실제로 외친 것이 아니라 외치고 싶어 했을 뿐이다. 또 그렇게
외치고 싶다고 생각한 곳은 미쓰꼬시 백화점 옥상이 아니라 그 옥상에
서 내려와 다시 길을 "나서서" 아내에게로 돌아가야 할지 아니면 또 다
른 어디로 가야할지를 고심하던 거리다. '나'는 "회탁의 거리" 한복판에
서 "정오"를 알리는 사이렌 소리를 듣고서야 비로소 다시 한 번 날고 싶
다고 생각하고 있다. 이러한 결말은 의미심장해 보이는데, 그렇다면 이
것은 무엇을 의미하는 것일까. 어떤 점에서 이 결말은 의미 있는 것이

---

38) 이상, 「날개」, 『조광』, 1936. 9, 213~214면.

되는 것일까.

미쓰꼬시 백화점 옥상에서 내려다 본 "회탁의 거리"는 "피곤한 생활"로 점철되어 있다. 그럼에도 '나'는 그 거리 속으로 섞여 들어가지 않는 수가 없다고 체념한다. 또 실제로 옥상에서 내려와 거리를 걸으면서 자신이 아내에게 돌아가야 하는가를 고민한다. 이때 "정오 싸이렌" 소리가 울린다. 그러자 문득 '나'에게는 거리의 사람과 사물이 모두 싱싱하게 깨어나는 것처럼 보이면서 불현듯 겨드랑이가 가려워진다. '나'는 이것이 "인공의 날개"가 돋았던 자국 때문이라고 한다. 이 "인공의 날개"는 오늘날의 '나'에게는 없는 그 무엇이라고 한다. 이 "인공의 날개"의 흔적을 느끼면서 '나'는 다시 한 번 날아보자고 외치고 싶어 한다. 여기서 이렇게 물음을 뒤바꾸어볼 수 있다. '나'는 왜 "정오 싸이렌" 소리가 계기가 되어 새로운 비상을 꿈꾸게 되는가. '나'는 또 왜 단순히 "날개"를 갖고 싶다고 하지 않고 "인공의 날개"가 돋았던 흔적을 느낀다고 했는가. 여기서 다시 한 번 「날개」가 "윗트와 파라독스"로 대표되는 '수사학'의 성채라는 사실에 주의를 기울일 필요가 생겨난다. 그리고 많은 연구자들에 의해 분석되어온 이상 문학의 상호텍스트성에 다시 한 번 관심을 갖게 된다.

「날개」에서 "정오"가 새로운 비상을 위한 시간이 되는 이유는 그것이 니체적인 재생의 시간을 의미하기 때문이다. 미쓰꼬시 백화점 위에서 "회탁의 거리"를 내려다보면서 그곳의 "피곤한 생활"의 고통을 조감적인 시선으로 갈파하고도 그곳으로 섞여 들어가지 않는 수도 없다고 체념하던 '나'다. 그런 '나'가 그 거리에서 "정오 싸이렌" 소리를 들으면서 갑자기 새로운 비상을 꿈꾸게 되는 것은 "정오"가 가진 주술적인 힘 때문이라고밖에 설명하기 어렵다. 그런데 철학적 사유의 전통 속에서 이처럼 정오에 형이상학적인 의미를 부여한 것은 니체였다. 그는 정오 Mittgas를 디오니소스적인 재생의 시간으로 제시했다. 독문학자인 정항

균에 따르면 니체적인 정오의 시간에 시간은 초시간(Überzeit)이 되고 순간은 영원히 정지되는데, 이것은 순간이 영원을 내포하고 있다는 것을 인식하는 깨달음의 시간이기도 하다. 그리고 이렇게 "정오의 시간이 절대적인 인식의 순간이 되는 것은 바로 정오에 인식의 태양이 가장 높이 솟아 있으며 이 순간 가상의 그림자가 가장 짧기 때문이다."[39] 이러한 정오의 시간은 "미네르바의 부엉이는 황혼이 깃들 무렵에야 날기 시작한다"는 『법철학Grundlinien der Philosophie des Rechts』(1820) 서문의 문장에서 볼 수 있듯이 모든 약동하는 것 뒤에 오는 이성적 성찰을 중시한 헤겔의 시간을 피로한 시간, 그림자의 시간, 오류에 들기 쉬운 시간으로 위험시하면서 생명력의 회복을 추구했던 니체의 시간이다. 그렇다면 이러한 "정오"의 시간에 '나'에게 다가온 "인공의 날개"의 기억은 무엇을 의미하는 것일까.

미네르바의 부엉이와 달리 이 "인공의 날개"는 "정오"에 날아오른다. 이것은 니체적인 재생의 시간에 날아오르는 새의 날개다. 그러나 이것을 왜 이상은 "인공의 날개"라고 한 것일까. 필자의 추단에 따르면 이 "인공"이란 자연의 불완전함에 대해서 예술의 완전함을 내세운 오스카 와일드의 사상에 접맥된다. 예술은 인공미의 세계다. 인공적인 산물이다. 그에 따르면 예술이 창조하는 미는 자연의 미에 대립하며 그것보다 우월하다. 오스카 와일드는 「거짓말의 쇠퇴The Decay of Lying」(1889)에서 자연은 계획의 부족, 기묘한 조잡성, 놀라운 단조로움, 전적으로 완성되지 못한 상태 등에서 예술에 비해 단연 열등하다고 했다.[40] 그리고 흔한 선입견과는 달리 인생은 예술이 인생을 모방하는 것보다 훨씬 많이

---

39) 니체,『우상의 황혼·반그리스도』, 송무 역, 청하출판사, 1992, 42면 및 정항균, 「보토 슈트라우스의 『젊은 남자』에 나타난 아이온의 미학」, 『뷔히너와 현대문학』, 한국뷔히너학회, 2004, 265면.
40) 오스카 와일드, 「거짓말의 쇠퇴」, 『오스카 와일드 예술평론』, 이보영 역, 예림기획, 2001, 12면.

예술을 모방한다고 했다.41) 이상에게 오스카 와일드는 익숙한 인물이다.42) 이러한 맥락에서 "인공의 날개가 돋았든 자족"이란 예술을 통해서 현실 생활을 지양, 초극할 수 있었던 삶에 대한 기억을 의미한다. '나'에게 지금은 없는 예술이 있었다는 것, 그것은 "피곤한 생활", "금붕어 지느레미처럼 흐늑흐늑 허비적거"리는 생활, "눈에 보이지 안는 끈적끈적한 줄에 엉켜서 헤어나지들을 못"하는 생활의 위압으로부터 '나'를 구원해 주는 무엇이었다는 것, 이것이 "인공의 날개"에 담긴 함축적 의미일 것이다. '나'는 그러한 예술을 향한 새로운 비약을 꿈꾸고 싶다. '아내'라는 이름을 지닌 현대문명의 메커니즘에 사로잡힌 '나'는 옛날의 어느 시점에는 있었으나 지금은 사라지고 없는, 현실 초월의 힘을 가진 예술을 향한 꿈을 희구한다.

이렇게 보면 「날개」는 '나'와 '아내', "미쓰꼬시 옥상"과 "회탁의 거리"의 이항대립적 관계를 해체할 수 있는 새로운 초월의 문제를 제기하는 소설이라고 할 수 있다. '나'와 '아내', "미쓰꼬시 옥상"과 "회탁의 거리"는 불가분리하게 결부되어 있다. 과연 '나'는 '아내'의 곁을 떠날 수 있는가. 과연 '나'는 "미쓰꼬시 옥상"의 높이를 유지하면서 "회탁의 거리"로 내려가지 않을 수 있는가. 없다. "회탁의 거리"에서 "피곤한 생활"은 "흐늑흐늑 허비적거"리는 "금붕어 지느레미" 같다. 반면에 높이와 거리의 미학에 따라 "미쓰꼬시 옥상"의 "금붕어"는 다들 잘생겼고 싱싱하다. 그러나 그들 또한 어항 그릇 바탕에 '인식'의 그림자를 내려뜨리고 있다.

'나'와 '아내' 및 "미쓰꼬시 옥상"과 "회탁의 거리"의 관계를 건축학적인 골격을 형성하는 이항대립적, 대칭적 구조라고 말할 수 있다면 「날개」는 이러한 모더니티의 관계망으로부터 근본적으로 이탈해 나갈 수

---

41) 위의 책, 37면.
42) 이상, 「혈서삼태」, 『신동아』, 1934. 10. 참조.

있는 힘에 대한 갈구를 표현한다. 그리고 이것은 구조와 메커니즘의 바깥에서 사유하고 행동할 수 있는 자유에 대한 이상의 뿌리 깊은 염원에 연결된다.

- 橢圓形의 스탠드에 충만해 있는 觀衆은 그것들의 전체가 형성해가고 있는 橢圓形에 대하여 의식하고 있는 경우는 드물다.
- 個個의 觀衆은, 개개의 존재를 의식하고 있을 뿐이다.
- 전체를 보기 위해서는 觀衆으로서의 입장을 내던지지 않으면 안된다.
- 거기에는 異狀兒를 찾아내는 天才의 出現이 있다. 이 異狀兒여, 이미 觀衆은 아니다.
- 우리들은 그것에 유의하지 않으면 안된다.[43]

위의 인용문이 이미 지적된 것처럼 이상의 글이라면 「날개」는 이미 오래전에 "타원형의 스탠드"라고 부른 폐쇄적인 건축학적 구조에서 이탈해 그 메커니즘의 외부에 사유와 행동의 거처를 마련하고자 하는 초월의지를 표현하고 있는 작품이라고 할 수 있다.

「날개」를 집필하고 발표할 무렵 이상은 이미 심각한 위기감에 사로잡혀 있었음이 여러 곳에서 감지된다. 박태원의 회상에 따르면 그는 도쿄로 떠나기 전에 정인택에게 "다시 「烏鳥瞰圖」나 「날개」를 쓰는일 없이 오로지 正統的인 小說을 創作하리라 하였다"[44]고 한다. 정인택과 박태원의 용법으로 인용된 새로운 소설에 대한 이상의 생각을 그들이 표현한 대로의 "정통적인 소설"이라고 이해할 수만은 없을 것이다. 그러나 김기림에게 보내는 편지에서 이상이 "아마 李箱은(도?) 그 「白白しい」 문학은 그만두겠지요"[45]라고 했을 때, 이 "白白しい", 즉 속이 빤히 들여다

---

43) R, 「권두언」 1, 『朝鮮と建築』, 1932. 6, 김주현 편, 『이상문학전집』 3, 소명출판, 2005, 260면.
44) 박태원, 「이상의 편모」, 『조광』, 1937. 6, 304면.

보이는 문학이 바로 「날개」 및 『오감도』로 대표되는 '수사학'으로서의
문학, "윗트와 파라독스를 바둑布石처럼 느러놓"고 독해를 요구하는 문
학을 가리킨다는 것만은 분명할 것이다. 또한 안회남에게 보낸 편지에
서 "朝光 二月號 「童骸」는 昨年 六,七月頃에 쓴 冷汗三斛의 열작입니다.
그 作品을 가지고 지금의 李箱을 「忖度」하지 말아주시기 바랍니다"46)라
고 한데서 볼 수 있듯이 도쿄로 떠나기 전, 그리고 도쿄에서의 이상은
새로운 문학을 향한 새 출발의 꿈을 다지고 있었다. 그리고 그것은 '수
사학'으로서의 문학, 시적인 알레고리와 위트와 패러독스의 안개에서
벗어나 문제를 "회피"하지 않고 쓰는 문학을 의미하는 것이었다.

　실로 「날개」는 마치 카프카의 『성Das Schloss』(1922)처럼 '수사학'이라
는 안개에 감싸여 있는 건축물과 같은 작품이다. 그것은 정교하게 축조
되어 있다. '나'와 '아내'라는 알레고리적 기호들의 연쇄 속에서 프리드
리히 니체나 오스카 와일드의 사상을 비계 삼아 자신의 독창적인 사상
을 구축하려는 시도가 돋보이는 작품이다. 여기서 이상은 니체의 장기
놀이하는 아이온Aion처럼 은화를 가지고 노는 '나'로 하여금 현대문명의
메커니즘에서 벗어날 수 있는지 실험하게 한다.47) 그리하여 '나'는 "정
오"라는 시간의 문을 통과함으로써 현대적 현실이라는 "타원형의 스탠
드"에서 벗어나 초인적인 자유를 획득하고자 한다. 그러나 이러한 자유
는 과연 실현 가능한 것일까. 도쿄로 떠나기 전, 도쿄로 떠나고 나서의
이상은 이러한 실험에 대해 스스로 절망했던 것 같다. 「실화」는 이러한
절망 없이는 이해될 수 없는 작품이다. 이 작품의 제목이 "실화", 즉 '잃
어버린 꽃' 혹은 '꽃을 잃어버리다'인 것은 그 자신의 실험이 성공할 수
없다는 인식의 소산이다. 그러므로 "실화"에서 말하는 꽃이란 무엇보다

<hr>

45) 이상, 「사신」 2, 김주현 편, 앞의 책, 239면.
46) 이상, 「사신」 9, 위의 책, 258면.
47) 정항균, 앞의 글, 262~265면 참조.

이상이 온갖 비난과 몰이해에도 불구하고 끝내 고집해온 '수사학'으로 서의 문학을 잃어버렸음을 의미한다.

일본으로 떠나기 전에 발표한 연작시 『위독』 중 「絶壁」(『조선일보』, 1936. 10. 6.)에서 이상은 "꽃이보이지안는다"고 하면서 또한 "꽃이香기롭다"고 했었다. 이것은 "실화"에서의 꽃이 단순히 '수사학', 기법으로서의 꽃이 아니며 그 이상의 복합적인 의미를 가진다는 것을 시사한다. 그러나 「실화」에서 꽃을 잃어버렸다는 것은 일차적으로 창작방법으로서의 '수사학'에 대한 절망의 의미를 함축한다. "肉身이흐느적흐느적하도록 疲勞했을때만 정신이 銀貨처럼 맑소 니코틴이 내 蛔ㅅ배알는 배ㅅ속으로슴이면 머릿속에 으레히 白紙가準備되는법이오 그웋에다 나는 윗트와 파라독스를 바둑布石 느러놓ㅅ오."48)라는 문장이 포함된 「날개」의 서문은 작품 텍스트 안에 포함되어야 할 액자의 바깥쪽 구성물이 아니라 오해와 몰이해에 맞서 이상 자신의 창작방법을 해명한 것이라고 보는 것이 타당할 것이다.49) 그러나 이상의 진정한 절망은 독자들에게서 온 것이 아니라 그 자신의 내부로부터 피어난 것이었다. 『위독』의 절망은 폐결핵이나 성병에서 온 것일 뿐만 아니라 더 근본적으로는 "하고십흔말을개짓듯배아터노튼歲月은숨엇다", "醫科大學허전한마당에 우뚝서서나는必死로禁制를알는(患)다."50)라는 시문장이 시사하듯 폐쇄적, 억압적인 현실에 대한 절망에서 온 것이었다. 이 무렵의 이상은 그 자신의 문학이

---

48) 이상, 「날개」, 『조광』, 1936. 9, 196면.

49) 「날개」의 '프롤로그' 부분의 성격에 대해서는 더 깊은 논의가 필요하지만 이 부분은 본소설의 일부로 보는 것은 '나'의 성격상의 이질성에 비추어 타당치 못한 것으로 판단된다.

50) 이상, 「禁制」, 『위독』, 『조선일보』, 1936. 10. 4. 이 작품은 발표 시기나 내용 면에서 「추등잡필」(『매일신보』, 1936. 10. 14~28) 중 「寄與」와 상호텍스트성이 있다. 나아가 연작시 『위독』 전체와 연작수필 「추등잡필」의 관련성에 대한 고찰이 필요하다. 이에 관해서는 이경훈, 「이상의 또다른 질병에 대하여」, 『철천의 수사학』, 소명출판, 2000 참조.

정작 해야 할 말, 하고 싶은 말을 '수사학'의 성채에 감춰두고 슬몃슬몃
안개만 피워 올리고 있을 뿐이라는 심각한 회의에 사로잡혀 있었다. 「실
화」는 그러한 문학과의 결별을 선언하는 각서와 같다. 일본에 건너가
서구의 뒷골목 같은 악취를 풍기는 도쿄를 견뎌가면서 이상은 자기 삶
과 문학에 대한 뼈아픈 성찰 위에서 새로운 출발을 다짐한다. 「실화」는
이러한 정신적 상황을 생생하게 보여주는 문제작이다.

4. 「실화」의 새로운 건축학

「날개」가 장지문을 사이에 두고 윗방의 '나'와 아랫방의 '아내'라는
추상적 기호의 대칭구조 위에서 전개된다면 「실화」는 현해탄을 사이에
둔 경성과 도쿄라는 대칭적 구조 위에서 전개된다. 구체적으로 이것은
10월 23일부터 10월 24일까지의 경성의 밤과 12월 23일 밤에서 24일 새
벽 한 시까지의 도쿄의 밤이 병치적인 몽타주(montage) 기법으로 직조되
어 있는 형태상 구조로 나타난다. 「실화」는 제목과 그 아래에 축조된 아
홉 개의 장으로 구성되어 있는데, 그 첫 장은 나머지 장들과 달리 "사람
이 비밀이 없다는 것은 재산없는 것처럼 가난하고 허전한 일이다."[51]라
는 짧은 에피그램(epigram)으로 구성되어 있을 뿐이다. 나머지 장들은 12
월 23일의 도쿄의 밤과 10월 23일의 경성의 밤이 교차해 나가는 양상을
보여준다. 8장까지는 교차가 규칙적이다. 즉 2장, 4장, 6장, 8장은 12월
23일 밤 도쿄의 장이고 3장, 5장, 7장은 10월 23일 밤 경성의 장이다. 그
러므로 8장까지의 작품은 오버랩(overlap)을 통한 공간 이동이 규칙적인데,

---

51) 이상, 「실화」, 『문장』, 1939. 3, 53면.

9장에 가면 이러한 구조에 다소의 변이가 일어난다. 마지막 9장은 8장에 이어 다시 12월 23일 밤에서 24일 새벽으로 넘어가는 도쿄의 장이다. 그러므로 이 작품을 완전한 기하학적, 대칭적 구조를 보여주는 작품이라고 할 수는 없다. 이것은 일차적으로 건축이 아닌 소설의 특성상 종국적인 결말을 향해 나아가야 하는 플롯의 요구를 배려한 결과일 것이다. 물상들과 사건들이 환기하는 연상 작용을 매개로 2장부터 8장까지 도쿄의 장과 경성의 장을 넘나들던 '나'는 8장에서 9장에 이어지면서 깊은 상실감과 회한에 젖어 한밤의 카페와 자정 넘은 신주쿠 거리를 방황한다. 결말에 다다르면서 고조된 절망의 파토스로 인해 도쿄와 경성을 넘나들던 규칙적인 대칭적 구조의 힘이 약화되면서 도쿄에서의 절망이 강렬하게 클로즈업된다. 여기서 '나'는 바다를 건너온 유정(兪政)과 연(姸)의 편지들, 그 속히 돌아오라는 간청들을 떠올리면서 캄캄한 한밤의 거리에서 방향감각을 잃어버린 자기, 자기가 누구인지조차 알 수 없게 되어 버린 자기를 되돌아본다. 오랫동안 애써 "회피"[52]하려 했던 자기의 본색을 수긍하지 않을 수 없다. 그것은,

> 검정外套에 造花를 단, 땐서―한 사람. 나는 異國種강아지올시다.[53]

라는 문장에서 단적으로 드러나듯 그 자신이 식민지 지식인이라는 뼈아픈 자각에 직결된다. 위의 문장에 나타나는 "異國種강아지"가 정지용에 대한 일종의 오마주(hommage)에 속한다는 것은 부연할 필요가 없을 것이다. 일찍이 교토에 유학하여 「카에・쯔란스」(『학조』, 1926. 6.)라는 빼어난 시로 나라 잃은 사람의 아픔을 토로했던 정지용이다. 이 시가 정지용의 첫 번째 발표작이라는 사실은 모더니스트 정지용의 내면 깊은 곳에 식

---

52) 31번 주석 참조.
53) 이상, 「실화」, 앞의 책, 66면.

민지 지식인으로서의 자각이 가로놓여 있음을 시사한다. 그가 10년 전에 이미 절감했던 사실을 이제야 깨달았다는 뒤늦은 자각 속에서 이상은 "詩人芝溶이어! 李箱은 勿論 子爵의아들도 아무것도아니겠읍니다그려!"[54]라는 탄식의 단계를 거쳐 자기 자신이 바로 "異國種강아지"라는 사실을 고개를 크게 끄덕이면서 수긍하고야 마는 것이다.[55] 8장에서 9장으로 이어지는 절망과 자각의 파토스로 인해 「실화」는 12월 23일 밤의 도쿄와 10월 23일 밤의 경성을 기둥 삼아 좌우 대칭적으로 축조되는 균형 잡힌 건축의 형상에서 조금 비껴난 형상을 보여주게 된다. 이러한 「실화」의 건축학적 구조를 도식화하여 나타내 보면 다음과 같다.

위의 도표는 「실화」가 모두 세 개의 서로 분리된 요소들로 구성되어 있음을 보여준다. 그러면서 이 세 요소들은 상호 지시적인 의미 작용을 한다. 우선, 작품의 맨 상층을 구성하는 것은 제목인 "실화"다. '잃어버

---

54) 위의 책, 62면.
55) 이상은 연령으로나 정신적 고도에서나 구인회의 수장 격인 정지용에 대한 오마주를 텍스트 곳곳에 산포시키고 있다. 이에 관한 분석으로는 신범순, 『이상의 무한정원 삼차각 나비』, 현암사, 2007, 93~95면 및 117~129면 참조.

린 꽃’ 혹은 ‘꽃을 잃어버리다’로 해석되는 “실화”는 작품 스토리 전체를 통어하면서 이를 시적인 상징의 차원으로 끌어올리는 역할을 한다. 「날개」가 ‘나’와 ‘아내’라는 추상적, 상징적 기호에서 출발하여 스토리를 지향해 나갔다면 「실화」는 일본적인 사소설의 원리에 따라 작가 자신을 가리키는 ‘나’의 스토리를 “실화”라고 제목이 가리키는 어떤 추상적, 상징적 차원으로 고양시켜 간다. 다음으로, “실화”라는 제목이 건축물의 지붕과 같은 역할을 한다면 이 지붕을 떠받치고 있는, 아래 기둥들, 즉 각 장들의 분산적인 경향을 억제, 조절하여 단일한 상징적 의미를 향해 상승할 수 있도록 매개해 주는 것이 바로 1장의 짧은 에피그램이다. “비밀”을 부르주아 사회 최고의 세속적 덕목인 “재산”에 등치시키는 이 에피그램은 상층부의 “실화”라는 상징어와 하층부를 이루는 도쿄와 경성의 장을 매개해 주는 대들보와 같은 역할을 한다. 마지막으로 나머지의 장들은 도쿄와 경성을 넘나들면서 「실화」라는 전체 건축물을 안정적으로 떠받치는 각각의 기둥과 같은 기능을 한다. 이 기둥들은 앞에서 살펴본 것처럼 완벽한 좌우대칭형이라고 할 수는 없지만 전체적으로는 고전적인 양식 건물에서의 내력벽과 같은 형태로 제목과 경구의 의미를 감당하는 기능을 해준다. 때문에 도쿄와 경성이라는 서로 이질적인 기둥들이 등가적인 가치와 의미를 갖게 된다.

스토리 전개상으로 보면 「실화」는 도쿄의 하숙집에서 C양에게 얻은 흰 국화를 시내를 돌아다니다 잃어버린 이야기다. ‘나’는 C양에게 얻은 국화를 왼편 깃에 꽂고 방에서 나와 짐보초 스즈란도오의 고본 야시, 카페 엠프레스, 신주쿠의 카페 NOVA를 거쳐 다시 새벽 한 시의 신주쿠 거리에 서게 되며 여기서 C양의 꽃을 잃어버린 자기를 발견한다. 이 과정은 복합적이면서도 역설적인 의미를 전달한다. 본래 흰 국화는 죽음을 조상하는 뜻을 갖지 않던가. 그러므로 옷에 이 꽃을 꽂고 도쿄 시내를 배회하는 행위는 누군가의, 혹은 어떤 가치나 이념의 죽음을 상징한다. 그렇다면 누군가의, 무엇의 죽음이란 말일까. 이것은 스스로 떠나온 경성에 속하는 것들의 죽음을 가리키는 것일까? 그렇다면 이것은 경성의 장에 속하는 3, 5, 7장이 연이와 이별한 사연을 담고 있는 것에서 미루어 짐작해 볼 수 있듯이 지고한 사랑이 지닌 가치의 죽음을 의미하는 것이라고 말할 수 있을 것이다. 작중에서 C양은 연이를 연상케 하고 그녀의 존재를 환기하게 하는 인물로 나타난다. 연이와 관계된 이 맥락에서 보면 잃어버린 꽃은 잃어버린 사랑의 가치를 상징하는 것이 된다.

그러나 문제는 이에서 끝나지 않는다. C양에게서 건네받은 국화를 잃어버린 '나'는 그럼에도 왜 그 자신을 "검정外套에 造花를 단, 땐서—한 사람"이라고, 여전히 꽃을 가진 사람이라고 말하고 있는 것일까? 이러한 물음은 "실화"의 의미를 재검토하도록 한다. 해석의 실마리는 "造花"와 "弔花"가 동음이의적인 관계를 갖는다는 사실에 있다. 단적으로 말해서 이 작품에는 텍스트의 표면에 드러나지 않은 꽃이 존재하며 또한 이 꽃의 죽음이 존재한다. 그것은 바로 "造花", 즉 만든 꽃, 인공의 꽃, 모조적인 꽃이며 이 꽃의 죽음이다. 「실화」의 결말 부분에 이르러서야 모습을 드러내게 되는 이 "조화"는 「날개」를 분석하는 대목에서 이미 살펴보았던 것처럼 자연, 곧 현실을 초극할 수 있게 해주는 "인공의 날개"로서의 예술, 즉 힘겨운 독해를 요구하는 '수사학'의 성채로서의 문학 바로 그것이다. 이상은 알레고리와 위트와 패러독스를 바둑 포석 늘어놓듯 나열하고 조립함으로써 현대라는 이름의 현실에 맞서 싸우고자 했다. 그러나 「날개」를 거쳐 「실화」에 다다르면서 그 자신의 내면적 고뇌 속에서 분명해진 것은 이 "인공의 날개"가 그 자신을 현실로부터 구원해 줄 수 없다는 사실이었다. 이 현실의 이름은 막연하고 추상적인 '현대'가 아니라 그 자신이 무겁게 감당해야 했던, 너무나 실체적인 식민지 통치 체제 바로 그것이었기 때문이다. 이러한 현실과 대적하기 위해서는 먼저 '수사학'의 성채에서 스스로 벗어나야 하리라. 인공의 꽃, "조화"를 버리고 새로운 꽃을 피워 올려야 하리라. 경성을 떠나 도쿄로 오기까지 이상을 줄곧 괴롭힌 것은 이 방법론에 대한 고민이었다. 자신이 고집해 온 "조화" 곧 인공의 꽃으로서의 문학적 방법론을 거두어들이고 새로운 방법을 가진 새로운 언어를 구축해야 한다는 문제 앞에서 이상은 고통스러웠다. 이러한 절망적 자각 때문에 '나'란 "검정外套에 造花를 단, 땐서一한 사람" 이상이 될 수 없다. 여기서 "땐서"란 언어놀이에 침닉된 광대라는 뜻을 내포한다. 카페에서 춤을 추는 댄서처럼 식민지 체제가 마련해 놓은 탁자 위에서 춤을 추는 언어의 광대가 되어버린 것 같은 자기 자신의 모습을 향해 최후의 조문을 행한 것, 이것이 곧 작품으로서의 「실화」였던 것이다.

"사람이 秘密이 없다는것은 財産없는것처럼 가난하고 허전한 일이다."는 1장의 경구는 이러한 맥락에서 해석되어야 한다. 이 문장은 한 단어인 "실화"를 문장으로 풀이해 주면서 2장부터 9장까지의 스토리에 대한 해석 방향을 제시한다. 여기서 "비밀"은 "실화"에서의 '꽃'과 마찬가지로 이중적인 뜻을 내포한다. "실화"에서의 '꽃'은 텍스트의 표면에서 지고한 사랑을 가리키면서 그 이면에서는 '수사학'으로서의 문학을 가리킨다. 따라서 '꽃'을 잃어버렸다는 것은 순수한 사랑에 대한 좌절을 의미함과 동시에 '수사학'으로서의 문학에 대한 절망을 의미하게 된다. 마찬가지로 "비밀" 역시 표층에서 연이가 삼각형의 꼭지점을 이루는 삼각관계 혹은 그 이상의 다각적 관계를 가리키면서 지고한 사랑의 외형에 감추어진 비속한 실상을 드러내는 역할을 한다면 그 이면에서는 '수사학'에 삼투된 내면성으로 세속적인 현실에 저항해온 그 자신의 방법과 태도를 가리킨다. 따라서 "비밀"을 잃어버렸다는 것은 무엇보다 세속적 가치로부터 자신을 지켜내고 또 그것에 맞설 수 있도록 해준 '수사학'의 성채에 대한 절망을 의미한다.

2장부터 9장까지의 스토리가 행사하는 기능은 「날개」의 스토리가 행

사하는 기능과 비교할 때 확연해진다. 「날개」에서 '나'의 행로는 구체적
으로 묘사되지 않는다. '나'는 어디인지 구체적으로 특정되지 않는 33번
지 유곽 같은 '집'에서 나와 역시 어딘지 알기 어려운 거리를 떠돌아다
닌다. 이것은 이어령이 분석했던 것처럼 '나'의 백치적인(paraphronique) 의
식 상태를 드러내기 위한 의도적인 장치라고 할 수 있다.56) 이처럼 「날
개」의 시공간은 '나'의 몽롱한 의식 상태에 비추어진 물상들의 형태로
추상화된다. 「날개」에 나타나는 고유명사는 '경성역'과 '미쓰꼬시 백화
점'뿐인데 이것들 역시 현실 재현적인 의미와는 거리가 먼 상징 기호적
의미를 가질 뿐이다. '경성역'은 '나'의 '산책'의 반환점이다. '나'는 '집'
과 '경성역' 사이를 왕복 운동하듯 오가는데 이를 통해 이상은 모더니
티, 즉 현대적 메커니즘이 작용하는 일종의 중력장을 표현하고자 한 것
으로 보인다. '미쓰꼬시 백화점'은 이러한 중력장의 의미를 성찰할 수
있는 공간으로서의 의미를 갖는다. 당시에 '미쓰꼬시 백화점'은 4층 건
물이었지만 당시로서는 서울에서 가장 높은 빌딩 가운데 하나였다. 이
상은 '미쓰꼬시 백화점'의 높이를 미학적인 장치로 활용하여 현대적 메
커니즘을 조감할 수 있는 위치라는 상징적 의미를 부여했다. 작중 말미
에 가서 '나'가 '미쓰꼬시 백화점' 옥상에 올라간 것은 파놉티콘과 같은
현대적 메커니즘에 의해 조절, 통제당하고 있는 '나'가 역으로 그것을
조감하게 된다는 반전의 의미를 갖는다.

그런데 이러한 「날개」의 공간적 추상화는 박태원이 「소설가 구보 씨
의 일일」(『조선중앙일보』, 1934. 8. 1.~9. 19.)에서 '구보'로 하여금 청계천변
다옥정의 '집'에서 종로를 거쳐 경성역까지 나아갔다 다시 종로를 통해

---

56) 이어령, 「이상론 — '순수의식'의 완성과 그 파벽」, 『문리대학보』, 서울대학교 문리
과대학학생회, 1955. 9. 참조. 이 논문은 「날개」가 "paraphronique"(순수의식 상태)
와 "Täglichkeit"(일상성)의 대립관계를 '나'와 '아내'의 관계로 상징화시켜 표현한
것으로 분석한다.

집으로 귀환하도록 했던 것과는 양상이 판이하다. 필자는 「소설가 구보 씨의 일일」과 1930년대 경성공간의 관련 양상을 고찰한 바 있는데, 그에 따르면 '구보'는 남촌과 북촌으로 확연하게 이중화된 1930년대 경성을 주로 북촌을 중심으로 주유하면서 경성으로 대표되는 식민지 근대의 폐쇄적 순환 구조를 깊이 성찰해 나간다.[57] 여기서 '구보'는 전차를 타고 동대문으로 갔다 조선은행을 거쳐 경성역까지 나아가지만 결국은 조선인의 삶의 터전인 종로로 나와 필시 이상임이 분명한 벗과 더불어 한밤의 종로를 주유하면서 "좋은 소설"[58]을 쓰겠노라고 다짐하게 된다. 이때 이 "좋은 소설"이란 근대풍경을 기교적으로 재현하는 단순한 고현학의 산물이 아니라 경성의 폐쇄적 순환성으로부터 자신과 함께 식민지 근대를 살아가는 사람들을 구원할 수 있는 정신적 거점으로서의 소설을 의미한다. 「소설가 구보 씨의 일일」은 흔히 고현학의 소설, 산책자 소설로 알려져 있지만 실상 이 작품은 자유로운 고현학이 더 이상 가능하지 않다는 인식에서 출발한 소설이다. 또한 고현학이라는 말이 함유하는 근대풍경의 관찰을 목표로 삼고 조선인의 의식 지대인 종로를 중심으로 경성의 삶의 구조를 구체적으로 '재현'하고자 한 소설이었다. 반면에 「날개」는 1930년대 후반 경성 공간의 구체적 의미들을 소거해 버리고 이들을 현대적 메커니즘 일반의 부조리한 구조 및 이에 대한 '나'의 성찰을 매개하는 상징적 기호들로 변형시킨 소설이다. 작중에 나타난 33번지 '집'이며 '경성역'이며 '미쓰꼬시 백화점'은 필시 경성의 남촌 지대에 실제적 원천을 두고 있음이 분명하지만[59] 「날개」를 쓴 이상의 입장에서 남촌이나 북촌의 괴리와 북촌으로 대표되는 당대 조선인들의 구체적인

---

57) 방민호, 「1930년대 경성 공간과 「소설가 구보 씨의 일일」」, 『문학수첩』, 2006년 겨울, 100~132면.
58) 박태원, 「소설가 구보 씨의 일일」, 『소설가 구보 씨의 일일』, 문장사, 1938, 295면.
59) 37번 주석 참조.

삶의 실상 같은 문제는 긴요치 않았다고 보아야 할 것이다. 「날개」의 작가로서 이상은 일본인 거주 지역이자 활동지역인 남촌의 물상들을 현대성의 표지들로 추상화, 상징화했다. 이것은 1930년대 후반의 시점에서 미쓰꼬시 백화점을 중심으로 한 '혼마치'가 경성에서 가장 현대화된 장소였다는 점을 상기해 볼 때 현대성을 문제 삼고자 하는 한 적절한 방법론적 선택이었다고 할 수 있다.

이러한 맥락에서 보면 「실화」에 나타난 '나'의 행로, 경성과 도쿄의 공간들에 대한 묘사법은 「날개」보다는 차라리 박태원의 「소설가 구보 씨의 일일」에 가까운 것이라고 해야 맞을 정도다. 실제로 「실화」는 「소설가 구보 씨의 일일」의 영화적인 오버랩 기법을 방법론적인 골격으로 차용한 작품이라고 할 수 있다. 「소설가 구보 씨의 일일」에서 '구보'가 폐쇄적인 경성을 주유해 나가면서 수시로 도쿄 유학시절의 일들에 대한 회상에 잠기곤 했던 것처럼 「실화」의 '나' 역시 한밤의 도쿄를 주유하면서 경성에서의 일들을 떠올려 나가는 것이다. 또한 「소설가 구보 씨의 일일」의 경성과 마찬가지로 「실화」에 나타난 경성과 도쿄는 하나의 실체로서 '재현적으로' 다루어진다. 본질상 "읽기 모드"60)에 속한다는 '사소설'의 독법을 따라 「실화」의 독자들은 작중에 나타난 사건들, 물상들, 사람들을 작품 외부에 지시 대상을 가진 실체적인 것들로 이해하게 된다. 도쿄 하숙집의 C군과 C양, 경성의 S와 연이, 호오세이 대학에 다니는 Y군, 일고 휘장을 두른 핸섬보이, '유정', 그리고 '나'는 「날개」의 '나', '아내'와 달리 실존적 구체성을 가진 인물로 나타난다. '나'의 행로를 따라 '나'의 의식은 도쿄와 경성을 넘나든다. 파도처럼 밀려오고 밀려가는 두 세계 사건의 파편들을 떠올리면서 '나'는 도쿄와 경성의 거리를 측정해 나간다. 문명의 바닷가에 서 있는 랭보처럼 파도를 맞으며 어

---

60) 스즈키 토미, 『이야기된 자기』, 한일문학연구소 역, 생각의 나무, 2004, 31면.

떤 삶을 살아가야 하고 어떤 문학을 해야 하는가를 고민한다. "비밀"의 사랑도, 문학도 유효기간이 다 된 것 같은 시대에 어떤 문학을 해야 하는가. 오장환과 마찬가지로 랭보적인 방랑을 떠난 그는 죽을 것처럼 조선을 그리워하고 조선의 설날을 그리워하면서도 새로운 문학을 얻기 전에는 돌아가지 않겠다고 생각한다. 안회남에게 보내는 편지에서 그는 "계집을 街頭에다 放賣하고 父母로 하여금 飢渴케하고 있으니 어찌 足히 사람이라 일컬으리까""61)라고 하면서 그 자신의 도쿄행을 세속적인 척도의 시선으로 신랄하게 비판한다. 그러나 이것은 하나의 포즈일 뿐이다. 바로 다음에서 그는 그러나 자신이 "知識의 乞人"62)은 아니라고 한다. 앞선 근대의 문물을 배우기 위해서 일본에 온 것은 아니라는 것이다. 그러면서 "當分間은 모든 제 罪와 惡을 意識的으로 默殺하는 道理외에는 길이 없"다고 했다. "當分間 어떤 苦難과라도 싸우면서 생각하는 生活을 하는 수밖에 없"다고 했다. "한篇의 作品을 못쓰는 限이 있드라도, 아니, 말라비뜨러져서 餓死하는 限이 있드라도 저는 지금의 姿勢를 抛棄하지 않겠"63)다고 했다.

이러한 「실화」가 「소설가 구보 씨의 일일」과 다른 것은 이러한 구체적 경험들이 도쿄의 밤과 경성의 밤을 규칙적으로 교차시키는 건축학적인 구조에 따라 '재편'된다는 점이다. 「실화」에 흘러넘치는 파도들, 출렁이는 바닷물들은 도쿄와 경성이라는, 서로 마주보고 있는 투명한 유리기둥 안에 갇혀 있는 형국을 자아낸다. 그리고 이처럼 실체적 '사실'들에 추상적, 상징적 의미가 덧붙여지는 '재편' 과정을 거침으로써 「실화」는 '사소설'의 전형적인 자연주의적인, 리얼리스틱한 구성에서 한발 비껴나 박태원의 「소설가 구보 씨의 일일」과 달리 「날개」의 구성법 쪽

---

61) 이상, 「사신」, 9, 김주현 편, 앞의 책, 257면.
62) 위의 글, 같은 면.
63) 위의 글, 258면.

으로 기울어진다. 이로써 「실화」는 하나의 건축물과 같은 상징성을 내포하게 된다. 물상과 사건들은 '사소설'의 논리를 따라 텍스트 외부에 지시대상을 가졌음에도 불구하고 "실화"라는 지붕으로부터 도쿄와 경성의 두 유리기둥 안으로 부단히 흘러내리는 상징의 기운에 물이 든다. 상징의 논리에 휘감긴다. 꽃을 잃어버렸다는, "비밀"을 잃어버렸다는 말에 담긴 상징적인 의미가 도쿄와 경성을 넘나드는 '나'의 경험들에 내포적인 의미를 부여해 나간다. 그럼으로써 도쿄와 경성의 경험들은 '나'의 상실, '나'의 절망을 드러내는 장치들로 변환된다. 도쿄와 경성의 물상들, 사건들은 작중 스토리 전체를 커다란 하나의 단위로 묶어주는 "실화"라는 말의 상징적 의미를 따라 이 상실과 절망의 의미를 충당하는 모자이크적인 파편들로 나타나게 된다. 도쿄와 경성의 장들은 파도와 같은 파편들로 이루어진 유리기둥이다.

5. '제3항'의 논리

도쿄로 건너가기 전에 발표된 「날개」는 현대의 메커니즘을 초월한 제3의 지점에 대한 사고를 함축하고 있었다고 볼 수 있다. 「실화」의 경우는 어떠할까. 이 작품에는 도쿄와 경성으로 대표되는 제국과 식민지의 구조적 위상학에서 벗어난 지점에 대한 사유가 함축되어 있는 것일까. 「실화」는 그 절망적 포즈에도 불구하고 도쿄와 경성을 넘나드는 성찰적 사유를 보여주는 작품이다. 그렇다면 여기서 '도쿄'라는 제국과 '경성'이라는 식민지의 구조적 위상학을 뛰어넘을 수 있는 사유의 단초를 찾을 수는 없는 것일까.

앞에서 살펴본 것처럼 「실화」는 1장의 에피그램과 결말에 해당하는

9장을 제외하면 모두 도쿄와 경성을 교차시켜 가는 구조로 짜여져 있다. 이 장들의 교차는 이상의 능숙한 언어적 기교를 입증하기라도 하는 것처럼 절묘한 연상 기법에 따라 섬세하게 전개된다. 2장의 담배 연기는 '나'를 3장의 삼각관계 연애에 관한 회상으로 이끌어가고 3장에 나타난 경성의 국화 한 송이는 4장의 '나'를 도쿄에 있는 C양의 방으로 되돌려 놓는다. 4장에 그려진 C양의 방에서 외출하는 '나'의 모습은 5장에서 연이와 살던 집을 나오는 '나'와 자연스럽게 연결된다. 또 5장에 나타난, 저녁을 맞아 불이 들어온 경성 거리의 가등들은 6장에서 도쿄 스즈란도오의 가등들에 관한 묘사로 이어진다. 6, 7, 8장의 교차 관계 역시 매우 규칙적이다. 6장에 묘사된 호오세이 대학 Y군과의 만남, 카페 엠프레스의 어둡고 구슬픈 분위기는 7장의 유정과의 만남, 연이와의 슬픈 이별로 이어진다. 7장에 드러난 연이의 "비밀"은 8장에서는 노바의 여급 나미꼬의 비밀에 대한 상상으로 대체된다.

이와 같은 과정이 도쿄의 장과 경성의 장들을 질량 면에서 등가적인 것으로 만들어 나갔음은 이미 살펴본 바와 같다. 그럼으로써 이들은 "실화"라는 절망의 파편적 사례들로 제시된다. 도쿄와 경성의 물상들, 사건들은 모두 생활로부터 유폐된 '나'의 절망을 구성하는 기표들로 화한다. 절망의 심연에 다다른 '나'에게 도쿄와 경성은 지리적으로나 정치경제학적으로 엄연히 준별되어야 마땅한 공간임에도 불구하고 '나' 자신의 황폐한 삶을 입증하는 공통의 장소라는 의미를 갖게 된다. 그런 까닭에 5장의 경성에서 6장의 도쿄로 나아가는 과정은 주의를 끄는 대목이다. 5장에서 '나'는 바야흐로 연이와 함께 살던 집에서 나와 죽음을 생각하며 어느 교외를 떠돌다 날이 저물면서 다시 시내로 돌아오지 않을 수 없게 된다. 이것은 「날개」의 주인공이 "미쓰꼬시 옥상"에서 "회탁의 거리"로 내려온 것에 상당하는 대목이다.

> 시내―사람들은 여전히 그 알아볼수없는 낯작들을 처들고 와글와글
> 야단이다. 街燈이 안개속에서 축축해한다. 英京倫敦이 이렇다지―64)

한낮을 경성의 외부에서 떠돌다 돌아온 '나'에게 시내는 낯설다. 경성
은 "英京倫敦"의 안개 속에서 불투명하게 빛나는 가로등처럼 독해할 수
없는 대상이다. 이러한 경성의 이미지는 6장으로 이어져 도쿄 스즈란도
오의 한밤에 연결된다.

> 아스팔트는 저젔다. 鈴蘭洞 左右에 매달린 그 鈴蘭꽃모양 街燈도 저젔
> 다. 크라리넬 소리도―눈물에―저젔다. 그리고 내 머리에는 안개가 자
> 옥―히 끼었다.
> 　　英京倫敦이 이렇다지?65)

'나'의 눈에 비친 도쿄의 밤풍경은 경성의 그것과 마찬가지로 불투명
한 얼굴을 가지고 있다. 이 불투명성, 심연이야말로 이상이 짧은 평생에
걸쳐 전력을 기울여 싸워온 것이다. "비밀"의 심연을 가지고 있다는 점
에서 경성과 도쿄는 등가적이다. 연이라는 여인의 "다마네기" 같은 얼
굴처럼 "마즈막에 아주 없어질지언정 正體는 안 내놓"는다는 점에서,66)
"英京倫敦"처럼 안개에 휩싸인 채 정체모를 기운만을 발산한다는 점에
서, 경성과 도쿄는 '나'에게 같다. 아마도 "英京倫敦" 역시 그러할 것이
다. 경성과 도쿄와 런던은 이 점에서 모두 이상이 평생에 걸쳐 여인의
"비밀"이라는 상징적 수사학으로 그 정체를 탐구하고자 했고 끝내 실패
해버렸다고 생각한 근대의 얼굴 바로 그것이다. 이 지점에서 다다르면
미지의 대륙에 갓 상륙한 자의 호기심 가득한 눈으로 "이 「마루노우찌」
라는 「삘딍」 洞里에는 「삘딍」 外에 住民이 없다. 自動車가 구두노릇을

---

64) 이상, 「실화」, 『문장』, 1939. 3, 61면.
65) 위의 책, 같은 면.
66) 위의 책, 66면.

한다"[67]라고 찬탄했던 도쿄에 대한 놀라움 대신에 그 자동차가 넘치는 거리를 "깨솔링냄새 彌蔓セツト"[68] 같다 하고, 도쿄 신여성들을 향해 "東京 尖端女性들의 물거품같은 「思想」"[69]이라고 비난을 퍼붓고, 어렸을 때 동경했던 제전[70]을 향해 "幻滅이라기에는 너무나 慘憺한 一場의 ナンセンス"라면서 "ペンキ의 惡臭에 窒息할 것"[71] 같다고 하는 냉정한 거리 감각 또는 염오의 감정이 앞서게 된다. 이러한 도쿄의 실상은 이상 그 자신이 마음 한곳에서 열렬히 지향해 마지않던 현대라는 것이 절대적인 가치의 영역이 될 수 없음을 일깨운다. 말하자면 현대는 차라리 불가해할지언정 굉장하거나 숭고하지는 않은 그 무엇이다. 눈으로 본 도쿄가 그러하다면 "倫敦"도 그럴 것이다. 또 어쩌면 "紐育"[72]도 그럴 것이다. "紐育"의 브로드웨이 역시 도쿄의 마루노우찌처럼 '나'에게 "환멸"[73]만을 선사하게 될는지도 모른다.

이렇듯 「실화」는 서로 낙차가 다른 세 개의 현대, 즉 경성, 도쿄, 런던 혹은 뉴욕을 등가적인 수준으로 치환하는 사유가 형성되는 중에 집필된 작품이라고 할 수 있다. 그리고 이러한 사유 속에서 경성, 도쿄, 런던 혹은 뉴욕으로 대표되는 세계는 출구가 없는 폐쇄된 공간이다. 그것은 현대의 낙차의 불균등성에도 불구하고 동질적인 폐쇄성을 보여준다. 「실화」를 옹위하고 있는 세계, 「실화」가 묘사하는 세계는 「소설가 구보 씨의 일일」에 묘사된 경성처럼 출구가 없다. 「소설가 구보 씨의 일일」에서 이 폐쇄된 현실에 대적하기 위한 방법론은 "좋은 소설"을 쓰는 것이었다. '구보'는 하루낮 하루밤 동안 종로로 대표되는 조선인의 의식지대

---

67) 이상, 「동경」, 『문장』, 1939. 5, 140면.
68) 이상, 「사신」 7, 김주현 편, 앞의 책, 251면.
69) 위의 글, 같은 면.
70) 이상, 「실화」, 앞의 책, 54면 참조.
71) 이상, 「사신」 7, 김주현 편, 앞의 책, 253면.
72) 이상, 「東京」, 앞의 책, 135면.
73) 위의 글, 같은 면.

를 주유한 끝에 벗과 헤어지면서 "좋은 소설"을 쓰겠노라고 다짐하며
다옥정 집으로 돌아간다. 그리고 그렇게 해서 만들어진 작품이 바로 「소
설가 구보 씨의 일일」이었다. 때문에 「소설가 구보 씨의 일일」은 비록
고현학의 방법론의 궤적을 드러낸다 해도 근대풍경을 피상적으로 관찰
하는 것 이상의 심각한 가치를 가진 작품으로 남을 수 있었다. 「실화」의
주인공인 '나' 역시 12월 23일 밤부터 24일 새벽 한 시에 걸쳐 도쿄와
경성을 넘나드는 주유를 행한다. 이 관념의 여정 속에서 그가 최후에 도
달한 것은 자신이 "검정外套에 造花를 단" "異國種강아지"라는 깨달음이
다. 이 자각에 도달한 사람이라면 이제 어떤 소설을 써나가야 하는 것일
까. 이상은 과연 어떤 소설을 써야겠다고 생각한 것일까.

최근에 하시야 히로시라는 일본의 한 연구자에 의해서 이상의 경성고
공 선배들인 박길룡과 박동진의 건축세계에 대한 분석이 시도된 바 있
다. 모두 1899년생으로 경성고공의 전신인 경성공업전문학교를 졸업하
고 조선 총독부 건축과 기수로 일했던 두 사람은 총독부에서 일하는 한
편 조선인 자본가들의 의뢰를 받고 많은 건축물을 설계했다고 한다. 박
길룡은 경성제국대학 본부건물, 화신백화점, 인촌 김성수의 저택 등을
설계했으며 박동진은 보성전문학교 본관과 도서관 등을 남겼다. 하시야
히로시는 박길룡과 박동진 모두 일본식 건축이나 화양절충식 건축이 아
닌 서양 모더니즘 양식 또는 고딕풍에 속하는 건물들을 설계한 점에 주
목하면서 다음과 같은 해석을 가해 놓았다.

조선의 두 건축가에게 민족주의적인 양식이 보이지 않았던 점은 단
지 우연이라고만 보이지 않는다. 식민지기의 조선에서 근대 문화의 도
입자는 지배자인 일본인이었다. 그러나 그 일본에게도 근대 문화는 서
양 문화인 외래 문화의 하나였다. 그런 가운데 두 건축가는 서양 문화
와 직접 마주서는 것을 통해 근대문화의 매개자로서의 일본을 넘어서
고자 한 것이 아닐까? 그들의 상당히 '정통적'인 작품들을 보고 있으면

그와 같은 생각을 지워버릴 수 없다.[74]

이러한 해석은 의미심장해 보인다. 이상의 「날개」는 소설로 축조해 놓은 서양식 건축물과 같은 형국을 보여주기 때문이다. 박길룡은 근대주의적이고 '기능주의적인' 그 자신의 건축관을 다음과 같이 밝혀놓은 바 있다.

> 자동차나 비행기를 볼 때마다 그 기구의 정교한 것을 경탄한다. 아모리 보아도 현대 진보된 과학을 유감없이 이용한 것이다. 현대과학의 표징이다.
> 건축은 역시 자동차나 비팽기와 다름없는 우리의 생활 행동을 조장케 하는 역할을 가진 생활도구임이 다름이 없다.
> ……(중략)……
> 우리 생활의 직접 용구인 주가건축도 그 구성방법을 자동차나 비행기의 구성방법에서 암시를 받은 구성형태, 모든 감상적인 무용의 부분, 생활용구로서의 생활행동을 도리혀 억주하는 병적 부분을 떠러버리고 기능 백『파센트』의 구성형태를 공상한다.
> 이것은 다 공상이라는 것보다 이상이겟다. 이것은 나의 이상이라는 것보다 과언일는지 모르나 건축의 진로일지 모른다.[75]

위의 글은 이상이 『조광』에 「날개」를 발표한 1936년 9월보다 조금 앞서 발표된 것이다. 박길룡의 '기능주의'는 「날개」에 나타난 지극히 '기능주의적인' 기호체계를 연상시킨다.[76] 「날개」는 생활에서 살을 발라내고 골격만을 도해적으로 추려내서 만든 인공적 소설인 때문이다. 이러

---

74) 하시야 히로시, 『일본 제국주의, 식민지 도시를 건설하다』, 김제정 역, 모티브북, 2005, 148면.
75) 박길룡, 「기능 100%의 건축형태」, 『동아일보』, 1936. 7. 28.
76) 박길룡의 기능주의적인 건축관과 그에 따르는 논리적 약점에 관한 논의로는 최순애, 「박길룡의 생애와 건축에 관한 연구」, 홍익대학교 석사학위논문, 1981, 149~156면 참조.

한 '기능주의' 소설에서 현대성을 표상하는 기표들 이상의 것은 삭제되어야 한다. 대신에 그럼으로써 소설은 '기능'이 선사하는 첨단성과 보편성에 귀착된다. 「날개」가 지금도 생생한 현재성을 보여주는 것은 바로 그 때문일 것이다. 반면에 「실화」는 그러한 방법론이 노정하는 약점에 대한 성찰 이후 새로운 소설, '육체'를 가진 소설을 모색하는 과정에서 집필된 작품이다. 때문에 여기에는 비록 파편들로 존재하고 "실화"라는 상징적, 추상적 의미를 향해 상승하기는 하지만 온갖 형태의 살들이 존재한다. 정지용, 박태원, 김유정 같은 구인회 문인들을 지칭하는 인명들이 등장하고, 아내를 지칭하는 인명이 등장하고 도쿄의 누추한 다다미방과 음울한 거리와 고독과 애수에 사로잡힌 주인공이 등장한다. 그 자신이 쌓아올린 모든 것을 다 허물어버리고 처음부터 새로 시작하고자 하는 가난한 인간, "비밀"을 잃어버린 인간이 나타난다. 이것은 자기의 무덤 위에 새로 집을 짓고자 하는 인간, 현대라는 추상적 표상 대신에 그 자신이 살아가는 세계에 뿌리박은 사건들과 물상들을 구체적으로 그려내고자 하는 인간이다.

일찍이 김윤식 교수는 이상의 도쿄행을 가리켜 "이상에 있어 동경이 강요한 자의식은, 의외에도, 모더니즘 일변도에 지나지 않았다.……그에게는 지식에 대한 것만 있었고 민족의식 따위의 측면은 아예 염두에도 둘 수 없는 것이었다"[77]라고 했다. "지식으로서의 근대가 진짜냐 가짜냐를 동경서 확인하고 그 한가운데에 자기를 놓았을 때 생긴 것이 그의 자의식의 참된 근거를 이루었다"면서 그에게 "동경은 서울을 바라볼 수 있는 거울이었고, 서울 역시 동경을 평가하고 의식하는 거울에 다름 아니었다."고 했다.[78] 다음의 문장들은 이상 문학에 대한 하나의 선고와 같은 성격을 지닌 것으로 이해되어 왔다.

---

77) 김윤식, 『이상 연구』, 문학사상사, 1987, 150면.
78) 위의 책, 150~151면.

이상의 비극은 그가 서울을 동경의 모조품으로 보았음에서 말미암는다. 그런 등식이 성립하기 위해서는 동경이 절대절명한 것, 신성한 것, 완벽한 것이어야 했다. 이러한 인식의 지평에 이상을 가두어 키워낸 것은 말할 것도 없이 식민지에 세워진 고등공업 수준의 교육이었다. 그가 이러한 저주받은 의식에서 벗어나는 길, 그것이 바로 동경행이었다. 그는 절망에서 벗어나기 위해 동경행을 감행했는데, 그 동경이 또 하나의 절망이었다. 이러한 두 겹의 절망을 견딜 만한 육체도 정신도 그에게는 없었다.79)

이 문장들은 어떤 불투명한 의미를 형성하면서 이상의 죽음을 '현해탄 콤플렉스'의 자장에서 벗어나지 못한 모더니스트의 비극적 운명으로 설명한다. "식민지에 세워진 고등공업 수준의 교육"은 이상의 정신세계에 지울 수 없고 극복할 수 없는 사유구조를 창출해냈다. 이 사유구조에 따르면 일본은 조선의 거울이며 조선은 또한 일본의 거울이었다. 도쿄는 경성의 거울이며 경성은 도쿄의 거울이었다. 이러한 논리구조에서 '제3항'은 발견되지 않는다. 대칭적으로 대립하는 두 개의 항이 서로 거울처럼 마주보면서 서로로부터 헤어날 수 없도록 단단히 결박되어 있는 구조적 관계, 근대 일본과 조선 사이에 가로놓인 '이것(Id)'을 발견하고 수긍하고 나아가 그 시대 문학인들의 정신세계를 해명하는 키워드로 삼을 때, 이른바 '현해탄 콤플렉스'는 구조화하고 그럼으로써 탈역사화 한다. 이러한 분석적 시각은 임화의 경우에도 똑같이 적용될 수 있다.

임화에 있어서 바다란, 물을 것도 없이 현해탄이며, 또한 현해탄 콤플렉스를 가리킴이다. 제도적인 장치로서의 근대성이 바로 그것이었다. 카프의 조직도 그 이데올로기도 현해탄 콤플렉스의 일종이지 중국 또는 소련을 통한 배움이라든가 미국을 통한 배움이 결코 아니었다. 마르크스 사상도 사회주의도 공산주의도 깡그리 일본을 통해서만 배운 것

---

79) 위의 책, 151면.

이어서, 일본적 사고 그러니까 제국의 수도 「東京」이 항시 그 중심점인 그런 사고의 지편에 갇혀 있는 형국이었다. 이런 대상의 그물에 걸려 있으면서도 그런 사실을 조금도 알아차리지 못하고 그 자체가 영원한 진리 그 자체인 듯이 착각하고 있는 것, 그것이 임화로 대표되는 현해탄 콤플렉스이며, 임화의 비극적 근원은 근본적으로는 이러한 사상적 과제 속에 있었던 셈이다.[80]

‘현해탄 콤플렉스’의 측면에서 보면 지극히 다른 세계를 갖고 있던 임화와 이상은 뜻밖에도 매우 등질적인 문학인들이 된다. 과연 임화와 이상은 현해탄 콤플렉스라는 치유할 수 없는 정신적 질병에 사로잡혀 있었던 것일까. 제국과 식민지, 일본과 조선, 도쿄와 경성이라는 이항대립적 구조 외부의 시점에 서고자 하는 의식을 그들은 갖고 있지 못했던 것일까. 그들이 상상한 현대성이나 보편성이나 사상이란 기껏해야 제국주의 일본이 열어놓은 제도적 가능성의 한계 안에서 작동하는 일본 중심적 관념에 지나지 않는 것이었을까.

한 연구에 따르면 서양철학의 갖가지 조류들은 이항대립 중심적인 경향과 이항대립을 지양하는 제3항을 가진 경향으로 정리해 볼 수 있다고 한다. 전자의 계열에는 니체의 긍정의 철학, 바슐라르를 포함한 이미지 비평, 메를로-퐁티의 현상학, 사르트르의 『존재와 무』에서 전개된 타자와의 관계의 변증법, 헤겔의 경우와 다른 파농의 주인과 노예의 변증법, 푸코의 이성 및 광기의 이분법, 들뢰즈의 주변성의 정치학(또는 몰적molar 정치학과 분자적molecular 정치학의 구분법) 등이 있고, 후자의 계열에는 헤겔에서 맑스로 이어지는 변증법적 사유가 대표적이다.[81] 나아가 탈식민주의의 인식론은 이항대립적인 사유구조에 기반해 있다고 한다. 제임슨은 이항대립을 "묶여 있는 변증법(arrestided dialectics)"라고 불렀는데 이것은,

80) 김윤식, 「임화와 전향 논리」, 『한국학보』, 1989, 37면.
81) 이경덕, 「탈식민주의와 주인과 노예의 변증법」, 『비평과 이론』, 한국비평이론학회, 2001, 45~51면.

헤겔의 주인과 노예의 변증법에서는 노동이 현실을 변화시키는 동시에 자신을 변화시켜 긍정의 인간으로 만드는데 반해 이항대립에서는 실질적으로 그 대립상황을 변화시킬 제3항이 보이지 않거나 부재한 상태를 보여주기 때문이라는 것이다.[82]

이러한 연구 내용은 그것대로 또 다른 검토의 대상이 되어야 한다. 특히 그 사이에 들뢰즈와 니체 등에 대한 조명이 매우 활발해지고 이들의 철학적 입장을 마르크스 사상에 접맥시키려는 노력들이 전개되고 있음은 간과하기 어렵다. 그럼에도 이항대립적 사유 구조의 약점에 관한 논의는 시사적인 면이 있다. 예컨대 '현해탄 콤플렉스'의 논리 구조 역시 '제3항', 즉 제국주의와 식민지 및 제국적인 담론과 탈식민적 담론의 이항대립을 지양할 수 있는 외부적인 척도에 대한 고려가 배제되어 있는 것은 아닐까 하는 의문을 제기해 볼 수 있기 때문이다. 이상의 생애와 문학이 그가 일본과 일본어와 도쿄라는 제국의 문제에서 자유롭지 않았음을 보여주는 것은 분명하다. 그러나 이 의식의 부자유는 과연 대문자로 된 콤플렉스, 즉 오이디푸스 콤플렉스만큼이나 절대적인 것이었을까. 또 주지하듯이 들뢰즈와 가타리는 프로이트의 이론에 내재된 맹점들에 대해 맹렬한 비판을 가하고 있지 않던가.

「실화」에 비추어 볼 때 이상이 쓰고자 했던 새로운 소설이 경험의 객관성과 그에 바탕한 재현의 원리를 중심으로 하는 리얼리즘의 그것과 같은 것이 되었을 것이라고 상상하기는 어렵다. 분명한 것은 당대의 체제가 구라파에서 세력을 넓혀가고 있는 파시즘과 다를 바 없다고 생각한 이상이 그러한 체제의 탁자 위에서 춤을 추는 일을 달가워하지 않았으리라는 것이다. 그리고 그러한 의식을 표현하는 문학을 추구했으리라는 것이다.

---

82) 위의 글, 53면.

6. 맺음말

과연 그의 죽음은 '현해탄 콤플렉스'의 주박에 걸린 모더니스트의 절망의 산물이었던 것일까. 현해탄이라는 이름이 표상하는 제국주의 파시즘의 한계를 초월하려는 고독한 노력에 체제 쪽에서 가한 가혹한 반응의 소산이었던 것은 아닐까.

이상의 도쿄 행은 박두해 오는 체제의 위협 속에서 새로운 삶과 문학을 획득하기 위한 불가피한 선택이었다. 그러나 주어진 탁자에서 벗어나려고 몸부림치는 그를 체제의 힘은 그냥 방관하지 않았다. 일제의 구속에서 풀려났을 때 그는 회생할 가망 없이 병이 악화된 상태였다. 이제까지 살펴보았듯이 「실화」에 나타난 이상 문학은 깊은 민족적, 정치적 자의식 위에 구축된 것이었다. 그러나 그것은 민족주의자의 문학이 아니라 현해탄을 의식하면서도 그 굴레를 넘어서려 한 보편주의자의 문학이다.

모든 작가의 문학이 그렇듯이 이상의 문학은 완성되지 않은 채로 남았다. 28세의 이른 나이에 세상을 떠난 사실에서 미루어 짐작해 볼 수 있듯이 그의 문학은 어느 면에서는 성장을 다 마치지 못한 채 끝나버린 것이라고 예단될 수도 있을 것이다. 때문에 조연현 같은 비평가는 이상 문학을 성숙하지 못한 문학으로 치부하고 말았다. 반면에 이어령은 조연현, 김동리, 서정주 등을 토속적 지방주의에 침닉된 경향으로 비판하면서 이상 문학의 보편성을 재발견하고자 했다. 이 점에서는 이어령이 분명 옳았다. 다른 많은 근대 작가들의 작품에서 외진 '조선적' 특성만을 발견하고 마는 자학적 논리에서 배울 것이 없음은 분명하다. 「날개」와 「실화」 등으로 문학사에 우뚝 서 있는 이상 문학의 신비하고도 심오한 의미는 이상 문학이야말로 정녕 세계문학으로서의 보편성에 값할 만한 자질을 내장하고 있음을 말해준다.

이러한 보편성은 어디에서 비롯되는 것일까? 이상의 문학이 단순히 젊어서 죽은 천재의 작품이었을 뿐이라고 보면 문학과 같은 '노옹'들의 예술세계에서 오래 살아남을 수는 없을 것이다. 칼 융은 한 소녀가 죽기 전에 꾼 꿈들을 분석하면서 그녀의 꿈에는 임박한 죽음의 계시가 담겨 있다고 했다. 그녀는 열 살밖에 안된 어린아이였고 사춘기에 접어들 때였지만 곧 죽어야 할 운명을 타고났으며 그녀가 꾼 꿈들은 이 다가올 미래의 사건을 미리 보여준 셈이었다는 것이다.[83] 죽음은 어떤 형태로든 하나의 완성이다. 때 이른 완성의 지점에 서 있던 어린 소녀의 꿈은 무의식적인 '언어'의 형태로 자기의 삶을 총괄하면서 박두한 죽음을 계시한다. 그렇듯이 이상의 문학은 성장하는 문학이었지만 동시에 완성에 다다른 문학이었다. 모험적인 실험을 거듭하면서도 여기에는 이미 완성된 미래로서의 죽음이 담겨 있었다. 임박한 죽음은 그로 하여금 그 자신의 짧은 삶을 총체적으로 부감할 수 있도록 했다. 그로써 그의 문학은 뒤돌아보고 내려다보는 문학, 젊지만 결코 미성숙하지 않은 '노옹'의 문학이 되었다. 그의 문학은 자연과 인공이 교차하는 인간의 생에 가로놓인 고뇌와 숙제를 성찰하게 한다.

이상 문학을 기괴한 실험으로 폄하하는 경향이 상존하는 한편으로 이상 문학을 신화화하는 경향 또한 이상 문학에 대한 주밀한 접근을 가로막는 요인이 된다. 이상의 삶을 신비화하고 그럼으로써 이상의 문학에 신화적인 의미를 부여하는 감상적 경향이 국문학계에 만연한 결과 이상 문학은 현대문학사의 맥락에서 돌출한 존재로 탈역사화되곤 한다. 성장하는 문학이 보여주기 마련인 미완성적인 양상들, 실험적인 변이들이 종종 심오한 사유의 계획된 표출로 오인되는가 하면, 작품들 사이에 존

---

83) 칼 융, 정영목 역, 「무의식의 연구」, 『사람과 상징』, 까치글방, 1995, 77~89면 참조

재하는 엄연한 우열과 시간적인 전개에 따른 작품간 연계 관계들이 무시되면서 공간화된 유형적 독해 방법이 특권적인 힘을 발휘하기도 한다. 프로이트, 라깡, 들뢰즈, 지젝 같은 정신분석학과 언어학, 맑스주의, 니체주의의 결합 양태들이 자유방임적인 형태로 군림하는 곳 역시 이상 문학 연구 분야다. 이러한 방법들은 이상 문학의 현대적인 독해에 힘이 되지만 반면에 이상 문학에 대한 또 다른 오인을 낳는 진원지가 되기도 한다. 마지막으로 이상 문학의 가치에 비해 그가 남긴 텍스트가 절대적으로 부족하다는 인식에서 이상이 정식으로 발표한 작품들과 그렇지 않은 자료들, 예컨대 일본어 문헌들을 무차별하게 분석하여 결론을 도출하는 경향 역시 경계할 만하다.

이 논문은 『문장』 1939년 3월호에 유고로 발표된 이상의 「실화」에 관한 작품론이다. 여기서 필자는 이상 문학을 텍스트 중심적으로 독해하면서 동시에 그것에 시간성을 부여함으로써 이상 문학의 의미와 그 문학사적 의미를 새롭게 인식하고자 했다. 「실화」는 「날개」와 더불어 이상이 남긴 소설 가운데 가장 우수한 작품이다. 특히 일본에 건너가서 쓴 것으로 이것을 능가할 만한 작품은 없다. 사소설적인 감동을 선사하는 작품으로 「봉별기」가 있고 해석적인 흥미를 선사하는 작품으로 「종생기」를 도외시할 수 없지만 문학적인 완성도 면에서 「날개」와 더불어 이 「실화」를 능가할 만한 작품은 단연코 없다.

「실화」는 이상이 그 자신의 도쿄행을 어떻게 인식하는지 생생하게 보여주면서 동시에 도쿄행을 포함한 그 자신의 문학 활동 전체에 대한 총괄적인 이해를 담고 있다는 점에서 문제적이다. 이상이 왜, 무엇을 위해서 「실화」를 썼는가 하는 질문은 이상 문학을 시간적 전개 속에서, 당대의 맥락에서 새롭게 이해하게 해준다. 나아가 그것은 '현해탄 콤플렉스'라는, 관념이 빚은 질병의 유효성에 관해 반성적으로 사유할 수 있도록 해준다.

「終生記」: 이상 시학과 경계의 수사학

박 현 수*

1. 서론1)

이상 시학은 이성에 대한 태도를 기준으로 할 때 모더니즘적 층위와
아방가르드(포스트모더니즘)적 층위로 나누어진다고 할 수 있다. 모더니즘
적 층위는 「거울」, 「명경」, 「지비」 등의 시들처럼 지적으로 정돈되어 있
는 작품들에 깔려 있는 것이고, 아방가르드적 층위는 「오감도」 계열의
시처럼 이미지의 과격한 충돌이나 급격한 비약 등 실험성이 전면적으로
부각되고 있는 작품들의 바탕에 놓인 것이다. 소설에서는 「날개」와 「지
도의 암실」이 서로 대비될 수 있을 것이다. 그러나 이상 시학에서는 이

* 경북대학교 국어국문학과 교수. 저서로 『모더니즘과 포스트모더니즘의 수사학－
이상문학연구』, 『이상 문학연구의 새로운 지평』(공저), 『이상의 사상과 예술』(공
저) 등이 있음.
1) 이 글은 기존 원고에 각주를 보충하고 내용 일부를 수정한 것이다. 본문에서 다루
지 못했지만 「종생기」에 대한 새로운 논의 중 신범순 교수의 몇 가지 지적을 참고
할 만하다. "극유산호－"의 '산호－'를 성적 상징으로 해석한 점, 정희의 한경(漢
鏡) 이미지, 「종생기」의 문화사적 의미 등에 대한 논의가 그것이다. 신범순, 『이상
의 무한정원 삼차각나비』, 현암사, 2007, 435~461면 참조.

런 이중적 층위가 어느 한쪽으로 절대적으로 기우는 것이 아니라 다양
하게 혼합되어 있다는 것이 중요한 특성으로 지적될 수 있다.

본고에서 「종생기」를 주목하는 것은 이 작품이 이상 시학의 혼성적인
특성을 해명하는 데 중요한 암시를 제공하기 때문이다. 이상의 후반기
작품인 「종생기」는 그의 소설 전체의 구도를 염두에 둘 때 과격한 실험
을 앞세운 「지도의 암실」과, 서술방식에 있어서 지극히 상식적인 수준
에 머무르고 있는 「날개」 사이에 놓인 경계적 작품이다. 전반적으로 극
단적인 실험성이 자제되어 있고 지적인 제어를 통해 사건이 전개되고
있다는 점에서 모더니즘적 측면이 드러난다. 그러나 이미지가 낯설게
결합하거나 서사의 전개가 불연속적이라는 점에서, 현실의 작가와 소설
의 화자가 뒤섞이고, 결과적으로 현실과 픽션이 서로 혼동되어 소설의
내적 완결성을 부정하는 메타픽션적인 특성을 지닌다는 점에서 아방가
르드적 측면이 나타나기도 한다. 후자 쪽에 서면 유클리드 기하학이라
는 절대적 체계에 대한 불신을 보여온 이상의 모습이 강조된다.[2] 반유
클리드 쪽에 서면 소설이라는 담론 자체의 완결성과 폐쇄성, 그리고 이
로부터 나오는 절대적 신념(이것은 모더니즘의 중요한 특징들이다)은 자연스
럽게 부정될 수밖에 없기 때문이다. 이런 두 가지 층위의 혼재를 특징적
으로 지니고 있다는 점에서 「종생기」의 수사학적 특징이 주목받을 만하
다. 그리고 이것은 그의 시학 전체에 해당하는 특성이기도 하다는 점이

---

[2] 이상은 "유우크리트는死亡해버린오늘유우크리트의焦點은到處에있어서人文의腦髓
를마른풀과같이燒却하는收斂作用을羅列하는것에의하여最大의收斂作用을재촉하는
危險을재촉한다,사람은切望하라"고 한다.(「線에關한覺書2」, 김주현 주해, 『이상문
학전집1』, 소명출판, 2005, 58면. 앞으로 이 책을 저본으로 하여 '『전집1』 ; 58면'
등으로 표기함. 『전집2』의 「종생기」 인용일 경우 면수만 표기) 유클리트의 기하학
이 인문의 뇌수를 소멸시킨다는 이런 언급은 「最後」(『전집1』 ; 149면)라는 작품에
서 뉴턴의 합리주의에 의해 지구가 부서질 정도로 상하고 "如何한 精神도 發芽하
지 아니한다"는 진단과 맥을 같이 한다. 이것에 대한 심도 있는 논의는 신범순, 앞
의 책, 제3장 참조.

강조될 필요가 있다. 이런 점에서 「종생기」는 메타시론, 혹은 메타창작론이라 할 수 있다.

2. "인색한 절약법"과 생략법

「종생기」에서 이상은 자신의 시학 즉 창작방법론을 지속적으로 여러 군데에서 언급하고 있는데, 그 중 대표적인 것은 다음과 같다.

> 나는 내「終生記」가 天下 눈있는선비들의 肝膽을 서늘하게해놓기를 애틋이 바라는 一念아래의(이—인용자)만큼 吝嗇한 내 맵씨의 節約法을 披瀝하야보인다.(352면)

> 혹 지나치지는 않았나. 天下에 炯眼이 없지않으니까 너무 金칠을 않이했다가는 서툴리 들킬염려가있다.(355면)

이상에 의하면 "인색한 내 맵씨의 절약법" 혹은 "금칠"이란 눈 있는 선비들의 간담을 서늘하게 하고 천하의 형안을 속이기 위한 창작 방법이다. 이것은 처음부터 끝까지 독자가 알아채기 힘든 고도의 기교를 의식적으로 사용하는 것이며, 가능한 한 서술적 설명이나 관련정보의 노출을 적극적으로 피하고, 의미의 연결도 표면적인 연관보다는 내적 맥락을 통해 이루어지도록 하는 것이다. 그는 이 외에도 "치레" "장치" "분장" 그리고 "속임" 등 수많은 용어로 이것을 달리 표현하고 있다. 이는 "자의식의 절정 위에 발돋움을 하고"(364면) 시종일관 지속적으로 전개한 의식적 방법이라는 점에서 상당히 주목할 만하다. 이것은 「종생기」의 단문주의를 설명하는 논의에서도 드러난다. "이상의 경우 문장 하나

하나가 독립변수로 작용하고 있"으며, "뒷문장이 앞문장에 종속되거나
이어지는 경우가 별로 없다"3)는 언급은 바로 그런 방법론의 특성을 지
적한 것으로 보인다. 다소 추상적일 수 있는 이 창작방법을 이상은 소설
한 부분에서 다음과 같이 드러내어, "천하의 형안"이 못되는 독자를 위
한 배려도 빠트리지 않았다.

> 나는 선뜻
> 「설마가 사람을죽이느니」
> 하는소리를 저 배 속에서부터 울어나오는듯한 그런 까라앉은목소리
> 에 꽤 明瞭한發晋을얹어서 貞姬 귀 가까이다대이고 지꺼려버렸다. 이만
> 하면 아마 그境遇의 最初의發聲으로는 무던히 成功한편이리다. 뜻인즉,
> 네가 오라고그랬다고 그렇게 내가 불숙 올줄은 너 꿈에도생각하지못했
> 으리라는 꼼꼼한意圖다.(361면)

정희의 편지를 받고 그녀를 만나서 "맨 처음 發言으로는 나는 어떤
奇絶慘絶한 驚句를 내어 놓아야 할 것인가"(361면)를 고민하던 화자가 그
고민 끝에 내던진 말이 "설마가 사람을 죽이느니"였다. 사실 이 말이 전
후 맥락에 대한 설명없이 등장했다면 독자들은 상당히 당황했을 것이
다. 형식적이고 상투적인 인사는 생략한 채 상당히 의식적인 조작을 거
친 끝에 비로소 발화되는 이 표현처럼, 생략된 것이 많으면 많을수록 그
만큼 그 발언은 생소하게 느껴질 것이다. 그러나 여기에 "꼼꼼한 의도"
를 밝히고 있어 그런 생소함과 당황스러움은 다행히 무리없이 해소된
다. 애초의 구절에서 이런 의도에 대한 언어적 표현은 생략되어 있었다
고 할 수 있다.4)

---

3) 조남현, 「실험과 모순의 텍스트, 그 안팎—자기 비하와 자기 과시의 고백체 소설
   「종생기」」, 『문학사상』, 1997. 10, 146면.
4) 생략된 요소를 복원하면 그 발화는 다음과 같이 될 수 있을 것이다. "설마가 사람
   을 죽인다는 말 들어봤느냐?. 네가 오라고 그랬다고 이렇게 내가 불쑥 찾아올 줄은

　　이처럼 문장의 이해에 필요한 요소를 고의적으로 생략하는 "절약법" 혹은 "금칠"은 모더니즘과 아방가르드의 경계에 놓인 수사학이다. 이는 당대 주지주의 혹은 기교주의라는 개념이 영미모더니즘과 초현실주의를 포괄하고 있는 현상과 유사하다.[5] "절약법", "금칠"은 모더니즘과 아방가르드의 경계에 놓인 방법론인 셈이다. 이를 수사학에서는 생략법(ellipsis)으로 불러왔다.[6] 물론 이상의 표현방식이 이 수사학 개념과 정확하게 맞아떨어지는 것은 아니나 표현의 기교면에서 유사한 측면이 있기 때문에 그의 "절약법"을 이해하는 데 도움이 된다. 생략법은 통사의 일부요소를 제거하는 수사방식을 통칭하는 일반적 개념으로, 수사학과 언어학에서 공통적으로 다루어지고 있는 흥미있는 개념이다.[7] 이것은 문장의 완전한 이해에 필요한 요소를 생략하여 암시적으로 이해하게 하게 만들어 독자의 상상력을 자극하며, 글에 간결함, 속도감을 주며, 문체에 밀도, 강도, 우아함을 부여하는 역할을 하기도 한다.[8] 물론 통사상의 요

너 꿈에도 생각하지 못 했겠지?"

5) 이런 점에서 이상의 시학은 당대 주지주의의 범주에 속해 있다고 할 수 있다. 주지주의의 양면적 성격에 대해서는 박현수, 「한국 모더니즘의 성격과 주지주의」, 『한국 모더니즘 시학』, 신구문화사, 2007 참조.

6) 고전적인 수사학자 뒤마르세는 "생략법은 구문의 문채(figure de construction), 즉 언술에서 단어의 사용과 배열에 관계된 현상이다. 구문을 완전하게 하기 위해 필요한 단어들이 부재할 때 생략법이 존재한다. 생략법은 담화를 축약시켜서 담화를 보다 힘차고 우아하게 만든다."고 설명한다. 윤희선, 「생략에 관한 연구」, 이화여대 석사, 1996, 10면. 본고에서는 여러 논문에서 사용되는 생략법과 생략이라는 용어 중 수사 방식이라는 인식을 분명하게 하기 위해 전자를 사용한다.

7) 유개념으로서의 생략법 속에는 각 단어마다 콤마를 삽입하는 단어접속생략법(brachylogia), 구와 구 사이의 연결사를 생략하는 구절접속생략법(asyndeton), 하나의 서술어가 둘 이상의 실사를 꾸미는 단일서술어법(zeugma) 등이 있다. Alex Preminger(edit.), The New Princeton Encyclopedia of Poetry and Poetics, Princeton UniversityPress, 1993, 326면. brachylogia는 간략법, asyndeton은 비접속문, 연결사생략, 접속사생략, 단서법(斷敍法) 등으로 불리고, zeugma는 액식어법, 액어법, 묶거나 풀어서 잇는 수법 등으로 번역된다. 번역용어는 다음의 논저 참고. 박항식, 『수사학』, 현대문학사, 1976 ; 자크 뒤부아, 용경식 옮김, 『일반수사학』, 한길사, 1989.

8) Henri Morier, *Dictionnaire de Poétique* et de Rhétorique, Press Universitaires de France,

소만이 생략되는 것은 좁은 의미의 생략법이며, 이제는 문장 단위를 넘어 담화 층위로까지 확대되는 것이 일반적이다.[9] 현대에 와서는 여기에서 한 걸음 더 나아가 사상 내용의 생략까지 가정한다. 박항식이 『수사학』에서 "이 방법이 문법적으로만 접속사 기타의 단어를 약(略)하는 데 그치는 것이 아니라 사상 내용까지를 생략하게 되는데, 여기에 이르러야만 문학적 가치가 발생하게 되는 것"[10]이라 한 것은 바로 이런 측면을 지적한 것이라 할 수 있다. 그러나 생략법의 근저에 존재하는 공통적인 전제는 르 비드와의 지적과 크게 다르지 않을 것이다.

> 화자의 정신은 사고의 본질적인 내용으로 급격히 도약한다. 즉 더 빨리 그것에 도달하기 위해 중간단계를 없애 버린다. 담화의 움직임을 무익하게 늦추는 것을 삭제한다. 거기에는 노력의 절약이 있다기보다 활동의 최고도, 절정이 있다. 날개 달린 말(paroles ailées)이라는 호머의 멋진 표현은 생략을 특징지어주는 것으로 보인다.[11]

"날개 달린 말(언어)"이라는 표현은 문장과 문장의 연결에 있어서 중간단계를 건너뛰어 메시지의 본질에 신속하게 도달하고자 하는 생략법의 한 특성을 잘 보여주는 것으로 이해할 수 있다. 본질적인 내용에 "급격히 도약"하는 것은 설명적이고 산문적인 과정을 과감히 생략해버림을 말한다. 특히 이 문제를 노력의 절약이라는 경제성의 측면에서 파악하

1961, 396면.

9) 언어학에서는 생략 현상을 문장의 생략된 부분에 대한 복원가능성 또는 재구성가능성의 유일함에 초점을 둔 Jespersen의 논의가 있는데, 이에 따르면 의미의 모호함이 발생하면 생략법은 성립되지 않는다. 이와 같은 문장단위의 생략법에 대해 Quirk나 Walace, Bally 등은 담화의 층위를 도입한다. 특히 Bally는 문맥적 생략, 상황적 생략으로 나누어 담화 층위에서 생략법을 논하고 있다. 윤희선, 앞의 글 및 김윤경, 「영어의 생략에 대한 연구」, 연세대 석사, 1988 ; 노은희, 「담화에서의 생략에 대한 비판적 고찰」, 『선청어문』 22집, 1994 참고.

10) 박항식, 앞의 책, 123면.

11) R. Le Bidois, *Syntaxe du français moderne* 1, 윤희선, 앞의 글, 58면 재인용.

지 않고 가장 왕성한 지적 활동의 차원에서 접근한 것은 생략법이 지닌 주지적 특성과 의도성을 부각시키는 데 많은 도움이 된다.

이상의 "인색한 절약법"이 문장상에서의 상투적인 요소를 생략하고, 고도의 기교로 서술적 설명이나 관련정보의 노출을 적극적으로 피하고, 의미의 연결도 표면적인 연관보다는 내적 맥락을 중시하는 방법이라 한다면, 이는 생략법과 많은 유사성을 공유하게 된다. 그러나 이상이 사용하는 생략법은 그보다 더 적극적으로 더 기교적으로 이루어지고 있다는 데 특징이 있다. 따라서 의미 맥락의 빈 공간은 더욱 커지게 되어 독자의 이해력과 상상력이 고도로 요구된다. 다음과 같은 문장이 좋은 예가 된다.

> 거울을향하야 면도질을한다. 잘못해서 나는 상차기를 내인다. 나는골을 벌컥 내인다.
> 그렇나 와글와글 들끓른 여러「나」와 나는 正面으로 衝突하기 때문에 그들은 제각기 베스트를 다하야 제자신만을 辯護하는 때문에 나는 좀처럼 犯人을찾어내이기는 어렵다는 것이다.
> 그리기에 大抵 어리석은民衆들은 「원숭이가 사람흉내를내이네」하고 마음을 놓고 지내는모양이지만 사실 사람이 원숭이흉내를 내이고지내는 바짜 至當한典故를 理解하지 못하는 탐(탓─인용자)이리라.(353면)

이상의 자의식 상태를 잘 보여주는 앞의 구절은 면도질을 하다가 상처를 낸 범인을 "여러 「나」" 속에서 찾기 힘들다는 내용이다. 그런데 다음에 연결되는 원숭이 흉내는 앞의 내용과 무관한 것으로 이해되어 왔다. 그러나 이 두 문장은 이질적인 내용이 아니라 하나의 일관된 흐름 속에 놓여 있다. "그렇기에"라는 접속사는 이 두 문장의 긴밀성을 말해준다. 그럼에도 내용이 이질적으로 보이는 것은 「설마가 사람을 죽이느니」라는 예처럼 앞뒤의 맥락에 대한 일반적인 설명 없이 본질적인 내용으로 바로 들어갔기 때문이다.

원숭이의 흉내를 이야기하는 것은 인간의 본질 속에 내재해 있는 근원적인 한계를 지적하기 위해서이다. 즉 원숭이가 사람을 흉내내는 것과, 화자의 행동이 "여러 나"의 혼재 속에서 그 주체도 모른 채 어느 "나", 혹은 복수적 자아의 간섭을 받는 것을 비교한 것이다.[12] 그러나 원숭이는 모방할 대상과 모방하는 주체를 분명하게 인식하고 있는 데 비해, 인간은 근원적으로 그런 단일 주체 자체가 없기에 수많은 자아의 혼돈스런 의지 속에서 근원도 알지 못한 채 흉내를 내어야 한다. 그래서 "사람이 원숭이 흉내를 내"인다고 한 것이다. 즉 "여러 나"의 혼재와 싸움 속에서 인간의 행동이 나오는데, 그처럼 이유도 인식하지 못하고 흉내내는 인간의 무자각적 행위는 원숭이보다 못 하다는 내용이다. 이렇게 해석할 때 이 두 문장은 자연스럽게 연결된다.

비연속적으로 보이는 다음 구절도 유사한 예가 된다. 이 문장들의 배열에서 생기는 의미의 혼란은 문장 간의 문맥적 상황이 생략되어 나타난 결과 때문이라 할 수 있다.

> 「地球를 점여내는 사람들은 光是 自然 破壞者리라」는둥
> 「개아미집이야말로 果然 整然하구나」 라는둥
> 「비가오면, 아— 天下에비가오면」
> 「昨年에났든 草木이 올해에도 또 돋으려누, 歸不歸란 무엇인가」라는
> 둥—(367면)

여기에 인용된 이 네 구절은 원천이 다른 곳에서 각각 개별적으로 가져온 것으로 볼 수 있다. 이 소설의 앞뒤 문맥에서도 이 점이 잘 드러난다. 즉 화자는 "치레 잘 하면 제법 의젓스러워도 보일만한 가장 한산한

---

12) 이상은 그의 시(「공복」)에서 이런 상황을 "군웅할거(群雄割據)"로 표현하고 있다.

과제로만 골라서" 놓은 것이라 하고 있다. 이는 인용부호가 붙은 그 구절들이란 화자가 정희에게 말을 건네기 위해 발어사격으로 사용하려고 가져온, 상황설정만이 비슷한 인용구들임을 가리킨다. 그리고 이것은 기억에 의존하거나 창조적으로 변형되기 때문에 일부 구절이 다르게 될 가능성이 많다. 그리고 이런 현상은 결과적으로 창작의 한 방식이 된다.

그러나 출처가 다른 인용구라 해서 서로의 의미가 절연되어 있는 것은 아니다. 앞의 두 구절은 자연파괴자와 개미가 서로 연관이 있으며, 나머지 두 구절은 비와 초목의 관계가 전제되어 있다. 특히 모파상의 작품과 관련하여 해석되어온 마지막 부분의 의미는 상호텍스트적 관점에서 관련자료를 이용하여 새롭게 복원할 수 있다.[13] 마지막 구절은 앞뒤 인용문뿐 아니라, 문장 자체 내에 있는 "초목"과 "귀불귀" 등의 의미도 불명확한 듯하다. 그러나 이 구절이 유명한 왕유(王維)의 「송별(送別)」이라는 작품에서 나온 것임을 알 때 의미의 복원은 그리 어렵지만은 않다.

山中相送罷	산중에서 벗 떠나보내자
日暮掩柴扉	해는 저물어 사립문 닫는다
春草明年綠	봄풀은 내년에도 푸르를 터인데
王孫歸不歸	떠난 왕손은 그때는 돌아오려는지[14]

---

13) 김주현은 마지막 구절을 모파상의 「비계덩어리」의 한구절 "극지에서 겨울철이 끝나고 남쪽으로 향하여 길이 열리는 것을 보는 난파당한 사람들의 기쁨에 관한 훌륭한 비유를 생각해냈다"의 상징적 비유로 해석한다. 그러나 이런 해석은 이 흩어진 구절을 무리하게 하나로 꿰어맞추려는 시도와, 텍스트에 보이는 "모파상"이란 단어 하나에 너무 과도하게 집착한 결과로 보인다. 김주현, 『이상소설연구』, 소명출판, 1999, 155~156면.

14) 정인택이 이상을 염두에 두고 쓴 소설 「여수」에 "ㅡ봄풀이 푸르것은 즉시 도라오소서"라는 메모를 소개하고 있는데, 이 구절과 관련이 있다. 이병한 역주, 『왕유시선』, 민음사, 1976, 69면. 이 시의 마지막 구절은 수많은 시인묵객의 빈번한 인용으로 더욱 유명하다. 김소월은 이 시를 "쓸쓸하다멧골집/ 자네가고난니짜/ 외로워라싸리문/ 져문날에후리네// 봄철풀은해마다/ 다시풀으건마는/ 가이업다우리는/

이 시의 후반부가 바로 「종생기」의 "昨年에났든 草木이 올해에도 또 돋으려누, 歸不歸란 무엇인가"로 변형되어 있다. 원시의 현재-미래(올해의 풀이 내년에도 푸를 것)의 시간이 「종생기」에서는 과거-현재(작년의 초목이 올해에도 돋을 것)의 시간으로 변형된 것이다. 이것은 왕유의 시가 친구를 이별한 뒤 만남을 기다리는 상황인데 반해, 소설은 과거에 알던 소녀를 현재 만나는 상황이기 때문이다. 그러나 이 문맥에서는 봄이라는 상황만이 강조되고 만남의 의미는 후면으로 물러나 있다. 그러나 "귀불귀"라는 만남에 대한 희구가 여전히 포기되지 않는 것은, 소설의 서두에 있는 것처럼 "나는 가을. 소녀는 해빙기. 어느제나 이 두 사람이 만나서 즐거운 소꿉장난을 한번 해보리까"(356면) 하는 간절한 바람이 전제되어 있기 때문이다. 원작품의 이런 변형은 소설의 문맥에 완벽하게 어울리고 있다. 그래서 소설에서 소녀는 "봄이 이렇게 왔군요" 하고 불쑥 말을 받는 것이다. 화자는 원작품에 명시적으로 나오는 "봄"이라는 어휘를 의도적으로 생략하고 있지만, 소녀가 이것을 바로 알아차림으로써 자신의 인색한 절약법이 탄로나자 순간 화자가 당황하게 되는 것도 이런 맥락 안에서 가능한 것이다.15)

"「昨年에났든 草木이 올해에도 또 돋으려누, 歸不歸란 무엇인가」"라는 수사적 발화에는 전후 맥락 혹은 문장 속에서 고도의 생략이 발생함으로써 난해함의 강도가 더욱 강화된다. 그 난해함은 문장 구성 요소의 단순한 생략이 아니라, 생략된 참조 관계의 생소함과 관계된다. 이 구절의 앞에 있는 "「비가 오면, 아― 天下에 비가 오면」"이라는 구절 역시

____

가고어이못오나."(「보냄」)로 옮기고 있다. 또 구용(具容)의 시조가 있다.(정병욱 편저 『시조문학사전』) "碧海竭流後에 모릭ㅣ 모여 섬이 되어/ 無情芳草는 히ㅣ마다 푸르르되/ 엇더툿 우리의 왕손은 귀불귀를 ᄒᆞ느니."

15) 상호텍스트성의 관점에서 새롭게 밝혀낼 수 있는 전거는 이외에도 「종생기」 곳곳에 산재해 있다. 김소월의 시, 두보의 시, 아리스토텔레스의 『시학』, 시조 등이 거론될 수 있을 것이다. 이는 별개의 논문으로 다루어야 될 문제이므로 여기에서는 생략한다.

그런 참조관계를 지니고 있는 것으로 보이는데, 그 때문에 전후 문맥 전체가 난해하게 된 것이다. 여기에서 알 수 있는 바처럼 생략법은 그 자체로서 생략된 참조 관계와 짝을 이루고 있다. 그래서 생략법에서 누락된 내용은 이미 그런 참조 관계를 전제하고 있으므로, 누락 자체가 고도의 인용이 되는 셈이다. 생략법은 이 지점에서 심층적으로 인유와 상호텍스트성과 연계된다. 이상의 생략법이 특히 난해하게 느껴지는 것은 이런 심층적인 연계를 전제하고 있기 때문이라 할 수 있다.

이처럼 생략법의 측면에서 고의로 누락된 의미 연관을 복원해갈 때, 「종생기」의 많은 난해구는 상당 부분 복원할 수 있을 것이다. 그러나 그것이 "유일하게 복원가능한(uniquely recoverable)"16) 것인가 하는 점에는 이의가 있을 수 있다는 점에서 전통 수사학자들이 말하는 복원가능성과는 다소 거리가 있다는 점이 지적되어야 한다. 이상의 생략법은 복원가능한 문장성분의 단순한 생략도 있지만, 대부분 생소한 참조 관계의 생략을 전제로 한 복원불가능성과 연계되어 있기 때문이다. 이상의 생략법은 한마디로 복원가능성과 복원불가능성의 경계, 즉 모더니즘과 아방가르드의 경계에 놓여 있다고 할 수 있다.

3. 이상 시학에 있어서 생략법의 기능

「종생기」의 중심적인 창작방법론으로 작용하고 있는 생략법이 작품에서 어떠한 기능을 하고 있는지를 구체적으로 살펴보고 이를 바탕으로 이상 시학에 있어서 생략법이 지니는 의의를 검토하고자 한다. 이상 시학에 있어서 생략법의 기능은 크게 네 가지로 나누어진다.

---

16) Qurik, et al,. *A Grammar of Contemporary English*, London ; Longman, 1972, 536면.

1) 지각의 탈자동화

이상의 "인색한 절약법"을 생략법과 등가로 볼 때, 그런 수사학의 선택을 강요한 것은 무엇일까. 표면적으로 드러난 방식의 유사성만을 단순비교하는 것은 수사학을 표층의 차원에서만 이해하는 것이 된다. 그런 단계를 넘어서서 작품에 드러난 화자의 문학관과 생략법의 특수성이 긴밀하게 연관되어야 한다. 그것은 생략법의 특성을 드러내면서 동시에 작품의 특성을 드러내는 것이 된다.

이런 관점에서 이상의 「종생기」를 분석하고자 할 때 첫 번째로 언급해야 할 것은 바로 이 작품에 드러난 미학적 관점이다. 그것은 이상이 그의 작품에서 일관되게 강조하고 있는 자의식의 유지와 관련이 깊다.

> 嗚呼라 一擧手一投足이 이미 아담 이브의 그런 衝動的習慣에서는 脫却한지 오래다. 反射運動과反射運動 틈사구니에끼워서 잠시 실로 電光石火만큼 손꾸락이 自意識의捕虜가되었을 때 나는 머처럼 내 虛無한歲月가운데 閑却되어있는 奇岩 내 코잔등이를 좀 만이적 많이적했다거나,(353~354면)

여기에 자의식과 대조되고 있는 것은 "충동적 습관", "반사운동"이다. 아담과 이브로부터 지녀온 본능과 같은 충동적 습관이나, 생물학적 무의식의 반응인 반사운동은 모두 자의식의 개입을 거부하기 때문이다. 그것은 의식의 여과없이 행해지는 자동성과 동궤에 놓인다.[17] 그런 자

---

17) 자동성 혹은 자동화는 의미부여하자면, 러시아 형식주의자들의 개념과 연결시킬 수 있다. 쉬클로프스키는 방 청소를 하면서 의자의 먼지를 털었는지 아닌지 기억하지 못하는 것을 동작의 습관적이고 무의식적인 특성에서 찾았는데, 이런 행위의 마비적, 기계적 습관(체코 형식주의자들이 훗날 자동화라고 부름)을 깨트리며, 우리로 하여금 실존적인 신선함과 두려움의 세계에 다시 태어나게 하는 수법을 "낯설게 하기(ostranenie)"라고 하였다. 프레드릭 제임슨, 『언어의 감옥』, 까치, 1985, 42~43면.

동성을 정지시키고 "지각의 탈자동화"[18]를 이룰 수 있는 자의식의 상태
가 되었을 때 그는 자동성 속에 잊혀져 왔던 사소한 것(콧잔등)을 비로소
인식하게 된다. 그래서 그는 "자의식의 포로"(353면)가 되기를 기꺼이 바
라고 있으며, 작품 내내 "자의식의 절정 위에 발돋음을 하고"(364면) 최
고의 작품을 만들어내기를 갈구하고 있다.

　충동적 습관과 반사운동이 나타내는 이 자동성은 다른 말로 상투성이
라 할 수 있는데, 그것은 너무나 익숙해 있어 우리에게 어떤 새로운 시
각을 요구하지 않는 상태, 즉 무의식의 과정 속에 편입되어 의도적 지각
이 결여된 자의식의 부재 상태를 말한다. 「종생기」에서 이런 자동성과
상투성은 바로 감상성으로 나타나고 있다. 그의 미학적 관점이 자의식
의 철저한 유지에 놓여 있다고 할 때, 그 결과 거부되어야 하는 것이 바
로 이 감상성이 된다.

> (가) 美文, 美文, 噯呀! 美文
> 美文이라는것은 저윽이 措處하기 危險한 수작이니라
> 　나는 내 感傷의꿀방구리속에 靑山가든나비처럼 瘋醉昏死하기 자칫 쉬
> 운 것이다. 조심 조심 나는 내 맵씨를 고처야할것을 안다.(356면)

> (나) 美文에 견줄만큼 위태위태한것이 絕勝에酷似한 風景이다. 絕勝에
> 酷似한風景을 美文으로 饒案模寫해 놓았다면 자칫 失足 溺死하기쉬운 웅
> 덩이나 다름없는것이니 斂位는 아예 가까이 닥아서서는안된다.(372~373
> 면)

　(가)에서 감상성의 다른 이름으로 나오는 것은 "미문"이다. 미문은 낭
만성을 바탕으로 하고 그것을 고려하는 순간 작가를 무자각적 정서의
세계로 떨어트리기 때문에, 자의식을 뚜렷하게 지니고 있는 작가에게는

---

18) 레먼 셀던, 김용규 옮김, 『비평과 객관성』, 백의, 1995, 78면.

금물의 대상이 아닐 수 없다. 자의식의 포즈(맵시)가 조금만 흐트러져도 "감상(感傷)의 꿀방구리 속에 청산 가든 나비처럼 마취혼사(痲醉昏死)하기 자칫 쉬운 것"이기 때문이다.[19] (나)는 미문과 똑같이 위험한 것으로 "절승에 혹사한 풍경"을 들고 있다. 절묘한 풍경은 사람을 그 세계 속으로 포용해버리고 경계심을 무너트린다. 그리고 그런 위험한 풍경을 미문으로 모사한다면 그것은 갑절이나 위험한 것이 될 것이다. 그래서 그는 이와 같은 감상성을 "실족 익사하기 쉬운 웅덩이"라 하고 다른 곳에서는 "개흙밭"(392면)이라 표현하고 있다. 이처럼 이상은 감상주의를 철저하게 거부하고 경계한다. 그것은 잠시라도 방심하는 순간 자의식을 해체시켜버리기 때문이다.

이런 감상성은 순간적으로 자의식의 경계심을 무너트리고 주체를 일상성 속으로 편입되게 만든다. 그 일상성은 자동성, 즉 상투성의 세계에 속해 있으며, 이 순간 세계는 낯익은 채로 되어 버려 우리에게 어떠한 새로운 인식도 주지 못 한다. 풍경이나 미문 등이 주체를 순간적으로 "청산 가던 나비처럼" 일상성 속에 "마취혼사"시켜 버리기 때문이다. 그래서 이상은 이런 감상성을 여러 가지 방식으로 경계하고, 그에 대항할 "맹목적 신조"에 대해 말한다.

> 그럼 風景에對한 傲慢한處身法
> 어떤 風景을 묻지않고 風景의 根源, 中心, 焦點이말하자면 나하나 「도련님」다운 素行에있어야 할것을傍若無人으로 強調한다. 나는 이 盲目的 信條를 두눈을 그대로 딱 부르감ㅅ고 믿어야된다.(364~365면)

---

19) 김주현은 이 부분을 호접몽(胡蝶夢)의 인유로 보고 있으나 이것은 우리나라 시조 "나뷔야 靑山에 가자 범나뷔 너도 가쟈/ 가다가 져무러든 곳듸 드러 자고 가쟈/ 곳에셔 푸待接ᄒ거든 닙헤서나 즈고 가쟈"에서 가져온 표현이다. 최승범 편, 『한국고시조선』, 삼중당문고, 1982, 399면. 호접몽은 수필에서 "淡白한 虛無—莊周의 胡蝶夢"이라고 직접적으로 사용하고 있다.(『전집』3 : 51면)

이것은 감상(풍경)에 몰입되어서는 안 되고, 풍경의 중심에 자의식적 주체가 굳건하고 오만하게 놓여 있어야 한다는 말이다. 정서나 감상에 휩쓸리지 않으려면 의식적인 긴장 상태를 팽팽하게 유지해야 한다는 이런 자기 다짐은 어쩌면 "맹목적 신조"라 부를 수도 있을 것이다. 이런 맹목적 신조는 휘파람 한 번 부는 데에도 "극비리에 정선 은닉된 절차를 온고(溫古)하여야만"(364면) 할 정도로 치열하다. 즉 이는 일거수일투족이 모두 의식의 대상이 되어야 함을 강조한 것이다. "극비리에 정선 은닉된 절차"는 자동성과 감상성으로부터 의식적으로 거리를 두는 생략법의 기능과 관련된다.

지금까지 인용한 문장, 즉 "美文, 美文, 嗳呀! 美文"이나 "그럼 풍경에 대한 오만한 처신법" 등은 완전한 문장이 아니라 생략된 문장으로 이루어져 앞뒤 맥락에 대한 의식적 긴장을 유발하지만, 문장과 문장 사이의 자연스럽고도 관습적인 연결이 거부된 채 수많은 맥락의 생략을 통해 의미의 폭을 확장시키고 있다. 이는 자동성으로 매몰되려는 의식을 스스로 제어하는 방어기제로 작용하는 데 도움을 준다. 이처럼 「종생기」에서 생략법은 난해하고도 비약적인 문장 운용으로 자동적이고 습관화된 사유를 정지시킴으로써 자의식을 고도로 유지할 것을 요구한다.

2) 순차적 독서의 방해

다음으로 다룰 기능은 생략법을 통해 문장과 문장, 단락과 단락의 연결을 고의적으로 부자연스럽게 만들어 독자의 자연스러운 독서를 지속적으로 방해하는 전략이다. 이것을 구체적으로 실현시키는 방법으로 난해한 단어 사용, 낯선 전거를 인용하는 상호텍스트적인 방법, 전후맥락을 제거한 채로 문맥을 이어나가는 방법 등이 있다. 이 모든 방법이 「종생기」에는 동시적으로 시도되고 있는데, 그 중 한 예를 중심으로 검토하기로 한다.

  ① 휘파람 한번을 분다 치더라도 내 極秘裏에 精選 隱匿된 節次를 溫
古하여야만 한다.(…)
  ② 動物에 對한 高潔한 智識?
  사슴, 물오리, 이밖의 어떤 種類의 動物도 내 에니멀킹돔에서는 落脫
되어 있어야한다. 나는 이 狩獵用으로 귀여히 가여히 되어먹어 있는 動
物外에 動物에 언제든지 無可奈何로 無智하다.
  또 ―
  ③ 그럼 風景에 對한 傲慢한 處身法?
  (….) 나는 이 盲目的信條를 두눈을 그대로 딱 부르감ㅅ고 믿어야된다.
  ④ 自進한「愚昧」, 「歿覺」이 참 어렵다.
  보아라. 이 自得하는 愚昧의 絶技를! 歿覺의 絶技를
  ⑤ 白鷗는 宜白沙하니 莫赴春草碧하라.
  李太白. 이 前後萬古의 으리으리한「華族. 나는 이태백을 닮기도 해야
한다. 그렇기 위하야 五言絶句 한줄에서도 한字가량의 泰然自若한 失手
를 犯해야만한다. 絢爛한門閥이 풍기는 可히 犯할수없는 氣品과勢道가
넉넉히 古詩한節쯤 서슴ㅅ지않고 상차기를 내어놓아도 다들 어수룩한
체들하고 속느니 하는 교만한迷信이다.(번호―인용자)(364~365면)

  인용된 부분은 연속된 단락으로 이루어진 소설의 일부로서, 문장과
문장, 단락과 단락 사이의 연결이 쉽게 이루어지지 않는 부분 중의 하나
로 마치 초현실주의의 자동기술법에 의한 글쓰기를 연상시킨다. 그러나
내외적 맥락을 고찰하면서 읽어가면 이 부분도 하나의 일관된 내용으로
이어져 있음을 알 수 있다. 이런 텍스트를 읽는 데에는 기호학적 방법이
도움이 된다. 기호학 역시 상호텍스트성을 전제로 하며, 어휘연쇄의 다
양한 변화가능성을 인정하고 있기 때문이다.[20] 수사학을 정치하게 하기

20) 기호학적 관점에서 텍스트 읽기의 다음과 같은 전제조건은 그 점을 잘 시사해준
   다. "(1)시를 읽기 위해 우리는 그 시의 포괄적 전통(제라르 쥬네트가 "원텍스트
   architext"라 부른 것)과 그 전통 속에 있는 어떤 수의 텍스트들을 알아야만 한다.

위해선 기호학적 지식이 필수적인 이유가 여기에 있다.

인용문에서 ②와 ⑤는 특히 이질적인 내용으로 보인다. 그것의 의미를 알려면 하나하나 의미를 정리해나갈 필요가 있다. ①은 자의식에 대해 말한 것임은 이미 살펴본 바가 있다. 그런데 ②는 갑자기 동물 이야기로 넘어가서 낯설게 느껴진다. 그러나 자신의 동물원에서 사슴, 물오리만을 허용하고 이들만을 알고(智識) 있는 것은 그것들이 귀엽고 가엾은 수렵용이기 때문이라는 지적을 고려하면, 이것은 곧 감상성과 관련됨을 짐작할 수 있다. 가련함은 감상성과 결부되어 있으며, 가련한 동물에 대해서만 지식을 가지고 있다는 것은 자신의 자의식을 더욱 고결하게 만드는 것이 된다. 왜냐하면 자의식을 견지하고 있는 사람에게 감상은 하나의 관조(수렵용)의 대상이 되며, 또한 그런 관조 자체가 관조자를 우위에 놓기 때문이다. 이렇게 할 때, 그런 감상성의 일종으로 "풍경"을 말하는 ③이 자연스럽게 연결된다. 그리고 ④의 "자진한 우매"는 앞 단락의 "맹목적 신조"에서 파생된 것이다. 맹목적이라는 말은 우매함과 몰각이라는 말의 확장이다. 즉 우매할 정도로 자의식을 가지고 감상성을 적극적으로 부정한다는 의미이다.

문제는 ⑤이다. 이태백 시퀀스라 부를 수 있는 이 구절 중 한시(白鷗는 宜白沙하니 莫赴春草碧하라)의 의미는 이 글 중에서 가장 낯선 것이다. 그러나 지금까지 진행된 의미의 흐름에 접목시키면 쉽게 이해된다. 즉 자의식을 지니고 있는 자는 그에 합당한 인식과 행위를 고려해야 하여, 잘못하여 익사할 수도 있는 감상의 구렁텅이에는 아예 접근하지 말라는 의미이다. 한시에서의 백구 / 춘초는 의미상 자의식 / 감상에 대응된다. 다음에 나오는 것이 '이태백 닮기'와 '생채기 내기'다. 이백과 같은 대가의

---

(2) 우리는 시적 언술의 생략적 본질 때문에 결여하고 있는 요소들(서사적·극적·연설적·개인적)을 채워넣는 어떤 기술을 가져야만 한다." Robert Scholes, 유재천 역, 『기호학과 해석』, 현대문학사, 1988, 59~60면.

시를 의식적으로 상처내는 일은 자신을 대가와 동렬에 놓는 행위이며, 이 말 속에는 오히려 낭만적인 감상을 바탕으로 시를 쓰는 이태백보다, 자의식을 가지고 패러디하고 창작하는 화자가 더 낫다는 판단도 깔려 있다. 이것은 서두에서 산호에 대한 시를 패러디하면서 "人智가 발달해 가는面目이 실로躍如하다"고 한 언급과 관련된다. 일부러 오자내는 것을 인지의 발달로 보는 것은 의식적 행위의 의미와 중요성을 강조한 것이다. 그리고 "교만한 미신"은 ③의 "맹목적 신조"의 확장이다. 맹목적인 신조는 미신에 가깝기 때문에 이 두 구절은 의미상 연결이 된다. 이렇게 볼 때, 이 구절들은 모두 자의식과 감상성에 대한 화자의 입장을 피력한 일관성 있는 글이 된다.

이런 글은 자세하게 읽지 않으면 내적 맥락을 놓쳐버리기 쉽고, 난해한 문장이나 낯선 단어들이 갑작스럽게 출현하기 때문에 독서의 진전이 지속적으로 방해받는다. 그것은 문장(단락)과 문장(단락)의 나열에서 설명적 요소들을 적극적으로 생략하고 있어, 독자가 여러 방식으로 그 빈칸을 채워나가야 하기 때문이다. 그러면 독자에게 있어서 작품에 몰입할 수 있는 가능성은 그만큼 줄어들게 됨은 필연적이다.

3) 독자의 상투적 기대 거부

순차적 독서의 방해라는 기능으로부터 또 다른 측면의 기능이 드러나는데, 그것은 자동성의 방해를 통해 독자의 상투적 기대를 고의적으로 저버리며 독자에게 심리적 충격을 가하는 자극 요법의 기능이다. 생략법을 중추로 삼고 있는 『종생기』의 시학은 바로 자의식을 최고도로 유지하는 방식, 즉 자동성의 방지 기제들을 고안하는 데 역점을 두게 된다. 「종생기」에 나타나는 그런 자동성(감상성)의 방지 기제는 바로 무자각적 몰입의 거부를 최종 목표로 한다. 이 목표를 실현하는 데 동원되는

방법 중의 하나는 문장을 순차적이면서 상투적으로 읽어나가는 독자의
기대를 순간적으로 좌절시키는 방식이 있다.

> (가) 거룩하다는 稱號를携帶하고 나를찾어오는 「戀愛」라는 것을 應酬
> 하는데있어서도 어디서 어떤 老少間의 의뭉스러운先人들이 발라먹고 내
> 어버린 그런 遺訓을 나는 헐값에 걷어들여다가는 製鍊 再湯 다시 써먹
> 는다.는줄로만 알았다가도 또 내게 혼나는 경우가있으리라.(363면)

> (나) 나는 이런境遇에 千萬뜻밖에도 눈물이 핑 눈에긋득 돌아야하는
> 것이 꼭맞는原則으로서의 意表가아닐까 그렇게생각하면서 저벅저벅 貞
> 姬앞으로 닥아갔다.(360면)

(가)를 읽어가는 독자는 "써먹는다"라는 서술어까지 읽어오면서 하나
의 메시지가 완결된 것으로 믿는다. 그리고 거기에는 마침표까지 찍혀
있기 때문에 이런 기대는 전혀 의심의 대상이 되지 않는다. 그런데 이런
기대는 순간적으로 좌절되는데, 바로 이어서 이 문장이 완결되지 않은
것으로 드러나고, 전언이 진행중임이 알려진다. 이것은 문장을 읽으면서
어느 정도 결과를 예상하는 독서 습관에 타격을 가하면서 소설에 몰입
하는 것을 방지한다.

(나)도 "천만 뜻밖에도"라는 말 때문에 "눈물이 핑 돌았다"라고 읽히
게 되는데 결과적으로 그 기대는 좌절된다. 이처럼 한 문장이 완결된 듯
하면서 전혀 다른 국면으로 다시 연결되는 기법은 독자가 한 문장의 일
반적이고 상투적인 흐름에 몸을 맡기고, (나)와 같은 감상에 빠지는 상
황을 방지한다. 또한 이것은 화자가 감상에 빠지지 않으려 의식하고 있
다는 사실 자체를 하나의 대상으로 고찰하고 있음을 인식시켜 준다. 이
처럼 자의식이 순간적으로 허물어져 감상의 구덩이로 떨어지는 것을 막
기 위해 이상은 독자의 일반적인 기대를 계속해서 좌절시킨다.

이것은 서술어가 문장의 마지막에 오는 우리 문장 구조의 특성을 교

묘하게 활용한 수사학적 상황이기는 하지만[21] 예기되는 자연스런 상황을 갑자기 생략해버리고 새로운 전환을 가져오는 이 방식 역시 생략법의 새로운 형태로 이해할 수 있다. 인용한 문장에는 독자의 기대지평에 의한 상투적인 문장들이 연속될 것으로 예상될 수 있다. 가령 (가)의 "… 다시 써먹는다." 다음에는 기존의 명언들을 되뇌는 상투적 언어 사용에 대한 내용이나 상황이 예상되고, (나)의 "눈물이 핑 눈에 긋득" 다음에는 일련의 감상적인 장면이 예상된다. 그러나 그런 문맥은 완전하게 생략되고 예상 밖의 상황으로 나아가게 된다. 이것은 이상이 제공해주는 생략법의 가능성으로 높이 평가할 만하다.

4) 작품의 완결성 부정

독자의 상투적인 기대의 거부는 그 다음으로 문장의 차원을 넘어서서 작품 자체에 몰입되는 것을 막는 기능으로 확대될 수 있다. 몰입 자체는 대상에 대한 비판의식을 상실하는 경우에 생기는 현상이므로, 이 역시 감상성의 방지 기제가 적용되어야 할 대상이 된다. 그 방식은 작품의 완결성을 부정하는 것으로 나타난다.

> (가) 「侈奢한 少女는」, 「解凍期의시내ㅅ가에서서」, 「입설의 落花지듯 좀 파래지면서」, 「薄氷밑으로는 무엇이 저리도 움즉이는가 고」, 「고개를 갸웃거리는 듯이 숙이고있는데」 「봄 운기를 품은 薰風이 불어와서」 「스카-트」, 아니 아니, 「너무나」. 아니, 아니, 「좀」 「슬퍼보이는 紅髮을건드리면」, 그만. 더 아니다. 나는 한마디 可憐한語彙를 添加할 誠意를보이자.(354~355면)

---

21) 이것은 우리말의 구조와 관련되어 있는 특수한 경우이다. 바로 이런 부분이 아직 명명되지는 않았지만 우리의 수사학이 발생할 수 있는 지점이라는 점에서 앞으로 주목할 필요가 있다.

(나) 日暮창산―
알(날―인용자)은 저물었다. 아차! 아직 저물지 않은것으로 하는것이
좋을까보다.
날은 아직 저물지 않았다.(366면)

(다) 나는 내 墳墓될만한 조촐한터전을 찾는듯한 그런서글픔 마음으
로 貞姬를 재촉하야 그 언덕을 나려왔다. 등뒤에 들리는 風磬소리는 진
실로 내 心痛함을 도읍는듯하다고 寫字하면 情景을 한층 더 반듯하게
매많어놓ㅅ는 한 도움이되리라. 그럼 진실로 風磬소리는 내 등뒤에서
내 마즈막 心痛함을 한층 더 들볶아놓는듯하드라.(372면)

(가)는 자기 소설의 어휘를 다듬는 과정을 보이는 장면이다. 소설 중
반부에 쓰일 장면 묘사에 필요한 문장을 소설 서두에 "아니, 아니" 하면
서 수정해나가는 것이나, 성의를 보이자고 독백하는 것 등은 기존의 소
설이 완벽한 인공세트 속에서 독자에게 완결된 느낌을 제공하려고 노력
하는 것과는 완전히 대조적이다. 완결된 느낌은 소설 속에 마련된 인공
세트를 실재로 착각한 독자가 그 속에 완전히 몰입될 때 생기는 것이다.
그런데 (가)는 인공세트임을 공공연히 밝히고 있으며, 나중에 사용될 장
면묘사를 소설 서두에 다듬어 보임으로써 시간의 설정 자체도 조작적임
을 드러낸다.
 이런 시간의 조작은 (나)에 오면 더욱 심해진다. 소설에서나 현실에서
의 시간적 배경은 불가역성을 기본으로 한다. 현재와 과거를 교차시키
는 방식도 일종의 회상의 형식을 벗어나지는 못하는데, 그 회상 역시 시
간의 불가역성이라는 한계 속에서 벌어지는 현상이다. 그런데 (나)에서
는 "날은 저물었다"고 선언한 뒤에 이것을 "날은 아직 저물지 않았다"
로 완전히 취소, 수정해버린다. 여기에서 시간 자체는 하나의 소도구로
전락되어 있다. 칸트의 시공간이 인식의 가능조건으로 절대화되어 있는
것과 비교하면 이런 시간의 사물화는 독자에게 상당한 충격을 가져다준

다. 그리고 그 수정의 이유도 소설 진행상의 필요에 의한 것으로 밝혀져 있어 더욱 소설의 형해를 드러내고 있다. (다) 역시 글쓰기 자체를 하나의 대상으로 기술하고 있다는 점에서 공통된다.

이것은 모두 예술 작품이라는 틀 자체가 허구적이라는 것을 지속적으로 드러냄으로써, 독자가 그 속으로 몰입되는 것을 방지해준다. 소설의 화자와 현실의 작가, 현실과 소설을 계속 혼동시키는 것도 이런 전략에 포함된다. 이것은 "왜 나는 미끈하게 솟아 있는 근대건축의 위용을 보면서 먼저 철근철골, 시멘트와 세사(細砂), 이것부터 선뜩하니 감응하느냐"(373면)는 탄식에서도 드러난다. 이것은 하나의 작품을 대할 때에 작품에 침잠하기보다도 그것의 기법이나 형식 같은 가려진 구조가 더 잘 느껴진다는 의미로, 글쓰기를 대상으로 하는 메타픽션의 성격을 잘 드러내준다.22)

독자로 하여금 작품 자체의 완결성을 믿게 만들고 거기에 독자 자신의 감정을 투사하여 그 허구적 세계로 자연스럽게 몰입하게 하는 것을 작품과 작가의 역할이라고 믿는 사람에게 이런 식의 표현은 상당히 충격적인 것이 아닐 수 없다. 그런 사람들에 있어서 인용한 "일모창산—"이라는 표현 다음에는 해질녘의 상황과 관련된 수많은 상투어와 전거들이 자연스런 문맥을 형성하고 있을 것이다. 「종생기」는 그대로 두었다면 자생적으로 구축되어갈 그런 예상되는 일련의 기대를 고도의 생략법을 통해 완전히 배제해버리고 소설 자체의 몰입을 경계한다. 「종생기」의 생략법을 통해 이상은 완결된 작품이라는 관념을 희화화의 대상으로 삼고 메타소설이라는 새로운 세계를 보여준 점에서 문학사적 의의를 지닌다고 할 수 있다.

---

22) 이상은 이것을 "슬픈 透視癖"(『전집』2 ; 373면)이라고 부르기도 한다.

4. 이상 시학과 생략법의 의의

지금까지 이상 시학의 특성을 고찰하는 차원에서 「종생기」에 나타난 생략법의 특성과 기능을 살펴보았다. 이제 이를 바탕으로 이상 시학에 있어서 생략법이 어떠한 의의를 지니는지 검토해야 할 것이다. 서론에서 이미 말한 바와 같이 이상 시학은 모더니즘과 아방가르드(포스트모더니즘)라는 두 층위의 혼재로 이루어져 있다. 이 혼재가 소설로 잘 드러나는 것이 바로 「종생기」인데, 이 소설은 여러 측면에서 모더니즘과 아방가르드의 긴장 속에 놓여 있다.

생략법에 있어서 핵심이 되는 개념은 복원가능성(recoverability) 또는 재구성가능성(reconstructionality)이라 할 수 있다.[23] 생략된 항목이나 의미에 대하여 복원가능성이 높은 것, 즉 누구나 분명하게 생략된 내용을 알 수 있는 것일 경우는, 이미 지적한 바와 같이 수사학에서는 그리 매력 있는 것이 아니다. 그것은 일종의 죽은 생략법이라 할 수 있다. 그러나 어느 정도의 복원가능성을 강조하는 맥락의 이면에는 화자와 청자의 지적·정서적 공통기반에 대한 믿음이나, 생략된 문장 이전에 일종의 이데아와 같이 존재하는 표준적인 문장에 대한 믿음이 깔려 있다. 이것은 이 세계의 보편성과 완결성을 믿는 모더니즘의 세계관과 유사하다. 따라서 생략법이라는 개념에 "사실상 모든 문장 성분을 생략할 수 있지만 청자나 독자가 문맥에 따라 충분히 생략한 부분의 뜻을 알아차릴 수 있을 정도여야만 한다"[24]는 제한을 가하는 것은 복원가능성을 확고하게 믿는 전통문법론자 혹은 모더니즘의 입장을 반영하는 규정이라 할 수 있다.

그러나 복원가능성에 대한 회의가 생기면서 생략법은 그 지평을 더욱

---

23) Qurik, et al,. *A Grammar of Contemporary English*, London : Longman, 1972, 536면.
24) 김욱동, 『수사학이란 무엇인가』, 민음사, 2002, 278~279면.

확장하게 된다.[25] 어느 문장 혹은 담화의 차원에서 어떤 부분이 생략되었다고 느낄 때 그것의 복원이 하나의 동일한 내용을 지닐 것이라고는 생각할 수가 없다. 각각의 독자는 자신의 기대지평을 가지고 생략된 부분을 생각하지만 그런 기대지평에는 개인에 따라 편차가 크기 때문에 거기에 기반한 동일한 복원의 결과는 기대하기 힘들다. 복원가능성을 강조한 수사학자가 스스로 복원불가능성을 드러내는 것도 생략법의 속성상 당연한 결과라 할 수 있다. 김욱동은 생략법에 "청자나 독자가 문맥에 따라 충분히 생략한 부분의 뜻을 알아차릴 수 있을 정도"라는 복원가능성에 기반한 제한을 두고 있지만, 오상순과 김소월의 시를 인용하여 설명한 부분에 오면 이 제한을 스스로 부정한다. 오상순의 "허영의 의상은 그림자마저 사라지고…"의 말줄임표에 들어갈 내용과 관련하여 "시인은 옷을 모두 벗어버린 뒤 일어나는 일은 독자의 상상력에 맡긴 채 더 이상 언급하지 않는다"고 한다. 그러나 생략된 의미를 독자의 상상력에 맡긴다는 것은 이 구절의 해석을 무한하게 열어놓는다는 의미로 이는 복원불가능성에 대한 승인이라 할 수 있다.[26] 복원불가능성이라는 개념에는 완결되고 보편적인 세계인식이 아니라 해체되고 분열된 세계인식이 담겨 있다는 점에서 니체적이며 그래서 아방가르드의 세계인식과 통한다.

이처럼 생략법의 양쪽에는 근대와 탈근대의 세계인식이 놓여 있다. 「종생기」에서 생략법은 이 둘 중의 어디에도 속하지 않으며 그 사이의 긴장 상태에 놓여 있다. 복원가능성이 너무 높아 문학적 긴장을 놓치지 않을 정도로 진술의 지적 수준을 유지하고 있다. 그것은 문장 혹은 문장

---

25) Quirk는 생략법 발생의 조건으로서 "유일한 복원가능성"이 모든 생략 현상을 설명해주지 않는다고 인정하며, 복원가능하지 않은 생략을 "약한 생략(weak ellipsis)"으로 명명한 바 있다. Quirk, et al., 앞의 책, 540면.
26) 김욱동, 앞의 책, 280~282면.

이상의 단위에서 상투성(즉 높은 "복원가능성")과 반복성을 제거하며, 본질적인 내용만을 다루고자 하는 일종의 세련된 절제 방식으로 사용되고 있다. 이 수사학에서는 높은 복원가능성에 바탕에 둔, 독자와 화자의 너무 뻔한 암묵적 약속을 허용하지 않는다. 또한 동시에 복원가능성이 너무 낮아 극단적인 실험에 그치지 않도록 시종일관 자의식을 견지하며 지적인 제어를 하고 있다. 「지도의 암실」처럼 개인적 발화 속에 고립되지 않으면서 소설의 새로운 방향을 제시해보이는 여유를 보이는 것이다.

이런 특성은 근대성을 발판으로 삼으면서 끊임없이 탈근대성을 추구한 이상 시학의 핵심과 맞닿아 있다. 그 시학의 기저에는 근대지식인의 지적 교양이 탄탄하게 깔려 있지만 그는 언제나 거기로부터 탈주를 하여 그 극단으로 가고자 한다. 그래서 「거울」, 「날개」 같은 모더니즘 작품에서는 이미지의 비약을 시도하고,[27] 「오감도」, 「지도의 암실」 같은 아방가드적인 작품에서는 격렬한 실험정신 속에서도 지적인 제어를 완전하게 버리지 못하는 것이다.[28] 그래서 이들 두 경향의 작품을 적확하게 구분해내는 것은 불가능할 뿐 아니라 또한 불필요한 일이 된다. 격렬한 실험정신과 냉철한 지적 제어는 완전하게 분리될 수 없을 정도로 서로 의존하고 있기 때문이다. 「종생기」에서 생략법의 기능이 보여주는 것도 이와 유사하다. 지각의 탈자동화는 그 바탕에 자의식의 유지라는 근대적 제어와 연계되어 있는 기능이지만 순차적 독서의 방해, 독자의 상투적 기대 거부, 소설의 완결성 부정 등은 현실의 작가와 소설의 화자가 뒤섞이고, 결과적으로 현실과 픽션이 서로 혼동되어 소설의 내적 완

---

27) 「날개」의 "아스피린, 아달린, 아스피린, 아딜린, 맑스, 말사스, 마도로스, 아스피린, 아딜린"이라는 구절이 대표적인 예가 될 것이다. 이것은 흔히 실어증적 양상의 예로 인용된다.
28) 「오감도」의 파격성 속에서 발견되는 의도적인 대칭성이 그 예가 될 것이다.

결성을 부정하는 탈근대적 탈주와 연계되는 기능이다. 그러나 그것은 따로 분리해낼 수 없을 정도로 서로 긴밀하게 연결되어 있다. 「종생기」의 생략법이 이상 시학의 이런 특성을 집약적으로 보여주고 있다는 점에서 그 의의를 찾을 수 있다. 이상 시학의 특성이 「종생기」의 생략법 속에 응축되어 있다고 말해도 과장이라 할 수 없는 것은 바로 이런 이유 때문일 것이다.

李箱의 「建築無限六面角體」 解讀

조 수 호*

李箱, 그의 문학에 대한 연구는 지금까지 지속되고 있으며 앞으로도 계속될 것이다. 이상문학에 대한 여러 가지 견해와 해석 이해가 진행되고 있다. 그러나 그러한 여정의 이면에는 아직도 이상문학에 대한 구체성이 많은 부분에 있어서 결여되어 있다고 할 수 있다.

작가는 글을 통해서 자의든 타의든 노출이 될 수밖에 없다. 그러나 이상은 이러한 일반적 경향에서 크게 벗어나는 작가이다. 왜냐하면 이상은 글과 생활에 있어서 그 자신의 이야기와 의도를 드러내지 않고 스스로 난해하게 숨겨놓았기 때문이다. 그러나 또한 이상은 지속적으로 자신의 이야기를 변형해서 반복했다. 이것이 이상의 모순이다. 이는 이상의 숨기면서 드러내기로 그의 글속의 표현을 빌리면 '말하지 않으면서 말하기', '복화술'이라고 할 것이다. 따라서 이것을 파악하기 위해서는 이상의 내부로 진입하지 않고서는 불가능하다. 이상 내부로 진입하기 위해서는 이상이 자신의 글 전반에 분산하여 깨뜨려 놓은 그 조각들

---

* 이상연구가. 논문으로 「도형에서 바라본 이상시의 해독」이 있음.

의 연결성과 조직성을 근거로 파악해야 한다. 그렇다면 이상을 이해하는 첩경은 무엇인가? 그것은 '이상의 기호'라고 말할 수 있다. 이상의 사고와 글은 하나의 원칙에서 출발하고 있다. 그것은 그의 기호이며 상징인 도형 '삼각형' '역삼각형' '사각형' '원'이다. 이상을 이야기할 때 언급되는 '기호' '상징' 그것들은 다음과 같은 구조를 갖고 있다.

$$\triangle \;+\; \triangledown \;=\; \Diamond \;=\; \square \;=\; \bigcirc$$

現實	理想
人間	神
惡	善
女子	男子
左	右
否定	憧憬
陰	陽[1]

이것을 시발점으로 하여 이상의 사고와 그의 글의 형태 그 의미를 이해할 수 있다. 한마디로 '이상의 기호' 그것은 李箱文學의 시작이자 끝이라고 말할 수 있기 때문이다. 그가 철저히 숨기면서 지속적으로 노출시킨 '李箱의 건축무한육면각체' 그 분석을 통해서 지금까지 파악되지 않았던 李箱의 경로를 엿볼 수 있다.

建築無限六面角體

AU MAGASIN DE NOUVEAUTES

四角形의內部의四角形의內部의四角形의內部의四角形 의內部의 四角形.

---

1) 조수호, 「도형에서 바라본 이상 시의 해독」, 김윤식 편저, 『이상문학전집5』 문학사상사, 2001, 80면.

四角이난圓運動의四角이난圓運動 의 四角 이 난 圓.

비누가通過하는血管의비눗내를透視하는사람.

地球를模型으로만들어진地球儀를模型으로만들어진地球

去勢된洋襪. (그女人의이름은워어즈였다)

貧血緬糸包, 당신의얼굴빛깔도참새다리같습네다.

平行四邊形對角線方向을推進하는莫大한重量.

마르세이유의 봄을 解纜한코티의향수의마지한동양東洋의가을.

快晴의空中에鵬遊하는Z伯號. 蛔虫良藥이라고씌어져있다.

屋上庭園. 猿猴를흉내내고있는마드무아젤.

彎曲된直線을直線으로疾走하는落體公式

時計文字盤에XII에내리워진二個의浸水된黃昏

도아ー의內部의도아ー의內部의鳥籠의內部의카나리야의內部의嵌殺門戶
의 內部의인사.

食堂의門깐에方今到達한雌雄과같은朋友가헤어진다.

검은잉크가엎질러진角雪糖이三輪車에積荷된다.

名啣을짓밟는軍用長靴. 街衢를疾驅하 는 造 花 金 蓮.

위에서내려오고밑에서올라가고위에서내려오고밑에서올라간사람은밑
에서올라가지아니한위에서내려오지아니한밑에서올라가지아니한위에서
내려오지아니한사람.

저여자의下半은저남자의上半에恰似하다. (나는哀憐한邂逅에哀憐하는나)

四角이난케ー스가걷기始作이다.(소름끼치는일이다)

라지에ー타의近傍에서昇天하는굳빠이.

바같은雨中. 發光魚類의群集移動.[2]

　　이상의 여러 시들 중에서 이 시 역시 난해한 시 중 하나이며 또한 그
난해한 만큼 이상연구에 있어 의미가 있는 시라고 할 것이다. 1932년 7
월 조선과 건축에 '건축무한육면각체'라는 표제로 7편의 시가 발표되었
는데 그중 첫 번째 시에 해당된다. 이 시는 과연 무엇을 이야기하고 어

---

2) 김주현 주해, 「AU MAGASIN DE NOUVEAUTES」, 『이상문학전집01』, 소명출판사,
　 2005, 67면.

떤 의미를 지니고 있는가? 지금까지 이에 대하여 여러 가지 견해와 이해, 설명이 있었으나 그것으로 이상을 이해하기는 역부족이다. 왜냐하면 이 시는 이상의 기법과 그의 사고를 파악하지 못하면 거의 이해가 불가능한 시에 해당되기 때문이다. 한마디로 이상의 '함정'에 빠지게 되어버린다. 이 시는 이상의 시 중에서 그 어떤 시보다도 상당히 복잡하며 치밀한 구조와 형태를 띠고 있다. 이상의 독특한 숨기기가 있으며 그만의 기발한 표현기법이 나타나 있다. 그리고 그 당시 현실에 대한 이야기가 있다. 많은 이야기 거리가 있는 작품이다. 그리고 그것은 지금까지 일반적으로 이해되고 해석되어진 기존의 그것들과는 전혀 다른 이상의 모습인 것이다. 숨겨진 이상의 의도와 그 내용을 추적하려면 이상의 글 속에 드러난 표현에 근거를 두고 해석해야 한다. 이 시를 이해하기 위해서는 이상의 기호 □ △ ▽에 대한 이해가 먼저 선결되어야 한다. 그리고 그것은 이상이 이 시 이전에 발표한 선에관한각서7편에 대한 이해를 요구한다. 이상의 선에관한각서7편에서 이야기하고 있는 이상의 분리된 두 자아, 두 세상 즉 現實과 理想의 기호, 상징적 이름인 "△+▽=□"－「도형에서 바라본 이상시의 해독」(김윤식 편저, 『이상문학전집5』, 2001, 51면, 60면)－을 기본으로 하여 이 시를 이해할 수 있다.

이 시의 표제어 '건축무한육면각체'는 이상의 도형을 이해하는 데 반복되는 강조를 해주고 있는 중요한 단어이다. 이상의 육면체는 평면화시켰을 때 □과 동일하다. 그리고 그것은 이상의 분리된 두 세계, 즉 現實과 理想의 합인 전체이며 사물과 인식의 한계 공간인 전체인 것이다. 원자구조－"고요하게나를電子의陽子로하라" 선에관한각서1－에서 무한대의 우주로의 확장－"擴大하는 宇宙를憂慮하는者여" 선에관한각서5－이다. 이것은 이상을 이해하는 데 있어서 핵심이다. 이것을 기본으로 인식하면서 이상의 기호를 접목시켜 이 시를 이해해야 할 것이다.

기존의 연구에서 이 시의 제목이 상점, 백화점 등으로 설명되고 있는

데 이것은 이 시의 해석에 상당한 제약을 주며 시 전체에 전혀(?) 어울리지 않는다고 말할 수 있다. 또한 그렇게 이해했을 때 이 시는 시각적 형태의 단순서술의 시가 되어버린다. 그리고 그러한 관점에서 이 시에 국한된 단독적 해석은 해석자의 수만큼 자의적 다양성으로 인해 전체적인 하나의 흐름을 상실하게 된다. 그래서는 이상의 의도와 그의 경향을 파악하기는 힘들다. 이상의 글은 이상 기호의 규칙성과 그 변형 그리고 전체적인 연결성을 고려하여 해석해야 하기 때문이다. 우선 이 시의 제목을 사전적 의미에서 본다면 다음과 같다.

Magasin 1, 상점, 가게　2 창고, 보관소, (집합적)저장품
Nouveautes 새로움, 현대성, 독창성, 새로운 것, 색다른 것, 신기한 것,

백화점은 불어로 'Grand Magasin'이다. Magasin과는 절대적으로 다르다. 이러한 해석은 이상의 전기적 사실과 이상의 소설 '날개'에 등장하는 미쓰꼬시 백화점에 접목시킨 오류라고 할 수 있다. 이상의 건축무한육면각체는 어느 구체적 공간으로 확정되어지지 않는다. 그것은 무한히 확장과 축소가 가능한 이상의 인식내의 관념적, 상징적 규정이기 때문이다. 따라서 이 시의 제목은 '새로운 창고(저장품)' '독창적 창고' 정도가 적당(?)하다고 할 수 있다. 창고(저장품)란 이상의 건축무한육면각체 '□' 안에 포함된 사물과 의식을 의미한다. 그리고 독창적이란 것은 이 시의 내용과 표현기법이 너무나도 독특하고 그 속에 드러나는 구조가 독자들에게 충격을 주고도 남음이 있기 때문이다. 그것은 역시 새로움이며 색다른 것이다. 그리고 李箱은 이 시의 제목에 'Magasin'이란 불어를 사용하고 있는데, 이상의 다른 글들과 그의 시의 형태를 통해 연결되는 것이 있다. 그것은 프랑스 상징주의 시인 '보들레르'인데 그는 다음과 같이 말했다.

> "모든 가시적인 세계는 이미지와 기호의 한 창고에 불과하다"
> (Tour l'univers visible n'est qu'un magasin d'imagsin et de signes)
> 보들레르, 「Salon de 1859」 『미적 호기심』[3]

　　이상과 보들레르의 관계는 그의 일화를 통해서 사람들에게 널리 알려져 있듯이 이상의 시는 보들레르의 상징과 단어 이미지와 많은 연관성이 있으며 그것은 실질적으로는 그를 이해한 것으로 보인다. 이 시 역시 이상이 자신의 기법으로 표현한 1930년대의 가시적 세계, 李箱 자신의 '새로운 창고'(magasin)인 것이다. 이상은 자신의 글에서 불어와 영어 등을 사용했으며 또한 그것의 번역된 단어를 반복했다. 이것은 李箱이 사람들의 일반적인 추적을 따돌리기 위한 그만의 '숨기기' 기법 중 하나로 보인다. 자신이 생각하고 의도한 단어가 원형에서 낯선 형태로 번역됨으로 해서 그 연결성이 단절되어 독자들은 그것에 주목하지 않기 때문이다. 이럴 때 그 의도와 사고의 추적이 난해하고 모호해지는 것이다. 다음의 글은 이상이 이러한 자신의 글쓰기 방법에 대한 설명(노출)으로 보아야 할 것이다.

　　복화술이란 결국 언어의 저장'창고'의 경영일 것이다[4]

　　이상의 복화술이란 말하지 않으면서 말하기, 즉 그의 글에서 여러 번 반복해 언급한 암호(?)화된, 사람들이 잘 알아듣지 못하고 그저 우물거리는 말이나 장난 정도로 치부해버리는 글들을 말한다. 그러나 그 속에 자신의 기호가 스스로의 기법으로 변형되어 표현된 작품들을 말한다. 그것은 그의 '언어의 저장창고의 경영'인 것이다. 결국 보들레르의 '이

---

3) 김기봉, 『프랑스 상징주의와 시인들』, 소나무, 2000, 33면.
4) 김윤식 엮음, 「황의 기」, 『이상문학전집3』, 1998, 318면(강조─인용자).

미지와 기호의 창고'와 이상의 '언어의 저장창고'는 동일하다 할 것이다. 그것은 '가시적 세계'이며 '현실'인 것이다. 우선 이 시를 이해하기 위해선 이상의 다른 시가 필요하다.

線에關한覺書 1

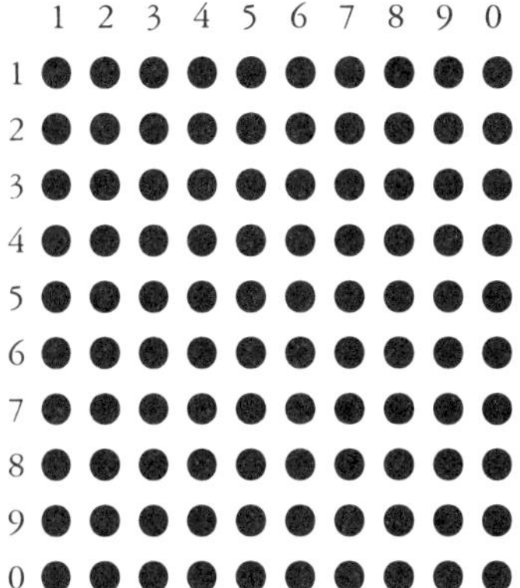

(宇宙는冪에依하는冪에依한다)
(사람은數字를버리라)
(고요하게나를電子의陽子로하라)
스펙톨

軸X　軸Y　軸Z[5]

　이 시 역시 이상이 '삼차각설계도'의 첫 번째에 배치시킨 시다. 이상 기호에 대한 규정성의 시작으로 봐야 한다. 이 시에서 그림은 이상의 세계관을 나타낸 것이다. 숫자와 점으로 이루어진 그림이 먼저 제시되고 우주는 무한히 큰 수에 의한다고 이야기하고 있다. 그리고 그 숫자를 버리라고 이야기하며 물질의 최소단위 원자의 전자와 양자를 이야기하고

---

5) 김주현 주해, 「선에관한각서1」, 『이상문학전집01』, 소명출판사, 2005, 55면.

있다. 여기서 무한대와 무한소가 언급된 것인데 가장 큰 것과 가장 작은 것에 대한 진술이다. 존재하는(가시적) 모든 것의 크기 규정은 숫자로 정의된다. 여기에서 숫자를 버리면 그 크기는 의미가 없어진다. 동일한 하나의 개체인 것이다. 그리고 '스펙톨'—빛의 계층화를 이야기하고 있는데 이것은 빛 직선이 면이 됨을 표현한 것으로 보인다. 따라서 '축X 축Y 축Z'는 그림에서 숫자를 버린 점으로 이루어진 평면의 입체화를 이야기하고 있는 것이다. 숫자를 버린 점으로 이루어진 사각형태의 평면은 입체화했을 때 정육면체이며 그것은 이상의 전자와 양자의 합인 전체를 상징한다. 그리고 그것은 우주로의 무한 확장을 의미한다. 이상의 무한한 사고에서 더 이상 확장할 수 없는 전체를 형상화한 것으로 봐야 한다. 여기에서는 점만으로 구성되어 있다. 평면이지만 입체의 정육면체의 형상이다. 그렇다면 점으로 이루어진 하나의 상징적인 덩어리, 정육면체의 의식과 실제의 공간을 이상의 기호 '사각형'의 테두리로 공간을 규정해보면(숫자를 버리고 점들을 선으로 연결하여 사각형을 그리면) 다음과 같다. 즉 그것은 5개의 정육면체가 각각 존재하는 것이다. 그리고 그것을 평면화시키면 아래와 같다.

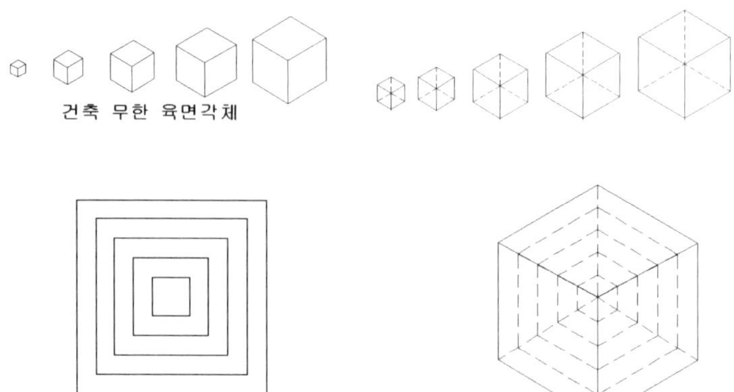

이것이 이 시의 표제어 「건축무한 육면각체」의 의미인 동시에 이 시의 첫 행에서 이야기하고 있는 「건축무한육면각체」의 모습인 것이다.

"사각형의 내부의 사각형의 내부의 사각형의 내부의 사각형의 내부의 사각형"

가로10개, 세로10의 위의 점들의 그림에서 이상의 사각형을 그린 것이다. 이것은 이상이 선에 관한 각서의 점의 구성에서 그것을 실제적인 입체의 정육면체의 형태를 반복 강조하는 중요한 구절이다. 이것은 어떤 실재적 공간으로 규정되는 고정된 상징이 결코 아니다. 이 시의 표제어에서 말하고 있듯 그것은 무한으로의 진행을 전제하고 있기 때문이다. 무한의 두 방향 무한대와 무한소의 확대와 축소의 '상징적 공간'이기 때문이다.

"사각이 난 원운동의 사각이난 원운동의 사각이난 원"

이 대목은 사각이 원운동을 하는 것을 말함이며 사각과 원은 동일하다는 말이다. 이상의 기호에서 사각형은 원과 동일시되며 그것은 선에 관한각서에서 그리고 다른 글들에서 반복하고 있다.[6]

> 그는 조용히 사각진 달의 채광을 주워서, 그리고는 지식과 법률의 창문을 내렸다. 채광은 그를 신고 빛나고 있었다.[7]

"비누가 통과하는 혈관의 비눗내를 투시하는 사람"

이 대목은 이상의 시 추구와 연결되어진다.

> 안해는 외출에서 돌아오면 방에 들어서기전에 세수를 한다. 닮아온

____

6) 졸고, 「도형에서 바라본 이상시의 해독」, 김윤식 편저, 『이상문학전집5』, 문학사상사, 2001, 61면 참조.
7) 김윤식 엮음, 「얼마 안되는 변해」, 『이상문학전집3』, 문학사상사, 1998, 294면.

여러 벌 표정을 벗어버리는 추행이다. 나는 드디어 한 조각 독한 비누를 발견하고 그것을 내 허위 뒤에다 살짝 감춰버렸다. 그리고 이번 꿈자리를 예기한다.[8]

이 시에는 두 명의 주인공이 등장한다. 이상의 분리된 자아 남자와 여자이며 그것은 이상의 기호의 상징과 동등하다. 여기서 비눗내를 투시하는 사람이란 이 시의 주인공인 여자와 남자 중 남자를 말하며 그의 시선을 이야기하고 있다. 여자는 現實的 自我 남자는 理想的 自我인 것이다.

"지구를 모형으로 만들어진 지구의를 모형으로 만들어진 지구"

이 대목에서 결국 地球儀와 地球는 동일해진다. 즉 이상의 기법인 축소가 나타난다. 그리고 이 구절은 위의 '사각과 원의 동일함'이 적용되어 이어진다. 즉 지구 ○은 이상이 이 시의 첫 행에서 말한 □과 동일해지는 것이다. 자신의 이름인 '□' 사각형(상자, 육면체)에서 사각형은 확장을 반복하며 그것은 지구가 되고 우주가 되기도 하는 것이다. 그리고 그것은 가로 10 세로 10 높이 10의 정육면체이며 무한을 상징한다. 이상의 축소에 의한 地球儀, 즉 현실에 대한 언급은 그의 다른 글에서도 자주 반복되는데 특히 건축무한육면각체내의 다른 시 且.8氏의 出發에서도 '지구의'가 반복되어지고 있다.

> 展開된地球儀를앞에두고서의設問 一題.
> 棍棒은사람에게地面을떠나는아크로바티를가르치는데사람은解得하는 것은不可能인가.[9]

---

8) 이승훈 엮음, 「追求」, 『이상문학전집1』, 문학사상사, 1996, 77면.
9) 이승훈 엮음, 「且8氏의 出發」, 『이상문학전집1』, 178면.

　　樂聲은 한 대의 地球儀를 그에게 보이었다. 그것은 그가 일상, 완구점
의 이층에서 애상하여 마지 않는 것이었다.「君의 애드레스를 찾아보게」
하는 말을 듣고 그는 조용히 그 地球儀를 조사하기 시작하였다.[10)]

　　地球儀 위에 곤두를 섰다는 理由로 나는 第三인터내슈날黨員들한테서
몰매를 맞았다.
　　그래선 操縱士 없는 飛行機에 태워진 채로 空中에 내던져졌다.
　酷刑을 비웃었다.
　　나는 地球儀에 접근하는 地球의 財政裏面을 이때 嚴密仔細히 檢算하
는 機會를 얻었다.[11)]

　이것은 이상이 地球儀를 통한 地球(현실) 조망하기로 보아야 할 것이
다. 자신은 지구와 동일시되는 지구의를 바라보면서 그 지구의(지구)속
에 있는 자신을 본다. (현실을 벗어난 관찰자와 그 현실 속에 있는 자아의 마
주보기로 이것은 이상의 거울보기와 동일하다고 할 수 있다.) 그리고 그 지구
의 속으로 들어간다. 이것은 이상의 축소와 확대에 기반한 관념적이
고 상징적인 '의식의 흐름'이다. 이 시의 전체적인 흐름은 작중화자가
현실을 벗어난 상태(지구의를 바라보는 시적자아)에서 현실(지구를 축소한 지
구의)을 보며 그 곳에서 자신에서 분리된 또 하나의 자신(지구의 속의 현
실적 자아)을 본다. 그리고 그 지구의(現實)속으로 들어가며 그 속에서
둘은 만난다. 그리고 헤어짐과 만남을 반복하고 다시 헤어지는 것으
로 진행된다.

　"거세된 양말(그 여인의 이름은 워어즈였다)"
　여자의 발(양말)이 능력을 상실함, 쓸모없음을 상징한다. 그리고 그
여인의 이름은 과거(was)라고 말하고 있다. 이 대목은 이상의 아내 이름

---

10) 김윤식 엮음, 「무제」, 『이상문학전집3』, 297면.
11) 이승훈 엮음, 「一九三一年, (作品第一番)」, 『이상문학전집1』, 236면.

도형과 연결된다.

> △ 나의아내의이름 (이미 오래된과거에있어서나의 AMOUREUSE는이
> 와같이도聰明하리라)[12]

여기서 양말은 이상의 다른 글에 드러나는 '버선'과 연결지어 생각할
수 있다. 한글 '버선'을 외래어로 사용했다. 양말이라는 것이 서양식 버
선이며 그 사용과 용도는 같다. 그리고 이상은 자신의 글 속에서 단어의
변형과 그에 유추되는 다른 연결을 자주 사용하였는데 이 양말은 버선
과 동일하다. 그리고 그의 글 속에서 '버선' 즉 양말은 아내의 상징으로
사용되고 있다. 여기서 거세된 양말의 주인은 이상의 분리된 現實的 自
我, 여자인 것이다.

> 이 房에는 門神가 없다. 개는 이번에는 저쪽을 向하여 짖는다. 嘲笑와
> 같이 안해의 벗어놓은 버선이 나같은 空腹을 表情하면서 곧 걸어갈것같
> 다. 나는 이房을 첩첩이 닫치고 出他한다.[13]

"빈혈면포 당신의얼굴빛깔도참새다리같습네다"
여자의 빈혈면사포를 이야기함이다. 이 대목은 이상의 시 'I WED A
TOY BRIDE'와 연결되어 생각할 수 있다. 장난감 신부, 즉 생명력이 없
는 인형이 면사포 쓴 모습으로 이해할 수 있다. 그것은 여자의 발이 거
세되어 쓸모없게 되어버렸기 때문이다. 이 여자는 이상의 현실적 자아
를 말한다. 이 시의 두 주인공 남자와 여자가 결혼한 사이로 볼 수 있다.
여자의 얼굴빛깔과 새다리(가는 다리, 불안정)가 동일하다고 이야기하고
있다. 분리된 두 자아 중 이상적 자아 남자의 시선에 의한 현실적 자아

---

12) 이승훈 엮음, 「선에관한각서7」, 『이상문학전집1』, 164면.
13) 이승훈 엮음, 「紙碑」, 『이상문학전집1』, 199면.

여자에 대한 부정적 진술이다.

"평행사변형의 대각선 방향을 추구하는 막대한 중량"

이것은 이상의 공식에서 숨겨진 도형이 그의 글에서 실질적으로 처음 등장하는 대목이다. 소설과 수필 속에서 간단히 평행사변형에 대해 언급하고 있지만 △, ▽, □ 같이 이상이 자신의 시속에 도형(그림)으로 표시해 놓지 않은, 그의 숨겨놓은 기호인 것이다. 평행사변형은 마주보는 두 변이 평행한 도형이다. 그러나 이상의 평행사변형은 정삼각형과 정역삼각형이 결합한 다이아몬드형 평행사변형이 된다.

$$陰\triangle \; + \; 陽\triangledown \; = \; \diamondsuit$$

여자　　　　남자

즉 이상의 공식은 '△(여자, 現實) + ▽(남자, 理想) = ◇(부부, 전체) = □ = ○'이다. 남자와 여자는 결혼(결합)한 사이이며 그 상징적 도형의 결합인 마름모를 이야기하고 있다. 여기서 대각선 방향은 두 개의 삼각형의 결합인 마름모꼴의 대각선을 가리키며 위는 現實的 世界 부정의 의미이며 아래는 理想的 世界 긍정의 의미이다. 결국 이것은 평면상에서 위아래를 주었을 때 △은 현실적 무게를 상징하며 그것은 이상의 분리된 현실적 자아의 무게 및 1930년대의 시대상황, 현실의 무게감을 이야기함이다. '평행사변형'을 반복 사용하며 강조한 글은 다음과 같다.

죽음은 평행사변형의 법칙으로 보이르샤아르의 법칙으로 그는 앞으로 걸어나가는데도 왔다 떼밀어 준다.[14]

---

14) 김윤식 엮음, 「지도의 암실」, 『이상문학전집2』, 문학사상사, 1998, 170면.

여기서 '평행사변형' 역시 정삼각형과 정역삼각형이 결합된 다이아몬드형 평행사변형을 말한다. 그리고 보이르샤아르의 법칙이란 기체의 부피는 압력에 반비례하고 절대온도에 정비례한다는 법칙을 말하는데 여기에서도 다이아몬드형 평행사변형에서 위아래를 주었을 때 위의 무게, 즉 정삼각형의 무게는 현실의 무게로 역삼각형의 理想的 자아에 압력을 행사하는 것이 된다. 다이아몬드형의 평행사변형에서 위의 삼각형은 現實−삶으로 그리고 아래의 역삼각형은 理想−죽음으로 대비된다. 그리고 이 기호(도형)는 이상의 다른 글에서 변형되어 반복해서 설명되어지고 있다.

> 창밖은 깊은 안개다. 아무것도 안 보인다. 능형(菱形)으로 움직이는 차창의 거꾸로 비친 그림자에 풀 같은 것들의 존재가 간신히 인정된다.15)

'능형으로 움직이는 차창의 거꾸로 비친 그림자'란 창 유리에 비친 좌우가 뒤바뀐 이상 자신의 모습을 말한다. 즉 자신이 '능형'으로 움직임을 이야기하고 있는 것이다. 여기서 능형이란 네 변의 길이가 같고 대각선의 길이가 다른 사각형, 즉 마름모꼴을 말한다. 여기서 능형으로 움직이는 그림자는 실제적인 어떤 운동이 아닌 이상 기호의 관념적 상징적 움직임이다. 李箱의 現實的 自我와 理想的 自我의 사고의 움직임을 말한다. 이러한 도형을 통한 관념적 상징의 표현은 이상의 글에서 또다시 반복되는데 이것은 이상의 지속적인 스스로의 노출이며 강조인 것이다.

> 나의 顔面에 풀이 돋다. 이는 不撓不屈의 美德을 象徵한다.

---

15) 김윤식 엮음, 「첫번째 방랑」, 『이상문학전집3』, 160면.

　　나는 내 자신이 더할 나위 없이 싫어져서 等邊形 코오스의 散步를 매
일 같이 계속했다. 疲勞가 왔다.16)

　　위의 '나' 李箱이 매일같이 계속하는 '등변형 코오스의 산보'는 위의
'능형으로 움직이는 그림자'와 동일한 이상의 관념적 상징이다. 그리고
그 등변형 역시 삼각형(현실)과 역삼각형이 결합된 마름모(평행사변형)를
이야기하는 것이다. 이것은 李箱 스스로 어느 한쪽에 머무를 수 없는 상
태 現實과 理想의 갈등과 번민의 반복이라고 할 것이다.
　　결국 이상의 도형은 사각형(삼각형 + 역삼각형) ⊃ 평행사변형 ⊃ 마
름모의 진행과정을 갖는다. 이러한 상징적 표현은 이상의 다른 글에서
도 반복되어지고 있다.

　　　複話術이란 결국 言語의 貯藏倉庫의 經營일 것이다.
　　　─중략─
　　　나의 배의 發言은 마침내 三角形의 어느 頂點을 정직하게 출발하였
　다.17)

　　여기서의 삼각형은 李箱의 기호 평행사변형(다이야몬드형)의 정삼각형
(現實)과 정역삼각형(理想) 중 하나를 의미하는 상징적인 진술인 것이다.
'나의 배의 발언'은 이상의 끌 쓰기, 작품을 말하며 그것이 정직하게 출
발한 삼각형의 어느 정점은 理想과 現實의 정점으로 두 가지의 해석이
가능하다. 이렇듯 이상은 자신만의 기호에 대한 반복으로 스스로를 설
명 하고 있는 것이다. 그리고 그것은 그의 지속되는 강조라 할 것이다.
따라서 이렇게 반복해서 강조된 난해하고 모호한 진술은 이상의 기호에
대한 이해가 없이는 해독이 불가능하게 되어버린다.

─────────

16) 이승훈 엮음, 「一九三一年(作品第一番)」, 『이상문학전집1』, 236면.
17) 김윤식 엮음, 「황의기」, 『이상문학전집3』, 318면.

“마르세이유의 봄을 해람한 코티의 향수의 마지한 동양의 가을”

여기서 마르세이유의 의미는 세계사적, 역사적 의미를 잡아내야 한다. 그리스 로마시대에 마르세이유는 지중해 지역 세력이 서부유럽으로 진출하는 해안 교두보 역할을 했고 산업혁명 이래 서구 제국의 식민지 개척을 위한 전진기지가 되었다. 解纜은 배의 출범을 말하는데 그 배는 마르세이유의 봄에 출발한다. 그리고 그 코티의 향수를 마지한 동양은 가을이다. 1930년대의 역사적 상황을 상징적으로 표현하고 있다. 동양의 가을은 앞으로의 겨울을 이야기함이다. (이상의 시에서 겨울은 고난, 시련, 고통으로 표현된다.) 이것은 전쟁과 억압의 암울함을 암시하는 것이다.

“快晴의空中에鵬遊하는Z伯號. 蛔虫良藥이라고씌어져있다.”
Z백호는 제트기 전쟁을 말하며 1930년대의 시대상황을 이야기한다.

“옥상정원 원후를 흉내내이고 있는 마드모아젤”

이상의 시에서 여자는 부정의 의미이다. 그가 원숭이를 흉내냄은 동물적 본능, 욕망의 흉내 냄이며 가치 없음이다. 李箱의 현실적자아의 모습으로 이해해야 한다. 여자는 건물의 옥상정원 즉 건축무한 육면각체의 맨 꼭대기에서 전체를 조망하고 있는 것이 된다. 그리고 그것은 원인 地球와 동일시되는 정육면체이며 地球儀인 것이다.

“만곡된 직선을 직선으로 질주하는 낙체공식”

이 대목은 이 시에서 중요한 의미가 있다고 할 수 있다. 이 대목은 단순히 낙체공식이나 만곡된 직선을 언급하고 있는 것이 아니다. 이것은 이상의 치밀하게 계획된 의도이며 이 시 전체에 대해 반복되는 이상의 설명으로 보아야 할 것이다. 낙체공식은 지구의 중력에 의하여 땅에 떨어지는 물체의 법칙을 말한다. 공기저항을 무시하면 모든 물체는 동일한 가속도의 직선으로 떨어진다. 그런데 여기서 이상은 '만곡된 직선'이라고 이야기하고 있다. '만곡된 직선'이란 휘어진 직선을 말하는데 그것은 존재하지 않는다. 직선과 곡선은 절대적으로 다르다. 그런데도 이상은 이러한 표현을 했다. 그 이유는 이상의 사고에서 그 답을 찾아야 한다. 직선과 곡선은 이상의 시에서 동일하다. 그러나 그 동일함은 단순히 이상의 주관적이고 억지스러운 주장이 아니다. 이 시의 작중화자의 위치에서 이에 대한 해답을 찾아낼 수 있다. 지구의를 바라보는 시적자아 관찰자(남자)는 축소된 지구를 바라보는 관찰자와 동일한 시점에 있는 것이다. 지구에 낙체하는 모든 물체는 지구에 있는 사람에게는 직선으로 떨어진다. 그러나 그것을 바라보는 지구의(지구) 밖 외부관찰자에게 그것은 곡선일 수밖에 없다. 그것은 지구가 자전(회전−원운동)을 하고 있기 때문이다. 이것은 李箱이 자신의 앞에서 돌아가는 지구의를 보며 그 地球儀 안으로 축소된 지구 속에 이입된 현실적 자아, 現實에 대한 사고, 감상인 것이다. 움직이는 기차 안에서 사과를 떨어뜨리면 직선으로 떨어진다. 그러나 기차 밖의 고정된 위치의 외부관찰자에게 그것은 곡선이다. 사과가 떨어지는 위치와 떨어진 위치 사이에는 기차의 속도에 비례해 수평적 거리의 이동이 있기 때문이다. 결국 떨어지는 사과의 운동은 휘어진 곡선이 된다. 기차 안에서 떨어지는 사과의 낙체궤적은 그 기차 안에 있는 사람에게는 직선이지만 그 기차 밖 외부 관찰자에게는 곡선인 것이다. 즉 지구의 중력에 의해 떨어지는 모든 물체는 직선인 동시에 곡선인 것이다. 그러나 지구의(지구) 내의 사람들은 이것을 직선으로 인식한다. 이것이 '만곡된 직선을 직선으로 질주하는 낙체공식'의 의미인 동시에 이 대목으로 작중화자의 위치(시선)가 지구의(지구) 밖임을 설명해주고 있는 것이다. 이것은 낙체공식이 '직선'으로 적용되는 지구의(지구)를 벗어난 위치에서의 상대적 시선인 '곡선'의 차이와 그 동일함을 이야기하고 있는 것이다. 결국 이것은 現實(지구의)과 理想(지구밖의 위치)

의 관점에 의한 상대성이라고 할 수 있다. 결국 직선은 곡선이며 곡선은 직선인 것이다. 그러나 그 만곡된 직선을 지구의(지구) 내에서는 직선으로만 인식한다. 이 대목의 진술은 위행의 '원후를 흉내내이고있는 마드무아젤'과 연결된다. 그것은 이상적 자아의 현실(지구의, 현실적자아) 보기의 괴리감 등으로 이해할 수 있다. 그리고 이 대목의 낙체공식의 '궤적'은 이 시의 후반부에 다시 반복되는 형태로 사용된다. 이것은 李箱의 글쓰기 특징인 대칭, 반복, 강조로 보아야 할 것이다.

"시계문자판에 XII에 내리워진 이개의 침수된 황혼"

여기서 12시는 다양하게 해석될 수 있으나 일단 '침수된 황혼'의 암울한 의미와 연결되는 전쟁의 암시로 이해해야한다. 그리고 이행까지를 이 시의 전반부로 분리시킬 수 있으며 후반부와 대칭관계를 형성한다. 이상의 독특한 기법중 하나인 데칼코마니 기법이 적용되었다고 볼수있다.18)

"도아-의 내부의 도아-의 내부의 조롱의 내부의 카나리아의 내부의 감살문호의 내부의 인사"

여기서 또다시 이상의 정육면체가 등장한다. 이 공간 역시 위의 공간과 동일하다. 가로 세로 높이 10×10×10의 입체가 평면화된 공간이다. 그러나 위와는 다르게 구체적 공간으로의 모습을 보여준다. '도어'(door), 출입구를 통해서 내부로 진입하고 있다. 공간 안에 조롱과 카나리아가 실재 하는 모습을 보여주고 있다. 여기서 감살문호는 채광만을 위한 것으로 개폐가 불가능한 창문을 말한다. 즉 들어오고 나올 수 없는 문이다. 바라볼 수만 있는 문이다. '도어' 문이란 역동성을 부여한다. 들어오고

---

18) 조수호, 「도형에서 바라본 이상시의 해독」, 김윤식 편저, 『이상문학전집5』, 67면 참조.

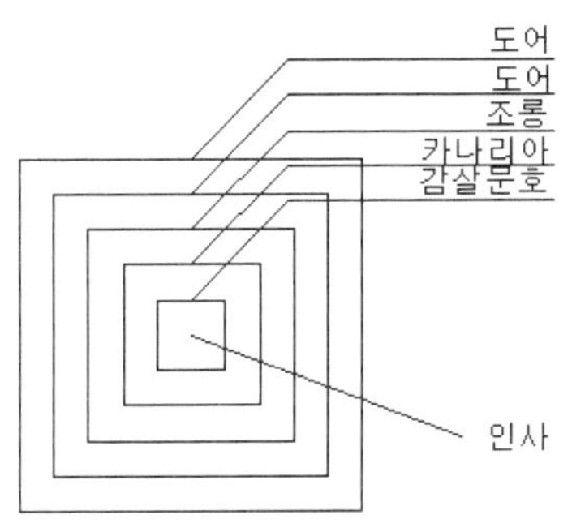

나올 수 있는 움직임의 가능성을 상징한다. 그러나 감살문호(window)는 고정성을 부여한다. 그 내부로 들어오고 나갈 수 없는 바라볼 수밖에 없는 수동성, 확정성을 상징한다. 그것은 그 내부와 외부에 있는 양자(兩者)에게 동일하다. 이것은 이상의 '선에 관한 각서1'에 나오는 전자와 양자의 핵으로 인식함이 적당하다. 즉 더 이상 진입할 수 없으며 더 이상 깨뜨릴 수 없는 존재. 즉 이상의 자의식의 본질, 핵심으로 이해해야 한다.

이 육면체는 전반부의 육면체와는 전혀 다른 의미를 지닌다. 위에서 제시된 □ 공간은 그 당시의 세계정세를 이야기한다고 이해할 수 있다. 그리고 그 표현 역시 전반적인 스케치 형식이라고 이해해도 무방하다. 일반적 서술이라고 할 것이다. 그러나 아래의 정육면체는 '도아'로 시작되고 있다. 건축무한육면각체의 공간 속으로 들어감을 상징하며 위의 공간보다는 더 작은 공간을 상징한다. 전체적 시선과 움직임의 흐름을 지구→서양→동양→한반도의 축소와 자신 내부로의 이동으로 이해해야 한다. 그것은 1930년대의 우리나라와 그 속의 李箱 자신을 상징한다.

"식당의 문간에 방금 도달한 자웅과 같은 붕우가 헤어진다."

구체적인 건축무한육면각체에 들어온 자웅과 같은 붕우는 현실로 돌아온 이상의 분리된 두 자아 남자(理想的 自我)와 여자(現實的 自我)를 말한다. 식당의 문간에서 만나자 마자 그들은 헤어진다. 다시 분리다. 여기서 '식당'이라는 단어의 상징은 이상이 1931년 8월에 발표한 시 「LE

URINE」에서 유추할 수 있다. 식당의 상징성을 이상의 글에 등장하는 '식욕' '요리인'(獚의記) '음식'과 연결시켜 생각할 때 '문학' '글쓰기' 정도로 이해할 수 있다. 그리고 현실 생존의 필수조건인 음식의 '식당'으로 이해할 수도 있다.

그평화로운식당또어에는백색투명한MENSTRUATION이라문비가붙어서한정없는전화를피로하여 LIT위에놓고다시백색여송연을그냥물고있는데. 마리아여, 마리아여, 피부는새까만마리아여 어디로갔느냐,[19]

굳 빠이. 그대는 이따금 그대가 제일 싫어하는 음식을 탐식하는 아이러니를 실천해 보는 것도 좋을 것 같소. 위트와 파라독스와...... [20]

箱은 사실은 이토록 후회하고 있단 말이다. 그의 머리는 - 理性은, 참으로 그가 고대하고 있는 것은 물론 후회 같은 쓸스레한 서툰 요리는 아니다. 후회하지 아니하고 되는 일.
아니 이거 무슨 물건이 바로 내 몸에 달라붙어서 떨어지지 않기 때문이겠지. 요놈을 떼쳐버려야지- 그러나 그건 대체 무슨 놈일까. 그는 이성은 멀쩡했었다. 그것이 보였을 만큼 - 그러나 그가 피로를 회복하기가 무섭게 이내 그의 그러한 이성은 다시 무디어지고 마는 것이었다.[21]

누군가 밥을 먹고 있다 봅시 더러운 꼴이다.
그렇다 분명히 밥을 먹는다는 것은 더러운 일임에 틀림없다.
그런데
그 누군가가 라고 하는 작자가 바로 내 자신이라면 이걸 어쩐다?[22]

19) 이승훈 엮음, 「LE URINE」, 『이상문학전집1』, 124면.
20) 김윤식 엮음, 「날개」, 『이상문학전집2』, 318면.
21) 김윤식 엮음, 「불행한 계승」, 『이상문학전집2』, 209면.
22) 김윤식 엮음, 「무제」, 『이상문학전집3』, 349면.

"검은 잉크가 엎질러진 각설당이 삼륜차에 적하된다."

각설당은 정육면체이며 평면화했을 때 '□'이다. '선에 관한 각서4'에서 반복되는 '정육설당(각설당을 칭함)'과 동일하다. 이것을 李箱은 자기 자신의 이름(□ 나의이름−선에관한각서7)이라고 강조했다. 이것은 사람을 의미한다. 이상은 자기 자신의 세계관에서 □ 사각형(정육면체, 상자)을 사람인 자신으로 형상화시키며 그것을 바탕으로 무한히 확장시키고 있기 때문이다. 그리고 검은 잉크가 엎질러진 각설탕은 사람(남자)들이 화물과 같이 차에 실리는 모습으로 이해할 수 있다. 전쟁의 1930년대를 이야기하고 있다.

"명함을 짓밟는 군용장화"
역시 전쟁의 시대상황과 억압으로 위의 구절과 호응하고 있다.

"가구를 질구하는 조 화 금 련"
여기서 金蓮은 금련화를 말한다. 불전에 공양하는 황금색으로 만든 연꽃을 말한다. 조화, 가짜 연꽃이다. 이것은 앞 구절의 거리를 빠르게 달린다는 표현에 연결시킬 때 사람의 상징으로 이해된다. '지구의' 속에 모조(관념적 분리에 의한 생성)된 李箱의 理想的 自我 또는 現實的 自我 내지 위 구절의 전쟁의 긴박감에 연결되는 1930년대 현실의 사람들로 이해할 수 있다.

"위에서 내려오고 밑에서 올라가고 위에서 내려오고 밑에서 올라간 사람은 밑에서올라가지아니한 위에서내려오지아니한 밑에서올라가지아니한 위에서내려오지아니한사람"
이 구절은 이상의 '위트'로 봐야 할 것이다. 이 대목은 언뜻 보면 시각적 단순서술로 의미없어 보이지만 이 시의 흐름에 상당히 중요한 역할을 한다. 여기서 '사람'의 정체를 밝혀내야 한다. 이 사람은 어떤 사람인가? 그 냥 아무 의미 없이 오르락내리락하는 실제하는 사람이 아니다. 일단 이 사 람의 움직임(운동)의 궤적(시 전반부에서 사용된 만곡된직선, '궤적'의 반복된 사용 이다)을 평면상에 위아래를 두고 연속적으로 표시해보면 다음과 같다.

'위에서 내려오고 밑에서 올라가고 위에서 내려오고 밑에서 올라간 사람'.

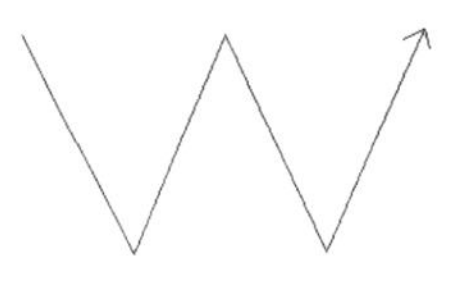

이것은 이상 기호의 또 다른 이름으로 이해 해야 한다. W, 즉 여자(Woman)를 말함이다. △ 이다. 그렇다면 그 밑은 이상의 기호공식에서 의 남자가 되어야 한다. 왜냐하면 운동의 두 사 람은 같은 사람이라고 말하고 있기 때문이다. 글에 나온 방식대로 사람 의 움직임을 따라가 보면 다음과 같다

밑에서 올라가지 아니한 위에서 내려오지 아니한 밑에서 올라가지 아

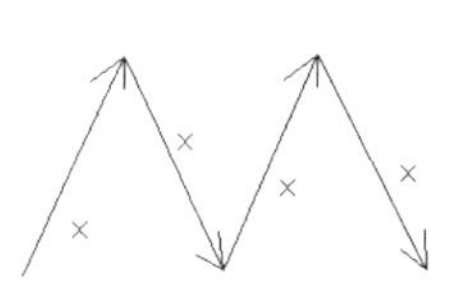

니한 위에서 내려오지 아니한 사람. 이것은 단 절되어서 약간의 부족함이 있다. 위의 W가 여 자 △이 되면 아래는 M 남자(Man)가 되고 ▽이 되어야 한다. 두 도형은 반대이며 대칭되어야 한다. 이것을 근거로 아래 운동의 사람을 여자의 읽기방식과 반대인 거 꾸로 읽으면서 거꾸로 움직임을 추적하면 다음과 같다.

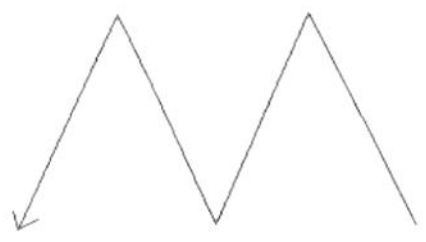

위에서 내려오지아니한 밑에서올라가지아니 한 위에서내려오지아니한 밑에서올라가지아니 한사람, 즉 밑에서 올라가고 위에서 내려오고

밑에서 올라가고 위에서내려오는 것 이 된다.

결국 이운동의 궤적은 M이 된다. 그리고 위의 W, △과 M, ▽는 대칭관

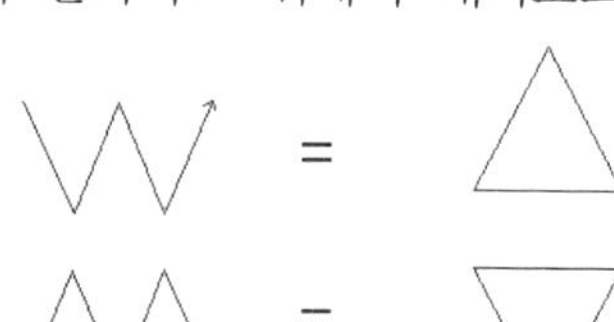

계로 180도 회전시 포개어진다.

M = Man ． W = Woman

이것은 이상의 기호공식에 나오는 도형의 남과 여를 영어의 성별 약자로 표현하고 있음이다. 이것이 이상이 숨겨놓은 기호의 변형이다. 이상이 W, M을 먼저 염두에 두고 그것을 운동으로 변환시켜서 숨겨놓은 조각인 것이다. 이것에 대해 이상은 '모노그램(Monogram)'이란 단어를 그의 소설 속에서 언급하여 제시하고 있다. 즉, 어떠한 두 개 이상의 단어를 하나로 단순화시켜 상징화된 하나의 기호로 나타내는 것을 말한다.

> 농후한 脂肪色 사색에 결코 접근 시켜선 안된다. 하나의 백금선의 정체를 마침내 백일하에 폭로하고 만 嘲弄 받아야 할 밤이 아니면 아니된다.
> 단 한 줄기의 백금선 —(나기양, 당신만 해도 모노그램과 같은 백금선의 바둑무늬란 말이오)
> —중략—
> 피하지 아니하면 아니되는 것, 피해서 안전한 것을 어째서 피하지 아니하였느냐 말이다. 한 줄기이 백금선을 백일에 드러냈던 때의 후회—아니다—
> 그래 그것은 나중이냐, 아니면 정녕 먼저냐? 예감이라니 정말이냐.
> 허나 분명 얻은 것은 아니다. 무엇인가 송두리째 잃은 것만은 사실이다. 속일 순 없다. 이건 또 치명적 결석이었다.[23)]

기존의 연구에 있어서 '모노그램' '바둑무늬'에 대한 구체적 해석은 파악되지 않았다고 말할 수 있을 것이다. '모노그램, 백금선의 바둑무늬'란 李箱 스스로 치밀하게 조직 구성해 놓은 소설 '날개'에서 말한 李箱의 글쓰기 방식 '위트'와 '파라독스'의 '바둑판의 포석'에 연결된 고리이다.

---

23) 김윤식 엮음, 「불행한 계승」, 『이상문학전집2』, 211면, 216면.

> 니코틴이 내 횟배 앓는 뱃속으로 스미면 머리 속에 으례히 백지가
> 준비되는 법이오. 그 위에다 나는 위트와 파라독스를 바둑 포석처럼 늘
> 어놓소. 가증할 상식의 병이오 24)

그리고 사람의 움직임을 수학적 논리식으로 표현하면 다음과 같이 말
할 수 있다.

(위에서 내려온다 + 밑에서 올라간다 +위에서 내려온다 +밑에서 올
라간다)

= NOT(밑에서 올라간다 + 위에서 내려온다 +밑에서 올라간다 +위
에서 내려온다)

이것 역시 연속운동의 궤적은 이상의 기호 W = not M이며 not W
= M이 된다. 결국 이것은 이상의 기호 W와 M의 반대되는 상태 즉
180도 회전된 형태상, 의미상의 대칭에 대한 반복되는 설명으로 봐야
한다.

"저 여자의 하반은 저 남자의 상반에 흡사하다"

이 대목에서 '저 여자와 저 남자'는 위 구절의 움직이는 사람들을 가
리키고 있는 것이다. 그 움직임의 궤적이 만들어 놓은 기호에 대한 반복
되는 설명이다. 그리고 그것을 '여자'와 '남자'라고 다시 한번 부연 강조
하고 있다. 움직임의 궤적으로 상징된 이상의 두 자아 즉 現實的 自我
'여자'와 理想的 自我 '남자'를 이야기함이다. 남자와 여자는 다르다. 그
러나 이상의 기호공식에서 남자와 여자는 같다. 이것이 이상의 파라독
스, 아이러니의 하나인 것이다. 형태적 기호적으로는 다르지만 결국 자
신에서 분리된 동일한 상징인 것이다. 즉 W와 M의 글자 자체 형태의
유사성을 이야기함이며 이것은 이상의 도형 △과 ▽과 동일한 형태적

---

24) 김윤식 엮음, 「날개」, 『이상문학전집2』, 318면.

표현이다. 또한 이상은 이것에 대한 근거 역시 치밀하게 반복해서 그의 그림으로 분산시켜 이야기하고 있다. 이상의 수필 '슬픈 이야기'의 삽화가 있다.

> 여인의 가슴을 M자 형으로 파고 그 속에 있는 몇 사람의 군인들을 찍은 사진을 몽타주해 넣었다.[25)

W(여자) 속에 M(남자)이 공존하고 있다. 이것은 이상의 사고 속의 現實과 理想, 여자와 남자를 말함이며 李箱은 그 둘의 결합인 '의식적인 자웅동체'로 봐야 한다. 그리고 이것에 대한 언급을 이 시 자체에서도 '자웅과 같은 붕우가 헤어진다'고 반복하고 있다. 李箱 자신에게서 분리된 현실적 자아와 이상적 자아 이것은 여자이며 남자이다. 그리고 동시에 그 둘은 부부이며 연인인 것이다. 이것이 이상을 이해하는 또 하나의 열쇠이다.

"(나는애련한 해후에 애련해하는 나)"
위에서 자웅과 같은 붕우가 헤어진 다음 다시 만남을 이야기한다. 이것은 이상 자신의 개별적 자아의 분리와 결합을 이야기함이다. 그 만남을 李箱은 '가엽고 애처로운 만남'이라고 이야기하고 있다. 자신에서 분리된 두 자아 'W와 M'에 대한 연민을 이야기하고 있다. 그것은 △(現實)과 ▽(理想)의 결합과 분리를 반복하는 상태에서 비롯된 사고와 감상을 말한다.

"사각이난 케―스가 걷기 시작이다.(소름끼치는일이다)"
사각이난 케이스―'箱'(이 시의 원문 일어시에 이상은 '箱'이라고 썼다) '사

---

25) 오광수, 「화가로서의 이상」, 김윤식 편저, 『이상문학전집4』, 문학사상사, 1996, 251면.

각 Box' 즉 두 자아가 결합한 李箱 자신(자신의 이름)을 상징한다. 정육면체를 말한다. 사각난 케이스가 걷는 것을 '소름끼치는 일'이라고 하며 표현하고 있다. '소름끼치는 일'은 이상의 분리된 자아의 결합과 그에 따른 갈등 대립 등을 상징하며 이상의 시에서 자주 반복되는 혼란을 이야기함이다. 여기서 '사각난 케이스'를 자동차나 백화점 내의 엘리베이터로 해석하면 안 된다. 대부분 이것을 다음 행의 라지에타와 연결시켜 자동차로 이해하는데 이것은 이 시를 백화점이나 상점 풍경의 진술로 결론내고 그것에 맞춰 전혀 어울리지 않게 무리하게 해석하는 데서 오는 오류다. '사각난 케이스' 이 대목을 시각적인 사각케이스 형태의 사물로 이해하면 안 된다. 왜냐하면 이것은 이상의 건축무한육면각체와 동일하게 이상의 관념적 상징이기 때문이다. 그러나 여기서 '사각난 케이스'를 '자동차'로 읽어도 된다. 그럴 때 그것은 실제하는 자동차가 아닌 이상이 스스로 연결시켜 놓은 상징적인, 의식적인 자동차이다. 이것에 대한 흔적을 이상은 자신의 소설 '동해'에서 반복하고 있다.

> 스크린에서 죽어야 할 사람들은 안 죽으려 들고 죽지 않아도 좋은 사람들이 죽으려 야단인데 수염난 사람이 수염을 혀로 핥듯이 만지적 만지적 하면서 이쪽을 향하더니 하는 소리다.
> "우리 의사는 죽으려 드는 사람을 부득부득 살려가면서도 살기 어려운 세상을 부득부득 살아가니 거 익살맞지 않소?"
> 말하자면 굽달린 자동차를 연구하는 사람들이 거기서 이리 뛰고 저리 뛰고 하고들 있다.26)

'굽달린 자동차'란 의사들의 대상 즉 환자인 사람을 말한다. 이 시에서 사각난 케이스는 걷기 시작한다. 그러나 이것에 대하여 '소름끼치는 일이다'라고 언급하고 있다. 이것은 이상의 다른 시에서 반복되는 단어

---

26) 김윤식 엮음, 「동해」, 『이상문학전집2』, 282면.

와 감상이기도 하다. 그 연관성을 바탕에 두고 해석해야 하며 전체적 연결을 고려해야 한다. 이상의 다른 시에서 다음과 같이 이야기하고 있다.

> 슬립퍼어가 땅에서 떨어지지 아니하는 것은 너무 소름끼치는 일이다[27]

여기서 슬립퍼어란 현실, 즉 땅에 발붙이고 살아가는 자신, 현실적 자아에 대한 상징물이며 그것에 대한 감상은 '소름끼치다'라는 감정으로 표현하고 있는 것이다.

> 자신 역(亦) 지상에 살 자격이 그리 없다는 것을 가끔 느끼는 까닭이다. 그러나 다음 순간 '나를 먹여살리는 내 바로 상부구조가 또 이렇게 만족해하겠지' 하고 소름이 연(聯) 쫙 끼쳤다.[28]

'지상에 살 자격이 없다'는 것을 느끼는 심리는 이상적 자아의 감상이며 현실에 대해 '소름이 쫙 끼쳤다'고 이야기하고 있다. 그리고 이러한 이상의 심리상태와 변이는 다음의 행에서 지속적으로 설명되어진다.

"라지에타의 근방에서 승천하는 군빠이"

여기서 승천하는 자아는 사각이난 상자(箱) □으로 해후한 남자와 여자, 理想的 自我와 現實的 自我 중에서 理想的 自我를 말한다. 둘의 결합에서 다시 분리, 헤어짐을 이야기하고 있다. 그것은 이상적 자아에게 있어서 지구의(현실)는 소름끼치기 공간이기 때문이다. (이상의 시에서 하늘을 향한 자아는 이상적 자아, ▽이기 때문이다.) 즉 해후한 남녀에서 이상적 자아는 현실을 견디지 못하고 승천하며 결국 현실적 자아 여자만이 남는 것

---

27) 이승훈 엮음, 「▽의 유희」 『이상문학전집1』, 103면.
28) 김윤식 엮음, 「조춘점묘」, 『이상문학전집3』, 42면.

이다. 그것은 이상의 기호에서 △이다. 그리고 '라지에이타'란 방열기, 냉각기로서 냉정, 이성 등으로 이해할 수 있다. '라디에이타의 근방에서 승천하는 굳빠이' 이 대목의 해석은 단어의 일반성으로 읽을 때 거의 불가능하다고 할 것이다. 이상의 시가 그러하듯이 관념적 상징이기 때문이다. 이것을 理想的 自我의 분리, 그리고 냉정, 이성등으로 라디에이타를 이해할 수 있다. 앞 행의 사각난 케이스를 자동차로 보고 그것을 사람에 비유한다면 자동차의 핵심은 엔진에 해당되며 그것은 사람의 사고(두뇌)로 이해할 수 있다. 그리고 엔진은 열을 제대로 발산하지 못하면 그 역할을 더 이상 수행하지 못하고 터져버린다. 그렇다면 李箱과 같이 現實과 理想(초현실)의 상징인 여자와 남자로, 자신의 분리와 결합을 반복하는 상태에서 냉정, 이성, 조절(Self Control)은 자신의 사고를 유지시키는 자동차의 방열기, 라디에이터와 같이 생각할 수 있다. 그런데 이러한 이해도 가능하지만 이보다 이 해석의 추적에 알맞은 근거가 있다. 그것은 '라디에이타'라는 단어인데 이 단어에서 이상과 접목되는 하나의 연결고리를 찾을 수 있다. 그것은 이상이 자신의 글 종생기에서도 언급하고 그의 일화에서 드러났던 서른여섯에 자살한 일본의 천재 작가 아쿠타가와 류노스케(芥川龍之介)이다.

> 30분쯤 지난 다음, 나는 나의 2층 방에 벌렁 드러누운 채, 가만히 눈을 감고, 격렬한 두통을 견뎌내고 있었다. 그러자 나의 눈꺼풀 속에, 은빛의 깃털을 비늘처럼 접은 날개 하나가 보이기 시작했다. 이는 실제로 망막위에 분명히 비치고 있는 것이었다. 나는 눈을 뜨고는 천장을 쳐다보고, 물론 천장에는 그러한 게 전혀 없음을 확인한 다음, 한 번 더 눈을 감기로 했다. 그러나 역시 은빛의 날개는 어둠 속에 비치고 있었다. 나는 문득 지난번에 탔던 자동차의 라디에이터 캡(자동차앞쪽의 방렬장치의 덮개)에도 날개가 달려 있었던 것이 생각났다.[29]

---

29) 진웅기, 김진욱 옮김, 「톱니바퀴」, 『아쿠타가와 작품선』, 범우사, 2000, 194면.

위의 글에서 아쿠타가와가 의식한 날개가 '라디에이터'의 날개(주—상
표 내지 마크로 생각됨)로 연상되고 있다. 아쿠타가와의 글쓰기에 있어서
'날개' 이것은 중요한 모티프이며 여러 상징으로 연상되어 반복되는데
이것은 이상에 있어서도 동일한 형태로 나타난다. 이것으로 라디에이타
의 근방에서 승천하는 것은 가능하다. 李箱이 위의 글에서 연상된 '라디
에이터'를 날개의 상징으로 사용한 것으로 보인다. 그리고 그것은 소설
'날개'의 마지막에 주인공이 간절히 희구하는 상징적 의식적인 '날개'인
것이다.

> 나는 걷던 걸음을 멈추고 그리고 어디 한 번 이렇게 외쳐보고 싶었다.
> 날개야다시돋아라
> 날자. 날자. 날자. 한번만 더 날자꾸나.
> 한번만 더 날아 보잤꾸나.[30]

"바깥은 우중 발광어류의 군집이동"

이 시에서 후반 부분은 초반부의 공간에 비해 적은 공간이라고 했다.
이 행에서 바깥은 1930년대 우리나라의 바깥을 의미한다. 이상의 시에
서 비, 물은 파괴의 부정적 이미지다. 그리고 이상의 시에서 동음이의어
의 사용이 빈번하게 나타나는데 그것은 이상의 숨기면서 드러내기의 변
형된 의도적 사용이다. 그리고 이상은 자신의 글에서 사람을 물고기로
비유했는데 시의 흐름으로 봤을 때 발광(發光)의 광은 미친 광(狂)으로 읽
음이 옳을 듯싶다. '미친사람들의 군집이동' 이것은 전쟁을 상징하며 위
의 '동양의 가을' '침수된황혼' '군용장화'와 호응한다. 전쟁과 파괴는
이상의 글에서 자주 반복되는 형태다.

---

30) 김윤식 엮음, 「날개」, 『이상문학전집2』, 344면.

　　喪章을 붙인 暗號인가 電流위에 올라 앉아서 死滅의 「가나안」을 指示
한다.
　　都市의 崩落은 아― 風說보다 빠르다.31)
　　일소대의 군인이 동서 방향으로 전진하였다고하는 것은
　　무의미한일이 아니면 아니된다.
　　운동장이균열하고 파열할따름이니까32)

　위 대목에서 바깥은 이 시의 전반부의 '마르세이유'가 묘사된 공간과
같다. 왜냐하면 이 시 전반부의 시적화자의 시점이 전반부의 사각공간
(지구의)의 조망에서 후반부에는 도아를 통한 사각 내부로 옮겨지기 때문
이다. 그리고 그것은 건물이나 어떤 구조물같이 실재하는 공간으로 들
어가는 것이 아닌 이상의 가로 10 세로 10 높이 10의 점으로 이루어진
사고내의 관념에 의해 규정된 '상징적인 정육면체'의 공간속으로 진입
하는 것이다. 그것은 이상의 시 속에서 무한히 확장되고 축소되어진다.

이 시의 전반부 □ 에서는 1930년대의 세계의 정세를
　　　　　　　　('지구의'로 상징되는 건축무한육면각체의 전체적 조망)
　　　후반부 □ 에서는 1930년대의 국내의 모습과 그 속의 자신
　　　　　　　을 이야기하고 있다.
　　　　　　　(건축무한육면각체의 내부로 진입하여 구체적 서술)

　일반적 진술에서 특정적 진술로 이해함이 타당하다. 그리고 이 시에
서 △과 ▽만을 고려한다면 △, ▽은 결합(결혼)한 상태이며 처음의 공
간에서는 남자는 지구 전체를 조망하고 있으며 여자의 발은 거세되어
역할을 하지 못한다. 이것은 남자의 위치가 지구의(지구) 밖에서 지구를
조망하고 있고 여자는 발이 쓸모없게(거세된 양말) 되어버린다. 그리고
여자는 건축무한육면각체의 옥상(지구의)으로 자리를 이동하는데 여기

---

31) 이승훈 엮음, 「破帖」, 『이상문학전집1』, 205면.
32) 이승훈 엮음, 「수염」, 『이상문학전집1』, 106면.

서 여자는 현실적 자아이며 이 자아는 1930년대의 현실을 현실적 자아 된 자격에서 진술하고 있는 것이다. 남자는 지구의(지구)를 벗어난 공중 (날개)에 여자는 지구(양말)에 서로 떨어져 있는 상태인 것이다. 그리고 理想的 自我 남자는 '문'(상징적 의미의 문을 말한다. 구체적 공간으로 진입을 의미한다.)을 통해 '건축무한 육면각체'의 '창고'(Magasin) 내부—현실세계 —로 들어온다. 그리고 식당문 앞에서 두 남녀는 만난다. 이것은 선에 관한 각서의 "고요하게 나를 전자의 양자로 하라"와 호응한다. 즉 원자 구조에서의 외부의 전자(陰)와 내부의 양자(陽)의 결합을 말한다. 理想的 自我 남자와 現實的 自我 여자의 만남이다. 그리고 곧 헤어진 후 다시 해후한다. 이것은 李箱 자신의 반복되는 심리의 변화와 갈등을 이야기 하고 있는 것이다. 그리고 라지에타(날개) 근방에서 남자는 다시 승천(날 개)하고 여자(양말)만 남으며 다시 헤어진다. 만남과 헤어짐의 반복이며 심리(시선)의 이동을 상징적으로 표현한 것이다. 이것은 현실의 조망에 서 현실 내부로 들어온 이상의 분리된 두 자아의 만남과 헤어짐을 이 야기하고 있는 것이다. 곧 '의식의 흐름'이다. 이는 현실에 대한 이상의 현실인식과 자기 스스로 분열된 두 자아와 그 현실 속에서의 혼란과 갈등, 변화 등을 이야기하고 있는 것이다. 이렇듯 이 시는 이상 시에 있 어서 상당한 의미를 갖는다고 할 수 있다. 이 시는 李箱 자신의 의도에 의해 철저하게 '복화술'로 표현된 시라고 할 수 있다. 따라서 이 시는 절대로 백화점이나 상점의 풍경이 아니다. 그리고 굳이 이 시의 제목을 '백화점'으로 읽는다면 말 그대로 온갖 모든 것이 그 안에 존재하고 있 는 '하나의 건물' 이상의 '건축무한 육면각체'의 상징—가시적 세계, 현 실—인 '百貨店'으로 이해해야 할 것이다. 따라서 그것은 상품을 진열해 놓고 판매하는 백화점이 아닌 1930년대 그 당시 現實이며 李箱 자신의 이야기인 것이다.

◇ 건축무한육면각체의 실체

이 시의 표제어 '건축무한육면각체'는 현실에 존재하지 않는 형태의 형상이다. 이것에 대한 여러가지 해석과 의견이 있으나 결국 이상의 자의적 상징쪽으로 이야기되고 있다. 그 상징의 의미는 파악되지 않았다. 그러나 이상의 글은 그 스스로의 자의적이지만 그 내부적으로는 상당한 규칙성과 조직성을 지니고 있다. 따라서 그것을 이해함으로써 그의 사고를 추정할 수 있고 그의 의도를 읽어낼 수 있다. 이 시의 표제어 '건축무한육면각체'는 그 속에 속한 7편의 시들에 연결되는 제목으로 그 상징적 의미가 있다. 이것을 어떻게 이해해야 하는가? 앞서 설명했듯이 이 건축무한육면각체는 어떠한 건축이나 외형적인 실제의 모습을 이야기하는 것이 아니다. 그것은 '지구의'를 통한 '지구' '현실' 보기, 이상 기호의 상징적 대상물인 것이다. 그러므로 이 제목에서 건축의 실재하는 형상이나 어떤 구조물을 찾는다는 것은 이상을 제대로 이해하기 힘들다. 일단 이상의 시 「선에관한각서」와 그리고 이 시 자체의 움직이는 사람의 표현에서 수학적인 통합과 분리 배분을 엿볼 수 있는데 다음과 같이 이해할 수 있다.

건축무한 육(면+각)체 = 건축무한 육면체 + 건축무한 육각체

여기서 건축이란 앞서 이야기했듯이 실제의 건물이 아닌 이상의 관념적 상징의 건축을 말한다. 그리고 무한이란 이상의 사고와 그의 반복되는 표현에 드러나 있듯이 축소와 확대에 의한 관념적 상징적인 무한대(우주)와 무한소(원자)로의 변형을 말한다. 그리고 그것은 삼각형과 역삼각형이 결합된 사각형으로 표현된 정육면체(상자. BOX, 사각케이스)를 말한다. 그런데 이상은 각체라는 표현을 덧붙였다. 이상은 자신의 글에서

'상자' '각설당(정육설당을칭함)', '상자정원', '방' 등으로 정육면체를 여러 번 언급하였다. 그러나 육각체에 대한 언급은 없었다. 그 육각체는 이상의 삼각형과 역삼각형이 결합된 마름모꼴이 입체화된 형태를 가리킨다. 즉 피라미드 형태의 밑면은 정사각형이고 네 면은 정삼각형인 모습을 말한다. 그 피라미드 형태의 사각뿔(정삼각형)과 그 180도 회전된 역 사각뿔(역정삼각형)의 결합은 육각체가 된다. 그것 역시 이상의 삼각형과 역삼 각형의 결합이며 그것을 평면으로 표현할 때 평행사변형이 되고 능형(마름모)이 된다. 결국 이상의 기호공식과 동일하게 사각형과 마름모(평행사변형, 능형)는 동일한 상징인 것이다.

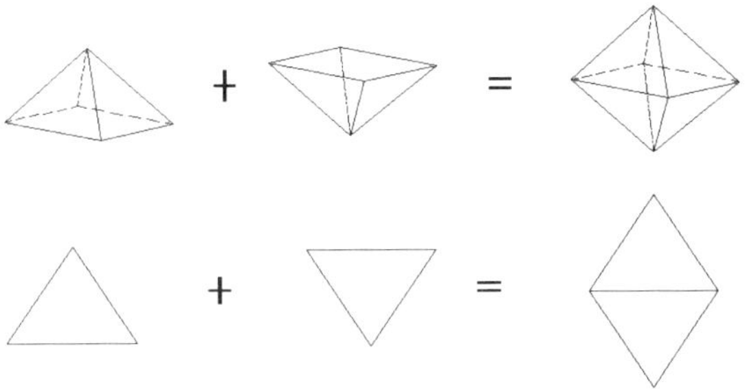

평면을 입체화해 표현한 이상의 상징으로 이해해야 한다. 이 시에서 사각형을 반복하면서 정삼각형과 정역삼각형의 결합인 '마름모'를 이 시의 전반부와 후반부에서 '평행사변형'과 '움직임의 궤적'으로 변형하며 반복하여 언급한 것은 결국 이상의 강조이며 동시에 숨기기의 하나로 봐야 한다. 이것은 이상 기호공식 □=◇과 동일하다. 결국 육면체와 육각체는 형태상으로는 다르지만 이상 기호의 같은 이름인 것이다. 이상의 시 속에 등장하는 정삼각형과 정역삼각형을 결합시키면 마름모가 된다. 이것이 이상 기호의 기본형태로 봐야 하며 그 마름모를 사각형으로 변형하여 표현한 것이다. 이상 기호의 삼각형과 사각형의 결합형태는 평면의

진행과 입체의 진행 두 가지로 나타나고 있다. 하나는 평면에서 직각이 등변 삼각형(「오감도 시제4호」의 정사각형이 분할된 삼각형)과 그것이 회전된 직각이등변 삼각형이 결합된 정사각형 그것은 입체화시킬 때 정육면체가 된다. 그리고 입체의 정삼각형(사각뿔)과 회전된 정역삼각형(역사각뿔)이 결합된 정육각체는 평면화시킬 때 마름모(평행사변형)가 된다. 사각형 형태의 육면체는 6개의 사각면과 8개의 꼭짓점(각)을 가지고 있다. 사각뿔과 역사각뿔이 결합된 마름모(평행사변형)형태의 육각체는 8개의 삼각면과 6개의 꼭짓점(각)을 가지고 있다. 이 둘은 숫자적으로 서로 대칭된다. 이것이 이상의 「건축무한육면각체」의 실체다. 이상은 자신의 기호(상징)에 대해 변형을 통해서 반복적으로 이야기하고 있다. 이것은 이상의 글쓰기 특징 중 하나인데 난해하게 무의미하게 이야기해 놓고 그것을 지속적으로 연결시켜 강조하고 있는 것이다. 이상이 이 시에 앞서 발표하였던 「선에관한각서」 7편이 수록된 표제어 '삼차각설계도' 가 있다. 이 7편의 시들은 이상 기호의 초기작이며 이상 기호의 시발점이다. 그리고 그 7편의 시들 역시 결국은 '삼차각' 즉 이상의 도형에 대한 반복되는 설명으로 이루어져 있다. 그리고 그것은 이상의 글쓰기의 설계도인 것이다. 그러므로 그 의미를 파악하는 것은 이상에 있어서 중요성이 있다고 하겠다. '삼차각' 이것 역시 이상의 造語로 이해되고 있다. 그러나 이상의 기호에서 드러난 변형과 형태 등을 고려해볼 때 그 정체를 파악할 수 있다. '삼차각'의 '삼차'란 3차원의 입체를 의미한다. 그렇다면 '삼차각'이란 '삼차원각'으로 보아야 할 것이다. 그렇다면 '각'이란 무엇인가? 각이란 평면 2차원에서 생성된다. 2개의 직선의 끝이 만나거나 2개의 직선이 교차했을 때 생성되는 두 선분 사이의 범위를 말한다. 그렇다면 '삼차각'은 어떻게 이해해야 하나? 삼차각이란 이상이 평면으로 표현한 이상의 도형 □, △, ▽이 입체화된 상태의 각을 이야기하는 것으로 봐야 할 것이다. 각은 평면 2차원에서 생성된다. 2차원의 연속은 3차원이다. 그렇다면 '3차각'은

2차원에서 생성된 '각' 즉 평면의 각이 한점, 꼭짓점(모서리)에 모여 형성하는 3차원, 입체의 각으로 이해해야 한다. 이상의 사각형이 입체화된 '정육면체'는 각각 한면만을 본다면 즉 설계에서의 평면화작업과 동일하게 평면도, 입면도, 측면도, 배면도는 모두 동일하게 '정사각형'을 이루며 그 각들은 모두 90도를 이룬다. 결국 그것이 입체화된 정육면체의 하나의 꼭짓점에서 만들어지는 각을 의미한다고 봐야 한다. 그리고 그 모든 각들은 90도다. 이것이 이상의 삼차각이라고 할 것이다. 그리고 이상 기호의 원형 '삼각형'이 입체화된 피라미드 형태의 사각뿔과 그 역사각뿔의 결합인 마름모꼴의 육각체 역시 동일하다. 밑면은 정사각형이고 네 면이 정삼각형인 정사각뿔과 역정사각뿔이 결합된 '정육각체' 역시 한점(꼭짓점)에서 만들어지는 평면들은 '정삼각형'이고 그 각은 모두 60도를 이룬다. 이것은 이상의 기호공식과 동일하게 일치된다. 결국 이상의 도형 사각형과 마름모(평행사변형)가 동일하듯이 이상의 정육면체와 정육각체는 동일한 이상의 상징이며 그의 기호인 것이다. 이상의 '건축무한육면각체'와 '삼차각'은 이렇게 이해해야 한다.

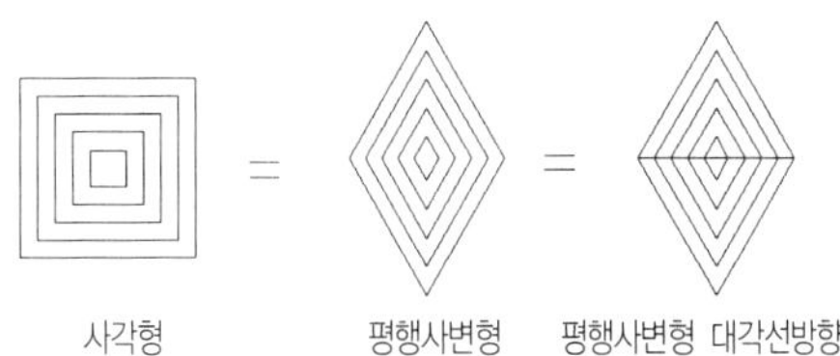

이상의 삼차각에 대한 언급은 지속적으로 반복되는데 다음의 구절에서 다시 한번 삼차각에 대하여 파악할 수 있다.

　　三次角의　餘角을　發見하다. 다음에　三次角과　三次角의　餘角과의　和는　三次角과　補角이　된다는　것을　發見하다.[33]

  이상의 삼차각은 입체인 정육각체, 정육면체의 꼭짓점이 만드는 각이다. 그것들의 모든 면을 평면화했을 때 거기엔 정삼각형과 정사각형만이 남는다. 이 두 가지로 위 대목을 이해할 수 있다. 이상의 삼차각의 하나인 정삼각형의 모든 내각은 60도이며 그 여각은 30도이다. 그리고 그 화는 삼차각과 보각이 된다고 이야기하고 있다. 삼차각(삼각형)과 그 여각의 화 90(60+30)도는 이상의 또 다른 삼차각(사각형) 90도와 보각(180도)이 된다. 이 구절 역시 이상의 도형 정육면체와 정육각체 정사각형과 정삼각형에 대한 반복되는 강조인 것이다.

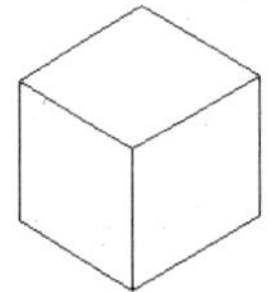 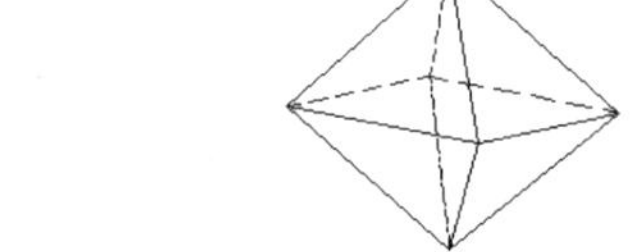

정육면체(정팔각체) → 건축무한육면각체 ← 정육각체(정팔면체)

  서두에 이상 공식에서 그 의미에 대하여 밝혔듯이 이상의 글은 그의 기호공식을 기반으로 시작하고 있으며 그것이 다양하게 변형(운동)되어 가면서 그의 글들이 진행되어 간다. 그리고 그것들은 결국 그의 기호, 도형에 대한 설명으로 작용한다. 따라서 이상의 기호 공식에 대한 이해가 없다면 이상에 대한 이해와 감상은 요원하다고 할 것이다. 이상 공식 그것은 이상의 「선에관한각서1」에서 제시하고 있듯이 원자구조의 무한소에서 시작된다. 그 당시 물질의 최소단위인 원자의 전자(−)와 양자(+)에 의한 분리와 원운동에서 이상의 관념적인 기호의 상징이 규정된 것이다. 그리고 그것은 자신에서 그 공간을 확장하며 우주와 무한대에까지 이르는 것이다. 그리고 그것은 존재하는 모든 것을 설명하는 陰陽으

---

33) 이승훈 엮음, 「一九三一年(作品第一番)」, 『이상문학전집1』, 236면.

로 이해할 수 있다. 이상의 기호공식에 등장하는 삼각형 역삼각형 사각형 마름모 원은 실제적으로 다르지만 그것이 이상의 관념적 기호의 상징일 때 결국 같은 도형이 되어버리는 것이다. 이상의 사고는 그의 시에서 반복되어 표현되고 있듯이 점(Point)에서 시작된다. 하나의 점(Point)은 그 스스로의 운동으로 양극단을 달리는 선으로 대립 진행되고 평행과 조우를 반복하며 결국 2개의 점에 수렴된다. 그것은 삼각형, 역삼각형의 면이 된다.―「도형에서 바라본 이상시의 해독」, 『이상문학전집5』, 78면 참조―그리고 그 둘의 결합 사각형 마름모는 입체의 정육면체 정육각체의 건축무한육면각체가 된다. 이것이 이상 기호(사고)의 변형(운동)인 점 →선→면→입체 과정이다. 하나의 '점'(원) 원자구조의 분리와 결합, 원운동에서 유추되고 정의된 이상의 도형을 다음과 같이 도식화할 수 있다.

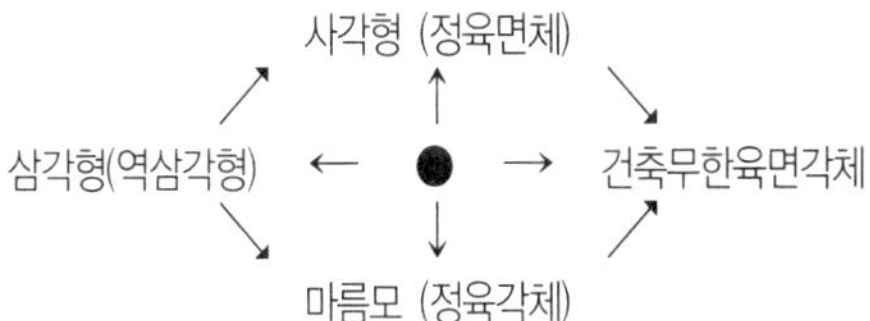

　결국 이것은 '이상 기호공식2'와 동일하다.　△＝▽＝◇＝□＝○[34]

　지금까지 살펴본 바와 같이 이상의 시는 이상 스스로의 치밀한 계획과 그의 관념적 상징에 의한 것임을 밝혔다. 이러한 사고와 형태의 시는 1930년대 그 당시에도 낯설었지만 현재인 지금에도 여전히 낯설고 가히 충격적이라고 말할 수 있다. 왜냐하면 이러한 조직구성과 사고, 형태 그리고 그 특이성 등은 다양한 형태로 확장 변형되어 가는 오늘날의 현대시에서도 찾아볼 수가 없기 때문이다. 이것이 '李箱의 創造'라 할 것이

---

34) 졸고, 「도형에서 바라본 이상시의 해독」, 김윤식 편저, 『이상문학전집5』, 86면.

다. 이런 이유들로 '李箱은 다른 작가들과 비교할 수 없는 커다란 차별성을 갖는다' 하겠다. 결국 李箱, 그는 시대를 초월하는 한국문학에 있어서 독보적인 존재라고 말할 수밖에 없다. 그리고 그것이 세계문학이라 해도 그 의의는 변함없다고 할 것이다. 李箱 그는 시대를 앞섰으며 지금도 여전하다.

> 創造……………
> 한 面으로는 直觀을 요하며………………
> 다른 面으로는 直觀을 培養하는 것의
> 科學的 기초를 요한다.
> 그것이 예술인가 非藝術인가는 문제가 아니다.
> 일을 해가고 있는 者에게는……
> 創造하는 것만으로 足하다.………………R[35]
>
> 나는 믿는다.
> 箱은 갔지만 그가 남긴 예술은 오늘도 내일도 새시대와 함께 동행하리라고[36]

왜 미쳤다고들 그리는지 대체 우리는 남보다 수十年식 떠러저도 마음놓고 지낼作定이냐. 모르는것은 내 재주도 모자랐겠지만 게을러빠지게 놀고만 지내든일도 좀 뉘우처보아야 아니하느냐. 열아문개쯤 써보고서 詩만들줄 안다고 잔뜩믿고 굴러다니는 패들과는 물건이 다르다.[37]

---

35) 김주현 주해, 「권두언 8」, 『이상문학전집03』, 소명출판사, 2005, 268면.
36) 김기림, 「故 李箱의 추억」, 김유중 · 김주현 엮음, 『그리운 그 이름, 이상』, 지식산업사, 2004, 30면.
37) 김주현 주해, 「오감도작자의말」, 『이상문학전집03』, 소명출판사, 2005, 207면.

이상 논저 리뷰

이상 문학 연구의 새로운 기원
— 신범순, 『이상의 무한정원 삼차각나비』| 박현수

이상 문학 연구의 새로운 기원
—신범순, 『이상의 무한정원 삼차각나비』

박 현 수*

1

　이상 문학은 본격적인 문학 연구에 있어서 하나의 관문이며, 연구 성과는 문학 연구의 수준을 가늠하는 시금석이 되어 왔다. 그래서 개별적인 이상 문학 연구의 성패는 한국 문학 연구의 성패이자, 동시에 연구자로서의 성패와 관련되어 있다. 수많은 연구자들이 이상 문학에 달려든 이유도 여기에 있을 것이다. 이제 이상(李箱) 문학은 문학의 이상(理想)이며, 문학 이상(以上)이 되었다.

　이상 문학 텍스트는 난해한 미로와 같아서, 이를 뚫고 나가기 위한 수많은 시도들이 있어 왔다. 초기에는 임종국, 이어령 등에 의해 주로 텍스트를 수집하고 확정하는 작업이 주가 되었는데, 이를 통해 이상 문학 연구 붐의 발판이 마련되었다(이상 문학 텍스트의 특성상 이 작업은 여전

---

* 경북대학교 국어국문학과 교수.

히 현재진행형이며, 최근에도 새로운 전집이 발간되기에 이르렀다. 앞으로도 이 작업이 계속되어야 할 정도로 많은 과제가 남아 있다). 이후 김윤식, 이승훈 등에 의해 작품론과 작가론이 본격적으로 양산되면서 이상 연구는 본궤도에 오르게 되었다.

난해성과 실험성 때문에 이상 문학은 서구 최신 이론의 시험장이 되어 왔다. 한국에 수입된 문학 이론의 열거는 이상 문학 연구의 새로운 동향에 대한 점검이기도 하였다. 리얼리즘, 구조주의, 기호학, 수사학, 정신분석학, 페미니즘, 포스트모더니즘, 탈식민주의 등 모든 이론이 이상 문학의 비밀을 푸는 데 동원되었다. 그러나 이상 문학은 어떤 이론으로 접근하여도 새로움을 주기에 부족하지 않았다. 이는 이상 문학이 지닌 무한한 잠재력을 말해주는 것이기도 하며 동시에 그 어떤 이론에도 완전하게 포괄되지 않은 문학적 깊이를 말해주는 것이기도 하다. 이상 문학은 비등점이 높아서 웬만한 열도의 이론으로는 용해시킬 수 없는 어떤 차원을 간직하고 있음을 이로부터 짐작할 수 있다.

그러나 산적한 연구 성과에도 불구하고 이상 문학의 본질에 접근하여 전체적인 윤곽을 명쾌하게 그려내는 연구는 드물었다. 많은 이론의 적용은 부분적인 진실을 해명하는 것에 만족해야 했다. 이상의 말을 패러디하자면 "인류가 아직 만들지 아니한 이론"(이상은 「지도의 암실」에서 "인류가 아직 만들지 아니한 글자"를 말한 바 있다)을 그의 문학은 기다리고 있는지도 모른다.

최근 들어 이상 연구 단행본들이 빈번하게 출간되고 있다. 『이상 문학연구의 새로운 지평』(역락, 2006), 『이상의 사상과 예술』(신구문화사, 2007)이 그것이다. 이상 논문을 모은 이 책에 참여한 필자는 각각 15명 정도이다. 두 권의 단행본을 소화할 수 있을 정도로 이상 연구자들의 활동이 활발한 것은 드문 일이다. 새로운 이상 연구 붐이 일어나고 있는 것이다. 대부분의 필자는 젊은 연구자들로서 왕성한 의욕으로 이상 문학의 본질에 다가가려 애쓰고 있다. 이 새로운 연구의 소용돌이는 서울대를 중심으로 이루어지고 있다는 점이 특색이라 할 수 있는데, 그 근원에는 서울대 국어국문학과의 신범순 교수가 있다. 이번에 나온 그의 이상 연구서,『이상의 무한정원 삼차각나비』(현암사, 2007)는 새로운 이상 연구 붐을 추동해가면서 쌓아올린 저력이 오롯이 담긴 저서로서, 이상 문학 연구의 새로운 차원을 보여주는 역저라 할 수 있다. 거기에는 "인류가 아직 만들지 아니한 이론"이 담겨 있다는 점에서 문학 연구자의 집요한 독해가 요청된다.

2

이 책에서 제시되는 이상은 기존의 기괴하게 과장되거나 혹은 지나치게 단순화된 모더니스트로서의 이상이 아니다. 근대를 초극하기 위해 고심하였던 하나의 사상가로서의 이상이다. "역사시대의 종말과 제4세대 문명의 꿈"이라는 부제가 그 사상의 핵심을 함축하고 있다. 이상 문학의 난해한 구절들이 파편적으로 보여주고 있는 붕괴된 메시지에서 이와 같은 사상을 읽는 일은 지난하면서도 위태로운 일이 아닐 수 없다. 그러나 이상이 "나의 사상은 네가 내 머리 위에 있지 아니하듯 내 머리에서 사라지고 없다./ 모자 나의 사상을 엄호해주려무나!"(이상, 「1931년(작품 제1번)」) 하며 자기 사상에 대한 확호한 갈망을 표출해 왔다는 점에서 사상가로서 이상의 출현은 전혀 낯설지 않다.

그동안 이상 문학처럼 이상 문학 연구 역시 파편화되어 왔는데, 이런 상황에서 연구의 새로운 국면을 타개하기 위해서는 이상이 겨냥했던, 아니 겨냥했으리라 짐작되는 어떤 차원에 대한 해명이 불가피하다. 그렇지 않다면 이상의 작품 전체를 포괄할 가능성이 사라진다. 그것이 가능하기 위해서 작품 전체를 구성한 작가의 의도가 아니라 그 의도를 실현시킨 사상이 문제될 수밖에 없다. 사상가 이상이 그려져야 할 이유가 여기에 있다. 이상이 방법론으로서의 모더니즘을 이해한 탁월한 응용자에 불과한 것이 아니라, 자신의 문학적 지향을 분명하게 지닌 창조적인 시인이자 사상가라는 것은 그의 작품이 지닌 수준과 응집력을 통해 짐작할 수 있다.

520여 쪽에 달하는 이 방대한 저서를 이해하기 위해서 먼저 전체적인 윤곽을 그리는 것이 도움이 될 것이다. 이는 크게 두 가지로 정리될 수 있는데 하나는 서술 방식에 대한 윤곽이며 다른 하나는 서술 내용의 전반적 특성이다. 먼저 이 책의 서술 방식에 대해 살펴보자. 이 책은 워낙 방대하기 때문에 내용의 전개만 따라가다가는 전체 흐름을 놓칠 수도 있다. 마치 칸트가 숭고를 설명하면서 포착(apprehensio)과 총괄(comprehensio aesthetica)을 언급한 바처럼, 부분을 포착해가다보면 방대한 내용이라 총괄이 되지 않을 수 있다. 총괄되는 지점에서 바라보면 이 책은 사상가 이상의 사유를 연대기적으로 추적하고 있음을 알 수 있다. 가장 난해한 초기 작품(「삼차각 설계도」, 「건축무한육면각체」 등)을 세밀하게 읽으면서 이상 사상의 핵을 짚어내고 있으며(이 부분이 저서의 절반을 차지할 정도로 중시된다), 이후 「오감도」 계열의 작품을 통해 초기사상의 진행과정을 점검하고 있다. 그리고 후반부에서는 「실화」, 「종생기」 등을 통하여 그 사상의 종결된 지점을 확인한다.

다음으로 서술 내용의 전반적 특징은 이상의 시에서 발견되는 이미지에 대한 방대하고도 집요한 문화사적 추적이라는 점이다. 이 책에서 다루어진 인상적인 이미지들은 나비 이미지, 김기림의 「주피타 추방」에 나타나는 여러 이미지, 말 이미지, 초검선 이미지, 천문 이미지 등인데, 그 중 하나로 나비 이미지를 살펴보자. 저자는 이상 시의 가장 원형적이고 핵심적인 이미지로 나비 이미지를 든다. 그는 이상 작품에 등장하는 나비 이미지의 의미를 추적하기 위해 나비효과, 카오스이론, 프랙탈이론, 김동인의 소설 「태평행」, 버섯본집, 인디언 설화 등을 꼼꼼하게 검토한다. 얼핏 보면 연관성이 부족해 보이는 이런 이미지들은 저자의 일관된 논리체계 안에 적절하게 배치되면서 설득력을 지닌다. 특히 이상의 나비 이미지는 근대 초극의 사상을 담고 있다는 점에서 주목할 필요가 있다. 이상의 작품에 등장하는 나비는 근대의 결정론적 과학에 대한 비판과 극복을 보여주는데, 이는 나비효과 혹은 나비끌개라는 개념으로 대표되는 서구 카오스 이론이 등장하기 40여 년 전의 일이다. 저자는 이상 사상의 선구성에 주목하고 나비 이미지의 문화사적 추적을 통해 이를 증명해 보인다.

　이미지의 축제는 이 책의 장점 중의 하나다. 이 풍요로운 이미지를 통하여 독자는 암호화된 이상의 난해한 구절이 차츰 어떤 형상을 획득하며 구체화되어가는 과정을 지켜보는 기쁨을 맛볼 수 있다. 이때 이미지는 심오한 사상의 표상으로 새로운 위상을 지니게 된다.

3

　모든 이론이 하나의 포맷팅 작업이라 할 때 그 이론을 이해하기 위해서는 주요 개념을 수용하는 것이 필요하다. 일단 그 이론에 사용된 중추적인 개념을 받아들여야만 이해와 평가가 가능하기 때문이다. 이 책에서 저자가 사용하는 주요 개념은 '초검선'과 '무한사상', '삼차각'이라는 개념이다. 이것은 서로가 서로를 파생시키는, 우로보로스 뱀처럼 연속적인 개념이기에 고립시켜 설명하기 힘들지만 논의의 편의상 '초검선'부터 다루기로 하자.

'초검선'은 "물질적인 운동의 극한인 광선을 초월한 운동선"(『이상 무한정원 삼차각나비』, 현암사, 2007, 28면. 이후는 면수만 표기)이다. 이상은 「선에 관한 각서」 연작에서 유클릿의 우주관, 인간관을 비판하면서 이들 세계관의 바탕에 놓인 이론적 준거인 광선의 사상을 극복할 것을 요구한다. 평면적인 기하학을 근원적으로 부정하며 새롭게 설정한 이상의 우주관을 나타내는 개념으로 저자는 '초검선'이라는 용어를 제안한다. 초검선은 유클릿 기하학과 뉴턴의 우주관으로 대표되는 현대 문명의 한계를 극복하는 다음 문명, 즉 "제4세대 문명"(43면)의 핵심 개념이다. 초검선의 세계는 어떤 차원일 것인가. 저자의 알기 쉬운 설명을 옮겨보자.

> 이상은 「선에 관한 각서」 연작에서 (…) '초검선'이라는 좀 더 복잡한, 단지 수학적인 사유만으로는 해결할 수 없는, '시적인 선'을 제시한다. 대수적인 명료함의 극한인 빛의 속도를 초월함으로써 들어서게 된 우주의 모습은 매우 색다른 것처럼 보인다. (…) 이 시에서 이상이 말하고 싶은 것은 물리학적 세계 안에 사로잡혀 있는 사람은 아직 '사람으로 태어나지 못한 것'이라는 사실이다. 「선에 관한 각서2」에서 "사람은 절망하라. 사람은 탄생하라." 하고 선언하는데, 이것은 유클릿적 기하학과 뉴턴적 물리학이 지배하는 세계에 사로잡힌 것에 대한 절망을 선언한 것이다. 그러한 세계에서의 삶은 진정한 사람다운 삶이 못 된다고. 그러한 세계를 탈출함으로써 사람으로 다시 태어나야 한다고 선언하는 것이다. 이것이 그의 새로운 우주적 창세기 우주적 휴머니즘(사람주의) 선언문이다. (…) 이상이 "사람은 탄생하라"고 한 것은 이러한 우주의 광막한 공간을 숨 쉬고 살아가는 존재가 되라고 말하고 있는 셈이다.(156~157면)

초검선의 세계는 현대의 물리학, 기하학을 넘어서서 인간과 우주가 새로운 차원에서 "광대한 삶의 우주적 운동선"(157면)을 회복한 세계이다. 현대의 평면적 세계관을 뚫고 입체적인 총체성을 회복한 세계, 초월성과 일상성이 현재 속에서 역동적으로 얽혀 있는 세계라 할 수 있다. 이 세계를 나타내는 용어가 "무한정원", "무한호텔" 등이며, 그것을 추동하는 정신이 "무한사상"이 된다. "무한사상"은 "멱에 의한 멱"이라는 표현에 집약되어 있다. 이것은 현대과학의 우주적 평면성을 부정하고 세계의 다층적 구성을 강조하는 용어로 보인다. 필자가 보기에 '무한'은 현실에 초월성을 도입하는 개념이기 때문이다. 초월계의 도입으로 우주가 온전한 것이 될 수 있다는 게 이상의 생각이자 저자의 생각이다.

'삼차각'이란 무한사상이 구체적으로 드러난 표상이다. 평면적 세계로부터 더 높은 차원에 대한 인식, 즉 더 광막한 우주적 인식을 통해서 더 높은 차원의 세계로 나아가고자 하는 의지를 도형적으로 구현한 것이 이 개념이다. 삼차각은 "평면의 서로 다른 개체인 '가'와 '나'가 더 높은 차원에서 하나로 묶이게 되는 '다' 지점을 향한 각도"(12면)를 말한다. 이 각도는 새로운 문명이 추구해야 할 정신적 포즈로 제시된다.

이처럼 이 '초검선', '무한사상', '삼차각' 등의 개념은 서로 맞물려 있다. 이 개념들이 이상 문학에서 나비 이미지로 나타난다는 게 저자의 설명이다. 이 나비 이미지는 형태상으로 무한하게 반복될 수 있는 삼각형의 이미지를 닮아 있다는 점에서 '무한사상'과 '삼차각'을 동시에 구현하고 있다. 저자가 이상의 나비 이미지를 "수염나비 혹은 삼차각 나비"(8면)라 부르는 것도 이 때문이다.

이 나비가 깨트리고자 하는 세계는 거울 이미지로 나타난다. 거울은 유클릿과 뉴턴의 학문에 기반한 평면적인 세계이다. 그 속에는 긍정적인 '무한사상', 즉 '참무한'이 아니라 '악무한'이 반복되는 죽음만이 존재한다. 거울 속의 세계는 이상의 「명경」에 나타나는 바처럼 현실계와 초월계가 교감할 수 없는 폐쇄된 세계이다. 모든 가능성이 거세된 세계로서 거울세계에서는 "장미처럼 착착 접힌/ 귀"처럼 청각, 시각, 후각 등 모든 감각의 가능성이 차단되어 있다.(344면) 모든 것이 평면의 감옥에 갇혀 있는 거울세계에서 무한사상의 먼 운동이 불가능한 것은 당연하다. 무한운동이 불가능하기에 거울세계가 되었는지 거울세계이기에 무한운동이 불가능한 것인지 알 수 없지만 거울세계의 비극성과 부정성은 명확하게 드러난다. 저자는 이 닫힌 거울의 세계를 역사시대의 비유로 규정한다. 이런 사유의 연장선상에서 이상의 「종생기」나 「실화」 등의 후기 작품은 거울세계로서 역사시대의 파멸과 새로운 시대를 예고하는 묵시론적 작품이 된다. 이를 통해 이들 작품은 사소설이 아니라 에피그람적 서사시 혹은 서사시적 산문으로 새롭게 태어나게 된다.

이 책에서 사용되는 이런 개념들은 다소 낯설기는 하지만 저자가 읽고자 하는 이상의 사상을 규정하는 데 적절한 것으로 보인다. 또한 이상 문학 텍스트에 대한 정밀한 독서를 바탕으로 이상의 관련 구절을 함께 제시함으로써 이상 문학에 대한 과도한 의미 부여라는 혐의도 벗어나고 있다. 그래서 이 책은 이상이 파악하고 있었지만 이름을 붙일 수 없었던 것들에 이름을 돌려주는, 즉 이상 문학의 완성을 기획한 대담한 의도를 담고 있는 저서라 할 수 있다.

이름 붙이기와 관련하여 한 가지 더 언급할 것은 이 책에서 제시된 「무제」의 명명법을 이상 연구자들이 공유하는 것이 좋겠다는 생각이다. 저자는 이상의 작품 중 '무제'라는 제목으로 처리된 작품들의 변별성을 높이기 위해 핵심 내용을 부제로 붙인 새로운 제목을 제시하고 있다. 「무제-고왕의 땀」, 「무제-궐련 기러기」, 「무제-악성의 거울」, 「무제-육면 거울방」, 「무제-죽은 개의 에스푸리」가 그것이다. 평소에 이 많은 「무제」의 작품들 때문에 고민하였는데 이 책에서 그것을 과감하게 정리해 주어 다행으로 생각한다.

4

　교수신문에서 기획 연재하여 책으로 펴낸 『오늘의 우리 이론 어디로 가는가 ; 현대 한국의 자생이론 20』이라는 책을 보면 현대 한국의 독창적인 이론들이 스무 개 정도 나열되는데 저자 중에 문학과 관련된 인사들이 많다. 백낙청, 조동일, 김우창, 김지하, 김종철 등이 그들이다. 그 외에는 주로 사회학과 철학 쪽 인사들이다. 그런데 현대문학과 관련해서 우리에게 익숙한 김현, 김윤식, 김용직, 유종호 등의 이름은 보이지 않는다. 그것은 그들의 성실한 노력과 예리한 통찰력에도 불구하고 자기의 사유를 사상 혹은 이론의 경지에까지 올려다 놓는 창의성이 부족하다는 평가를 받았기 때문이다. 그보다 논리적 체계성이 떨어진다고 할 수 있는 김지하, 김종철, 조동일 등의 이론이 들어간 것은 그들의 주장이 지닌 논리적 결함에도 불구하고 자생이론으로서의 창조성을 품고 있다는 평가를 받았다는 뜻이다. 평생 학문에 투신한 학자로서 높은 명망을 지니고 있더라도 독창적인 자신의 이론을 만들어내지 못하는 한 이처럼 냉혹한 평가를 받을 수밖에 없다.

　많은 학자들은 평생을 학문을 위해 몸과 마음을 바치지만 대부분의 노력을 기존 이론의 설명이나 적용, 혹은 부분적 명세화로 소비하는 것이 현실이다. 물론 그것의 가치를 인정하지 않은 바는 아니나 학자로서 야망이 부족하다는 비판은 면하기 어려울 것이다. 학자의 야망은 자신이 몸담은 분야에서 문제점을 발견하고 이를 극복하기 위한 이론적 대안을 만들어내는 데 있다. 자생이론으로서 그 시작이 비록 부족하고 어설프더라도 창의적인 면모가 충분하다면 그 부족한 부분은 후진들에 의해 더욱 세련될 것이다. 이런 수정과정을 통하여 새로운 이론이 다듬어지고 운이 좋다면 새로운 패러다임으로 인정받을 수 있을 것이다. 그러나 지금 대부분의 학자들은 이런 야망을 포기하고 있는 듯하다. 이런 상황의 배경에는 연구자 개인의 역량 문제 외에 제도적인 역효과도 있는 것으로 보인다. 학술진흥재단의 논문 평가제도가 규격적이고 형식적인 요소를 강조하고 정량적인 측면을 높이 평가하면서 논문의 수는 증가하지만 그에 따른 질의 상승은 부족하게 되었다. 따라서 독창적인 이론이 형식상의 제약으로 하향평준화될 수밖에 없다는 구조적이고 제도적인 문제를 간과할 수는 없다. 그렇다고 하더라도 인문학의 특성상 학자의 학문적 역량과 야망의 부족에 대한 비난은 피해갈 수 없을 것이다.

이런 상황을 고려할 때 이번에 출판된 신범순 교수의 방대한 저서는 무엇보다 학자로서의 야망을 충분하게 드러냈다는 점에서 다른 학자의 귀감이 될 만하다. 이상에게서 읽어낸 사상은 결국 저자의 사상일 것이다. 사상을 읽어내는 것은 자신이 사상가일 때 가능하기 때문이다. '초검선'이나 '무한정원' 등의 개념은 저자가 현대문학에서 결핍된 것을 인식하고 이를 극복하기 위해 오랫동안 탐색해온 이론적 고투에서 나온 것이다. 현대문학, 그리고 나아가 현대사상의 평면성을 극복하기 위한 사상적 고민이 이상의 고민이자 곧 저자의 고민이었기 때문에 이 방대한 저서가 탄생할 수 있었을 것으로 보인다.

앞에서 말했듯이 이상 문학은 본격적인 문학 연구의 하나의 관문이며, 그 연구는 한국의 문학 연구 수준을 가늠하는 시금석이다. 신범순 교수의 이 책이 발간됨으로써 여기에 하나의 관문이 더 생긴 셈이다. 이 책은 이상 문학의 본질에 도달하기 위한 필독서라 할 수 있다. 수많은 문화사적 인용과 다소 낯선 개념들을 정치하게 읽지 않는다면 이상 문학의 새로운 가치와 저자의 사상을 놓치고 말 것이다.

화이트헤드는 한 사상가의 가치평가에 대해서 다음과 같이 말하고 있다. "개성을 지닌 사상가가 중요한 의미를 갖게 되느냐 그렇지 못하게 되느냐 하는 것은 다소간 우연에 따른다. 왜냐하면 그것은 그의 생각이 그의 후계자들의 정신 속에서 어떠한 운명에 놓이게 되느냐 하는 데 달려 있기 때문이다."(화이트헤드,『과학과 근대세계』, 53면) 그렇다면 이상은 운이 좋은 편이라 할 수 있다. 그의 작품 이면에 가라앉은 사상을 집요하게 추적하는 신범순 교수와 같은 학자가 있으므로. 이 운이 또한 이상을 통해 자신의 사상을 보여준 저자에게도 있기를 바라는 마음 간절하다.

이상문학 단신

이상 「오감도」 육필 첫 공개

김민수 교수, 『필로디자인』 출간

시인 이상의 삶 다룬 연극 「상이(箱李)」

이상 논문 모음집, 『이상의 사상과 예술』

장용민, 소설 개정판 『건축무한육면각체의 비밀 1, 2』

〈신간〉 『이상의 무한정원 삼차각나비』

╱ 이상 「오감도」 육필 첫 공개

요절한 천재 시인 이상(1910~37)의 「오감도」 친필 원고가 처음으로 공개된다. 서울 평창동 영인문학관(관장 강인숙)은 14일부터 다음달 11일까지 <글씨에 담긴 문인들 생각—이상·김억 등을 중심으로 한 작고 문인 유고전(遺稿展)>에서 이상의 「오감도」 등 작고 문인의 친필 원고 200여 점을 전시한다.

이상을 포함, 최초의 번역시집 「오뇌의 무도」를 낸 시인 김억(1893~ ?)의 육필 원고 50여 편과 채만식·주요섭·백석 등 1920~30년대 작가들의 원고, 서정주·천상병·신동엽 등 40년대 이후 작고 문인의 원고 등이 전시된다. 출품 작가 수는 모두 75명이다.

가장 눈길을 끄는 건 역시 이상의 작품이다. 「오감도」 연작, 「건축무한육면각체」, 「이상한 가역반응」 등 대표작의 초고가 처음 공개되기 때문이다.

강인숙 관장은 "이상의 글은 원고지가 아니라 줄 없는 갱지나 노트에 연필로 씌어졌고, 대부분 앞뒤 양면이 가득 채워져 있는 게 특징"이라며 "비교적 단정한 글씨체가 인상적"이라고 설명했다. 일본어로 쓰인 「오감도」를 눈으로 확인할 수 있는 흔치 않은 기회다.

– 손민호 기자(중앙일보, 2006. 10. 10.)

╱ 김민수 교수, 『필로디자인』 출간

필로디자인 = 김민수 지음. 부제는 <삶과 철학으로 시대를 디자인한 22인의 이야기>. 서울대 디자인학부 김민수 교수가 디자이너 22명의 삶과 작품, 철학을 이야기했다.

6년 반 동안 복직 투쟁과 소송을 거쳐 2005년 서울대 디자인학부로 복직한 저자는 복직 투쟁 중이던 2003년 1월부터 지난해 12월까지 한국생산기술원(KITT)의 원외보에 연재했던 내용들을 수정 보완해 책을 엮었다.

1부에서는 미술공예운동을 펼친 윌리엄 모리스, 바우하우스라는 근대 디자인의 규범을 완성한 발터 그로피우스를 비롯해 중국 디자인 문화의 아버지인 루쉰, 저자가 한국 최초의 멀티미디어 인간이라고 규정한 이상(李箱) 등이 소개된다.

2부는 첨단 과학기술을 사용했지만 기술을 넘어서서 예술의 경지에 도달한 디자이너들을 다루고 있다. 헨리 드레이퍼스, 에토레 소트사스, 폴 랜드, 피닌 파리나, 장 누벨 등이 소개된다.

3부에서는 필립 스탁, 필립 존슨, 조성룡, 안상수, 뤼징런 등 역사와 전통을 성찰한 후 그 너머를 창조해낸 디자이너들을 열거했다.

저자는 디자인이 고부가가치의 수단으로 전락하고 있는 현실에서 '디자인이 인간사회를 위해 무엇을 해야 하느냐'는 근본적인 물음을 다시 제기하고 싶다고 말한다. 그린비, 436면, 1만 8천 900원.

– 조채희 기자(연합뉴스 2007. 3. 21.)

✓ 시인 이상의 삶 다룬 연극 「상이(箱李)」

흰 광목천이 무대를 사선으로 갈랐다. 앞에는 무당이 주문을 외고 뒤로는 시인 이상이 술상을 앞에 두고 왁자하게 웃고 있다. 2007년의 무당이 1936년 이상의 원을 풀어주는 자리다. 이승과 저승의 경계가 이렇게 간단하게 나뉜다. 무대의 힘이다.

서울 대학로 글로브극장 무대에 오른 연극 「상이(箱李)」(7월 1일까지)는 한판 흐드러진 씻김굿이다. 이상의 부인 변동림은 3개월을 살고 남편을 떠나보냈다. 변동림은 무당을 찾아가 남편의 혼을 찾아달라고 한다. 무당이 불러낸 이상의 혼은 박수무당에게 씌이고 이상이 살아 펄펄했던 시절이 무대에 펼쳐진다.

이때부터 이상은 둘이다. 이상과 이상의 혼이 씌인 상이가 늘 붙어다닌다. "쓰리고 아프고 미치겠어." 도쿄의 차가운 방에 누워 상이가 투정을 부린다. "잠들어버려!" 이상이 소리친다.

"넌 더러운 쓰레기덩어리야." 폐병임에도 사그러지지 않는 욕망의 육신을 못 견뎌 이상이 내뱉는다. 상이는 이죽거린다. "이 쓰레기는 자생력이 강하거든. 넌 죽어도 이 쓰레기는 끝까지 남을걸." 카페를 차려주고 몸을 팔아 돈을 벌게 하는 이상에 지친 금홍이 패악을 부리며 떠나자 상이는 비틀거리며 절규한다. 하지만 이상은 어두운 구석에 혼자 앉아 있을 뿐. 관객은 이상과 상이를 통해 이상의 정신과 육체, 진정한 자아와 내면에 갇힌 자아를 동시에 경험한다.

극은 시종일관 진지한 인상을 남기진 않는다. 관객이 미소지을 여지도 남겨둔다. 1936년 이상이 변동림과 결혼하던 그 꽃다발 가득한 순간, 줄지어선 인물들은 사뭇 우스꽝스러운 장면을 연출한다. 이상은 눈을 감고 김기림은 입이 삐뚤어졌다. 말끝마다 어미를 '이잉~' 하고 끄는 박수무당 때문에 객석에선 피식 웃음이 새나온다.

죽음의 순간, 시인은 격정에 차 외친다. "천재를 병신으로 만든 책임이 너에게 있다."고. '너'는 가난 때문에 천재를 거두지 못한 생부이며 억압과 불안으로 천재를 내몬 큰아버지. 사랑하고 학대했던 여인들이며 환희와 좌절을 동시에 안겨준 성적 욕망이기도 하다. 이상이라는 천재의 원을 풀어주고 이상이 작품을 쓰게 된 배경을 보여주겠다는 「상이」의 연출의도. 그러나 과연 이상의 진면모를 제대로 그려낸 것일까. 「상이」는 결국 '박제가 돼버린 천재'의 자조만 남기고 말았다.

— 정서린 기자(서울신문 2007. 6. 9.)

✓ 이상 논문 모음집, 『이상의 사상과 예술』

<이상 문학 연구의 새로운 지평2>라는 부제가 붙은 이 책은 신범순 외 14명의 논문을 모은 것이다. 2006년에 역락출판사에서 나온 『이상 문학 연구의 새로운 지평』의 뒤를 잇는 이 책은 이상의 사상과 예술에 초점을 맞추어 기존 연구가 도달하지 못한 부분을 겨냥하고 있다.

전체 4부로 구성된 이 책은 <제1부 사상과 예술>에 신범순, 김주현, 조영복의 글을, <제2부 원시주의와 고고학>에 조은주, 조규갑, 김초희, 최진옥의 글을, <제3부 현대성의 기호>에 송민호, 정주아, 박슬기, 정하늬, 조윤정의 글을, <제4부 수사학과 진실>에 박현수, 오주리, 최현희의 글을 싣고 있다. 신구문화사, 517면, 2007. 8. 30. 출간.

✓ 장용민, 소설 개정판 『건축무한육면각체의 비밀 1, 2』

1997년 출간되고 이듬해 영화화된 「건축무한육면각체의 비밀」의 개정판. 출간 이후 계속된 자료조사와 한계까지 밀어붙인 상상력의 결과를 담아 10년 만에 새롭게 선보인다. 천재 시인 이상의 시 '건축무한육면각체'를 모티프 삼고 조선총독부라는 건물을 핵심소재로 끌어들인 팩션으로, 애국주의적인 정서가 물씬 풍긴다.

천재 시인 이상이 죽은 지 70년이 지난 시점. 은표와 지우는 이상의 시 「건축무한육면각체」에 엄청난 음모가 감춰져 있다는 내용의 소설을 인터넷에 연재한다. 흥미로운 역사 음모론에 사람들은 열광하고 소설은 엄청난 조회수를 기록한다.

그러던 어느 날, 소설의 내용이 그대로 현실에 재현되며 관련 인물들이 하나 둘 죽음을 맞이하는 의문의 살인사건이 발생한다. 일제의 사라진 보물 <오다니 컬렉션>을 둘러싼 일본의 거대한 음모와 베일에 싸인 이상의 행적. 은표와 지우는 이상과 구인회 멤버들의 시를 해석하며, 돌이킬 수 없는 역사의 소용돌이 속으로 빠져든다. 『건축무한육면각체의 비밀 1, 2』, 시공사, 2007. 9. 12. 출간.

✎ 〈신간〉 『이상의 무한정원 삼차각나비』

이상의 무한정원 삼차각나비 = 신범순 서울대 국문과 교수의 시인 이상(1910~1937) 연구서. 이상이 해독불가능하고 파괴적인 형식의 작품을 통해 그려 보이고자 했던 새로운 세상의 모습을 탐색했다.

저자는 이상이 난해한 작품을 통해 근대 역사의 근본적 모순에 대해 말했고 그것을 극복할 수 있는 세계관까지 제시했다고 주장하며 그가 제시했던 삼차각나비, 무한사상, 낙원상 등의 의미를 추적한다.

저자는 특히 이상의 사상은 서구의 포스트모더니즘이나 해체주의와도 본질적으로 다르다고 말한다. 즉 이상이 가장 강조하는 '사람'은 근대적 휴머니즘의 주체인 '인간'과는 다른 개념으로 '사람다운 사람', '어른이지만 어린아이의 마음을 잃지 않은 사람'을 의미한다고 설명한다. 현암사, 528면, 2만 5천 원.

– 이준삼 기자(연합뉴스, 2007. 9. 18.)

이상소설작품론(이상리뷰 제6호)

초판1쇄 인쇄 2007년 12월 18일
초판1쇄 발행 2007년 12월 28일
엮은이 이상문학회
펴낸이 이대현
펴낸곳 도서출판 역락
책임편집 김주현 권분옥
편집 이태곤 이소희 양지숙 김지향
디자인 홍동선
마케팅 안현진 김효섭 정태윤

등록 제303-2002-000014호(등록일 1999년 4월 19일)
주소 서울 서초구 반포4동 577-25 문창빌딩 2층
전화 02-3409-2058 | 팩스 02-3409-2059 | 이메일 youkrack@hanmail.net
ISBN 978-89-5556-581-2 93810

정가 13,000원

* 잘못된 책은 교환해 드립니다.